浙江工商大学外国语学院英语语言文学重点学科资助出版
浙江工商大学外国语学院博士点培育基金资助出版

U0749895

文化批评视域下的英国小说研究

张金凤 著

浙江工商大学出版社
ZHEJIANG GONGSHANG UNIVERSITY PRESS

图书在版编目(CIP)数据

文化批评视域下的英国小说研究 / 张金凤著. —杭州：浙江工商大学出版社，2016.10
ISBN 978-7-5178-1879-3

Ⅰ. ①文… Ⅱ. ①张… Ⅲ. ①小说研究－英国 Ⅳ.
①I561.074

中国版本图书馆 CIP 数据核字(2016)第 251355 号

文化批评视域下的英国小说研究

张金凤 著

责任编辑	黄静芬
责任校对	田　慧
封面设计	林朦朦
责任印制	包建辉
出版发行	浙江工商大学出版社
	（杭州市教工路 198 号　邮政编码 310012）
	（E-mail:zjgsupress@163.com）
	（网址:http://www.zjgsupress.com）
	电话:0571－88904980,88831806(传真)
排　版	杭州朝曦图文设计有限公司
印　刷	杭州五象印务有限公司
开　本	880mm×1230mm　1/32
印　张	9.75
字　数	253 千
版 印 次	2016 年 10 月第 1 版　2016 年 10 月第 1 次印刷
书　号	ISBN 978-7-5178-1879-3
定　价	32.00 元

前　言

　　文化研究（Cultural Studies）是一门相对较新的学科，起源于 20 世纪六七十年代的英国，具体来说是源自伯明翰大学当代文化研究所的研究方向及成果，即所谓的"伯明翰学派"。这一学派的影响，扩展到西方其他国家，在世界范围内掀起了一股学术风潮，并逐渐形成气候。文化研究为人们研究各种文化现象提供了有益的概念、有效的方法和契合的理论。

　　文化研究并没有明确的领域及界限，其研究领域跨越诸多学科，如文学、传播传媒、社会学、社会地理学、女性主义、心理分析、种族与后殖民主义、历史研究等。常见关键词包含（但不局限于）权力、身份认同、身体、种族、历史、空间、流行文化、消费主义、城市、媒介、视看，等等，不一而足。

　　本书是笔者运用文化研究策略，选取独特的视角，大胆尝试，或者可以说是着眼创新，对英国小说（尤以 19 世纪小说为主）所进行的重新解读。笔者曾为英语语言文学专业硕士研究生讲授"19 世纪英国小说"课程十余年。众所周知，19 世纪是英国小说发展的黄金时代，尤其是其现实主义小说，几乎达到前无古人、后无来者的历史高峰。如果用维吉尼亚·吴尔夫的话来说，乔治·艾略特的现实主义小说，又是这个高峰的峰巅。也许由于这个原因，19 世纪英国小说，可能是国内外读者最为熟悉的英国文学作品了。本课程授课对象是英语语言文学专业硕士研究生,他们作为英语专业学生中的佼佼者,头脑活跃,知识丰富,并且,在本科阶段的文学课上,他们已经读过一些 19 世纪英国经典小说,有一定的知识积累。显然,研究生阶段的授课要求更高,如何在授课过程中讲出新意,激发学生兴趣,并逐渐引导他们走向学术研究之路,是需要不断思考的一个问题。幸运的是,这十余年间,笔者恰好目睹并经历了文化研究在中国学界的逐渐兴旺发达,因此,在讲授和研讨这些已经进入经典之列(canon)的小说时,笔者有意引入了文化研究的方法,取得了较为满意的教学效果。既为经典,自有无数论者已经对这些作品进行过各种各样的解读,然而,正如"有一千个读者,就有一千个哈姆雷特",新兴的研究理论和分析方法,让我们这些新时期的读者寻觅到了解读这些经典作品的新鲜而独特的视角。

本书中的大多数文章,都是笔者在讲授这门课的过程中,广为阅读,深入研磨,并潜心思考的结果。在讲授必修文本的同时,笔者也拓展了研究视野,将目光投向 19 世纪之前或之后的英国小说,包括当代的"新维多利亚小说"。本书所涉及的小说家,既包括国内外的大学课堂上永远不会缺位的经典小说家,如斯威夫特、奥斯丁、狄更斯、艾略特,也包括一些当时非常受欢迎,但今天已经鲜为人知的小说家,如布莱顿夫人、哈格德、哈德森,更有当代英国文坛的新锐小说家,如卡特、沃特斯。本书的研究视角,涵盖文化批评视域下的后殖民主义、女性主义、新历史主义、身体理论、生态主义批评、科技伦理,等等,希望能为读者带来一些新鲜的阅读体验。

我热爱讲台,我喜欢讲课,可以预见,讲课是我终身的职业,讲台是我终身的工作场地。我把在教学中的深入思考诉诸文字,发表在不同的期刊上,现在,编辑成册,便于参考、阅读。这些文章,大多成文于历史文化名城洛阳——华夏文明的孕育之地。中州大地、洛河之畔,空气中都弥漫着文明的气息,它为我的学习研讨注入了传统文化的记忆。

　　最后,衷心感谢所有朝夕相处的同事和朝气蓬勃的学生,与他们的思想交锋和心灵激荡,给我带来了创作的灵感;感谢浙江工商大学外国语学院的专家们,是他们给我创造了机会,让我积年的心血终于成形为沉甸甸的书籍;感谢我的家人,是他们的耐心和宽容,给了我充裕的时间,让我流连在英国小说的美妙世界里,收获了心灵的充实与生命的成长。

张金凤

2016 年 9 月于杭州钱塘江畔

目　录

上篇　小说与帝国

中篇　文化面面观

下篇　作家与社会

上篇　小说与帝国

《曼斯菲尔德庄园》中的沉默与话语

　　《曼斯菲尔德庄园》是简·奥斯丁小说中最复杂的一部作品,其情节、主题和人物都难以一言以蔽之。它虽不如《傲慢与偏见》或《爱玛》那么广为读者所知,但并不缺少评论家的关注。进入 20 世纪 90 年代以来,国外对小说的解读出现了一个新焦点——小说中着墨不多的奴隶制和殖民经济。1993 年,萨义德发表《文化与帝国主义》,探究隐含在"高雅文化"中的帝国意识形态。他通过对英国小说进行后殖民批评分析,挖掘出常被批评家忽视的叙事作品在帝国世界中的作用,从而揭示了"文化"与"帝国主义"的"共谋"(complicity)关系。他对《曼斯菲尔德庄园》中的一个地名——西印度群岛的安提瓜岛表现出浓厚的兴趣。尽管奥斯丁对该岛的描写只有寥寥数语,但是,在萨义德后殖民批评眼光的透视下,安提瓜岛不仅代表着伯特兰姆爵士的"海外财产",而且是"曼斯菲尔德庄园的静谧、秩序与美丽自然的延伸",表明了帝国本土与海外的关系。[①] 至于奥斯丁对待殖民地种植园的态度,萨义德以小说第 21 章中的"死一般的沉默"为例,断言她和同时代的人一样,对殖民做法也采取了"沉默的政治"。他的结论是:《曼斯菲尔德庄园》是"正在扩张的帝国主义冒险结构的

---

　　① ［美］爱德华·W.萨义德著,李琨译:《文化与帝国主义》,生活·读书·新知三联书店 2003 年版,第 108 页。

一部分","没有这种文化,英国后来就不可能获得它的殖民领地"。①

萨义德对这部小说的解读无疑是革命性的,他深刻揭示了帝国权力如何在家庭的层面进行运作,其观点影响了几乎所有人对《曼斯菲尔德庄园》的认识。至此,读者和评论家再也不能绕过奥斯丁与奴隶制、殖民主义和帝国的关系问题。萨义德对奥斯丁的"沉默"的兴趣,集中体现了从 20 世纪后期以来人们对殖民理论和种族理论中"沉默"和"话语"的高度关注。"沉默"和"话语"成为后殖民理论的一个重要议题。例如,斯皮瓦克曾质问"属下阶层"(the subaltern)能否言说;托尼·莫里森针对 19 世纪美国文本中的非洲裔人群评论说:"对这个问题的沉默不语是很普遍的。一些沉默被打破了,一些沉默还被那些参与制定战略的作者保持着。我感兴趣的是能打破沉默的战略。"②自此,评论家纷纷打破这种沉默,揭露殖民国家对待殖民地人民的种种现象,对《曼斯菲尔德庄园》的后殖民主义解读也出现了空前活跃的局面。但这些解读几乎都将论点建立在萨义德对"死一般的沉默"的解读之上,可以说,这些阐释大多是以萨义德的分析为模本略加延伸而成的。以国内为例,1994 年到 2008 年,中国学术期刊总库收录研究《曼斯菲尔德庄园》的论文 9 篇,其中 3 篇探讨奥斯丁的帝国意识或帝国情怀,基本沿用萨义德开创的思路,认为奥斯丁本人接受殖民统治的合理性或宣扬殖民精神。对此,笔者不敢苟同。

沉默的政治

这个著名的"沉默"在第 21 章出现,伯特兰姆爵士刚从安提瓜的种植园回来,晚饭后全家聚在一起,听他讲述在海外两年的经历。范妮提出关于"贩卖奴隶"的问题,引起"死一般的沉默"。自萨义德之

---

① [美]爱德华·W.萨义德著,李琨译:《文化与帝国主义》,生活·读书·新知三联书店 2003 年版,第 132 页。

② 同上,第 1 页。

后的论者一般认为,这是尴尬的沉默,是殖民者面对质问时的无言。但通过仔细阅读小说文本,笔者认为,把一个家庭聚会中的短暂沉默与对属下阶层的话语压制相提并论并不妥当,况且范妮询问有关贩卖奴隶的问题并不证明她真的打破沉默,从而反抗了帝国话语。仅仅因为范妮的问题引起了沉默,就认为在座的众人对家族在奴隶贸易和使用奴隶中的不光彩角色感到羞耻,并进而推断,在当时的英国,人们对奴隶制度的问题避而不谈,这似乎有过度阐释的嫌疑,还有把沉默和话语同共谋和反抗相对应的简单化倾向。这种解释实际上掩盖了奥斯丁对奴隶制或殖民经济的真实看法。笔者认为,对小说中"死一般的沉默"应有不同的解释。奥斯丁并未直接描述范妮试图同伯特兰姆爵士讨论贩卖奴隶问题的场景,而只是在范妮和表兄埃德蒙的对话中一笔带过。埃德蒙说,范妮过于沉默,希望她能同他父亲多交流,范妮反驳说:"我跟他谈得已经很多了。……昨晚你没有听到我问他奴隶贸易的事吗?""听到了,我当时还希望你接着再问些问题呢。你姨夫肯定非常乐意你问他更多的问题呢。""我也想接着问,可是当时一阵死一般的沉默!"(p.178)

可以看出,埃德蒙并不认为范妮的提问很唐突,他非常希望范妮继续当时的话题,而且看来伯特兰姆爵士对此话题也无甚忌讳。如果范妮的提问给他带来了难堪和不安,埃德蒙则不会说"你姨夫肯定非常乐意你问他更多的问题呢"。由此推断,伯特兰姆爵士欢迎这个话题,很可能对此表现得相当热情。总之,他和埃德蒙没有觉得这是个令人不快的话题,那为什么当时会出现一阵沉默呢?范妮的话可以作为一个线索:"当我的表兄表姐们一言不发地坐在那儿,似乎对这个话题一点不感兴趣,我不喜欢——我想,我对他的这些信息表现出好奇和兴趣就好像我想显示自己与众不同,他肯定更希望自己的女儿表现出这种好奇和兴趣吧。"(p.178)

通过这段解释可知,沉默更多地来自伯特兰姆爵士的孩子们。他们对贩卖奴隶这种严肃话题提不起兴趣,这是因为,玛丽亚正为暗恋对象的离开黯然神伤,朱莉娅同姐姐一样浅薄虚荣,而汤姆只关心赌博赛马,对这类社会问题不屑一顾。范妮提问后的沉默,不是震惊或敌意的沉默,而是漠然的沉默,是伯特兰姆家的年轻一代对社会道德问题的漠不关心。范妮放弃追问,不是出于害怕会冒犯伯特兰姆爵士的心理,而是不想表现出与众不同,不想显得与伯特兰姆爵士兴趣相投而疏远他和自己孩子的距离,这符合她长期寄人篱下形成的不自信、缺乏安全感的性格。在萨义德之前,已有评论家注意到这次谈话使伯特兰姆爵士开始对范妮刮目相看,提高了范妮在他心目中的地位。[①] 总之,这个沉默的出现,不是因为范妮的问题揭露了人们心知肚明但避而不谈的事实(即奢侈生活和高雅文化背后是对奴隶的可耻剥削)而引发的震惊和尴尬,而是因为人们对伯特兰姆爵士关于种族利益和种植园的长篇大论感到厌烦和无聊。另一段话亦可证明这一点。范妮对埃德蒙说:"我喜欢听姨夫谈论西印度群岛的事情。我可以几个小时地听他讲,这比别的事都让我开心。"(p. 177)语气里显示出她和伯特兰姆爵士的融洽关系,丝毫没有曾冒犯他或给他难堪的意味。

萨义德等论者认为,小说对伯特兰姆家族在西印度群岛拥有奴隶种植园这一事实轻描淡写,说明奥斯丁不愿正视英国作为剥削黑奴的殖民者的角色,因而断言奥斯丁对帝国殖民政策的默许。这个观点值得商榷,早有论者证明,在当时的英国,对奴隶制或废奴运动的讨论相当广泛。[②] 也许更有利的证据来自奥斯丁本人,《爱玛》第35章就提及奴隶贩卖。简拒绝埃尔顿太太给她推荐家庭教师职位,半开玩笑地提到了中介机构:"他们售卖脑力,不售卖肉体。"埃尔顿太太马上回答:"我的天,肉体!你简直让我震惊。这是不是搞贩奴

---

① Katie Trumpener. *Bardic Nationalism*: *The Romantic Novel and the British Empire*. Princeton: Princeton University Press, 1997, p. 180.

② Charlotte Sussman. *Consuming Anxieties*: *Consumer Protest*, *Gender & British Slavery*, *1713—1833*. Stanford: Standford University Press, 2000, pp. 110—158.

贸易？我向你保证，萨克林先生从来倾向于废奴主义。"简回答："我没那个意思，也没考虑过贩奴贸易。我保证，我想到的只是家庭教师的业务，当然，就搞这个业务的人来说，所犯罪过大不相同，至于哪个业务的受害者更感到痛苦，我实在说不上。"①

一句关于奴隶贸易的玩笑引发埃尔顿太太如此强烈的反应，大大出乎读者的意料，这说明什么？她怕别人把她与贩奴联系在一起，她的过分敏感和不安恰是"此地无银三百两"，读者此刻可能想起埃尔顿太太的家庭背景：贩奴贸易中心布里斯托尔的富裕商人家庭。奥斯丁似乎在暗示，埃尔顿太太娘家和萨克林先生或许同奴隶贸易有千丝万缕的联系。她反应过度的辩解和简关于贩奴贸易的罪过的谈话则证实，当时人们认为贩奴是可耻的行为。笔者引用《爱玛》中的这个小插曲，是为了证明奥斯丁对于奴隶贸易这个话题并没有避讳，没有因为担心冒犯读者而对这个社会问题保持沉默。相反，她通过小说和信件等途径表达了对奴隶贸易和蓄奴制的见解。

奥斯丁的话语

英国是欧洲较早开始殖民统治和奴隶贸易的国家，那时，有些商人在非洲西海岸抓捕黑人，并到英国贩卖。这些黑奴再被用运奴船运到殖民地，他们受到的非人待遇令人发指，却为英国殖民者带来巨大的财富。从19世纪90年代开始，英国社会中，陆续有正义之士发出禁止贩卖奴隶的声音。历经十余年努力，终于在1807年，英国议会通过法令，禁止奴隶贸易。1813年，创作此小说时，奥斯丁在给姐姐的信中提到她对克拉克森作品的喜爱。②克拉克森是著名的废奴派人物，曾出版《英国议会反对非洲奴隶贸易的兴起、发展和胜利之历

① Jane Austen. *Emma*. London: Penguin Language Press, 1966, p. 300.
② Deirdre Le Faye. Ed. *Jane Austen's Letters*. Oxford: Oxford University Press, 1995, p. 256.

史》一书,回顾自己参与废奴运动的经历及该运动在英国的发展进程,该书出版后大受欢迎。既然奥斯丁承认喜欢此书,她必定关注贩奴问题,亦认同此书的废奴派观点。

对奥斯丁产生影响的还有诗人威廉·考伯,他是公认的废奴派,奥斯丁在不同作品中多次引用其诗歌。范妮喜欢的诗句就来自考伯的长诗《任务》。在该诗第二节,考伯明确表达了反对奴隶制的态度:"我们没有奴隶在本乡,那么,为何在外邦?"作为考伯的崇拜者,奥斯丁对这首诗非常熟悉,因此,可以大胆推断,奥斯丁对贩奴和蓄奴不会持赞同态度。

为了讨论奥斯丁如何看待奴隶贸易和蓄奴制,首先必须把贩奴与蓄奴区别对待。贩奴大多发生在英国本土的港口城市,对此人们深有感触。在改编自《曼斯菲尔德庄园》的同名电影中,导演帕特里夏·罗泽玛为表现历史真实感,突出奴隶贸易这一主题,在影片开始增加了如下场景:范妮从老家赶往曼斯菲尔德庄园时,听到海边的船上有人唱歌,马车车夫告诉她,这是贩奴船。①此举无疑体现了导演本人对英国奴隶贸易历史的理解,从侧面说明当时贩奴船在英国并非罕见的现象。相比之下,蓄奴的种植园则存在于遥远的西印度群岛,对此,民众态度相对缓和,甚至模棱两可。笔者认为,对于贩卖奴隶,奥斯丁的反对态度基本明朗,而若考察她对殖民经济中蓄奴制的态度,则需重回小说文本,继续审视那个著名的沉默。

既然伯特兰姆爵士希望范妮继续发问,范妮亦喜欢听他谈论西印度群岛的事务,考虑到范妮出身贫寒,愿意成为"穷人和受压迫者的朋友"(p.369),那么,她希望他谈论的不可能是他的种植园如何残酷剥削黑奴,而很可能是他在那里采取的一些人道主义的改良措施。这种推断有历史依据:在贩奴被禁后,奴隶来源受限,种植园人手逐

_____

① 〔西班牙〕米蕾亚·阿拉加伊著,章杉译:《把握简·奥斯丁:忠实性、作者功能与帕特里夏·罗泽玛的影片〈曼斯菲尔德庄园〉》,《世界电影》2007年第3期,第15页。

渐不足,加之黑奴暴动时有发生,一些种植园主为了维持种植园的相对稳定和秩序,为了保障源源不断的利润,开始对种植园的管理进行改良。

伯特兰姆爵士位于安提瓜岛的种植园出现麻烦,他决定远行,亲自打理种植园事务。他属于当时较普遍的缺席园主(absentee owner),身居英国,享受着黑奴劳动带来的奢华生活,而种植园则由当地的工头管理。有些工头滥用权力,导致种植园管理混乱,黑奴境况糟糕。可以推断,伯特兰姆爵士必定视自己为人道的改良者,才会滔滔不绝地谈论他的种植园,而且或许是在谈他的改进措施。按此逻辑,范妮询问他奴隶贸易之事,不是挑战他作为黑奴拥有者的道德倾向,而是对他亲自打理种植园事务改善黑奴待遇的肯定,正好切合了他的自我定位。这样,他希望范妮继续提问就自然而然了。范妮和奥斯丁有着共同的品位和兴趣,可否大胆推论,奥斯丁基本认同范妮的观点?实际上,通过传记、信件等历史资料对奥斯丁的了解,她不太可能激烈地反对现存体制,这也使得改良主义的观点比较可信。

结　语

萨义德指出,曼斯菲尔德庄园的经济稳定在很大程度上依赖殖民地种植园,这无可否认;他指出文学与帝国意识形态的联系,这亦有道理。但他把奥斯丁对黑奴问题的轻描淡写等同于对殖民做法的默许,观点似乎有些偏颇。仅凭小说里不多的证据,就认为奥斯丁内化了大英帝国的殖民意识形态,难免有失公允。笔者从萨义德提到的"沉默"再次入手,重新进行解读:奥斯丁对黑奴问题没有避讳,而是间接表达了改良主义的立场。

(文中只标明页码的引文均来自奥斯丁的小说 *Mansfield Park*,详见参考文献)

《丹尼尔·德隆达》中的"他者"
形象与身份认同

　　乔治·艾略特是英国维多利亚时代最杰出的小说家之一,几乎每一部小说的出版都引来如潮好评,然而她的最后一部小说《丹尼尔·德隆达》(1876)却是个例外。这是她唯一以当代生活为背景的作品,有两条故事主线:英国女孩格温德伦的婚姻,丹尼尔等犹太人的生活。这是两个截然不同的世界,一边是庸俗而现实的英国人,一边是充满异域色彩和民族理想的犹太人。这种结构上的两分法使它成为艾略特最具争议性的作品,面世后引发读者和评论界的一片哗然,大多数指责集中于犹太元素,如犹太情节过于突兀,远离普通读者的期待,犹太人物的塑造过于理想化①,等等。这种争议几乎持续了一个世纪,对艾略特推崇备至的 F. R. 里维斯的观点也许具有一定的典型性,他建议砍去犹太部分,只保留女主角格温德伦的爱情故事。② 有趣的是,犹太人对小说赞誉有加,欣赏她对犹太生活的忠实、富有同情的描绘,有人甚至撰文提议,只保留小说的犹太内容,删掉其他章节。

　　犹太人在西方社会的尴尬地位是两种几乎对立的反应背后的深

---

① David Carroll. Ed. *George Eliot*:*The Critical Heritage*. London:Routledge & Kegan Paul, 1971, pp. 369—375.

② Ibid, p. 427

刻历史原因:自公元一世纪古罗马人占领耶路撒冷后,犹太人就失去家园,处于大流散之中。在长达千年的流亡岁月里,各寄居地政府基本延续了古罗马帝国对犹太人的迫害传统,制定各种限制和歧视政策。犹太人被迫居住在特定区域("隔都"),从事最卑贱、最肮脏的职业,受尽居住地其他民族的欺凌与歧视,而不时爆发的反犹运动则让他们的性命始终处于危险之中。"犹太人的流散史是一部遭受歧视与迫害的历史。"①在对犹太人普遍充满蔑视和仇恨的社会氛围下,犹太人成了丑陋、自私、贪婪甚至凶残的代名词。文学作品里的经典犹太形象也不例外,几乎都被扭曲,鲜有实事求是的客观描写,从莎士比亚笔下的高利贷商人夏洛克,到狄更斯作品里的教唆犯伐根等,都是犹太人的典型形象,脸谱化的刻板形象充斥西方文学传统。

艾略特笔下的犹太人形象一反这种传统,更加复杂,因而更加真实,既有唯利是图却孝顺仁爱的小商人,毫无道德、感情脆弱的无赖之徒,试图放弃祖先信仰、希冀融入基督教文化的同化主义者,也有丹尼尔、米拉和莫德凯等近乎完美的人物。为什么艾略特放弃以往颇受欢迎的小说题材,转而关注犹太人的命运?她预感到犹太元素不会受欢迎,但依然坚持己见,不同意出版商淡化犹太情节的建议。从她写给美国小说家斯托夫人的信中,我们也许可以得到答案:"对犹太教,我们这些受着基督教教育长大的西方人尤其有愧。不管我们承认与否,我们之间存在着一种宗教与道德情感的特殊联系。正是因为我觉得基督教对犹太人的态度通常是——我真不知道是不虔诚还是愚蠢,所以我觉得应该尽量给予犹太人同情和理解。另外,对犹太人,还有我们英国人交往的所有东方人,我们都以傲慢骄横、居高临下的态度待之,这是我们民族的耻辱。如果可能,我想唤醒人们的想象,让他们认识到那些跟我们信仰与习俗不同的异族人也应该

---

① 张倩红:《犹太人》,三秦出版社 2003 年版,第 29 页。

享有做人的权力。"①

艾略特对犹太文化的理解与尊重并非一时的心血来潮。从青年时代起她就对宗教问题流露出特别的兴趣，曾翻译施特劳斯与费尔巴哈有关宗教的专著，后来受自由思想者的影响，她放弃了宗教信仰，却没有抛弃宗教所体现的道德关怀，而是一直寻觅替代传统基督教的信仰系统，因此人文关怀和信仰问题是她作品的重要内容。19世纪60年代，她结识犹太学者伊曼纽尔·多伊奇，在其帮助下开始学习希伯来文和犹太宗教习俗，犹太教对灵魂、伦理和德行的重视对她产生了深刻影响。这些因素加之当时欧洲一些国家民族主义运动的兴起，触发了她对犹太人命运的深思。

遗憾的是，《丹尼尔·德隆达》一直未得到应有的重视，直到20世纪后期，在全球一体化的大背景下，身份认同问题被纳入人们的视野，西方始有学者重新审视小说的犹太情节。但中国国内的情况比较滞后，虽然艾略特是英国文学研究者不能绕过的作家，但她最后一部作品的受重视程度却远不能与其成就成正比。国内学者对《丹尼尔·德隆达》中犹太主题的关注少之又少，笔者在CNKI中只发现一篇研究艾略特犹太关怀的论文。② 笔者将尝试弥补这一缺憾，以后殖民理论的相关理论为指导，探讨小说中的犹太"他者"形象与丹尼尔的文化身份认同。

根据后殖民理论，东方主义者的二元对立思维模式中，"他者"相对西方的"本土"或"自我"而存在，指"本土以外的他国，其他国家的政治、意识形态和文化等，以及这种政治、意识形态和文化的具体体现者，还包括其他的种族、民族、宗教等文化蕴含"。③ 在西方基督徒

---

① George Eliot. *The George Eliot Letters*. Gordon S. Haight. Ed. Vol. 9. New Haven: Yale University Press, 1978, pp. 301—302.

② 马建军：《超越时代的种族意识——论〈丹尼尔·德龙达〉的犹太关怀》，《湘潭大学学报》（哲学社会科学版）2008年第1期，第115—118页。

③ 张首映：《西方二十世纪文论史》，北京大学出版社1999年版，第559页。

和东方犹太人的关系中,相对于掌握主流话语权的西方"自我"而言,散居的犹太人无疑是来自异域的"异己",是经典的"他者"形象。在基督教文化主导的西方社会,犹太民族与居住地主体民族的矛盾非常尖锐。在大流散的历史进程中,犹太教曾被当作异端邪说,礼拜仪式被亵渎。例如,宗教改革领袖马丁·路德把犹太人比作瘟疫。他说:"犹太人的圣殿应付之一炬;犹太人的房屋应彻底毁坏。"①不愿意改宗的犹太人蜷缩在城市一隅,生活在阴暗狭小的僻巷,孤立于西方主流社会之外。作为西方社会中的"他者",他们处于无根和失语状态。虽然有些犹太人满腔热情地希望融入居住国民族的生活,但循环往复的反犹主义总是为他们敲响警钟,增加他们对居住国的陌生感和失望感,使他们被迫重新审视自己的民族身份。

疏离的生活锤炼了犹太人的民族意识,强化了民族精神,保证了犹太民族在历史的波折与世事的磨难中流而不散、毁而不灭,但也带来了不利后果,使有些人养成了自私的品性,甚至是异化的双重人格,在"优等民族""上帝选民"的虚荣之下隐藏着自卑、失落、悲观甚至绝望的情绪。小说中米拉的父亲就是其中之一,他毫无道德感和责任感,为了博取基督徒的欢心,不惜贬损嘲笑自己的宗教和同胞。丹尼尔的母亲是另一个例子,她对自己的出身恨之入骨,视犹太人在教堂里的吟唱为"含混不清的嚎叫""毫无意义的雷声"。(p.693)她背弃了犹太身份,隐瞒丹尼尔的身世,把他交给英国贵族抚养,又剥夺祖父留给丹尼尔的文化遗产,试图切断丹尼尔与犹太民族的联系。

艾略特形象地再现了犹太人在西方社会受歧视的地位和尴尬的身份。以米拉为例。她出生于英国,幼年被父亲偷带到欧洲大陆,她讨厌父亲为她选择的演唱职业,也鄙视道德败坏的父亲。在父亲即将出卖她之前,她逃回英国寻找母亲和哥哥,但寻亲未果。为了不至于沦落街头,米拉选择投河自尽,幸好为丹尼尔所救。英国是米拉的

---

① 　张倩红:《犹太人》,三秦出版社 2003 年版,第 31 页。

出生地,回到英国算是回家,但仅仅因为她是犹太人,她总是被当作外国人看待。在自己的国家,她反而沦落为局外人,可见犹太人身份之尴尬。她见到梅里克夫人时说:"我是犹太人,您可能认为我很邪恶吧。"(p. 170)这句问话既复杂又无奈,不仅隐含她作为犹太人曾遭受的蔑视和偏见,也折射出犹太人在基督徒心目中的负面形象。这从他人对待米拉的态度中也可见一斑,以格温德伦为代表的英国人都以居高临下的态度对她,把她仅仅看作教他们唱歌、提供娱乐的"外国犹太女孩",在她身上可以显示自己的慷慨和善心。即使是对米拉友好的梅里克一家,也盼望她身上的犹太性"逐渐融化掉",这样她就能逐渐融入周围的基督教社会,希望"将来某一天不再有犹太人"。(p. 317)米拉明白,生而为犹太人,即使改变信仰,她也不可能改变身份,所以,她将永远与自己的民族站在一起:"我生活中的所有不幸都源自犹太身份,世人总是轻视我,我也必须忍受,因为我永远都是犹太人;但每当想到我的不幸是我的族人痛苦的一部分,并且这种不幸已经持续了许多代时,我会感到一丝安慰。"(p. 183)即使身处苦难之中,米拉也从不怨恨带给自己痛苦的犹太身份,而是本能地认同自己的民族和传统。面对周围人的不解,她执着地固守自己的民族身份,抗议他人对她的宗教和民族的不敬言行。她的民族情感强烈持久,她的身份认同清晰明朗,难怪丹尼尔觉得她简直是犹太人"民族精神的化身"。(p. 317)

与米拉不同,丹尼尔则是来自英国主流社会内部的"他者"。作为男爵的养子(许多人认为是私生子),他受过典型的英式贵族教育,堪称完美的英国绅士,但最后他被证实是犹太人。丹尼尔就像"混血儿",站在两个种族和民族的交界处。他的血统不禁令笔者联想起笛福的小诗《纯正出身的英格兰人》。在《想象的共同体——民族主义的起源与散布》中,安德森教授引用了这首诗:"如是从所有人种之混合中起始/那异质之物,英格兰人……一个杂种混血的种族于焉出现/没有名字没有民族,没有语言与声名。/在他热烈血管中如今奔流着混合的体液。"①纯正出身的英格兰人在哪里呢？虽然情况并不等同，但出身和血统问题是民族认同中的重要议题。丹尼尔这个英国绅士，竟然是英国人一向鄙视的犹太人，这显然是对英国人引以为豪的"英国性"的莫大讽刺，是对欧洲优越论和种族歧视观点的间接嘲讽。丹尼尔的地位和身份模糊了英国人与犹太人的分界线。通过塑造这个英国绅士/犹太人，艾略特彰显了东方主义者"自我"与"他者"的二分法惯性思维的相对性，间接解构了犹太人的经典"他者"形象。重塑犹太形象无疑是艾略特向犹太人表达理解和敬意的方式之一。

有人批评米拉的形象过于单薄，不够丰满生动，这难以否认，但可否推测：艾略特的本意或许就是要把她塑造成类型化的人物，是个人身份与民族身份完美融合的典范？她和父亲一直生活在欧洲大陆基督徒的圈子中，父亲蔑视犹太教信仰，淡化自己的犹太身份，但米拉却固守差异，拒绝同化。虽然她对犹太宗教和文化所知不多，但儿时母亲哼唱赞美诗的温馨画面萦绕在她脑海，挥之不去，对母亲的眷恋使她顽强地守护母亲所代表的一切。她懵懂但坚定地认为：忘记自己的身份就是对母亲的背叛。这时，米拉的母亲已不仅指代某个具体的个人，而是成了一个符号、一个象征。米拉对母亲的追寻是她的寻根之旅，意味着她对犹太民族文化传统的追寻，预示犹太人对文化遗产和民族身份的重新认识和认同。由此，米拉成为类型化的人物，成为永远追寻的犹太人原型。米拉的经历因此获得一定的象征性和普遍性，她的命运成为民族整体命运的缩影，她的一些行为也因此更加意味深长：她的投河是出于对同化的恐惧和拒绝，她的演唱才能寓意她对犹太传统的承继，而她回归出生地之旅预示犹太人回归东方的复国运动，她经历的艰险和痛苦象征犹太人在返回故土的征

---

① [美]本尼迪克特·安德森著，吴叡人译：《想象的共同体——民族主义的起源与散布》，世纪出版集团、上海人民出版社2005年版，第 i 页。

程中遭遇的种种逆境和挫折。

　　这种解读方式也使丹尼尔与米拉的爱情更加合情合理。他们的爱情曾受到许多论者的批评,丹尼尔被认为过于理性,缺少年轻人的血性与冲动,没有情感的大喜大悲,因此有关爱情的结局过于突兀。其实不尽然。虽然丹尼尔没有意识到自己对米拉的感情,但艾略特留给读者足够的暗示,如丹尼尔曾暗中告诫自己:米拉的情感与其宗教紧密相连,她只会爱上同民族的人,应该同她保持距离。这个决心不正是"此地无银三百两"吗? 这表明,潜意识里他在抗拒米拉的吸引力。丹尼尔对米拉的爱情是悄然发生的,无意识的,与他的"民族无意识"同步发展,他对米拉的爱和责任与他的民族之爱和责任密不可分,相辅相成。

　　与米拉深入血液的身份意识不同,丹尼尔的身份认同不是生而有之,而是在外力的影响下逐渐发展和增强的。下文主要探讨丹尼尔的个人身份认同和民族身份认同。身份认同一般指个人与某种特定文化的认同,更具体地说,指"某一文化主体在强势与弱势文化之间进行的集体身份选择,由此产生了强烈的思想震荡和巨大的精神磨难"①。文化身份并非一成不变的僵化定义,也非自然形成,而是后天人为建构而成的,丹尼尔的寻亲和寻根经历充分验证了此点。

　　艾略特多次强调自我身份不确定造成的后果:丹尼尔已完成学业,正在考虑职业的选择。由于出身不确定,他迟迟不能决定未来的发展方向,他盼望早日结束悬疑,以明确职责:"真相也许会带给他痛苦,确实,非常可能如此,但是如果真相会帮助他找到责任,使自己的生活更有意义,能使他避免从事不十分渴望的道路呢?"(p. 402)丹尼尔有强烈的同情心,艾略特暗示,如果他有明确的目标,他的激情会更有目的性和方向感。他渴望"能让自己全身心奉献的事务","把

---

① 赵一凡、张中载、李德恩:《西方文论关键词》,外语教学与研究出版社 2006 年版,第 465 页。

个人之爱与更伟大的事业集于一条滚滚洪流"(p.534)。他渴望成为"社会生活的有机部分,而不是像无肉体的灵魂一样游荡于社会中",他需要"某种外在的事件或内心的觉醒"来促使他找到具体的行动目标。(p.308)他需要一个渠道来实现抱负,但是,由于身份的不确定性,他痛苦地感到,自己想要的生活渐行渐远。这时,米拉对母亲的寻觅诱发了他内心对母亲的渴望,他更强烈地意识到自我身份定位的重要性。幸运的是,在帮助米拉寻亲的过程中,他逐渐接触了犹太生活和文化,认识了米拉的哥哥莫德凯后,对犹太文化和犹太人的复国事业产生了浓厚的兴趣。当他得知自己的犹太身份后,没有吃惊和反感,反而如释重负,身份问题终于尘埃落定,他可以去面对与米拉的爱情,去从事真正有益于自己民族和同胞的事业。

丹尼尔的个人身份明确后,随之而来的是民族身份认同。帮助他建构自己民族身份的重要因素不仅包括他对米拉的爱,更包括他在莫德凯的影响下,对犹太身份和犹太事业的理解和认同。丹尼尔有过参观犹太会堂的经历,穿着民族服装的犹太教徒,目不斜视,有节奏地前后晃动身体,随着拉比大声吟诵,如醉如痴,虔诚无比,这场景触发了他对犹太人在逆境中坚守传统信仰的敬佩。生平第一次,他意识到犹太民族的存在,开始关注其命运,他的"民族无意识"被激起,这标志着丹尼尔民族身份认同进程的起点。

民族身份认同首先来自文化心理认同,在长久的流放中,犹太人共同生活在特定的空间,处于异质文化的包围之中,体验着来自居住国国民的歧视,逐渐形成共同的文化心理,因此犹太族群完全可以被看作一个特定的民族,他们的共同信仰和家园意识构成了他们的民族意识。对家园的渴望在犹太人中自古存在,流散于世界各地的犹太人在特有的宗教信念的引导下,坚信上帝会对他们负责,救世主会带领他们回到故土,这种观念根深蒂固,形成宗教意义上的民族凝聚力。锡安是耶路撒冷的一座山,被希伯来人认为是耶路撒冷城的精神象征与别称。犹太人自称"锡安之女",以此表达对故土的怀恋之情和回归之愿,回归的执着成为散居犹太人宗教生活的中心概念,成为犹太文化遗产的一部分。即使生活在肤色、语言及生活方式不同的人群中间,他们依然保持着这一信仰,延续着犹太民族的属性。

但是,犹太人的回归愿望只有在欧洲民族主义思潮的影响下才得以付诸实践。"民族主义"于1844年作为专有名词出现在社会文本中,指以民族为符号与动力、有着统一意识形态的社会及政治文化运动,以建构民族国家为目的。"想象的共同体"构成了人们对身份、家园之想象的必要组成部分,促成了19世纪轰轰烈烈的民族主义运动。在意大利民族解放运动领袖马志尼等人的感染下,在新一轮反犹主义的逼迫下,犹太人中的有志之士开始为犹太民族复国而努力,一些原本持同化观点的犹太人也逐渐意识到,抛弃民族个性最终会导致民族衰亡。小说中,莫德凯是犹太复国之路的先行者,是一个先知式的神奇人物。他寄居在犹太小商人家里,物质生活清苦,但精神世界丰富。他学问超群,通晓本民族的历史和宗教教义,熟悉世界历史和文化。他主张建立犹太民族独立的政治国家,犹太国家必将平等地屹立于世界民族国家之林,但他并不是狭隘的民族主义者,他主张新的犹太国应该建立在承认和接受差异的基础上,是差异之中的融合(communion with separateness)。

莫德凯短暂的一生都致力于唤醒周围那些寄希望于融入基督文化的犹太人,唤起他们回归故土、恢复民族国家的热情。面对他人的不解和漠然,莫德凯慷慨陈词,表达了坚定的复国理想。他认为,犹太民族的灵魂并没有失去,大众的沉默只是表面现象,他们看不到希望,才显得如此冷漠,如果有人站出来,振臂一呼,犹太人心灵深处的记忆与民族情感会被激发出来。他以意大利的民族运动和美国的独立战争为例,激励同胞不要放弃希望,他们将会成立一个"新的犹太政治实体,一个共和国",犹太民族将拥有一个"有机中心,……可以守望和引导的心脏和头脑;受到委屈的犹太人将和英国人和美国人一样,在世界法庭中受到保护。全世界都会从此受益,因为在东方的前沿会有这样一个国家,它继承和延续了世界上伟大国家的文化和情感,这块土地将成为敌意的终止地,东方的中立地……"(p. 456)在当时的人看来,这个理想无疑是渺茫的。听众尽管不认同他的观点,却被他逆境中的热情和坚定所感动,甚至连对自己的出身毫不知情的丹尼尔也为之触动,希望能够为这样的伟大事业尽绵薄之力。无意识中,丹尼尔已经认同了犹太人的事业,他的"民族无意识"隐隐浮出意识表面。

莫德凯本想奔赴东方,在犹太人中间撒播复国的火种,但不幸身染痼疾,未能成行。他相信东方神秘的灵魂转世说,坚信会找到继任者,把复国信念传承下去,最终实现复国大业。他遇到丹尼尔后就坚信他是犹太人,将成为"自己的人(手),和自己的心(灵魂)"。他对丹尼尔动情地说:"相信我的宗教,运用我的推理,怀抱我的希望,注视我的方向,看着我眼中的荣耀!"(p. 428)

在身世尚不明朗时,丹尼尔已经深深地融入犹太人的生活和梦想中,当莫德凯的预言应验,丹尼尔得知自己果真是犹太人后,他的民族情感被完全唤醒。他欣然接受这个事实,全身心拥抱本民族的过去、现在和未来。此时,他的身份认同不再仅仅关乎职业选择和个人幸福,而是与整个民族的追寻之路并行共进,他的个人命运因此融入民族存亡的大业。母亲试图隐瞒丹尼尔的身世,把他培养成地道的英国绅士,但命运和"民族无意识"的双重推动,使他终于找到了自己的"根"(血缘意识),犹太身份就像他身体里的血液,也许他并没有意识到,但它一直静静地流淌,无法忽视,无法割舍。当丹尼尔接过祖父留给他的文献箱子,他个人的命运就同犹太民族文化和历史紧紧地联系在了一起,至此,他的文化身份建构初步完成。

象征犹太命运和精神的米拉无疑是丹尼尔完美的精神伴侣(soulmate),他们的结合标志着丹尼尔犹太身份的真正实现。莫德凯去世了,继承他思想的丹尼尔将在犹太人的心灵中点燃星星之火,激发他们的复国热情。丹尼尔将和米拉启程前往耶路撒冷,致力于在祖先的土地上重建犹太家园。丹尼尔的个人成长与民族兴旺交织在一起,自我意识与民族意识有机统一。在个人身份不明朗时,他担心会无所事事虚度时光;现在,他个人身份明确,民族身份获得认同,他充满同情心的天性与民族责任感互相结合,互相平衡,他必将度过充实而有成就感的一生。

对丹尼尔在东方的可能作为,艾略特一笔掠过,留给读者开放性的结尾,因为无论是艾略特还是丹尼尔,对此都只有非常模糊的想法。在当时的英国,关于犹太人回归故土建立民族国家的观点是超前的,超出普通读者的想象,基本被认为是虚无缥缈的幻想。虽然早在 17 世纪,英国犹太人亨利·劳斯就曾呼吁散居的犹太人回归巴勒斯坦,重建犹太国家,但那被认为只是美好的空想。19 世纪中后期,欧洲各国不时掀起反犹排犹运动。受到其他民族解放运动的激励,在严酷的形势面前,犹太人开始面对现实,思考政治平等、民族独立的问题。有组织的复国主义运动发端于 1882 年,以里奥·平斯克出版《自我解放》一书为标志。1897 年,第一次复国主义代表大会召开,从此,犹太复国主义转变成世界性的有组织的政治运动。

《丹尼尔·德隆达》出版于 1876 年,犹太复国主义运动兴起于十几年之后,这个时间差导致小说的犹太题材无人看好。但是,今天了解犹太复国进程的读者却不禁叹服艾略特深刻的历史洞察力及政治敏感度,也不禁为她对弱势民族的关怀和尊重而感动。今天的读者也不能忘记问题的另一面:复国后巴勒斯坦居民的命运。萨义德曾指出:无论是莫德凯还是艾略特,他们似乎都把巴勒斯坦地区看成一个只等待犹太人回归的空白领地,世世代代生活在那里的巴勒斯坦人民成了看不见的人。急切返回故土的犹太人没有意识到,他们的回归将给这个历来多灾多难的地区带来何等的苦难与冲突。对东方人的视而不见是东方主义思维定式的自然流露,即使是对弱势民族抱有同情的艾略特,仍无法摆脱所处帝国时代的局限性,在同情犹太人的同时忘却了对另一个民族的责任。

结　语

　　小说结束了，小说引发的话题却远没有终止，对历史上犹太人的同情不能让我们忽视复国后他们形成的新的民族文化心理。建立以色列国后，犹太人的民族自尊心得到了极大满足，复国的成就感加之犹太教深信的"上帝选民"意识导致他们的自我膨胀，他们坚守民族主义，追随带有种族歧视意味的锡安主义政策，盲目排斥中东地区的其他民族。随着国力日强，犹太人的种族主义更具威胁性，他们似乎忘记了历史的沉痛教训，忘记了曾受到的种族主义歧视和排挤，转而认同东方主义的思维方式，视巴勒斯坦民族为"他者"。从此，在国际政治格局中，他们从受迫害的民族，成为西方阵营中的一员。历史开了一个残酷的玩笑，昔日使犹太人身受其害的种族主义和狭隘民族主义，又成为该民族发展的精神桎梏。在当今和平与发展为主流的世界，我们希望犹太人能摆脱种族中心主义，推进中东的和平进程。

　　在边缘化、民族意识、身份认同等问题非常敏感的今天，重读《丹尼尔·德隆达》，我们体察到艾略特对所谓"英国性"的挑战，对犹太人经典"他者"形象的探索，对弱势群体民族身份建构的关心。我们也理解了小说出版后广受犹太人欢迎的根由：它为处于同化主义泛滥的威胁下思考民族身份问题的犹太人带来了灵感、信心和希望。

　　（文中只标明页码的引文均来自艾略特的小说 *Daniel Deronda*，详见参考文献）

《德拉库拉》与反向殖民

　　20世纪七八十年代,美国开始流行吸血鬼小说,安妮·赖斯的"吸血鬼纪事"系列、斯蒂芬·金的《撒冷镇》等,都是大热之作。今天,吸血鬼小说的热度非但未退,反而又有升温。随着史蒂芬妮·梅尔的"暮光之城"系列小说及其改编影视剧的走俏,人们对吸血鬼的热情被再次开启。"吸血鬼"俨然成为流行语,同时催生了吸血鬼旅游等新的经济形式。在这种社会文化氛围中,重读《德拉库拉》这部经典吸血鬼小说,就更有其特别的意义。

　　1897年,布兰姆·斯托克创作的《德拉库拉》(以下简称《德》)出版,迅速风靡英国,继而开始征服全世界的读者。至今,由其改编或演绎的电影与戏剧,已经超过200部,其永久的魅力可见一斑。这部小说广泛流行,以至于一提到吸血鬼,人们首先想到德拉库拉,"德拉库拉"几乎成为"吸血鬼"的代名词,其家乡特兰西瓦尼亚也成为许多人趋之若鹜的旅游胜地。虽然斯托克享有"吸血鬼之父"的名号,但他并不是英国第一个创作吸血鬼小说的人。在他之前,大诗人拜伦的私人医生约翰·波里杜利创作了短篇小说《吸血鬼》(1819),后来,又有詹姆斯·莱默的《吸血鬼瓦尼》(1840)和谢里丹·勒·法奴的《卡米拉》(1872)等作品问世,但是,斯托克的德拉库拉伯爵却被认为是第一个现代吸血鬼的模板。

　　吸血鬼小说专家伊丽莎白·米勒曾指出:"吸血鬼们体现的通常

是当代威胁。"①尽管有此说法,但是,早期吸血鬼小说中的故事背景并不是当代,而是距离读者比较遥远的时代,可谓借古喻今。而《德》具有与时代同行的特点,与当时的其他"城市哥特小说"(如史蒂文斯的《化身博士》、王尔德的《道林·格雷的画像》等)相似,它的故事背景是 19 世纪末的伦敦。各种现代因素,诸如打字机、速记机等新发明,在小说中出现,为小说增添了现代气息,引发了学者的研究兴趣;另外,小说描写的吸血行为带有强烈的性爱意味,尤其是对女性性欲的暗示,也引起了学者的关注。从出版至今,学者运用各种批判视角解读这部小说。近年来,更多论者运用弗洛伊德和荣格的精神分析理论或女权主义理论研究这部小说的现代性。但是,《德》中与现代议题密切相关的一个方面却时常被论者忽视:早期的吸血鬼基本与受害者同属一个族群,通常是某个英国贵族,但是,德拉库拉的情况却完全不是这样,它是外来者,是来自东方的异族。如果认为吸血鬼小说是当代威胁的体现,那么,德拉库拉所体现的当代议题就是:面对异族"他者"的反向殖民威胁,英国人普遍产生的忧虑与恐惧情绪。这个议题与小说创作时的社会文化氛围息息相关,可以说是英国社会文化问题的直接反映。

《德》发表时,每一个英国人不得不面对的社会现状是:国家正在不可避免地开始走向衰落,英国作为世界头号强国的地位日益受到挑战。德国、美国的政治和经济力量正在迅速崛起,而看英国在海外的扩张,它的殖民地和属国内部动乱加剧,再看英国本土,舆论关于帝国主义政策道德性的反思导致人心浮动,这些都在吞噬着英国人对"日不落帝国"未来的信心。1880 年的布尔战争,可以称得上是英帝国发展史上的一道分水岭:在此之前,帝国不断上升;在此之后,帝国走向衰落。布尔战争让英国大众深刻体会到了殖民扩张的苦涩后

---

① Mikhail Lyubansky. "Are the Fangs Real? —Vampires as Racial Metaphor in the Anita Blake and *Twilight* Novels". http://www.psychologytoday.com/blog/between-the-lines/201004. (2010-08-18)

果。英国军队虽然战胜了南非的布尔人,但是,为了征服这样一个很小的民族,英国派出的军队的人数甚至超过了布尔的人口总数,花费了3年时间,伤亡近2.2万人,耗资20多亿英镑,不仅代价高昂,还失去了国际社会的道义支持。如此惨痛的胜利,深深震撼了英国人的心灵。维多利亚时代末期的文学作品不时流露出这样一种意识:无论作为一个族群,还是政治、社会和文化力量,英国都在不由自主地走向衰落。在英国面临的各种威胁中,一个最令人不安的威胁来自受它奴役或殖民的东方国家。19世纪的最后十年,英国文学中不仅出现了所谓的"入侵文学"(invasion literature),还催生了许多后来被称为"反向殖民"(reverse colonization)的叙事文本。前者虚构了某民族或国家对英国进行的入侵行动,后者则记叙了某种"原始"力量对"文明"世界进行的殖民化。在流行文学中,类似题材的作品更多一些,如哈格德的《她》中,统治非洲原始部落的女王爱莎对白人探险者表达了进军英国、占领伦敦的计划。柯南·道尔的侦探故事《四个签名》和《驼背男子》,吉卜林的短篇小说《野兽的印迹》和《航行的终点》,威尔斯的科幻小说《时间机器》《火星人入侵地球》和《世界大战》等,都或多或少地包含反向殖民题材。《德》中,伯爵从东欧来到伦敦的举动,也可看作一种反向殖民的情形。无论这些作品中的原始力量以何种形象出现在故事中,都发生了出人意料的情节突转:殖民者被殖民,剥削者被剥削,施害者反受害。这种题材中反映出来的恐惧,是与英国人对本国衰退趋势的认识密不可分的。

在英国人对待被殖民民族的复杂情感中,除恐惧外,还掺杂着内疚的成分。《德》问世的19世纪90年代,东方游记作品依然流行,此类作品大都流露出英国人明显的优越心态和帝国意识。但是,在实施多年的殖民统治后,一些游记文学中渐渐出现了对殖民统治道德性进行质疑的反思声,开始唤起国内民众的内疚感,民众在到处为害的入侵"他者"身上看到了帝国行径的丑陋。作为幻想文学,反向殖民叙事似乎暗示,反向殖民是英国殖民者应得的惩罚,给有内疚感的读者提供了实现殖民罪恶救赎的渠道。恐惧与内疚相伴，以及对大英帝国辉煌之后命运走向的忧虑，促成了斯托克对吸血鬼德拉库拉伯爵的独特塑造，以及对吸血鬼传统的改写与创新。

　　小说开篇就突出了西方与东方的对立意象。小说前四章是哈克的日记，记叙了他的东部之行。哈克是游记文学的爱好者，因此，记叙他前往特兰西瓦尼亚旅程的开始三章，在风格和语言上，似乎是对游记文学的刻意模仿。他踏上旅途，带着从以往的东方游记中获得的印象与知识。同许多东方游记相似，哈克的日记毫不避讳地传达出西方人的优越感和隐约的帝国意识。乘坐的火车横穿多瑙河之后，哈克写道："我当时的印象是，我们正在离开西方，进入东方。"(p. 7)在哈克眼里，多瑙河是东西方的分界线。在英国人的心目中，哈克要去的目的地——东欧的特兰西瓦尼亚地区，是地地道道的东方。根据后殖民主义理论家萨义德的观点，"东方几乎是被欧洲人凭空创造出来的地方，自古以来就代表着罗曼司、异国情调、美丽的风景、难忘的回忆、非凡的经历"①。果真如此，哈克来到他心目中的东方之后，便开始寻找异域风情——欣赏古雅的旅馆、品尝特色菜肴、凝视劳作的居民、惊叹壮观的景色、考察当地的风俗，一副标准的西方旅行者神态。在西方优越论氛围中浸润过的哈克，已经完全内化了东西方之间二元对立的思维方式，对东方及东方人怀着先入为主的偏见。在日记里，他对路途中的风土人情品头论足，一举一动流露出东方主义者的心态。他多次抱怨火车的晚点，"越靠近东方，列车越不准时"(p.4)，话里话外都暗示东方的落后，东方人的懒散、做事无章法以及不负责任。火车到站，当地人听说他要去德拉库拉城堡，都为他担心，一个老太太还竭力劝他不要去城堡。听到这些，他在内心嘲笑老太太的激动和顽固。他虽然接受了老太太送的十字架，以此作

---

　　① 爱德华·W.萨义德著，王宇根译：《东方学》，生活·读书·新知三联书店1999年版，第1页。

为护身符,却在心里暗自嘲笑老太太的荒唐与迷信。每时每刻,他都在强调东方的落后与迷信,从而反衬西方的进步与理性。

到达目的地之后,他的所见所闻,大大削弱了自己作为西方人的自信。日记的口吻不再镇定自若,而是充满迷惑与恐惧,不再使用前面那种典型的东方游记式叙事模式。他在想象中构筑的东方人形象——愚昧、落后、懒散、堕落,完全来自当时的媒体和游记文学。可是,请他来处理法律事务的德拉库拉伯爵,根本不符合他心中的东方人形象。以哈克的标准,伯爵可谓非常西方化:他不仅理性、聪明,而且守时、做事有条理、愿意接受新鲜事物。在购买伦敦的房产之前,伯爵做了大量的调查研究。伯爵认真学习英语,阅读英国出版的书籍和杂志,努力了解英国的"历史、地理、政治、经济、生物、地质、法律等,一切与英国生活和习俗有关的东西"(p. 18)。为了移居英国,他花了几年时间研究英国,在许多领域都与哈克这个英国人不相上下。到这里,表面上,东西方之间的界限模糊了,实际上,东西方之间的对立却更加突出。哈克,这个来到东方的西方人,终于明白,自己是在为一个对西方了如指掌、准备进驻西方的吸血鬼服务,此时,东西方之间对立的意象更加明朗化。在城堡中,哈克眼睁睁地看着伯爵穿着自己的西式服装,出城堡寻觅孩童为食;找上门来的当地人误认为哈克是"吸血鬼",大声指责,他却无从辩护。在城堡里第一回合的较量中,哈克明显是失败者。他没能阻止伯爵的计划,反而因过分震惊与恐惧,落得大病一场。向来受蔑视的东方人,击溃了理性进步的西方人,这事实本身就足以令任何一个西方人深感不安。当看到东方人穿着西式服装扮成自己人,且还能以假乱真时,可想而知,维多利亚时代的读者是多么震惊与恐惧。

在《德》中,斯托克对吸血鬼德拉库拉家乡的选择,也颇具匠心。通过突出其东方来源地这一属性,斯托克令读者更容易地联想到当代议题。小说酝酿之初,斯托克想把德拉库拉的城堡安置在勒·法奴笔下的吸血鬼的家乡,后来,才将其挪往东欧的特兰西瓦尼亚。它位于欧洲最东部，紧邻大部分国土位于亚洲的土耳其帝国，属喀尔巴阡山脉地区。在当时英国人心目中，它是恼人的"东方问题"的一部分，那里政治动乱和民族冲突不断，英、法与俄、土之间的克里米亚战争与这个地区也有关系。斯托克把德拉库拉城堡搬到这里，赋予了小说明显的政治意义。维多利亚时代的读者对喀尔巴阡地区的了解，无外乎在这一地区历史上，曾经发生过没完没了的政治动荡、民族仇杀与频繁的帝国更替。关于这个地区的各种描述，一般会强调各民族文化的冲突与帝国命运的循环。小说中，德拉库拉向哈克介绍，他的家乡曾遭受持续不断的外来入侵，德国人、斯拉夫人、阿瓦尔人、马扎尔人、土耳其人，像走马灯一般，都来进犯，又被击退："几乎每一尺土地都因战士、爱国者与入侵者的鲜血而更加肥沃。"有如此的历史背景，伯爵反问道："我们是征服的民族，这难道奇怪吗？"(p. 26)

德拉库拉属于什么民族呢？可以做双重解读。首先，是他的塞克利民族身份。这个民族主要居住在特兰西瓦尼亚，是匈牙利民族的分支，历史上以骁勇善战闻名。据学者考证，斯托克笔下吸血鬼的名字取自特兰西瓦尼亚历史上著名的德拉库拉将军，还借鉴了他的部分生平。德拉库拉将军是15世纪当地的统治者，曾多次领军击退奥斯曼土耳其帝国的进犯。他以残酷的穿刺刑惩罚敌人，令敌人闻风丧胆。虽然小说中的德拉库拉伯爵并不等同于这位历史人物，但是，斯托克在描述伯爵的过去时，有意识地强调了他作为征服者和勇士的身份。其次，伯爵的民族也可以解读为他目前的新种族——吸血鬼。他以吸食别人的血液维持生命，同时也把受害者变成吸血鬼。把异类变成同类，这本身仍是一种征服。斯托克对德拉库拉伯爵的身份保持一定的歧义，似乎暗示，他的吸血鬼身份与征服者身份不可截然分开。生前的征服者，即使变成吸血鬼后，仍可以征服者和控制者的形象出现，而他带来的威胁丝毫不亚于那些勇猛的征服民族的威胁。他因吸食他人的血液而变得更加强壮，受害者却虚弱下去，直至死去,被同化为吸血鬼。他精力充沛、活力十足,截然不同于之前的吸血鬼形象——苍白、瘦弱、懒洋洋的颓废贵族。斯托克通过改写吸血鬼小说的传统,在民族冲突、帝国衰亡与吸血行为之间建立起密切联系。吸血鬼的出现是麻烦的征兆。德拉库拉计划移居伦敦,他将把威胁和危险带到大英帝国的心脏,这似乎预示着,伦敦将代替喀尔巴阡地区,成为族群冲突与政治动荡的发生地。

德拉库拉为什么会选择伦敦?除了其庞大的人口可以作为他充足的食物来源外,他对哈克说的话透露了个中秘密:"我当主人那么长时间,还要继续做主人——或者至少不让他人做我的主人。"这令哈克不寒而栗,他想象着德拉库拉到达伦敦的后果:"在拥挤着百万人口的伦敦,他将充分满足自己对鲜血的贪婪,同时,创造出一个靠剥削无助的人们而不断壮大的、新的魔鬼群。"(p. 67)毫无疑问,这个魔鬼的到来,会令维多利亚时代的读者们胆战心惊。

德拉库拉在英国的东海岸登陆,而后西行,来到伦敦,把装有家乡泥土的 50 个箱子分放在事先购买的房子里,这些房子遍布伦敦的四面八方,他要成为伦敦真正的主人。做好充分准备之后,他开始了在伦敦的生活。他通过吸食露西的血,把她变成自己的同类:"(她)漫不经心地,像个魔鬼般无情地,把刚才紧紧抓在怀里的孩子摔在地上,如同饿狗面对骨头一样扑上去,嘴里哼哼着。"(p. 175)看到一个英国贵族女孩被同化为恐怖的吸血鬼,读者心中一定会五味杂陈,愤怒、恐惧和绝望之情油然而生。同化总是与殖民化过程相伴相生的。帝国主义实行同化政策,让殖民地认同宗主国的政治形态、经济利益和文化价值。殖民地被"文明化"的过程,其实就是被西方同化的过程。在这个意义上,把异己变成自己可控制的同类的吸血行为,可以看作对受害者身体的殖民行为;来自东方的异族吸血鬼把西方人转化为同类的过程,可以解读为东方人对英国的反向殖民化过程。由此,德拉库拉成为种族符号,成为来自"他者"的挑战和威胁的象征,他的行为变成殖民行为的同义词。从德拉库拉身上,维多利亚读者不仅可以反观自己文化中的殖民意识之丑陋,更可以体会到来自异族的可能的反向殖民之恐怖。

德拉库拉来到伦敦之前,对英国生活的方方面面已进行了充分研究。由于他是通过书本学习的英语,他又逼迫哈克留在城堡一个月,以便有足够的时间练习口语。因此,来到英国的德拉库拉不仅说话流利,而且对当地的风俗人情了如指掌。他穿上英国人的服装,穿行在伦敦拥挤的大街小巷,几乎可以被当作本地人。他似乎真正掌握了培根名言"知识就是力量"的真髓,依赖已获得的关于英国的知识,他在自己的对手面前更加自信,更加游刃有余。福柯把培根的名言改写成了"知识就是权力",在考察殖民关系上,这个说法似乎更加贴切。德拉库拉运用自己所学的知识,获得了掌控英国人命运的力量,暂时改写了东西方之间固有的权力结构。

哈克久病初愈回到伦敦,不久,他遇到了在这里混得如鱼得水的德拉库拉伯爵。小说中这部分内容,是由哈克的新婚妻子米娜叙述的:他俩正在皮卡迪利散步,米娜正在看一个非常漂亮的女孩,突然,她感到哈克在猛抓自己的胳膊。"他脸色苍白,眼睛外凸,似乎一半出于恐惧,一半出于震惊。他凝视着一个高大瘦削的男人,这个男人则在凝视着那个漂亮女孩。他死死地盯着她,根本没有注意到我们俩。他的脸让人不舒服,冷硬、残酷而感性。他一直盯着她。"(p. 206)从这个场景看,德拉库拉似乎已经融入本地人,他肆无忌惮地盯着女孩,后来又尾随她而去。哈克之所以如此恐惧,是因为他明白,德拉库拉已经选中了下一个受害者,更可怕的是,无人能够阻止他继续施害。而哈克如此震惊,一方面是因为,德拉库拉看起来比在特兰西瓦尼亚时更年轻、更矫健了。在英国,他似乎生活得很惬意,一如哈克最初的预料,俨然一副主人的神态。另一方面,更让哈克(和同时代的读者)难以接受的是:德拉库拉已经融入了伦敦社会,无人认识他,无人妨碍他,他可以自由地穿行于伦敦的大街小巷。哈克看到伯爵的地点是皮卡迪利,这个地点的选择也不无深意。19世纪80年代，伦敦已经逐渐形成东西区的划分。东区是港区，工人、外国移民居多；西区是富人区。皮卡迪利是西区的时髦繁华之地，紧邻王宫和政府部门所在地，可谓帝国心脏的中心。看到一个东方人在自己的首都如入无人之境，维多利亚读者的不安、震惊和恐惧丝毫不亚于哈克。

上文米娜的叙述中，"凝视"一词在当代读者心中可能会引发更多的联想。"凝视"是现代文化批评中常涉及的概念，是"携带着权力运作或欲望纠结的观看方法"，"观者被权力赋予'看'的特权，通过'看'确立自己的主体位置，被观者在沦为'看'的对象的同时，体会到观者眼光带来的权力压力"。[①]在西方殖民者和被殖民的东方土著人之间，殖民者一向担任着"凝视者"的角色，殖民对象成为其居高临下目光的承受者。可是，在上文中，这种关系被颠覆，德拉库拉成了从容而优越的凝视者，英国女孩沦为凝视的对象。德拉库拉对这个女孩的凝视蕴含着征服欲和占有欲，带着与西方探险者凝视殖民地景观时相似的优越感和种族意识。这个英国女孩反而成为斯图尔特·霍尔所说的"'他者'的景观"。以往的殖民者（英国本地人）被"他者"化，外来的异族人反而占据了中心和强势地位。维多利亚人担心的外来异族的反向殖民，似乎即将在德拉库拉身上实现。德拉库拉学会了英国殖民者的种种行径，甚至超越了他的"老师"；更令人不安的是，他变得更为强壮，在与哈克、赫尔辛教授等四人组成的"光明之队"的斗争中，一直占据上风，从他们手里夺走露西，把她变成吸血鬼。在争夺露西的过程中，东西方之间的对立状态达到了顶峰，而且，是东方压倒了西方。正如赫尔辛教授所警告的，如果任德拉库拉继续猖狂下去，他很快就会变得战无不胜。他的成长并不局限于个体的成长，更意味着他的整个族群的进步。上文曾论及，德拉库拉代

---

① 赵一凡、张中载、李德恩：《西方文论关键词》，外语教学与研究出版社 2006 年版，第 349 页。

表两个族群：吸血鬼和东欧彪悍的征服民族。他的双重身份不可截然分开，无论拥有哪个身份，德拉库拉都是野心勃勃、极具危险的征服者。通过描述德拉库拉的成长，斯托克表达了对异族力量日益壮大的担忧，因为这些异族力量很可能会严重到威胁英国的国家安全。

尽管越来越强大，德拉库拉最终还是败在"光明之队"掌握的高科技之下。尽管逃回了家乡特兰西瓦尼亚，他也未能逃脱被彻底消灭的下场。在与异族的较量中，英国人取得了最终胜利，但是，这个结局并不能否定整部小说直到最后几页还在传达的担忧与恐惧：对英国国力日益衰落的忧虑，对德拉库拉象征的"他者"的恐惧。斯托克为小说安排的这种结局，是由《德》的哥特式小说的性质所决定的。根据克拉夫特的观点，哥特式小说具有比较模式化、可预料的情节：首先，引出"怪物"；然后，在相当长的一段时间内，正面人物与"怪物"斗争；直到结尾的几页，"怪物"被驱赶或消灭；最后，他（她、它）所破坏的秩序得以恢复。①我们在上文曾提到的几部反向殖民叙事小说中都能发现类似的模式。当原始或异域的入侵力量被驱逐，原有秩序恢复之后，文本中潜伏的焦虑情绪得以缓解。哈格德笔下的爱莎女王、威尔斯的火星人、吉卜林的"银人"，或被消灭，或被赶出英国。《德》也不例外，来自东方的"他者"被消灭，反向殖民以失败告终，英国的优势地位得以重新确立。小说中另外一个细节也值得一提：唯一的美国人——单纯正直的昆西在与德拉库拉的搏斗中丧生。为什么是昆西而不是别人？文本中没有任何线索，读者却不可能忘记，19世纪 90 年代，在海外势力扩张中，崛起的美国是英国最强有力的对手之一。美国，这个英国的前殖民地，大有超越其宗主国的势头和野心，这也是当时英国人耿耿于怀的隐痛之一。读到昆西的死，当时的读者也许会在潜意识中感到一丝快慰？

---

① Christopher Craft. "'Kiss Me with Those Red Lips': Gender and Inversion in Bram Stoker's *Dracula*". *Representations*, 1984, p. 107.

斯托克设置的大团圆结局,让沉浸在焦虑和恐惧中的读者,绷紧的神经得以放松,紧张的情绪得以舒缓。读者在如释重负之余,一定会得到极大的阅读满足。果不其然,斯托克同所有优秀流行作家及电影导演一样,深谙娱乐之道,清楚地知道,如何能够让读者或观众宣泄压抑在潜意识深处的情绪。当然,这个结局只是幻想而已,是斯托克的,也是读者的一厢情愿。综观小说,发生在区区几页纸中的结局,丝毫不能掩盖小说中绝大部分篇章流露出的焦虑、恐惧,甚至绝望的情绪。

19世纪末期的英国人,已经清晰地意识到大英帝国的势力正在减弱,殖民文化正在退步,帝国正面临来自内部和外部的威胁。其实,当19世纪帝国力量达到前所未有的顶峰,尚未出现颓势的时候,英国就有人对帝国的未来发展提出过疑虑。在英国国内,有人把大英帝国与辉煌一时的古罗马帝国相提并论,此说不无炫耀和骄傲的成分,但就是这种类比,又让许多英国人不可避免地联想到古罗马帝国由盛而衰的历史命运。以史为镜,任何帝国都会遵守建立、发展、兴盛、衰落的历史规律,大英帝国也不可能摆脱这种窠臼。正因为如此,19世纪末的英国人才会对异族文化的影响、异族势力的上升如此敏感,流行文学作品才会频繁地触及、暗示异族的反向殖民或入侵等题材,也许这是作家代表读者大众对帝国理想"无可奈何花落去"而发出的哀叹吧。

(文中只标明页码的引文均来自斯托克的小说 *Dracula*,详见参考文献)

狄更斯对印度兵变的误读与书写

早在 1969 年,英国学者格林伯格就说过:"英国与印度的联系是历史上最引人入胜的事件之一。"①后殖民理论创始人萨义德也说:"只要考虑东方就无法回避印度。"②在英国文学史的不同时期,对于英国统治历史最长、领土最广大的东方殖民地——印度的书写并不少见:从 19 世纪初司各特《外科医生的女儿》中作为故事背景的美丽印度,到 19 世纪中期萨克雷和狄更斯小说中塑造的印度仆人形象;从 19 世纪末吉卜林、福斯特对帝国命运的思考,到 20 世纪中后期奈保尔、拉什迪对身份、文化问题的纠缠,不一而足。关于英国文学中印度书写的研究,在国外方兴未艾。而考察我们国内的情况,虽然国内学者对于后殖民时期的作家——如奈保尔和拉什迪等的研究几乎已成热点,但是,关于帝国时期英国文学中的印度书写,还缺乏全面而系统的研究,处于刚刚起步阶段,且对这个话题的重视程度不够。③本文试图抛砖引玉,引发学界对此研究领域的关注与重视。下文将

---

① 尹锡南:《英国文学中的印度》,四川出版集团巴蜀书社 2008 年版,第 1 页。

② [美]爱德华·W. 萨义德著,王宇根译:《东方学》,生活·读书·新知三联书店 1999 年版,第 97 页。

③ 四川大学尹锡南教授 2008 年出版的《英国文学中的印度》属于这方面的领军之作,对英国文学中的印度题材做了比较全面的综述。但是,尹教授的侧重点仍然是 19 世纪末和 20 世纪的作家,对于英国作家如何看待、书写英印历史中的一个重要转折点——印度兵变,他只用了 3 页粗略带过,没有对具体文本进行深入解读。

以狄更斯的《英国犯人历险记》为范本,以互文性理论为支撑,探讨狄更斯对震惊英国国内的印度兵变的书写。

1857 年 5 月 10 日,在印度小城密特拉,英国军队中的印度兵发动哗变,他们杀死英国军官(以及他们毫无防护的妻儿),印度民众纷纷支持,拥戴追随莫卧儿皇帝,叛乱很快席卷印度北部地区。事件的导火索与宗教信仰有关。有传言说,当时刚引进不久的恩菲尔德步枪的弹匣以猪、牛等动物的油脂进行润滑,而这种弹匣必须用牙咬开才能使用。印度兵大都信奉印度教或伊斯兰教。三名印度士兵因为拒绝使用这种步枪而被处死,这引发了广大印度士兵的不满,从而导致这次英印关系史上著名的"印度兵变"。关于这一事件的性质,各方反应不一,西方国家通常认为是印度兵变或封建王公叛乱,马克思最先对这一事件做出了民族起义的判断,印度革命者则称之为"第一次印度独立战争"。英国政府耗费了巨大财力和人力,历时一年多才平息了这次暴乱。印度兵变震惊了英国各界,成为英印关系史上的重要转折点。

印度兵变发生之前,在普通英国人的想象视域内,印度只不过是英国富裕与繁荣的一个遥远背景而已,是"沉默无声的、在意识形态中被作为边缘的东西"①,而在许多英国作家笔下,印度作为英属殖民地,或是人们的冒险、积累财富之地,如像《名利场》中的约瑟夫那样成为当地的土财主;或是传教士传播上帝福音的蛮夷之地,如《简·爱》中的里弗斯牧师的理想;或是不够优秀的次子们的"谋生之道",如狄更斯先后把两个儿子送到印度谋职;或是一个充满异域情调与神秘气氛的东方古国,如 1851 年的水晶宫博览会的印度展区旨在再现的印度形象。因此,兵变的突然爆发与迅速蔓延,以及英国妇女儿童被印度兵杀害的残暴场景,对英国国内民众的心理冲击,可以用

---

① [美]爱德华·W.萨义德著,李琨译:《文化与帝国主义》,生活·读书·新知三联书店 2003 年版,第 89 页。

"强烈震撼"来形容。此时的印度已不再遥远,它强行进入英国人的意识表层,迫使英国人不得不严肃对待。随着关于印度兵暴行的消息纷至沓来,尤其是印度兵在坎普尔城凌辱杀害手无寸铁的妇女儿童的消息,英国人被激怒了,许多人愤怒地撰文谴责。狄更斯作为"英国的良心",更是在其自创的喉舌刊物《家常话》中,发文表达立场。他措辞严厉,情绪愤慨,呼吁英国政府派重兵镇压,铲除叛乱者,一反常态地失去了往日对待印度事务的温和中立形象。除此之外,他还与维尔基·科林斯合作,于1857年底发表小说《英国犯人历险记》,对印度兵变进行书写。

《英国犯人历险记》是一部中篇小说,共分三章,第一章和第三章由狄更斯完成,中间一章由科林斯写就。故事情节非常简单:在西印度群岛英属伯利兹殖民地的一个小岛上,生活着一群英国人,除了几名行政人员外,妇女儿童居多,他们大都是附近银矿工作人员的家属。这个小岛被英国人用作储藏银矿石的仓库,以及来自陆地的补给船的中转之地。故事的叙述者吉尔·戴维斯是英国皇家海军的一名普通水兵,他服务的轮船除了为小岛上的居民带来物资补给之外,还有另外一个任务:消灭附近经常出没的海盗。轮船来到小岛后,由于一个土著人的出卖,英国人遭到海盗偷袭。而当时大部队已经出发去追逐海盗,于是,戴维斯等留守的英国士兵与岛上英国居民一起抗敌,尽管所有英国人,包括玛丽安等女士,都表现得异常顽强英勇,但最终还是因寡不敌众,落入海盗之手。历尽千难万险之后,在玛丽安的帮助下,戴维斯率领这些英国人逃离海盗的控制,最后获救,胜利返回小岛。

狄更斯自己曾表示,这篇小说的灵感来自1857年的印度兵变。他在信件中说:"这其实是一个故事,……我精心计划这个故事,就是为了纪念在印度，我们的英国性格所表现出来的最好品质。"①虽然狄更斯把故事的背景转移到西印度群岛的一个小岛上，时间也推前了一个多世纪，但是，主要故事情节其实就是在印度兵变中英国人经历的再现，小说中，印度兵变成了暴虐残酷的海盗，印度人变成了伪善狡诈的西印度土著。然而，小说并不是印度兵变的完全再现，其结局截然相反：在真实的历史事件中，英国妇女儿童在坎普尔遭到蹂躏后被血腥屠杀，而小说中的英国人却成功脱险，妇女儿童避免了被凌辱的结局。狄更斯对这一事件的书写，折射出他个人对英印关系、对殖民事务的诸多思考，而结局不仅寄托了维多利亚时代对女性与儿童的理想化的愿望，亦满足了狄更斯保持英国女性忠贞纯洁的幻想。

下文将通过对这部小说、狄更斯同时期的文章《高尚的野蛮人》以及当时占统治地位的"印度叙事"的互文性分析，探讨狄更斯在印度兵变后发表极端言论背后的原因。

土著"他者"与"模拟人"形象建构

萨义德在《东方学》中指出，东方学家们用充满欧洲优越感的情怀把东方描述成"铁板一块"的抽象概念，把东方人当作研究、处理、评判与表述的对象，把他们概括成没有个体差异的刻板集体形象。他们把东方人整体上描述为非理性、堕落、幼稚，并且工于计谋、阴险而狡诈的形象。这里的东方人概念其实可以扩展为所有的有色人种。在小说《英国犯人历险记》中，狄更斯刻画的土著形象完全符合东方主义者笔下对东方人形象的定位。

狄更斯在其众多小说中，一直对受剥削与压迫的下层群体抱以深切的同情，对统治阶级与不合理的制度则进行了不懈的批判。但是，在种族问题与殖民问题上，他却是个不折不扣的"东方主义者"。

---

① Graham Storey. Ed. *The Letters of Charles Dickens*. Vol. 8. Oxford：Clarendon Press，2002，pp. 482—483.

举例为证,1840年,他在访问美国期间,曾对奴隶制的残忍表达出厌恶之情,回国后,他也参与了废奴宣传,然而,他的废奴立场与他对黑人的态度却毫无关联。尽管他支持黑人获得独立与自由,但是,他却远远不能想象或接受黑人与白人享有平等地位的前景。在《美国札记》中,狄更斯在对黑人整体寄予同情的同时,却刻画了大多怪诞畸形的黑人个体形象,流露出深深的白人优越感与种族意识。

1853年,狄更斯更是受其思想导师卡莱尔的影响(卡莱尔写了《黑鬼问题》一文),在《家常话》中发表《高尚的野蛮人》一文。"高尚的野蛮人"一词,最初由卢梭提出,用来指那些"人类堕落之前的更质朴、纯洁的人"①,但是,狄更斯文章中的高尚一词绝不是卢梭笔下的意义,而是反讽的用法。在狄更斯眼里,有色人种只不过是低级的另类,是西方文明美德的陪衬。他对有色人种极尽侮辱贬低之词,称他们"残忍,狡猾,惯于偷窃,长于谋杀,沉溺于落后的习俗,是擅长自吹自擂的野兽,傲慢、讨厌、嗜血的小人",并多次宣称,他们最好从地球上消失。② 在当代后殖民主义的氛围下,这篇文章的种族主义腔调几乎令人不愿阅读,难怪有评论家认为,写作此文时的狄更斯表现出"难以控制的歇斯底里"。

在《英国犯人历险记》中,狄更斯对当地土著居民的描述同样体现了他根深蒂固的种族意识。单从称呼上看,他称这些土著为"桑波人"(Sambos),这是对当地黑人与印第安人后裔的蔑称,如同把黑人称作"黑鬼"一样。英国人与当地土著共同生活在小岛上,但是,狄更斯笔下的土著,除了基督徒乔治·金,其他人在小说中只呈现出一个模式化、脸谱化的集体形象。投降海盗后的土著无疑是作为白人的对立面(具有威胁性的"他者")而存在的,他们一反平时的低眉顺

---

① [英]迈克·克朗著,杨淑华、宋慧敏译:《文化地理学》,南京大学出版社2003年版,第80页。

② Charles Dickens. "The Noble Savage". http://www. readbookonline. net/readOnLine/2529/.(2010-12-20)

眼和友好假象,与海盗一起屠杀英国人。实际上,在得知土著人叛逆之前,戴维斯对他们的描述就已经流露出了深深的歧视,土著人投降海盗之后,他更是多次使用带有贬义或指称动物的词汇,如"蛇""魔鬼""食人族"等,在妖魔化这些土著人的同时,把他们降至动物的低等层次,而英国白人则是高高在上的"文明人"。作为一个英国的普通士兵,戴维斯对这些土著的态度只不过是当时流行的殖民话语与种族主义的投射与内化而已。我们知道,种族主义者常把文化与自然的二元对立应用于白人和有色人种这两个种族文化群之间,刻意夸张二者的差异。他们打着科学的旗号把人的生物属性与社会属性混为一谈,把土著人动物化或妖魔化,同时将自我提升为文明的代言人,以"他者"野蛮反衬自我的文明。与他对英国士兵的浪漫化、英雄化相反,狄更斯通过戴维斯之口对土著"他者"的描写呈现出赤裸裸的妖魔化倾向,英国人是英勇无畏的,土著是猥琐奸诈的,这充分体现了作者深受几乎无处不在的种族优越感与二元对立殖民思维的影响。

在土著人模糊的集体形象中,狄更斯刻画最鲜明的莫过于基督徒乔治·金了,在狄更斯眼里,他身上集中了所有土著的卑劣品质,是伪善、狡诈、残忍的代表。他说着一口蹩脚的英语,对小岛上的白人点头哈腰,极尽奉承,似乎最为友好。但是,从一开始,戴维斯就本能地表达了对乔治·金的不信任:"如果我是船长,而不是一个列兵的话,我早就把他踹下船了。我说不清为什么,但我知道该这么做。"(p.6)轮船进水后,乔治·金忙前忙后,帮忙抢救物资,戴维斯不情愿地承认,或许自己误会了他。但是,后来的事实证明,乔治·金的所作所为只不过是迷惑白人的假象。他提供假情报,把大部分官兵引走;他暗中联络海盗,带领海盗从密道包抄白人定居点。捉住戴维斯后,他说:"基督徒乔治·金很高兴抓住了士兵。基督徒乔治·金等很长时间了。"(p.30)这番话非常传神地揭露了他平时伪装之深及其两面三刀的本性。乔治·金这个虚构的艺术形象,几乎是狄更斯在

《高贵的野蛮人》中描写的土著形象的经典再现，这不仅体现了狄更斯一贯以来的种族偏见，更意味深长的是，在殖民者眼里，这个形象浓缩了被殖民者对英国身份的威胁，这个形象的塑造间接地揭示了狄更斯对被殖民者"某一天揭竿而起"的隐忧。

后殖民理论家霍米·巴巴提出了"模拟人"的概念，模拟指的是当地人对殖民者的一种模仿，但这种模仿却并不完全一致，而且暗含着嘲弄和变形，在此，殖民话语变得面目不清。模拟人的形象是一个经过改良的、文明化的、表面熟悉的，因而似乎可控的"他者"形象。模拟人的存在，是殖民者本人所作所为的直接结果。殖民者一向自诩为文明人，西方国家是文明的中心，殖民行为是给当地人带来文明的过程。巴巴的理论认为，虽然模拟表面上看起来是对殖民话语的尊重，但是，模拟人在实践中却戏弄了殖民者的自恋和权威。模拟人的存在本身恰恰可以削弱西方帝国的文化霸权。其策略是，被殖民者"表面上在模仿西方主流话语，实则通过这种戏弄削弱并破坏了西方的思维与写作方式的整体性和一贯性"①。事实证明，巴巴的理论是正确的，印度的独立很大程度上源于受到英式教育的印度知识分子阶层的努力。

狄更斯塑造的基督徒乔治·金这个人物已经初具"模拟人"的雏形，他模仿殖民者的言行。比如，他模仿英国士兵随意而友好的腔调与用语同戴维斯打招呼，他试图效仿维多利亚时期人们对女性的理想化倾向，对"美丽的女士们"刻意奉承，甚至他的名字都突出了他的"模拟人"性质，因为"他既非基督徒，也不是什么乔治或国王②"（p.6）。戴维斯对基督徒乔治·金言行的描述，把他的言行降低为拙劣滑稽的模仿，这不仅清晰地传达出白人殖民者居高临下的优越感，以及对土著人的蔑视与侮辱，而且使读者能透过这表层的取笑与嘲弄，辨别出戴维斯的隐隐不安。他对基督徒乔治·金本能的不信任，不

---

① 王宁：《叙述、文化定位和身份认同——霍米·巴巴的后殖民批评理论》，《外国文学》2002 年第 6 期，第 54 页。

② 国王的英文是"king"，与乔治·金的姓"金"（King）同形。

过是因为他的潜意识已经本能地感觉到:刻意模仿自我的"他者"(霍米·巴巴的异体)可能带来威胁。

"他者"的存在不仅威胁着白人殖民者的财产或生命安全,而且,狄更斯还暗示了另一种更令白人忧虑的危险,那就是土著"他者"对白人女性身体的威胁。这与殖民时期西方人对东方人的性特征的普遍(错误)认识有关。殖民者一向把殖民塑造成男子汉征服蛮荒、带来秩序的行为,东方就是等待征服的处女地,东方变成一种女性意象,成为西方殖民者"占领和掠夺欲望"①的投射。因此,殖民话语的一个显著趋势是,白人男性殖民者常把东方女性化,在对东方进行想象与描述时,经常使用"多产""富饶"等字眼,使东方呈现出一种"女性景观"。帝国主义时期的作家多用表示自然和从属的词汇形容东方人,强调东方人有别于西方人的非理性属性。尤其是在性的方面,他们认为东方人是离经叛道、超出常规的。也许恰恰出于这个原因,东方女性成为西方人被压抑或克制的欲望的对象,与此相反,东方男性则被视为对白人女性构成威胁的元素。英国学者克朗在《文化地理学》中曾指出,"黑人男性的性同样被视为失去理性的失控行为"②,"殖民地时期,黑人的性被看作一种必须加以控制的危害,这是那个时期思维方式的一个明显的特点"③。这种对黑人的性的态度其实亦可延伸到其他的东方民族。生活在印度的白人女性的性安全,成为令英国人不安的因素之一,这种担忧成为一条隐形的线索,贯穿在对印度的许多叙事中。1857年印度兵变后,英国女性在被屠杀前所遭受的肉体凌辱,似乎印证了这种忧虑。狄更斯在对印度兵变的改写中,改变了白人女性的遭遇,面对海盗与黑人土著的威胁,她们最终被解救,她们的纯洁奇迹般地得到保全,这不能不说是狄更斯替白人

---

① [英]迈克·克朗著,杨淑华、宋慧敏译:《文化地理学》,南京大学出版社 2003 年版,第 96 页。

② 同上,第 89 页。

③ 同上,第 90 页。

男性读者所表达的一种幻想的满足。

对被殖民者的误读与书写

在《英国犯人历险记》中，戴维斯最终还是被基督徒乔治·金表面的忠实所蒙蔽，这种对土著的误读，反映了英国人对英国与殖民地的关系，以及对被殖民者形象的片面认识。狄更斯对白人与土著关系的书写，同样体现出对当时流行的"印度叙事"的全盘吸收，体现了殖民者对被殖民者的误读。狄更斯通过戴维斯之口表达的对土著的怀疑，是在印度兵变后，他对印度人态度的本能反应。

自印度被英国占领为殖民地，直到1857年印度兵变之前，印度各地曾爆发过多次规模较小的暴动或反抗，但是都被迅速镇压，影响不大。因此，英国国内对此类事情知之甚少。这种局面造成1857年兵变对英国国民的心理产生巨大的冲击与震撼。这是英国对印度误读的必然结果。其实，殖民国家对殖民地的这种误解与误读，是一个非常普遍的现象。殖民国家民众对东方的了解只是基于东方学者们的笼统介绍。这种介绍没有不掺杂政治的纯粹知识，并不是纯粹的知识普及，大多文献不仅掺杂着作者个人的经验体会，更充斥着流行的殖民话语、种族歧视与主观偏见，对东方鲜有客观真实的描绘。以英国对印度的介绍为例，1850年之前的英国人对印度事务的了解少得可怜，普通民众对印度的知识不过局限于一些殖民者、游览者或传教士的游记、信件，大多流于走马观花，缺乏系统翔实的材料。詹姆斯·密尔出版的9卷本印度史《英属印度历史》(1817)，也许是当时最有影响、最全面的介绍，在当时也被认为是印度研究方面最权威、最科学的著作。在这部作品里，密尔尽力做到真实公正，但对印度的国民性格仍然做出了许多以偏概全的结论，没有顾及印度民族与文化的多样性。这本书留给读者的整体印象是，印度是一个曾经创造了灿烂文化的文明古国，但深为其传统与迷信所羁绊，难以发展与进步，在现实中处于停滞状态。

　　印度是一个停滞、僵化、落后的国度，这也是 1851 年英国水晶宫举办的第一届世界博览会所传递出来的有关印度的信息。作为一个遥远的东方国度，印度很少进入英国民众的视野。1851 年的大展览，在突出展示英国工业与科技辉煌成就的同时，特别辟出印度展区，首次把公众的注意力拉向印度。展区大量展示了东印度公司的业绩与丰富多彩的印度民间文化，琳琅满目的印度矿产、珠宝、丝制品，在公众的心目中建构起一个物产丰富、文化神秘、充满异域风情的印度形象，全然忽略了殖民统治下印度农民经年累月的饥饿与困苦。展览使公众对印度的兴趣倍增，随之涌现出大量介绍印度的文章，形成兴盛一时的"印度叙事"，但是，这些叙事大多侧重印度的历史，强调其过去的辉煌与成就，公众对当时印度的了解并没有发生实质性的变化。有学者认为："英国将印度视为财富与奇迹的国度，这一传统看法与亚历山大大帝征服印度一样历史悠久。"①确实如此，提起印度，大多数英国人脑海中浮现出来的依然是"一个生长着大象、老虎、毒蛇，盛产丝巾与钻石的地方"②，而当代真实的印度问题被边缘化。展览对印度人反抗英国统治的历史更是丝毫没有提及，反而进一步加深了印度人在英国民众心目中温顺懒散的印象。在英国国内人的想象中，印度人性格怠惰迟钝，因此，他们对英国的外来统治持麻木、无所谓的态度。即使是长期生活在印度的英国殖民者，对印度当地人的认识也不够深入，他们自成一体，隔离于当地人的文化与生活之外。隔离造成误会，陌生引发偏见，英国人对印度的解读其实是基于一个文本化的印度，而非真实的印度。这种一面之词、单向叙事，压抑了印度本身的声音，构成了对印度的歪曲描述，是一种殖民心态和文化霸权的展示。在这种心态的主导下，英国的人们认为印度的历史文化已经进入了死亡状态，国家制度落后，民众愚昧迷信，

---

　　① 尹锡南：《英国文学中的印度》，四川出版集团巴蜀书社 2008 年版，第 16 页。

　　② Grace Moore. *Dickens and Empire：Discourses of Class，Race and Colonialism in the Works of Charles Dickens*. Aldershot：Ashgate Publishing Ltd，2004，p.97.

因而，它迫切需要西方国家对其进行现代化和文明化改造。对印度形象的这种构建，只不过是西方使自己的殖民统治合法化，进而控制、重建与君临东方的隐秘方式而已。

英国人对印度的认识是西方人惯常的二元对立思维的体现。在这种思维方式之下，东方是客体，西方是主体；东方虚弱，西方强悍；东方黑暗，西方光明；东方专制，西方民主；东方人懒散纵欲，西方人勤恳克制；等等。这是典型的种族主义思维方式，其流传甚广，影响至深。即便是马克思这位首次将印度兵变归结为民族起义的辩证法大师，资本主义制度的深刻批判者，都未能完全游离于当时的主流殖民主义思想之外。马克思在 1853 年《不列颠在印度的统治》中断言，"印度斯坦是亚洲规模的意大利"，是"东方的爱尔兰"，是"淫乐世界"与"苦乐世界"的"奇怪的结合"。①他在《不列颠在印度统治的未来结果》中又说："印度本来就逃不掉被征服的命运，而它过去的全部历史，如果还算得上是什么历史的话，就是一次又一次被征服的历史。"②

狄更斯更未能摆脱殖民话语的流毒，他从未到过印度，同许多英国人一样，他对印度的认识几乎全部来自东方学家的描述与介绍，1851 年的世博会又进一步加深了他对印度的误读。他全盘接受了文本化的"印度叙事"，以及懒散、落后的印度人"刻板形象"。他对英印之间的关系也抱有一份天真，想当然地认为，印度人的天性使他们无法管理自己，必须接受英国人的统治，而印度人似乎也愿意接受这种外来的统治。这种思维在《英国犯人历险记》中得到充分的流露。

刚刚上岛的戴维斯对基督徒乔治·金的过度热情抱以疑虑。询问土著人的情况时，玛丽安介绍说："我们对他们很友好，他们很感激。"她还说基督徒乔治·金非常喜欢英国人，可以为英国人而死。(p. 9)在得知小岛遭到海盗袭击时，岛上的英国居民仍然天真地相

---

① 中共中央马克思、恩格斯、列宁、斯大林著作编译局：《马克思恩格斯选集（第一卷）》，人民出版社 1995 年版，第 761 页。

② 同上，第 767 页。

信:"如果有危险,这些友好的桑波人会非常乐意听从我们的命令。"
(p. 17)此处,狄更斯在读者面前树立起一个对白人殖民者感恩戴德、
友善相处的黑人形象。事实果真如此吗? 实际上,当地丰富的银矿
资源,才是吸引英国人出现在这些土著面前的直接原因。英国殖民
者不远千里来到西印度群岛,不是为了造福当地人,而是为了掠夺这
里的资源。他们把这个小岛当作中转地和仓库,把在附近岛屿上开
采的银矿储存在这里,然后源源不断地运回英国。土著人对英国人
表面上的顺从,也许只是因为他们尚未意识到自己的权利受到剥夺,
也许只是因为他们暂时还无力反抗而已。历史上,英国在西印度群
岛的统治同样充满了暴力与反抗,其中最著名的黑人暴动发生在
1865 年。虽然英国已经于 1833 年在名义上废除了奴隶制,但海地的
黑人劳工仍然忍受着非人的待遇,最终,恶劣的工作条件与微薄的劳
动报酬,使他们忍无可忍,进行了激烈的反抗。暴动发生后,总督艾
尔进行了疯狂的镇压,国内舆论大哗,形成截然对立的两个阵营,狄
更斯站在了支持艾尔政策的阵营中。[①]至于充满感激的土著人形象,
稍稍明了殖民历史之血腥与残酷的读者对此都会心存疑问,所以,小
说中玛丽安的观点无非是许多白人殖民者对被殖民土著一厢情愿的
误读,同时,这还体现了作者狄更斯对印度当地人的误读。

在海盗袭击岛屿时,一向被白人认为"友好"的土著站在了海盗
的一边,参与了对白人的围攻与屠杀,事情的这种进展令白人措手不
及。狄更斯的本意是希望借此突出基督徒乔治·金等土著的狡诈、虚
伪、不可靠,但是,综合以上分析,土著人的反戈而击又何尝不是白人殖
民统治的必然结果呢? 狄更斯在小说中暗示,面对来自基督徒乔治·
金等土著的威胁,英国人根本的解决之道是将其彻底消灭,这不禁令人
联想起他在《高尚的野蛮人》中所使用的同一个词汇,以及印度兵变后,

① Grace Moore. *Dickens and Empire : Discourses of Class , Race and Colonialisn in the Works of Charles Dickens*. Aldershot : Ashgate Publishing Ltd, 2004, p. 163.

他对叛乱者所使用的"严厉镇压"之类的词汇。从精神分析的角度来说，印度兵变后，他对事件的极端反应，以及对印度人的仇视态度，也许是对自己关于印度事务误读的一种反拨与矫正吧！

对英国政府放任政策的失望

在印度兵变后，狄更斯呼吁英国政府采取高压手段，进兵印度，进行报复性的惩罚，这种不够理性的情绪爆发和种族歧视的公开化，背后还有另一个可能的原因，那就是他在 19 世纪 50 年代对英国政府"放任政策"（laissez faire）的日益失望。1850 年之后，狄更斯作品中的悲观情绪日益浓烈，他对政府流露出更多的失望，甚至绝望。虽然在此之前，狄更斯的作品也都带有强烈的批判现实主义色彩，但最终结局一般仍然还有一丝救赎的希望。比如，在《匹克威克外传》《奥利弗·退斯特》等早期作品中，狄更斯对政府的某些体制进行了尖锐的讽刺或猛烈的抨击，但幽默的情节或大团圆的结局在很大程度上淡化了小说的批判力度。而从 1851 年开始连载的《荒凉山庄》，却自始至终弥漫着厚重的悲剧气氛，充满令人震撼的意象：腐败的法庭、肮脏的贫民窟、破败的监狱、文件堆积如山的办公室。小说的中心意象"兜圈子办公室"，无疑是狄更斯心目中"放任"政府的缩影，官僚作风盛行，推诿扯皮现象严重。1853 年，克里米亚战争爆发，在战争初期，战略指挥频频出错，物资运输不到位，死于失误与饥寒的士兵远远多于战死沙场的士兵。这些事件的曝光，使狄更斯更加意识到，英国政府已经深受它所信奉的"放任政策"之害。他在《小杜丽》里讥讽说，英国政府正在被那些擅长"怎样不做事情"的无能官员所管理。

印度兵变后，狄更斯对英国政府的深深失望与长期压抑的愤怒，找到了发泄的渠道。他抨击政府的不作为，认为是政府听任东印度公司在印度为所欲为，才导致兵变，造成许多英国无辜平民，尤其是妇女儿童，惨遭蹂躏和屠杀。

狄更斯对政府的不满在《英国犯人历险记》中得到充分的体现。

小岛上的殖民政府由一个外交官庞帝支先生管理,他和庞太太,从一开始出场,便成为狄更斯讽刺的靶子。他们自视甚高,官僚作风严重,行事荒唐可笑。比如,在遭到海盗袭击,士兵们准备突围之时,庞先生居然要求他们谨慎行事,宽容对待敌人;在众人与海盗搏斗之时,庞先生命人取来象征自己身份的"外交家外套",胡乱指挥;被海盗俘虏之后,二人几乎被吓破胆,一无所用,但仍死死抱住"外交家外套"不放;援军到来时,他们仍旧固守严格的等级秩序,要求英国军官最先解救自己。除了漫画式地直接描绘这对殖民政府官员夫妇的言行,狄更斯还借用小说中其他人物之口,从侧面揭露殖民政府的腐败、管理混乱及官僚之风盛行等丑恶现象。英国居民被解救后,上尉总结说,除了海盗的狡猾外,"腐败无能的当地政府那么容易上当"也是此次事件发生的原因之一。狄更斯借此矛头直接抨击当时的印度殖民政府。

印度兵变发生后,狄更斯多次发表观点指出,英国政府在印度政策上的不利,东印度公司的管理不善,是导致兵变与惨案发生的根本原因。他的批评在当时具有一定的代表性。也许正是由于这些批评之声的汇聚,在 1858 年印度兵变尚未被完全镇压时,英国政府改变了其在印度的统治,收回了东印度公司对印度的控制权,改由女王对印度进行直接管辖,这成为英印关系史上的一个重要转折点。

在《英国犯人历险记》中,当海盗溃逃、基督徒乔治·金被击毙后,英国殖民者凯旋而回。此时,戴维斯对这个归于平静的小岛的描写,分明带着主人的自豪。他的态度折射出西方殖民者对殖民地的普遍态度,殖民地只不过是满足西方欲望的"无人"之地,土著居民只不过是供西方人注视、征服、研究、处置的客体,没有主体意识,只是一个抽象的概念,而非具体的人。正如 20 世纪初英国驻印度领事克罗默所承认的,"东方人永远是并且仅仅是他在英国殖民地所统治的肉体物质",可以排除在"人"的概念之外。① 正是这种东方主义的态度决定了殖民者重回小岛时,如同进入无人之境。没有了当地人的反抗,小岛更加成为满足西方欲望的理想之地,如同重新回到英国政府管辖的印度一样任人宰割,帝国神话得以重建。

结　语

通过上文对狄更斯的小说《英国犯人历险记》、狄更斯同时期文章《高尚的野蛮人》和当时流行的"印度叙事"之间互文性的分析,以及对狄更斯对印度兵变发表的一些极端言论进行的阐释,可以看出,无论在小说中还是在文章中,狄更斯对待东方的态度具有内在的一致性,都来自他本人对东方主义叙事的接受,以及他对东方的种族主义偏见。当然,他的近乎歇斯底里的爆发还有另外一个原因,那就是他对英国政府的失望情绪和长期压抑的愤怒日益增强,而印度兵变为他提供了宣泄愤怒的渠道。事实上,随着媒体愈来愈多地曝光英国士兵以同样残酷的手段报复印度士兵,狄更斯的激烈情绪逐渐平复,针对印度的言论的种族主义色彩也相应缓和了许多。

狄更斯的作品在中国广为流传,深受读者喜爱,但是,我们不能因为其作品的众多优点而忽视其中隐含的东方主义思想。从这个角度来说,《英国犯人历险记》不仅是一部充满异域色彩的历险小说,而且充分渗透了作者所处时代的意识形态色彩。研究这类作品,有助于我们进一步了解大英帝国鼎盛时期典型的东方主义思维模式,以便重新审视种族优越感和殖民主义思想对社会普通大众的影响。

（只标明页码的引文均来自狄更斯和科林斯合作的小说 *The Perils of Certain English Prisoners*，详见参考文献）

----

① ［美］爱德华·W.萨义德著，王宇根译：《东方学》，生活·读书·新知 三联书店 2000 年版，第 48 页。

《月亮宝石》中的反东方主义思维

　　《月亮宝石》是英国维多利亚时期著名小说家威尔基·科林斯的作品,故事情节主要围绕宝石被窃后的调查和侦破而展开,一直被视为"最早、最伟大的英国侦探小说"①。小说想象丰富,故事曲折生动,文笔流畅优美,出版后深受读者欢迎,直到今天依然是出版商的宠儿。但是,由于侦探小说属通俗文学之列,这部小说一直未能登上文学的大雅之堂,没有得到批评界的应有关注;小说的印度背景,也未受到足够重视。论者大多仅仅把小说的印度背景视为激发读者兴趣或增加异域情调的元素而已。

　　其实,小说的印度元素绝非可有可无的噱头或装饰,而是作者的深意所在。故事的主体虽然发生在英国,但引子和尾声都在印度,这就把小说置于英属印度殖民地的大背景之下。小说伊始叙述 1799 年英国部队攻克印度城市,在血腥屠杀和抢劫的环境中,军人赫恩卡索杀死祭司,夺走印度教的神物——富于传奇色彩的月亮宝石。小说尾声是由英国探险家讲述印度教徒为了庆祝月亮宝石的回归而举行的盛大仪式。始于印度,终于印度,这似乎不会是无意之举。于是,随着 20 世纪 80 年代萨义德有关东方主义观点的问世和传播,西

---

① T. S. Eliot. "Wilkie Collins and Dickens", *The Victorian Novel: Modern Essays in Criticism*. Ian Watt. Ed. Oxford: Oxford University Press, 1971, p. 136.

方的科林斯学者开始把目光投向小说中的印度因素,并关注小说的殖民背景,挖掘和联系历史事实,分析科林斯对英国的对印殖民政策的态度。可惜的是,国内学者还未把这部小说纳入学术视野。搜索CNKI文献总库,没有一篇论文以后殖民理论为观照探讨此小说,这不能不说是一种遗憾。西方论者的主要观点为:科林斯的《月亮宝石》对传统的东方主义思维方式提出了挑战,不仅反思将东西方二元对立的殖民意识,而且触及维多利亚中后期英国人隐约的焦虑情绪。下文将简要评析西方论者的观点,并提出自己的观点。

东方主义思维的内化

到目前为止,大多西方论者认同以下观点:在引人入胜的情节下,《月亮宝石》掩盖了东方主义的固定思维模式,强化了当时社会文化中占主流的帝国意识形态。这一观点确实难以断然否认。从小说中几个叙述者的口吻中,读者都能感受到根深蒂固的白人种族优越感和东方主义思维。萨义德指出,东方学不是一门关于现实东方的科学,而是欧洲中心论的强权思维方式,西方人眼中的东方是根据这种思维方式"创作"出来的"想象的地域及其表达"[1],是欧洲人自身思维和欲望的一面镜子;而东方人"永远并且仅仅是英国殖民地统治的肉体物质"[2],是供西方研究、处理、评判和表述的对象,几乎可以排除在"人"的概念之外。在普通西方人的意识概念中,东方人是落后的"他者",是需要教化的野蛮人。这些欧洲人想象中的刻板形象使得西方文本中的东方人形象被扭曲,《月亮宝石》中印度人的形象也不例外。他们作为英国人的对立面(具有威胁性的"他者")而存在。在英国叙述者的眼里,东方人行为诡秘,擅长隐藏个人的情感;他们为

---

① [美]爱德华·W.萨义德著,王宇根译:《东方学》,生活·读书·新知三联书店2000年版,第361页。

② 同上,第48页。

了达到目的,不惜一切代价;他们杀人就像"把烟灰倒出烟斗一样随便";对他们而言丧失宗教是严肃的事情,但丢掉性命却是小事一桩。小说中形容印度人的常见词汇有口是心非、狡猾、虚伪、欺诈,等等。另外,作者不遗余力地描写印度人的法术和宗教仪式,这自然可增加悬念,引入异域情调以吸引读者。但不可否认的是,这些描写中,叙述者都抱着居高临下的看热闹心态。值得注意的是,不同的叙述者在描述印度人时,不约而同地以动物作为比喻。例如,印度人"像蛇一般地向白人鞠躬"(p. 78),他们有着"猫一般的耐心和老虎一般的凶残"(p. 80),等等。这种把人的生物属性与社会属性混为一谈的做法是种族主义者的常见手段,他们把文化与自然的二分对立应用于白人和有色人这两个种族文化群,刻意夸张二者之间的差异:在把土著人降为动物或怪物的过程中使自我成为文明的代言人,以"他者"的低贱和卑劣反衬自我的高贵和优越,以"他者"的野蛮反衬自我的文明,以"他者"的边缘性反衬自我的中心地位。叙述者对印度人的描写时常流露出种族优越意识,可见这种意识在白人心灵中驻扎之深。

对殖民意识的反思

作为身处殖民时代顶峰的大英帝国作家,科林斯浸润于殖民主义和东方主义思维方式的影响下,对东方人形象的呈现不可避免地带有宗主国臣民的优越感和对殖民地人民明显的种族主义态度。但是,从《月亮宝石》的许多因素,如时间背景的选定、情节的安排、人物的塑造等,我们也可做出完全相反的解读:科林斯对殖民心态提出了一定的质疑和挑战。

科林斯选择以印度为故事的背景,与 1857 年的印度兵变关系密切。印度兵变的起因是英国当局用牛油和猪油做子弹夹的润滑剂,这种弹夹需要用嘴来咬开,而雇佣兵大多是印度教徒或伊斯兰教徒,对他们而言,接触这些弹夹上的油意味着亵渎宗教。愤怒的士兵暴动了,不仅杀死英国上司还殃及无辜。英国媒体的报道大多颠倒黑白,扭曲事件真相,一时间,"嗜血的印度人"的称呼不绝于耳。科林斯和狄更斯合作发表小说《英国犯人历险记》,对有色人种的阴险、狡诈与伪善大加揭露,对英国军人的品质大加赞扬。《月亮宝石》写于1867 年,正值印度兵变十周年,报纸杂志充满对此事件的回忆、纪念或反思。这时,许多英国人逐渐了解了事件真相,深感英国当局漠视印度士兵宗教信仰的做法不妥。科林斯的观点也发生了微妙变化,在小说中,他不再单纯赞颂大英帝国,而是间接地表达了自己的深刻反省。

《月亮宝石》并没有直接提及 1857 年的兵变,而是以 1799 年英军攻占印度城市塞林加帕坦为起点。这是他的有意之举,因为这一事件标志着英国东印度公司对印度统治的巩固,而 1857 年的兵变大大削弱了此公司对印度的控制,两个事件都是英印关系史中的重大转折点。小说把故事时间追溯到半个世纪之前就颇有深意:作者在以史为鉴,影射当今。所以,可以把《月亮宝石》看作作者对 1857 年事件的间接回应。看看他如何描写英国军队的表现吧:无论是攻占印度城市的英国军人,还是抢夺印度宝物的"邪恶"中校,他们的行为在小说中都被称为"罪恶"(p. 31)。这里,英国殖民者的形象与"远赴海外传播文明"的英国绅士的形象有着天壤之别。在白人优越论的支配下,欧洲人视有色人种为"白人的负担",而自视为文明的传播者,有能力和责任给那些有色的低等民族带去文明,把"文明之光"投射到地球上的"黑暗地区"。实质上,"优等的白种人"只不过是打着文明的旗号,从事着掠夺、剥削殖民地人民的罪恶勾当。科林斯借用历史事实,把殖民行径与抢劫和暴力相联系,向读者传达出:当今的白人殖民者并不是老管家所推崇的把文明带到荒岛的鲁滨孙(老管家每次遇到难题或心情不快,总能从《鲁滨孙漂流记》中找到解答或安慰,这本小说几乎成了他的宝书),因为他们的举动既不文明也不道德。

　　小说的情节安排和人物塑造也流露出科林斯对殖民者所谓的高尚道德的质疑和批评。与宝石有牵连的几个英国人都出身中上阶层,本应是英国传统道德的捍卫者,但最初抢得宝石的赫恩卡索中校的残忍和贪婪毋庸赘言,宝石失窃疑案的真正黑手亚伯怀特的形象更具有讽刺意味。案件的最终告破暴露了亚伯怀特伪善英国绅士的真面目。他是女主人公雷茜尔的追求者,出身高贵,受过良好教育,拥有高尚的律师职业;他定期去教堂做礼拜,热心组织和参加各种慈善活动。他是一个相貌不凡、人见人夸的好青年:"一张光洁的圆脸,白皙的肤色透着红润,一头可爱的亚麻色头发。"(p. 60)可是,谜案揭开后,他的另外一面被曝光:表面的光鲜掩盖了内心的阴暗,他不仅生活放荡,而且贪污委托人的资金。出现财务危机后,为了避免身败名裂,他铤而走险盗窃宝石。科林斯为这样一个道貌岸然的人物取名为亚伯怀特(able-white:能干的白人),可谓耐人寻味。

　　小说中,印度人的外在形象与亚伯怀特的堂堂仪表形成了巨大的反差。在小说的几位叙述者眼中,印度人肤色黝黑,形象猥琐,行为举止令人联想起蛇类,但是,他们目标明确,信仰坚定,为了取回被抢走的圣物月亮宝石,不惜违背宗教的戒条,不惜牺牲性命,一路追踪来到英国,最终靠顽强的毅力、超人的耐心和精明的算计使宝石物归原主。当宝石完璧归赵后,三个生死与共的护宝人却不得不分开,今生再不能相见。探险家在小说尾声描写了印度人庆祝宝石回归的盛大宗教仪式。当他讲到三人各奔东西、四周的教众默默为他们让路时,不仅叙述者的崇敬之情跃然纸上,读者也不禁为之动容!英国人想拥有宝石完全是出于人性中的贪婪,而印度人的动机却纯粹是精神性的,反映了他们信仰的纯洁。月亮宝石成为衡量人性善恶的标尺,折射人物道德的镜子。在这面镜子的映照下,欧洲人眼里的"野蛮人"成了德行的维护者,而英国绅士已经忘记德行为何物,这样的帝国建造者如何负担得起所谓"白人的负担",并履行"为殖民地带去文明"的使命呢? 所以,当亚伯怀特这个"能干的白人"被印度人谋杀后,小说传递给读者的情绪里没有丝毫愤慨,只有对印度人的同情、钦佩,以及正义得以伸张的舒畅感。

如此,科林斯把被殖民者与高尚道德联系起来,"他者"获得了尊重,这种观点自然会对流行的白人种族优越论造成不小的冲击。虽然小说并未直接承认大英帝国的殖民给印度人民带来的伤害,但他对印度文化充满同情的描绘却充分体现了他对殖民心态的反思。

此外,科林斯还颠覆性地把一位边缘人物中心化。小说中,没有一个英国人能够解开宝石失窃之谜。当富兰克林蒙受不白之冤而其他人束手无策时,医生的助手詹宁斯利用医学知识大胆实验,重构了案发当晚的事件,还富兰克林以清白,还庄园以往日的宁静与秩序。詹宁斯无疑是以"他者"形象出现在小说中的:他来自某个英属殖民地,父亲是英国人,母亲是当地人。虽然作者并未点明他母亲属于何种族群,但詹宁斯黝黑的肤色、扁平的鼻子都暗示他与东方的联系,读者不难判断他的混血身份,奇怪的发色也似乎象征着他身份中最明显的特征——"杂交性"。另一个把他与东方联系起来的元素是他因病痛而吸食的鸦片。鸦片总能令人联想起神秘的鸦片产地——东方。詹宁斯不同寻常的相貌、神秘的过去、女性化的性格都令人侧目。他在英国社会中孤立无助,可谓局外人、边缘人物,然而这个人们避之唯恐不及的人物,最终靠自己的医学知识成为破案的英雄。这无疑是对当时流行的东方主义观点进行的有效解构。

海外的英国军人沦为大肆掠夺当地资源的殖民者的工具,不能有效管理殖民地;作为社会秩序和法律尊严捍卫者的律师堕落成邪恶的罪犯。科林斯讽刺的英国人还包括对发生在家庭内部的谜案束手无策的绅士、伪善的宗教狂热分子、腐败无能的执法机关等。他们中的许多人既不文明也不道德,不能给印度人带来最基本的正义,更不能为他们带来文明的曙光。与此相反,杀死盗宝贼夺回宝石的印度人以其奉献和忠诚被赋予英雄般的崇高品质。这样的人物塑造显然并非偶然,也不只是出于曲折情节的需要,而是对英国相关体制和西方人根深蒂固的东方主义思维的反思。科林斯以此质疑欧洲人的优越感，挑战欧洲人想象中东方人的刻板印象。

对殖民地反向影响的忧虑

《月亮宝石》同时揭示了殖民地元素对英国社会和家庭秩序的破坏性影响。这块宝石来自殖民地，被老管家称为"受诅咒的宝石"(p. 91)，它不仅是人物道德的试金石，也是殖民地因素对英国社会诸多影响的缩影。自从中校把宝石带回英国，他就失去了正常生活，终日蜷缩在恐惧、孤独和罪恶的阴影里，临死他还为了报复姐姐对他的冷漠，把宝石遗留给外甥女雷茜尔，希望给姐姐家带来厄运。果真，自从宝石进门，这个原本宁静的英国贵族家庭麻烦不断：情人反目，仆人自杀，母亲病故；随着雷茜尔的离开，美丽的乡村庄园变得空旷冷清。19世纪中叶之前，中上层的有田产家庭是英国传统道德观和价值观的中坚力量和最理想的体现者，几乎是稳定和保守的代名词。这颗宝石对雷茜尔的家庭形成了莫大的威胁。宝石失窃，秩序井然的家庭乱了套："看看这个家庭！乱七八糟，人心惶惶——空气都被这个谜案污染了。"(p.170)随着警察和侦探的介入，上到高贵的绅士小姐，下到低贱的车夫女仆，每个人都成为怀疑的对象，每个人的衣柜都要被搜查。侦探的调查不仅威胁到有产阶层的尊严和地位，而且从根本上威胁到社会等级制度这个中上层家庭存在的根基。

需要指出的是，把英国家庭的内部问题暴露殆尽的不仅是侦探一人，小说的几个叙述者或多或少都起到了这种作用：老管家幽默地称自己染上了"侦探热"；富兰克林求得詹宁斯的帮助，复原了案发当晚的情形。三个印度人比侦探还高明一步，早在宝石到达之前就来到乡村，自始至终对宝石的下落一清二楚，最后又比英国法律早一步惩罚盗贼。可以说，在案件调查过程中，这个英国绅士家庭被残酷地"民主化"：外部的不稳定因素侵入稳定的内部空间，公开和私密、外部和内部、本土和殖民地的界限被无情地打破。当雷茜尔成为重点怀疑对象时,传统等级秩序的稳固性遭到最大程度的挑战,如老管家所述:家庭的神圣性"受到了魔鬼般印度宝石的侵犯"(p.278)。

英国人一向致力于保护家庭的神圣性,为什么此时这个传统的乡绅家庭如此不堪一击?科林斯暗示,它之所以会受到来自殖民地宝石的侵犯,一方面是因为英国人自身的贪婪或伪善引火烧身,另一方面,这种侵犯是英国在印度推行殖民政策和违反当地宗教的直接和必然结果。雷茜尔的家只不过是19世纪中后期英国社会的缩影,其变故和动荡映射出一个处于转折期的社会的变化。19世纪中叶的英国,工业革命如火如荼,中下层阶级力量日益壮大,社会地位逐渐提高,而理性科学的发展导致宗教信仰的削弱,结果导致社会中许多原本清晰的界线变得模糊。不仅阶级界线如此,随着生物学、心理学、人类学等学科的发展,甚至性别、种族、民族之间的界线都不再那么清晰。老管家对外来事物的担忧和感慨不仅代表了作者科林斯的忧虑,也代表了同时代许多英国人的忧虑:社会变革导致的秩序和道德混乱已经侵入英国家庭的圣殿。对比一下19世纪初奥斯丁的《曼斯菲尔德庄园》,这种忧虑更加明显。奥斯丁笔下的庄园也是当时英国上层社会的缩影,也与海外殖民地有密切的经济联系,但遥远的殖民地对人们的日常生活没有太大影响,庄园依然秩序井然、波澜不惊。范妮成为庄园女主人后,更致力于维护家庭的神圣性和稳定性。科林斯笔下的雷茜尔却再不能维护家庭的传统道德标准和秩序,因为丑闻始于她放置宝石的卧室,她自己已深陷偷窃和欺骗的漩涡。

这两部小说对英国家庭与殖民地关系的处理会如此不同的原因,除了时代变迁导致社会观念的改变外,更重要的是,奥斯丁的小说完成于大英帝国的上升发展期,强烈的殖民意识已被民众内化。按照萨义德的观点,在《曼斯菲尔德庄园》中,奥斯丁只不过和大家一样,对殖民主义采取了"沉默的政治"①,殖民被看作英国人生活的一部分,小说真实反映了帝国权力在家庭层面的运作。但是,在《月亮宝石》所表现的时代,大英帝国到达殖民势力的顶峰。当帝国力量达到前所未有的顶峰时,社会上开始出现为帝国未来发展方向担忧的声音。英国一方面仍然努力构建自己的优势地位,另一方面也无可奈何地意识到帝国正面临来自内部和外部的威胁。殖民地突发事件(如 1857 年的印度兵变等)的发生,促使有识之士反思英国的殖民政策本身,科林斯即其中之一。他意识到殖民政策不仅给殖民地的人民带来灾难,更造成英国传统家庭秩序的瓦解和道德观念的巨变,影响本土的稳定和秩序。

月亮宝石并非普通宝石,而是印度教圣物,这颗宝石不再仅仅是物质的能指,也是精神和文化的寄托。它的曲折命运揭示出英国乡村庄园的经济与殖民地密不可分,发生在殖民地的事件最终会波及英国本土,造成英国社会的动荡。月亮宝石暴露了殖民者的凶残和贪婪,折射出宗教和文明幌子下他们的道德败坏和伪善。而且,通过宝石对英国乡绅家庭的影响,作者暗示了殖民地事务对传统社会和家庭等级秩序的破坏:只有当殖民地的宝石离开英国本土时,英国家庭才能恢复正常秩序。

在东方主义和种族主义思维占主流的 19 世纪,在殖民地问题上,超越政治的客观立场几乎不可能实现,所以《月亮宝石》对印度人形象的再现也不可避免地带有东方主义思维的印迹。但是,小说更多地流露出对英国殖民者的谴责,揭露了大英帝国对维多利亚女王皇冠上最耀眼的宝石(印度)的剥削和掠夺,也体现出作者对英国殖民主义政策的反思,对帝国辉煌过后命运的忧虑,以及对殖民政策反向影响英国本土的关注。在一定程度上,小说构成了对已被西方人

---

① [美]爱德华·W.萨义德著,李琨译:《文化与帝国主义》,生活·读书·新知三联书店 2003 年版,第 132 页。关于此观点,一直存在不同的声音,参见本书第一篇文章《〈曼斯菲尔德庄园〉中的沉默与话语》。

内化的东方主义观念和殖民意识的挑战。

　　（文中只标明页码的引文均来自科林斯的小说 *The Moonstone*，
详见参考文献）

《彼得·潘》中的殖民话语与性别政治

　　小飞侠彼得·潘的童话故事在全世界可谓家喻户晓。这个永远长不大的可爱男孩形象来自英国作家杰·姆·巴里于 1904 年创作的同名舞台剧。此剧在伦敦公演后,迅即获得巨大成功,此后,年年上演。1926 年,巴里将其改写成文本形式进行出版,从此彼得·潘的故事得以蜚声世界文坛。以这个故事为蓝本的图画、漫画、纪念册、邮票等风行欧美,伦敦市政府更是在肯辛顿公园树立了一尊彼得·潘的青铜像,以作纪念。每到圣诞节,欧美国家的许多电视台纷纷播放此剧,作为送给孩子们的礼物。2004 年,小飞侠诞生百年之际,英国政府斥巨资在全球范围内遴选作者,续写小飞侠的故事,英国作家杰拉尔丁·麦考琳获此殊荣,创作《重返梦幻岛》,于 2006 年 10 月 5 日("彼得·潘狂欢日"),在全球 29 个国家及地区同步发行,再一次引爆彼得·潘热。

　　童话研究者杰克·赛普斯曾指出,我们日常生活中耳熟能详的童话,往往已获得了"神话"的地位,在其看似自然、真实而普遍的外衣下,蕴含着偶然、政治与意识形态的信息。[①] 他所用的"神话"一词,借用了罗兰·巴尔特的"神话"概念,并不是指与远古众神相关的传

---

　　① Jack Zipes. *Fairy Tales and the Art of Subversion: The Classical Genre for Children and the Process of Civilization*. New York: Routledge, 2006, p. 6.

说,而是经过"神话化程序"(mystification)的话语系统。这类话语的共同之处是具有遮蔽性,抽取了语言中所指与能指的历史内涵,把偶然性包装成不朽,并转化成某种自然法则,在想当然的情节中进行"意识形态的滥用"。由此,这类话语创造的神话,实质上充当着社会意识形态转化的最适合工具。① 随着文化工业机器的推波助澜,《彼得·潘》中的儿童形象深深植入观众的内心。彼得·潘的故事最终攀上了"神话"的高峰,完成了由童话向神话的蜕变。

《彼得·潘》陪伴着一代代孩子的成长,孩子们深受其教化与影响:"在道德伦理教育方面,最好的形式是在他们触手可及的范围展示正确的行为,使他们了解符合道德行为的必要。这要比抽象的伦理教条更有说服力。"②自其问世至今的百余年间,它已经成为经典儿童文学的典范,那么,孩子们从中受到什么样的影响与教化呢? 如果撇开剧场演出时的绚烂场景以及简单化的故事情节,而专注于对文本的细读,那么,我们发现,《彼得·潘》儿童文学的表面,其实遮蔽了一些通常不属于儿童世界的题材,如暴力、死亡、性、种族、殖民等,掩盖了强烈的意识形态话语。福柯揭示出,话语背后隐藏着权力操作与意识形态的渗透。确实,任何文学论述都无法摆脱意识形态性质。看似单纯、甜美、可爱的儿童文学也不例外,常常成为作者意识形态的载体,成为成人欲望或想象的客体。《彼得·潘》的故事内核,延续了英国文学传统中由来已久的、带有殖民意味的男孩(男性)的海外冒险故事,充斥着刻板的性别形象,也流露出明显的种族歧视。这种意识形态话语是 19 世纪末 20 世纪初,当帝国势力登临顶峰之际,英国国内主流意识形态的真实写照。

巴尔特认为,神话是一种"去政治化的演说",特定阶级的规范被

① 〔法〕罗兰·巴尔特著,李幼蒸译:《符号学原理——结构主义文学理论文选》,生活·读书·新知三联书店 1988 年版,第 202 页。
② 刘文杰:《德国浪漫主义时期童话研究》,北京理工大学出版社 2009 年版,第 108 页。

装扮成自然秩序的自明法则,通过"解神话",能够实现"对语言和种种媒体的再现,进行'再政治化'",将神话中显得自然、永恒、不朽的东西还原为文化的、历史的和意识形态的原本面貌。① 下文从"解神话"角度对《彼得·潘》进行审视,分析其隐含的殖民话语与性别政治,这将有助于揭示其如何内化成人世界的意识形态,考察成人世界如何通过儿童文学对儿童进行重现、塑造或主宰的运行机制。

殖民话语与"他者"形象

《彼得·潘》的故事情节很简单:英国女孩温蒂及两个弟弟被小飞侠彼得·潘诱惑,随他一起飞到永无岛。在岛上,温蒂负责照顾彼得和其他男孩,做他们的母亲。他们快乐地生活着,直到海盗虎克船长前来复仇。彼得带领大家打败海盗。温蒂开始想家,其他孩子随她回到英国,彼得因为不想长大,留在了永无岛。故事核心是孩子们在岛上的历险,这其实延续了英国文学中屡见不鲜的男性(男孩)冒险传统。这个传统始自18世纪笛福的《鲁滨孙漂流记》,后来,随着殖民者在海外探险活动的增多,探险、冒险故事越发受到大众的青睐。19世纪是英国海外扩张的高峰期,以男孩作为主角的探险故事如同雨后春笋般涌现,巴兰坦的《珊瑚岛》、金斯利的《向西去啊》、史蒂文森的《金银岛》、哈格德的诸多非洲探险故事,都可归入此传统。年轻的男主人公来到遥远的异乡或边疆,历经艰险,征服异己,战胜险境。此类故事在刺激与惊险的情节背后,大都宣扬大英帝国的荣光和英国人的大无畏精神,折射出强烈的民族认同感和民族优越感,旨在鼓励年轻人远离家乡,去冒险征战,去海外建功立业,同时彰显了英国人侵略扩张的勃勃野心。可以说,19世纪以来,冒险故事、男孩与日不落帝国的建立,三者日益紧密地结合在一起。

---

① [法]罗兰·巴尔特著,李幼蒸译:《符号学原理——结构主义文学理论文选》,生活·读书·新知三联书店1988年版,第202页。

《彼得·潘》的故事情节,基本符合传统冒险故事中"在家——离家——归家"的叙事模式,字里行间充斥着对英国人海外征服的自豪与颂扬。故事中的冒险场域是远离英国本土的某个热带岛屿,虽然叙事者并没有明确点出永无岛的位置,但是,温蒂及弟弟跟随彼得,经过漫长的飞行才到达此地,可见其距离英国本土之遥远。对永无岛的动植物、地理景观的描述展示了浓郁的热带风情:凶猛的鳄鱼、奇异的花草、幽美的礁湖与懒洋洋的美人鱼。尽管幻想色彩浓厚,字里行间都在建构一种超现实的、梦幻般的氛围,但是,甘蔗林、印第安人的出现则明确地暗示,这可能是某个实实在在的加勒比海小岛,与珊瑚岛、金银岛一样,属于大英帝国版图的一部分。理查兹在《帝国主义与少年文学》中指出:"《珊瑚岛》直接引出了《金银岛》,也间接导致了《彼得·潘》。彼得金是故事的主人公,他使得杰克与拉尔夫显得平淡无趣,也使得冒险成为笑声不断的事件。从他到那个不想长大的男孩、从珊瑚岛到永无岛,距离不过一步之遥。"[①]

与其原型——珊瑚岛上的白人少年一样,彼得·潘聪明、勇敢,富于冒险精神,他在永无岛上建立了绝对的权威,带领白人男孩,建造树洞屋,自得其乐,令人联想起早期英国人在殖民地的垦荒生存状态。解救了印第安公主虎莲后,彼得获得了所有土著印第安人的忠心与臣服,"印第安人管彼得叫伟大的白人父亲,匍匐在他面前"(p. 122)。一群壮硕的印第安人,围着一个乳臭未干的男孩,毕恭毕敬,此情此景,活脱脱是土著人与"白人主子"实际关系的写照,彼得俨然是一个征服了土著居民的英国殖民者形象。

当初彼得领着温蒂等人来到永无岛时,他们曾感受到一种神秘的力量,力图阻止他们降落。"空中并不见什么阴森可怖的东西,可是,他们却飞得越来越慢,越来越吃力了,恰像要推开什么敌对的东

---

① Jeffrey Richards. Ed. *Imperialism and Juvenile Literature*. Manchester: Manchester University Press, 1989, p. 48.

西才能前进似的。有时,他们停在半空中,要等彼得用拳头敲打后,才飞得动。'他们不想让我们着陆。'彼得解释说。'他们是谁?'温蒂问,打了一个寒战。可是彼得说不上来,或是不愿意说。"(p. 56)这种充满敌意的神秘力量,令温蒂为之恐惧,彼得对此却似乎心领神会,但他不愿透露其详。考虑到白人作为殖民者、征服者的形象,这里的阻力,显然象征着殖民地人民对外来入侵者的敌视与对抗。与巴里同时代的英国小说家康拉德,在《黑暗的心》中,也曾暗示了蕴藏在被殖民土地上的这股神秘力量:"悄无声息的原始荒野……正在那儿耐心地期待着这种疯狂的侵略告一结束"。①殖民者只能用暴力克服这种阻力,彼得的拳头象征了殖民者对殖民地的暴力征服。尽管殖民地被征服了,但是,来自被殖民者的敌视却自始至终存在。

　　故事中,温蒂这个外来者的所见所感,间接展示了岛上居民与白人征服者的关系,这种关系从人鱼的表现就可见一斑。"你不要以为,人鱼们和他们友好相处;恰恰相反,温蒂在岛上的时候,从来没有听到她们对她说过一句客气的话,她感到这永远是她的一个遗憾。"每当"她们发现她,就纷纷纵身潜入水中,或许还故意用尾巴撩水溅她一身。"(p. 114)人鱼无疑是这里的原住民,温蒂和孩子们的到来,侵犯了她们的世袭领地,打破了她们宁静的生活,她们自然对入侵者抱着不信任、不欢迎的态度。文中的这些细节成为殖民地人民与白人殖民者关系暗流涌动的缩影。这种关系的另一面尤其意味深长。不仅温蒂和孩子们在观看人鱼,人鱼也在悄然地注视着白人,"我们有证据知道她们在暗中窥视着这帮不速之客,并且也很乐意从孩子们那儿学到点什么",比如,她们学会了约翰发明的打水泡游戏的新方法。叙述者评论说:"这是约翰留在永无岛的一个遗迹。"人鱼学会了白人孩子的游戏这一细节,看似无意,实则意义非凡,这就是,叙述

---

　　① [英]约瑟夫·康拉德著,袁家骅等译:《黑暗的心》,《康拉德小说选》,上海译文出版社1985年版,第513页。

者不无自豪地点出约翰的遗迹，表现出白人的到来给当地人生活留下的烙印。白人殖民者一向认为：是他们给未开化的土著居民带来了光明与文明。叙述者对人鱼学会白人游戏的一句评论，看似轻描淡写，实则验证了白人殖民者在土著居民面前的优越感和高人一等的心态。孩子们与人鱼的关系，可以理解为殖民者与土著居民的对立，但是，这绝不是简单的对立，人鱼效仿白人的举动反映了二者对立关系的复杂化。后殖民理论家霍米·巴巴用"模拟人"概念来解读被殖民者对殖民者行为与文化的效仿，这里的人鱼，似乎可看作"模拟人"的雏形：尽管原住民对入侵的殖民者心怀敌意，但他们仍然不可避免地受到殖民者文化的渗透。

在描写孩子们的历险时，叙述者从未忘记时刻提醒读者，这是一群英国白人孩子。虎克船长逼迫孩子们当海盗，一个孩子大呼："大英帝国长治久安。"(p. 168)"英国绅士"一词在故事中屡次出现，面对海盗的"走跳板"惩罚，孩子们心惊胆战，温蒂激励道："你们真正的母亲有句话要我转给你们，那就是：'我们希望，我们的儿子要死得像英国绅士。'"(p. 169)这激发起孩子们的民族认同感，在与海盗的打斗中，孩子们英勇无畏，最终铲除海盗，重振了英国人作为征服者的权威与优势。这种描写是英国男孩冒险故事的传统写法，在故事中，男孩们通常被赋予"勇敢""胆量""高尚"等英雄化的气质。这类书的读者通常是青少年，未来帝国的锻造者，这些故事隐含的意识形态教化功能，就是在孩子们心目中灌输殖民扩张意识，在孩子们身上培养作为帝国锻造者所必需的品质与作风。

与白人形象的英雄化相反，土著人是野蛮、猥琐或卑劣的，体现了叙述者的东西方二元对立思维与种族优越感。叙述者直呼印第安人为"半开化民族"，而称白人为"文明人"。叙述者描绘的印第安人凶神恶煞："他们手持战斧和刀，赤裸的身躯上涂着的油彩闪闪发光。身上挂着成串的头皮，有孩子们的，也有海盗的。"(p. 68)叙述者时刻不忘提醒读者印第安人的动物性："在黑魆魆的漫漫长夜里，印第安人的侦察兵在草丛里像蛇一样地匍匐潜行,连一根草叶都不拨动,就像鼹鼠钻进沙地后,沙土无声地合拢一样。一点声响也听不到,除了他们偶尔惟妙惟肖地学着草原狼,发出一声凄凉的嗥叫。这声嗥叫又得到其他人的呼应,有的人叫得比那不擅长嗥叫的草原狼更好。""他们感觉的灵敏,是文明人既惊羡又害怕的,只要一个海盗踩响了一根干树枝,他们立刻就知道海盗们已经来到了岛上;眨眼间,就开始了草原狼的嗥叫声。"(p.144)甚至印第安人的名字也以动物指称,如小豹子、虎莲等。这种将土著居民动物化、妖魔化、"他者"化的做法,其实是种族主义者的惯常作风。他们常把文化与自然的二元对立应用于白人和有色人种这两个种族群之间,刻意夸张二者之间的差异:白人是文明的,而有色人种是尚未完全进化的野蛮人,尚未脱离动物的某些特性。正如笔者在分析哈格德的小说《她》时所论:"在把土著人动物化或妖魔化的过程中使自我成为文明的代言人,以'他者'的低贱和卑劣反衬出自我的高贵和优越;以'他者'的野蛮反衬自我的文明。"①后来印第安人开始对彼得俯首称臣,"管彼得叫伟大的白人父亲,匍匐在他面前"(p.122),这一举动象征着:英国殖民者征服了土著人,获得了土著人的拥戴与支持,建立起了对未开化的低劣"他者"的优势。通过强调土著人对白人的忠心与感恩戴德,英国人对有色人种的殖民统治变得合理化、合法化。

白人孩子们在岛上的所作所为,无非是在模仿成人的做法,是成人世界殖民模式的缩影。因此,这个看似轻松、单纯的男孩冒险故事背后,隐藏着一个危险、黑暗的殖民故事。不愿长大的彼得·潘,同巴兰坦笔下的彼得金、史蒂文森笔下的吉姆,或吉卜林笔下的基姆等一样,成为众多"帝国男孩"中的一员。②通过此类故事,叙事者宣扬

---

① 张金凤:《"他者"形象与世纪末"焦虑症"——解读哈格德的〈她〉》,《解放军外国语学院学报》2010年第2期,第94页。

② Patrick Brantlinger. *Victorian Literature and Postcolonial Studies*. Edinburgh: Edinburgh University Press, 2009, p. 124.

了英国人对新世界的好奇、探索与控制,以及英勇无畏的冒险精神,间接推动了殖民扩张政策;故事中的土著人形象,大多是被扭曲的刻板形象,流露出作者的种族偏见与歧视。从后殖民主义的角度分析这部经典儿童故事,有助于揭示殖民意识形态是如何蕴含在看似无辜的儿童文学作品中,并通过这种隐秘的运作方式,让殖民意识形态驻扎进白人孩子心灵的。

性别政治与女性刻板形象

《彼得·潘》的内核可归结为男孩冒险故事,但是,整个故事远非这么简单。故事开始和结束于温蒂一家的现实生活,而中间则是孩子们在虚幻的永无岛上的经历。这个集幻想与现实于一体的故事呈现出文类的杂糅性:既记录了现实主义的生活场景,又穿插了童话般的幻想题材,故事的主题与人物由此变得更加复杂。有论者称:由于作品写作于维多利亚时代向爱德华时代过渡的动荡时期,彼得这个人物呈现出"混杂与阈性特征"①。不仅彼得这个主角如此,以其命名的整个故事也不能一语以蔽之,而是存在着多重解读的可能性。上文从后殖民理论出发,指出彼得的历险故事其实是成人世界中白人在殖民地经历的缩影。下文将从女性主义理论出发,解读主要女性人物的形象及她们与彼得的关系,指出这个儿童故事强烈地内化了男权社会中的性别政治:男性与女性之间的关系是不对称的,男性不仅可以随心所欲地出发去征服、去冒险,而且,即便在家庭这个领域里,男性更是独享霸权,处于主宰地位,而女性只能固守在家庭这个小场域,不能越雷池一步,否则将被贬斥为不守妇道。

首先以温蒂一家的生活为例,看一下成人世界中的男性与女性。尽管叙述者以轻松的口吻描述这个典型的中产阶级家庭的生活,力

---

① Logan Manwuena. "Peter Pan: Then and Now". http://www.h-net.org/reviews/showrev.php? id=13031. (2010-12-30)

图构建一幅单纯快乐的居家生活画面,读者仍能透过其不经意的笔触,体味到一家之长达林先生那挥之不去的男权意识。达林先生自负、虚荣、自私,忽视周围人的感受;他总是自诩为专家,动辄打断妻子的话语。相反,达林太太温柔贤惠,一切以丈夫与孩子为中心,是维多利亚时代深入人心的"家庭天使"形象。

彼得这个小男人是另一个"达林先生",处在永无岛这个小世界的中心。他所做的事情都属于男性的传统领域:建房、觅食、斗海盗、抢地盘。由于生活在其他孩子的关注与服从中,他养成了虚荣傲慢的个性,不断自我膨胀,做事随心所欲,俨然一个独断专行的男性家长,"他不知道的事,他的队员也不许知道"。他甚至近乎残忍:"岛上孩子的数目时常变动,因为有的被杀,或其他缘故;他们眼看就要长大的时候——这是不合乎规定的,彼得就把他们饿瘦了,直到饿死。"(p.64)尽管是个小男孩,彼得却扮演着威严的父亲的角色。尽管岛屿是虚构的,岛上的社会结构与群体生活却是真实世界中男权社会模式的翻版。男孩们追随父亲四处征战,时而与印第安人拼杀,时而与海盗周旋,时而与野兽打斗。他们的生活充斥着暴力与流血,"孩子们通常也爱看流血"(p.66)。

男孩们从事着男性化的工作,温蒂则一直扮演着母亲和妻子的角色。离开家之前,她曾犹豫不决,尽管她被彼得允诺的仙子、人鱼等深深吸引,但最初仍然不为所动。可是,当彼得请温蒂去给孩子们披被子、补衣裳、缝衣兜时,她再也抵挡不住当母亲的诱惑了,心甘情愿地追随彼得来到永无岛,可见,对传统女性角色的热爱与认同,已经深深地扎根在她的脑海里。初到岛上,孩子们问受伤的温蒂需要什么样的房子,昏睡中的她唱道:"我要四周都装上华丽的窗,玫瑰花儿里窥看,小小婴孩向外张望。"(p.87)睡梦无疑是潜意识的体现。温蒂在睡梦中表达的愿望可以视为她潜意识的表露,她的家不仅要安全、漂亮、宁静,更要有天真的婴孩。这个家的意象,是男性对家的渴望在女性脑海中的投射。维多利亚时期,社会中政治斗争、经济竞争日趋激烈，男性把家庭当成竞争旋涡之外的宁静天地，当成钩心斗角的名利场之外的一片净土，为了让家庭成为心目中的安全港湾，男性需要女性的温柔体贴。而女性由于经济地位低下，为依附男性而生存，不得不以男性的标准作为自己的安身立命之本，从而认同男性的价值观。在此主流价值观下，男人的工作是建设国家，或从事工商业，或到新的领土去探险，而女性的美德是为丈夫和孩子服务，专心家务、安于家庭。正如伊莉格蕾在《非一之性》中所说的那样："一个女人的价值通过母性角色以及'女性气质'而不断累加。但事实上，那种'女性气质'是男性再现系统强加给女人的一类角色、一个形象、一种价值。在女性气质的面具下，女人失去了自我，在扮演女性气质的过程中丧失了自我。"[1]温蒂的母亲达林太太就是这些美德的化身，温蒂也内化了社会中男性的主流话语。在永无岛上，她心甘情愿地当男人的服侍者、安慰者。"她是一个非常忠实贤惠的主妇，对于抱怨父亲的话，一概不听。'父亲是对的。'她总是说，不管她个人的看法怎么样。"(p.123)她白天照顾孩子们，做饭、洗衣，晚上讲完故事、打发孩子上床睡觉后，她又开始缝补衣服。尽管如此单调乏味，她在象征性地抱怨几句后，又乐此不疲地开始干活。"'唉呀呀，我有时真觉得老姑娘是值得羡慕的。'她一边叹息，一边脸上却喜气洋洋地发着光。"(p.94)尽管嘴上在抱怨，可她的脸上难掩得意与喜色。可见，温蒂对自己的角色非常认同。

与温蒂相比，叮叮铃的角色不再是温柔的母亲型，而是一个"新女性"形象。19世纪末的英国，随着女性受教育程度的提高，女性可从事职业的范围开始拓展，"新女性运动"兴起，这些新女性大都外出工作，独立、有主见，不局限于家庭这个港湾，更不满足于做"家中天使"。叮叮铃可以被看作新女性的代表，她有自己的工作，"她干的是

[1] Luce Irigaray. *This Sex Which Is Not One*. Catherine Porter and Carolyn Burke. Trans. Ithaca：Cornell University Press, 1985, p.84.

补锅补壶的事"(tinker 在英语里是补锅匠的意思),而且,与温蒂相比,她显然更加特立独行。她兴致所至,飞来飞去,自由自在,不受约束。她个性鲜明,敢恨敢爱。比如,她对彼得怀有深深的爱,甚至为了救彼得的性命而抢先喝下毒酒;也因为对彼得的膜拜,她嫉妒温蒂,陷害温蒂。故事中从未提及温蒂的穿戴,却对叮叮铃的装束颇费了几分笔墨:她"身上精致地裹着一片干树叶,领口裁成方的,裁得很低,恰到好处地显露出她身段的优美。她些微有点发福"(p. 30)。对于叮叮铃的房间陈设,叙述者更是用一大段篇幅极尽描画:这是"一间精致的卧室与起居室合一的闺房。她的床——她总是管它叫卧榻,真正是麦布女王式的……床罩随着不同季节的果树花而更换。镜子是穿长筒靴的猫用的那种镜子……洗脸盆是馅饼壳式的……抽屉柜是货真价实的乔治六世时代的,地毯是马杰里和罗宾极盛时代的产品。一盏用亮片装饰的大吊灯,只不过挂在那儿摆摆样子。"(p. 93)叮叮铃的穿衣打扮刻意突显自己的"女人味",而她丰满的身材亦传达着性感与魅惑。与温蒂忘我的母亲形象相对比,叮叮铃更是一个纯粹生物学意义上的女人;屋如其人,她的房间陈设暗示了她对感官享受的追求。在这部儿童文学作品里,叙述者却一反常态,对叮叮铃进行了成人化的塑造:她不屑于照顾孩子,以自我为中心,不仅懒惰傲慢,还非常情绪化,喜怒无常。她常常掐一下不解风情的彼得,亲昵地称他为"小傻瓜";她对温蒂非常刻薄,"恨得就像一个真正的女人那么狠毒"(p. 124)。她的言行举止传达的已不再是孩子之间的友爱,而是充满性意味的男女之爱。主流男性话语期待女性成为温柔、体贴、无私的"家中天使",女性在两性关系中处于屈从顺服的地位,女性的性意识更是受到严重压抑。叮叮铃无疑与女性的传统美德相去甚远,这个背弃传统、张扬自我、彰显欲望的新女性,自然受到排斥与贬低。叙述者对叮叮铃的描述远没有对温蒂那样的肯定与认同,许多细节有意无意地传达着对叮叮铃的怀疑与敌视,这些,都似乎预示了主流男性话语中对"不守妇道"的女性的恐惧与不安。尽管叮叮铃舍身救彼得的勇敢之举令人感动,但是,这个像成人女性一样爱与恨的形象却无法令读者真心喜爱,读者已经在潜移默化中认同了叙述者的态度。叙述者对叮叮铃象征的新女性所流露出的疑虑甚至敌意,反映了社会转型期男性对新女性的恐惧与焦虑,男人们担心传统女性的美德会随之而去,继而冲击社会秩序的稳定性,并威胁传统道德的纯洁性。

故事对叮叮铃的性魅力仅仅做了隐讳的暗示,而印第安女孩虎莲的性感则被突出展示:"她是肤色黝黑的女将中最标致的一个,是皮卡尼尼族的大美人;她时而卖弄风骚,时而冷若冰霜,时而热情如火。武士们没有一个不想娶这个尤物为妻的。"(p.69)这种描摹强调了她作为性欲载体的形象。在《文化地理学》中,迈克·克朗剖析了男性殖民者对土著女性的矛盾态度,一方面视她们为性欲望的客体,另一方面,又对她们心怀恐惧,视她们为放荡不洁之物①在上述对虎莲的描述中,克朗提及的第一种态度清晰可辨,虎莲成为男性欲望的投射对象,尽管这里只提及了本族男性对她的渴望,但读者也不难体察到叙述者作为白人男性对她的觊觎之心。当虎莲拜倒在彼得脚下时,白人男性在土著女性面前的权威被完全建构起来,白人男性的幻想得以充分实现。

相对于温蒂所受到的驯化、顺从教育。叮叮铃过于野心勃勃,过于直白露骨。由于二人竞争的目标是父权社会的认可,她们憎恨对方,于是,一同被男权社会挑选并一同被当作驯服对象的女性视对方为敌人。温顺的温蒂难以掩饰对叮叮铃的厌恶,她在彼得面前不无恶意地评判叮叮铃是个"放荡的小东西",这不仅传达了她对那个风情万种的情敌的轻蔑,更体现出她对男权社会中刻板性别形象的内化。叮叮铃毫不示弱,回敬说自己"以放荡为荣"(p.129),根本不屑

---

① [英]迈克·克朗著,杨淑华、宋慧敏译:《文化地理学》,南京大学出版社2003年版,第83—90页。

于温蒂的家庭主妇角色。两人的正面交锋,益发突出了二人形象的天壤之别:温蒂身上流露出女性传统角色的贤惠与安分守己,叮叮铃则体现了新女性远离家庭羁绊、选择自我实现的主动与张扬。虽然叮叮铃渴望的新女性形象依然是男性欲望的客体,依然逃脱不了被客体化的命运,但她仍然在富有进攻性地彰显着自己的欲望,从而成为令男性恐惧的欲望的主体。但是,由于她不符合父权社会的性别设定,作为惩罚,她只能在彼得的忽视中默默死去。而彼得对温蒂的选择,则暗示了男性对传统女性角色的本能认同。通过这个结局,叙事者重建了被新女性所冲击的性别政治,在潜移默化中向小读者灌输了以男性为主导的性别话语,进一步固化了传统社会中的刻板性别形象,完成了主流意识形态对儿童性别的社会构建。

结　语

　　吉尔伯特和古芭曾指出:"神话和童话比更加复杂的文学作品更能准确地表达和强化特定文化的命题。"[①]上文的分析指出,《彼得·潘》这部看似正面的"纯真""可爱"的经典儿童作品,其实承载着诸多偏狭的观点或意识,流露出普遍却很少被察觉的殖民意识、种族歧视与性别偏见。这似乎是再自然不过的事情了,因为作者巴里生长、生活在大英帝国殖民政策的顶峰时期,他不可避免地受到了当时主流意识形态的影响。如萨义德在《文化与帝国主义》中所断言的,许许多多诸如此类的文学作品因对当时主流意识形态的固化而成为西方人进行民族认同、帝国构建的工具;另一方面,巴里创作这部作品之时,也正是英国女权运动兴起、女性形象被广泛关注与讨论的时代,此作品自然难以逃离这个热点话题的影响。

---

　　① Sandra M. Gilbert and Susan Gubar. *The Madwoman in the Attic*: *The Woman Writer and the Nineteenth-century Literary Imagination*. New Haven: Yale University Press, 1979, p. 36.

　　上文对《彼得·潘》的解构主义解读，符合近年来儿童文学研究的国际趋势。无论是出版机制、评论权，还是审查制度，都掌控在成人手里，因此，任何儿童文学经典都是成人社会所建构的，呈现中产阶级的主流价值观也势必顺理成章。儿童文学其实是成人意识形态的载体，或者，与其说儿童文学是为儿童书写，呈现童心与童趣，还不如说，儿童文学是成人凭借书写、出版、销售等文化力量，以特定的意识形态对儿童形象的再现、塑造、主宰或限制。重新解读《彼得·潘》，对其"解神话"，有助于我们进一步理解"文学就是意识形态"这一论断，也有助于我们进一步体察儿童文学的创作机制：虽然儿童文学是为儿童而书写的，但是，在很大程度上，它们也是成人欲望或想象之客体，而儿童文学中的儿童形象，也无法摆脱成人欲望之寄托或投射。

　　（文中只标明页码的引文均来自巴里的作品 *Peter Pan*，详见参考文献）

《她》中的"他者"形象与世纪末"焦虑症"

　　《她》是英国著名探险小说家亨利·赖德·哈格德的小说,它延续了《索罗门的宝藏》里非洲探险与寻找失落文明的主题,并同样获得巨大成功。从 1886 年发表至今,《她》不断再版,已成为想象文学的经典之作。它受到读者的欢迎,得到评论界的欣赏,并且已被多次改编成影视或戏剧作品。弗洛伊德对这部小说赞誉有加,曾在《梦的解析》里利用其故事分析梦境,并大力推荐此书:"这是本奇怪的书,但是潜藏着许多意义。"①荣格对这部小说同样推崇,并用它来解释"灵气"(anima)这一重要概念。②

　　与在国外的接受情况不同,《她》在中国国内得到的关注度并不高,这也许与其通俗小说的定位不无关系。国内学界通常对此类小说存在偏颇认识,认为其文学价值和社会文化价值不高。由于主流评论的影响,哈格德的小说在国内一直未得到应有的重视。最近几年,随着泛文化研究的兴起,原本被认为肤浅的通俗文本作为一种社会文化现象日益进入学者的研究视野。笔者在 CNKI 总库中的检索

---

　　①　[奥]弗洛伊德著,罗林等译.《梦的解析》,九州出版社 2004 年版,第 198 页。

　　②　Sue Austin. "Desire, Fascination, and the Other: Some Thoughts on Jung's Interest in Rider Haggard's 'She' and on the Nature of Archetypes". http://www. Cgjungpage. org/index. php? option = com-content&tast = view&id = 748&itemid = 40. (2008-09-09)

结果表明,已有学者把目光投向哈格德的《索罗门的宝藏》,但迄今为止还没有对《她》进行研究的论文。那么《她》到底是一部什么样的作品呢?

《她》讲述了剑桥大学教授霍利和养子利奥去非洲被湮没的克尔国探秘,内容涉及利奥的一位名叫卡利克拉提斯的先祖,此人是两千年前的埃及祭司,被当时克尔国女王艾莎所杀。霍利和利奥克服重重障碍与危险,抵达克尔国的地下墓室。他们遇见了集权势、美丽、残暴于一身的女王艾莎,她因沐浴圣火而长生不老、青春永驻。实际上,"她"的全称应为"必须被服从的她"(She-who-must-be-obeyed),当年她疯狂爱上卡利克拉提斯,但因嫉妒结束了他的性命,旋即懊悔,并苦苦等待他的复生。其间,利奥遭当地部落族人袭击,生命垂危。艾莎拯救了利奥,并认定他就是转世的卡利克拉提斯。艾莎要与利奥共浴圣火,以便同获永生。艾莎示范性地踏进圣火,不料事与愿违,她迅速恢复两千多岁的丑陋外貌,痛苦死去。

近年来,国外对《她》进行的研究大多集中于哈格德的殖民意识,也许因为这是他作品中最引人注目之处。他本人和书中人物都有挥之不去的帝国情结。他曾明确表达,"征服和控制世界上弱小的民族"是英国的使命,这"不是出于对征服的渴望,而是为了法律、正义和秩序之故"。[①] 在政治观点上,他和朋友吉卜林一样,终生都是托利党人,把大英帝国视为值得每个人为之奋斗的最高理想。他书中人物也常持有类似观点,始终坚持帝国理想。

这种帝国意识正是后殖民主义理论所批判的对象,理论中有关主体与客体、自我与异己、本土与"他者"、东方与西方、宗主国与殖民地关系的观点,都可被用以解析哈格德的作品。下文中,笔者将运用"他者"概念解读《她》,并将论证哈格德通过"他者"的毁灭重振了殖

---

① Henry Rider Haggard. *She: A History of Adventure*. London: Penguin Group, Inc., 2001, p. x.

民者的权威和优势,重申了英国作为统治者的角色。具有反讽意味的是,小说同时揭示了帝国话语内在的矛盾性,从某种意义上说,小说预言了帝国话语的自我消解。追根溯源,这种矛盾是 19 世纪末英国社会弥漫的焦虑情绪的具体体现。

对于作为异己的"他者",黑格尔和萨特是这样定义的:"它指主导性主体以外的一个不熟悉的对立面或否定因素,因为它的存在,主体的权威才得以界定。"①根据这一定义,本文中的"他者"既指相对于白人叙述者而言的非洲土著人和女王"她",也指相对于男性叙述者而言的女王和土著女人。

殖民话语中的"他者"

众所周知,英国在 19 世纪大力推行殖民主义,建立起"日不落"帝国,成为世界霸主,在经济、政治和军事上拥有强大的实力。此时,英国人的自我优越感达到顶峰,他们自恃为上帝的选民,拥有公正、正派、自由、和平的品质和理想,有能力和责任给那些尚处于原始状态的低等民族带去文明,把"文明之光"投射到地球上的"黑暗地区"。基于哈格德对帝国理想的痴迷,《她》中体现殖民意识形态的描写并不鲜见。第 8 章叙述霍利一行被当地族人邀请参加宴会的情景。在这一场景里,哈格德充分调动一切手段将黑白两个种族并置对比,以建立英国相对于一个未开化的低劣"他者"的优势,使英国对这些有色人种的殖民统治变得合法化。

在《她》中,非洲土人被描述得远远低劣于英国人。霍利多次使用"野蛮人"一词,又称他们器皿上的装饰画具有"孩童绘画般的稚拙"。(102)土人举办宴会的目的是杀死霍利的阿拉伯向导,分吃他的肉。这里英国叙述者谴责了"他者"的食人族习性,并把这个习俗

---

① [英]艾勒克·博埃默著,盛宁、韩敏中译:《殖民与后殖民文学》,辽宁教育出版社、牛津大学出版社 1998 年版,第 22 页。

当作英国人必须干涉的理由。在叙述宴会后的混战时,哈格德对这些土人使用了许多贬义或指称动物的词汇,如"无赖""魔鬼""混蛋""狼群"等,在妖魔化这些土著人的同时,把他们降至动物的低等层次,而三个白人则是高高在上的"文明人"(pp. 106—108)。另一个对比白人自我与黑皮肤"他者"的手段在于象征的使用。在阴暗洞穴中,利奥的金色卷发散发光彩,他的眼睛闪闪发亮,这很容易让人联想到英国人自诩的给世界上黑暗地区带来光明的使者身份,哈格德似乎在利用利奥诉说着英国以"文明之光"点亮非洲的理想。

种族主义者把文化与自然的二元对立应用于白人与有色人种这两个种族文化群,刻意夸张二者之间的差异。他们打着科学的旗号把人的生物属性与社会属性混为一谈,在把土著人动物化或妖魔化的过程中使自我成为文明的代言人,以"他者"的低贱和卑劣反衬自我的高贵和优越;以"他者"的野蛮反衬自我的文明;以"他者"的边缘性反衬自我的中心地位。哈格德通过霍利之口对土著"他者"的描写几乎无处不流露出这种二元对立的殖民思维,可见帝国意识在白人心灵中驻扎之深。

土著人无疑是作为白人对立面(具有威胁性的"他者")而存在的,但换个角度来说,哈格德在叙述中又何尝不流露出白人对自己内心深处的"他者"的恐惧呢?在争斗中,白人探险者害怕无法逃脱,只好大开杀戒,拿起片刻前作为文明人时还不屑于使用的手枪,在打斗中表现得丝毫不比土著人更文明。他们似乎退化回了暴力野蛮的原始状态:"对屠杀的可怕欲望悄悄潜入最文明的人的内心。"(p. 107)对自我堕落的恐惧不只是霍利自己的问题,实际上,它是作为殖民者的英国人比较普遍的忧虑。他们担心在与所谓的野蛮种族接触的过程中,自己内心的野性会被呼唤出来,自我会退回原本的野蛮状态。19世纪末,弗洛伊德有关文明是建立在本能的退化之上的理论在许多人心中引起恐惧。一个著名的例子就是康拉德《黑暗中心》中对科兹之死的描述。科兹靠疯狂掠夺非洲象牙而暴富,临死前他神秘地呼喊："恐怖啊,恐怖啊。"①评论界对此虽然并无定论,但这里的恐怖仍被大多数论者理解为他对自我堕落、对自己内心深处的原始力量的恐惧。在上述争斗场景中,霍利注意到利奥"可怕的美",并以狮子作比,这似乎暗示了白人内心深处的原始本能。当然霍利没有忘记表明他们的杀戮是迫不得已的行为,是正当的自我防卫。但读者已能察觉,白人表面的优越和强势之下存有隐忧,这可推断为他们潜意识中对自己的殖民者地位的不自信。此为殖民话语潜在的矛盾之处。

"艾莎揭开面纱"的场景益发强化了这种不自信和矛盾性。霍利拒绝跪爬着觐见女王,他自视为高贵的英国人,为何要爬着去见野蛮女人?但为了跟随爬行的向导,他不得不放慢步伐,为了保持笔直的站姿,他不得不以鹅步前行,步态滑稽。为了保持作为英国人的尊严,他反而沦为笑柄。艾莎掀开面纱后,霍利的表现则更多地体现了男人的生物性。这个自封的厌女者不仅立刻为她的美貌所征服,而且因为意识到这个美艳的女人不可能归己所有,内心被一股贪婪的嫉妒感攫住。这堂堂剑桥学者,不知羞耻地跪倒在艾莎面前求爱,有理性的"文明人"完全暴露出动物本能。这里,他对艾莎强烈的"占有"欲望似乎是殖民者"占有"殖民地人民之欲望的折射。他越是急切地展示自己的优越性,越是揭示出维多利亚晚期英国社会中对帝国信心的丧失;反之,霍利被剥夺"占有"能力则象征性地昭示着白人殖民者"占有"欲望和野心的瓦解。他们一方面努力构建自己的优势地位,另一方面无可奈何地意识到殖民文化正在退步,帝国正面临来自内外部的威胁。当19世纪帝国力量达到前所未有的顶峰时,英国国内有人把大英帝国与辉煌一时的古罗马帝国相提并论。虽然此说不无炫耀和骄傲的成分,但不可避免地让人联想到罗马帝国辉煌过

---

① [英]约瑟夫·康拉德著,袁家骅等译:《黑暗的心》,《康拉德小说选》,上海译文出版社1985年版,第569页。

后走向衰落灭亡的命运。以史为镜,任何帝国必将会遵守发展、兴盛、衰落的历史规律。艾莎的帝国最终解体,可否把它理解为哈格德本人对帝国辉煌过后命运的忧虑,对帝国理想"无可奈何花落去"而发出的哀叹呢?①

霍利面见艾莎时,已经了解了她统治手段之残酷,却被她超凡脱俗的美貌所吸引。她身上有种"可怕的美",既有受白人鄙视的种种野蛮成分,又有两千多年的修养孕育出的令人垂涎的文化素质。霍利进入她的寝宫,映入眼帘的摆设和装饰无不流露出浓郁的东方色彩,香氛、层层幕帘和神秘的面纱,无不营造出强烈的异域情调和诱惑。他见到艾莎真容前暗自思忖,自己将要觐见的是"一个裸体的野人女王,一个懒洋洋的东方美女,还是啜饮下午茶的 19 世纪的年轻姑娘"(p.145)? 不难看出,霍利推测的这些可能性几乎都针对一个具有威胁性的"他者",是西方想象中的东方刻板形象(stereotype):或是处于边缘、正在策划对殖民帝国进行进攻的土著野人;或是唤起男人最基础的动物本能、瓦解其优势地位的东方美女;即使是白人姑娘的形象也不禁让人联想起掌握了原属男人领域的各门知识的 19 世纪末新女性。

这里需要提及一个文化批评中常涉及的概念——凝视。这是"携带着权力运作或者欲望纠结的观看方法","观者被权力赋予'看'的特权,通过'看'确立自己的主体位置,被观者在沦为'看'的对象的同时,体会到观者眼光带来的权力压力"。②霍利对艾莎的凝视就蕴含着种族意识,创造了斯图尔特·霍尔所说的"'他者'的景观"。小说中,霍利是凝视者,艾莎沦为凝视的对象。霍利对她身体的轮廓和曲线尽情猜测揣度,带着类似探险者们站在欧洲中心位置描摹被占有

① 英国人对国力衰退的恐惧的相关论述可参考:Lynn Pykett. Ed. *Reading Fin de Siecle Fictions*. London: Longman, 1996, pp.1—21.
② 赵一凡、张中载、李德恩:《西方文论关键词》,外语教学与研究出版社 2006 年版,第 349 页。

领土、描画其地图的优越感，这无疑是一种具有强烈帝国色彩的凝视。值得注意的是，霍利的凝视也体现了看者权力的受限。因为他清楚，他所凝视的对象艾莎并非如非洲的土地一样被动，等待他去测量和占有。相反，他无法占有艾莎，即使凝视也只能看到她允许的部位。艾莎的面纱不仅阻止了霍利的视线，也赋予她这个被凝视者一种特权，使她可以从面纱背后反观凝视者，这无疑威胁了霍利作为凝视者居高临下的地位，二者身份的置换从某种意义上削弱了帝国话语的特权。

再看小说中女王之死的场景。这一章的题目"我们之所见"强烈暗示霍利作为看者的中心角色，"看"这个字居然在同一页一连出现六次(p. 292)，这充分体现了探险者凝视视域的无所不包。艾莎裸体站在生命之火中，以前隐藏在霍利视线之外的身体尽数暴露于凝视者的眼前，不仅如此，从圣火中出来后的境况完全出乎艾莎的意料，她丧失了对局势的把握，只能绝望地听任身体迅速恢复两千多岁的衰老和丑陋，这种无助感凸显出她作为被动的凝视对象的身份。意味深长的是，霍利把她衰老后的皮肤描绘成"肮脏的棕色和黄色"，死后又化为摊在地上的一团"黑色包裹"(p. 292)，这些颜色的选择似乎揭示了白人对有色人种的本能厌恶。在死亡过程中，艾莎首先丧失了视觉，霍利作为凝视者的中心地位又得以巩固。综观全书，霍利作为叙述者，掌握着绝对的话语权，控制着事件应该如何被展示，决定着读者如何看待这些事件。他对艾莎之死的详尽描绘突出了艾莎的耻辱，与之前自己在她面前的卑下表现形成反差，在读者心目中重塑了霍利的正面形象。威胁帝国存在的"他者"终于被毁灭，白人的中心和主体地位得以重新树立。最终，白人探险者拿走了艾莎的一缕头发，象征性地占有了"他者"。

性政治中的"他者"

性政治中"他者"概念也可用于解读上述几个场景。女性主义理论认为，人类漫长的文明史其实是男人话语强势的历史，女性处于文明的边缘——"失语状态"。男性写作传统以男人为中心和主体，男性笔下的女性沦为客体和"他者"，作为被男人观察和欲望的客体而存在。根据肖沃尔特的观点，自古以来的文学传统里，妇女形象在男性笔下形成两个极端：要么是天真、美丽、可爱、无私的"仙女"，要么是丑陋、刁钻、自私、蛮横的"恶魔"。不论是"神圣化"还是"妖魔化"，归根结底都是对女性形象的歪曲和贬抑，这是男性的性政治在塑造女性形象上的表现。

上述第 8 章的宴会和争斗事件是由一个报复心极重的土著女人引起的。她对霍利的仆人大胆示爱却遭拒绝，因此挑唆其他族人举办了这场食人宴会。小说中描写的土著人社会，血缘关系完全靠母系来维持，女性比男性享有更多特权。她们拥有相当程度的性自由和男女关系中的主动性，"当一个女人喜欢上一个男人，她会当众上前拥抱他，如果他亲吻她就表示接受了她，而这个安排会持续到任何一方厌倦为止"（p.88）。这是与维多利亚时期男权社会秩序完全相反的风俗，接下来的混战是否可以理解为哈格德的警示呢？即女人被赋予权力和地位后，可能会对社会秩序和社会道德造成难以估量的危害。

19 世纪，英国女权运动蓬勃发展，到世纪末，随着女性受教育程度的提高，以及女性可从事职业范围的拓宽，"新女性运动"成兴起之势。女人不断进入传统上只有男人才能从事的工作领域，不屈不挠地争取自己的政治权利，这引起保守人士的忧虑，他们担心传统的女性作为"家庭港湾"和"家中天使"的形象会被削弱，社会秩序的稳定性和传统道德的纯洁性会受到威胁，这必将削弱英国维持文明世界秩序和保护帝国地位的能力，甚至会威胁整个文明世界的生存。在上文的两个场景中，白人两次由文明人退化回动物般的本能，体现了白人内心深处的一种忧虑，而女人势力的凸显则使这种忧虑强化为焦虑。小说中，大胆追求男性的土著女人被称作"恶魔般的女人"，做出"蛇一样"的爱抚动作(p. 104)。描写艾莎时,霍利也大量使用与蛇相关的意象,她的声音和举止都令人联想到蛇,甚至她腰间的金腰带都是双头蛇形。哈格德似乎在援引那个古老的《圣经》原型:夏娃受到蛇的诱惑,又转而充当诱惑者,从而导致整个人类的原罪。也许这就是女人在文学作品中常被与蛇等诱惑者形象联系在一起的缘故。①而且,男人认为女人无定性、容易激动、不可理喻、变幻莫测等。小说中,每次艾莎表现得情绪化时,霍利就情不自禁地流露出对女人的鄙视态度,例如,"不过是个女人"(p. 146)、"女人般的颤抖和不安神态"(p. 160)、"归根结底不过是个女人"(p. 192)或"表现得和其他女人没什么两样"(p. 199),等等。这些都在强烈地暗示读者,尽管艾莎是人人"必须服从"的统治者,但她仍然是个女人,具有女人身上那些令理性的男人鄙视或勉强容忍的特性。

19世纪末,面对女性地位的不断攀升,一些男性对女性的恐惧心理(尤其是对其专权、任性、疯狂和情欲等的恐惧)随之加重,并越来越多地体现在当时的文艺作品中。②在他们眼里,似乎只有当女性的地位低于男性,当女性受控于男性时,才能保证社会稳定。小说试图传达的隐义显而易见:及时归来的男性族长果断终止了那场由女人引发的混战。

"艾莎揭开面纱"一章更加突出了女人的"他者"地位,霍利对艾莎的"凝视"既隐含着种族意识,也不乏男权意识。霍利不仅是白人探险者,更是男性叙述者;艾莎是统治者,但更是个美丽的女人。虽然霍利把艾莎当作愉悦男性身心的女人,对其评头论足,但随着对她了解的加深,他对她的迷恋就不局限于美貌了。因为艾莎有着两千

---

① 在中国传统文化中,媚惑男人的女性常被称作"美人蛇",道理大致相同。

② Sue Austin. "Desire, Fascination, and the Other: Some Thoughts on Jung's Interest in Rider Haggard's 'She' and on the Nature of Archetypes". http://www.cgjungpage. org/index. php? option = com-content&tast = view&id = 748&itemid = 40. (2008-09-09)

年的智慧,对人类文明的各个领域可谓无所不知,令霍利这个剑桥学者自愧不如。身为男性眼中的"他者"和常被与无知联系起来的女人,艾莎却拥有男性无法望其项背的智力水平,这个事实本身已经解构了男性与女性之间传统的二元对立思维,颠覆了男性优越、女性低劣的性政治。与其他被维多利亚小说家理想化或妖魔化的姐妹们不同,"她"既非天使也非怪物,她是二者奇特而又意义重大的结合体,因《阁楼上的疯女人》而成名的批评家吉尔伯特和古芭一语中的:"'她'在某些方面是个不折不扣的'新女性'。"①这样的新女性势必对男性的传统权威构成威胁。

从性政治的角度理解,小说结尾处白人男性探险者对艾莎头发的占有完全可以解释成对男性权威的重建。使艾莎香消玉殒的生命之火带有明显的男性特征,它被描述成一股火柱,如潮水般有节奏地阵阵涌来(p.286),俨然是米莱特理论中的"阳物"意象。艾莎被塑造成对男性群体构成极大威胁的女人,她的媚惑使男性迷失自我而重显本能的兽性,使霍利不顾利奥的生死而宁愿陪在她身边,使两个情同父子的男人互相嫉妒。她邀请利奥同沐圣火,在熊熊烈火中对他伸出双臂,这一举动在白人男性看来具有"他者"的威胁性,她可以把男性诱惑进"他者"的世界。艾莎的死则象征了"他者"的解体和男性中心地位的回归。

无论是殖民话语理想化的重振还是男性权威的神奇回归,都被小说文本中体现的矛盾所颠覆和解构。艾莎的形象有别于普通非洲土著人的"他者"形象,相反,在很多方面她被塑造得与英国(男)人旗鼓相当。艾莎并不是非洲土著人,而是纯正阿拉伯人的后裔,可以被看成白人在非洲实施统治的"替身"。艾莎告诉霍利,自己统治的是基于想象的帝国,她对自己的臣民实行白色恐怖式的暴政,对那些土

---

① Lyn Pykett. Ed. *Reading Fin de Siecle Fictions*. Harlow: Addison Wesley Longman Ltd, 1996, p.40.

著人动辄以"狗们""毒蛇们"等称呼(p.177),她统治土著人的残酷方式何尝不是白人殖民者剥削行为的翻版？她对霍利流露出扩张到欧洲的计划,这与大英帝国对欧洲之外领土的觊觎和野心又有何区别？艾莎的反向殖民意图又何尝不体现了白人对自己殖民权力无限扩大的想象和憧憬？她野心勃勃进攻欧洲的计划随着自己的死亡而破产,这又何尝不预示了欧洲殖民主义政治话语的行将瓦解？通过艾莎的死亡,哈格德似乎揭示了殖民主义本身不过也是基于神话或幻想的空洞意识形态而已,绝非如维多利亚时期殖民者向普通民众宣传的那样,是基于白种人和有色人种的生物学或人类学意义上的差异。如果说,艾莎的帝国是大英帝国的缩影,其帝国的灭亡就自然暗示英国的殖民扩张终将走向尽头。因此,小说间接揭示了殖民话语内在的矛盾性:它不仅仅影响和建构了"他者",而且在同"他者"的接触中被解构。

结　　语

　　总之,在《她》中,哈格德不仅强化了欧洲人和非洲人之间自我与"他者"的差距,也不知不觉暴露出叙述者自我对"他者"威胁的焦虑。具体体现在两个方面:作为白人的焦虑和作为男人的焦虑。作为白人,叙述者的担心反映了帝国势力达到巅峰后英国人普遍且本能的忧虑,对帝国未来发展趋势的焦虑;作为男人,叙述者担心,20世纪末女权运动的高涨对英国传统道德的威胁会从内部削弱大英帝国的力量。两种"他者"势力的汇聚因此导致了弥漫于英国社会的世纪末焦虑症。

　　(文中只标明页码的引文均来自哈格德的作品 *She*,详见参考文献)

"帝国诗人"吉卜林的爱与痛

作为英国第一位诺贝尔文学奖得主,约瑟夫·鲁德亚德·吉卜林一生都与大英帝国紧密相连,他的作品大都渗透了浓浓的帝国意识,如诗歌《白人的负担》《长长的退场诗》等,表达了对帝国与白人责任的思考,《东西方的歌谣》表露了明显的殖民态度。这些诗歌里的一些表达方式,几乎成为他的惯用语,比如,殖民地人民是"白人的负担","东方就是东方,西方就是西方,双方永远不会交汇"等,成为殖民主义话语的重要内容。因此,吉卜林获得了"帝国诗人""帝国鼓手"等称号。在声名如日中天时,他的一举一动都备受媒体关注,一如今天的文体明星。1899年,他在美国患病时,全世界各大报纸的头版都在追踪报道,可谓声名远播;1935年,他七十寿辰时,收到英国国王发来的亲笔贺信,这是何等的荣耀。但是,时移世易,他露骨的帝国立场使他在20世纪受到冷落,他的名字逐渐变得陌生。20世纪90年代以来,随着后殖民主义文化批评的兴起,在沉寂近百年后,学界对吉卜林再一次兴趣盎然:各种学术刊物上,吉卜林的名字出现得愈发频繁。2007年,为了纪念他获得诺贝尔奖一百周年,英国特别拍摄了根据其自传而改编的电影《我的儿子杰克》。

追溯一下吉卜林的人生经历与创作生涯,无疑会帮助我们了解他爱与痛相互纠缠的帝国情结。

1865年,吉卜林在印度孟买出生,6岁时,父母把他寄养在英国亲戚家里。12岁时,他进入联合服务学院学习,这是专门为海外英国人的孩子设立的寄宿学校,致力于殖民主义教育。吉卜林在这里一待就是5年,他接受了严格的纪律训练和帝国意识的灌输。17岁,吉卜林毕业,重回印度,先后在拉合尔的《军民报》和阿拉哈巴德的《先锋报》任记者和助理编辑。其间,他遍游印度各地,考察风土人情,对英国人在印度的生活有了更直接、更深邃的观察和理解。自此,他走上了写作之路,凭借《机关打油诗》和短篇小说集《山里的平凡故事》《三个士兵》等作品,很快声名鹊起。

1889年,小有名气的吉卜林离开印度,返回英国,专事写作,准备大干一番。他以印度为故事背景,勤奋写作,几乎每天都有短篇小说发表。他的作品题材充满异国情调,为读者提供了全新的口味,对英国本土人有强大的吸引力。他的文笔简洁凝练,清新自然,与世纪末萎靡颓废的文风形成鲜明对比,因而颇受读者欢迎,吉卜林很快成为"文坛新秀"。《军营歌谣集》(1890)是这时最著名的作品之一。1892年,吉卜林与美国女孩凯若琳结婚,定居新英格兰的弗蒙特。他一度享受着乡间生活与做父亲的乐趣,创作的步伐放慢了。儿童文学《丛林之书》(1894)与其续集(1895)等,是此时为数不多的成果。在20世纪中期,当吉卜林研究热度消退殆尽时,人们对他的了解大概也就集中于这两部童话式的动物故事集。的确,即使吉卜林没有创作其他任何作品,只有这两部便足以让他流芳百世了。《丛林之书》讲述在森林里长大的印度男孩莫格利与动物们和谐共处的快乐生活。故事以拟人法叙述动物故事,亲切可爱,生动活泼,富有哲理,展示了作者丰富的想象力与非凡的描绘能力。这些故事使吉卜林成为许多国家的儿童喜爱的作家。21世纪初,我国曾引进由此书改编的动画片《莫格利的故事》,风靡一时。

1896年,吉卜林携全家由美国返回英国定居。1897年,英国举行维多利亚女王登基60周年庆典,举国欢庆,吉卜林应景写下著名的《长长的退场诗》,对王权与帝国尽表忠贞与热爱;同时,他似乎已经意识到,与古罗马帝国一样,大英帝国的荣耀终会有完结的一天。他对帝国到达实力顶峰后的命运表达了一定的忧虑:"城市、王位和政权/在时间的眼里,/犹如绽放的鲜花,/不日即凋零。"

1898 年,南非布尔人(原荷兰殖民者的后裔)的定居区发现金矿,英国借机挑起布尔战争。吉卜林利用自己的声誉,积极筹集基金,写诗鼓舞士气,还远赴南非前线。在那里,他与殖民地的总督西塞尔·罗得兹过从甚密。罗得兹是强硬的殖民政策拥护者,是时人眼中杰出的帝国缔造者,后来颇有知名度的罗得兹奖学金就是为了纪念他而设立的。吉卜林与罗得兹的交往,进一步加强了他关于"白人担负教化黑人的使命"的帝国主义信念。吉卜林深信,白人作为优等种族,担负着不可推卸的责任,殖民政策的目的是为黑暗落后地区的人们带来光明与进步的福音。

史学界认为,布尔战争是大英帝国命运的一个重要转折点。英国耗费了与布尔军远不成比例的惊人军力与财力,耗时两年多才最终征服了布尔人。战争期间,英国首次派驻战地记者,亲临战场报道。伤亡的惨重,战争的残酷,首次呈现在国内的媒体上,国内舆论风向渐转,对战争正义性的反思之声出现。曾有人将大英帝国与古罗马帝国相提并论,在炫耀与得意的背后,这个联系也令人不安地想到古罗马帝国最终的命运。历史上任何帝国都未能最终逃避衰亡的命运,英国会是个例外吗? 在 19 世纪的最后 10 年里,大英帝国的势力达到顶峰,往后的走向成为英国人关注的热点话题,其中不乏悲观的论调。此外,布尔战争还暴露出英国人体质的下降,许多热情的志愿者由于体力或健康的原因被军队拒之门外。军人身体素质的滑坡,引发了有远见之人对帝国未来命运的忧虑。这些情绪或多或少地反映在吉卜林的作品里,从这个时期开始,他的个别作品中凸显阴郁的调子。

1899 年,美国与西班牙争夺殖民地的战争即将结束,美国占领了菲律宾,吉卜林写下著名的《白人的负担》一诗:他敦促美国像英国等欧洲列强一样,肩负起"白人的重担",去治理"新近掠获的半是魔鬼半是孩童的子民"。美国总统西奥多·罗斯福当时正在大力推行"温言在口,大棒在手"的政策,对此诗大加赞赏。他对这首诗的肯定表明,文学与政治、诗人与统治者、主流意识形态与帝国政策,已经象征性地融合,吉卜林因此成为帝国主义政策当之无愧的解释者与代言人。

20世纪的前10年是吉卜林最辉煌的岁月,他创作了大量颇有影响的作品,包括长篇小说《基姆》,并于1907年,以"观察入微、想象新颖、气势雄浑、叙事卓越"摘得诺贝尔文学奖。吉卜林不仅是英国第一位获此殊荣的作家,更成为历史上最年轻的诺贝尔奖获得者。至此,吉卜林的文学声誉达到顶峰,被民众广泛视为"国家诗人""帝国先知"。

此后,吉卜林的健康状况不佳,视力严重衰退,加上被过多的公共职责拖累,创作步伐减缓。他多次在公共场合发表演讲,致力于唤起同胞的爱国热情,警告他们德国的崛起对英国形成的挑战。"一战"爆发后,他为战争委员会做宣传工作,兢兢业业,不辞辛劳。他狂热地进行战争宣传,发表演讲,鼓吹年轻人应投身战争的思想。他的儿子杰克从小耳濡目染,接受了吉卜林"好男儿应当报效祖国"的思想,积极报名参军。由于他双眼高度近视,两次应征都遭拒绝。吉卜林利用自己的声名与威望,千方百计把儿子送进了部队。杰克18岁生日的第二天,在战场中失踪了。吉卜林想方设法打听儿子的下落,最终得到了杰克阵亡的消息。吉卜林对自己的独子一直寄予厚望,在儿子12岁时,吉卜林曾为他创作励志诗《如果》,后来被广为传诵。诗的字里行间,弥漫着对儿子深深的爱意与殷切的期望。

随着时间的流逝,吉卜林对儿子的死非但没有释然,反而益发不能忘怀,在儿子被宣布失踪两年后,他后悔地写下墓志铭:"假如有人问我们为什么在战争中失去生命/是因为我们的长辈欺骗了我们。"

上文提及的电影《我的儿子杰克》就是围绕吉卜林生命中的这个

重要转折展开的：战争之初，他大谈特谈帝国的光荣与梦想，即使了解到战争伤亡惨重，仍不改对帝国理想不懈热爱的初衷。对他的忠诚感到钦佩之余，我们不禁体会到丝丝心寒。他以国比家："在过去150多年里，英国在全球建立了一个多国的大家庭。作为父母，英国理应保护其子女的安全。"此时，他对国家之"大"爱超越了对儿子之"亲"爱。只有当丧子成为事实后，白发人送黑发人的悲怆才让吉卜林对儿子的爱真正浮出水面。影片的结尾呼应了开头的场景：在优美的英国乡村，吉卜林驱车去面见国王。他们的对话不再围绕帝国的命运，而是各自的儿子。看到吉卜林潸然泪下，我们明白，他此刻仅仅是个父亲。这时，电影戛然而止，留下一个开放性的结局。对于吉卜林的爱与痛，我们却很难轻易释怀：意识到是自己亲自把儿子送上死亡之路后，吉卜林想必一定倍感心痛吧？他的余生会一直笼罩在这个阴影之中吗？他对帝国之爱会有所减弱吗？面对英国无可挽回的衰落，他的痛楚是否超过了丧子之痛呢？

随后的岁月里，吉卜林仍坚持写作，但是，作品中多了几丝悲情与愤恨，蒙上一层绝望、惆怅的阴影，大都从深处散发出一种忧郁与沉重，失去了以往的轻松与幽默。此外，战后的英国颓势渐显，殖民地独立运动风起云涌，引发人们对殖民行径的反思与批评。吉卜林作品里挥之不去的帝国意识，以及他作为帝国代言人的身份，都使他遭遇了前所未有的批判，他的作品不再热销，他的名字逐渐被遗忘。到20世纪中叶，他似乎已经变成过去时代的一部分。20世纪末，随着后殖民主义文学批判的兴起，吉卜林这个帝国时代的话题，在被搁置近百年后，才又重新被拾起。

纵观吉卜林的一生，我们绕不过他对帝国的魂牵梦绕之爱和他恋恋不舍的帝国梦想。但是，他的帝国情结并不是简单的绵绵爱意，而是爱与痛的纠缠：对大英帝国的爱，对帝国命运"无可奈何花落去"之势的痛。

在他对帝国理想化的赞颂之下，隐藏的是他对帝国命运的深深忧虑，以及对帝国势力衰减的痛心疾首。吉卜林在许多作品中揭露了英国殖民政府中的官僚主义与腐败作风。《山中的平凡故事》中许多故事描写了殖民者的生活场景：日日莺歌燕舞，灯红酒绿；人人争风吃醋，钩心斗角；处处充斥着浮华与浅薄。在反映英军士兵的故事中，他一方面对这些士兵进行理想化的描绘，另一方面也暴露了他们的血腥与残暴。如《在城墙上》中，守城的英军看到印度人发生骚乱，心中窃喜，盼望着一场大屠杀：炮兵们期待炮轰城池，将其夷为平地；军官们希望乘乱杀掉自己的印度债主。整个一群野兽与无赖！依靠这样的官员与军人，何谈白人的神圣责任？何谈给殖民地人们带来文明之光？吉卜林对大英帝国殖民统治的深切关注、对个体殖民者有辱使命的痛心跃然纸上！

　　吉卜林对印度的感情也是爱恨交织：一方面，他对印度怀有亲近感与深深的眷恋之情；另一方面，他又带着西方人自以为是的优越感，批判印度的落后、肮脏和野蛮。可以说，终其一生，他都在怀念印度，这与他对英国的爱并不矛盾。6 岁之前，他一直和印度仆人生活在一起，首先学会的是印地语；中学毕业后，他在印度工作了 7 年，初试文墨便小有名气。快乐的童年时光和充实的记者生涯，使他对印度有着特殊的感情。他曾多次表达对印度的爱，他的自传《谈谈我自己》开篇表意："给我生命的前六年童年时光，别的都可以拿走"。在不同的场合，他都把印度称为"家"。他对印度的文化充满了敬畏之情，痴迷于它的独特、奇异与神秘。难怪有评论家认为，在思想上、政治上和道德上，吉卜林是西方殖民主义的鼓动者，但在文化上，他却是个印度人。也许《基姆》中的同名主人公的困境，就是吉卜林本人隐秘心曲的真实写照。基姆从小混迹于拉合尔市的市井之间，言行举止活脱脱是个印度孩子，但他却是个不折不扣的白人。英国情报机构看中了他，把他训练成一名间谍，为英俄之间的情报战服务。可是，在情感上，基姆更依恋那位父亲般的、带着他四处寻找圣水的西藏喇嘛。基姆似乎早已本能地意识到，圣水象征的救赎之路与英人的殖民之路格格不入,但他还是不由自主地受到喇嘛的吸引,心甘情愿当他的门徒。基姆的矛盾与吉卜林对印度的态度不无相似之处:既是入世的,又是出世的,他既为英国统治印度的使命热血沸腾,视其为"女王皇冠上最大的明珠",又深深地陶醉于印度的文化,挂念着那里的一草一木。

　　吉卜林一生梦寐以求的是大英帝国的强大与繁荣,他一生都在塑造自己心目中的帝国形象。他后期作品里表现出的对大英帝国命运的忧虑、对个体殖民者行径的痛心,也依然折射出他对帝国的爱。他一生都在为自己的信念而执着努力,与其责备他是"殖民主义者",还不如说他更是一个"理想主义者"。在那个特定的时代,又有多少爱国之士能够摆脱与帝国扩张的干系、逃脱与帝国命运的纠缠呢?也许,伴随他一生的爱与痛,不过是同时代千万民众"集体无意识"的集中反映吧!

《克里希纳普之围》：从疾病隐喻
到帝国神话的破灭

　　杰·基·法瑞尔是战后英国重要小说家，他凭小说《患难》（1970）、《克里希纳普之围》（1973）和《新加坡控制》（1978）蜚声文坛。这三部小说反映的事件在英帝国历史上均具有转折意义，被统称为"帝国三部曲"，其中尤以《克里希纳普之围》最为著名，该小说获得过英语小说的最高奖——布克奖，并曾连续六周占据英国小说排行榜榜首。然而，在过去几十年里，英国评论界对法瑞尔却未给予应有的重视，关于法瑞尔的研究成果不仅数量稀少，而且鲜有系统性的佳作问世，导致法瑞尔的名字几乎随时光湮没。在我国国内，法瑞尔的名字则更加陌生。幸运的是，读者并没有淡忘他的作品。2010 年，《患难》经广大读者网络投票，获得"遗失的曼布克奖"①。此番获奖，有助于引发评论界对法瑞尔的关注。

　　现有的法瑞尔研究中，较多论者认为他对帝国主义的批判力度不够，如最早出版法瑞尔研究专著的英国学者宾斯认为，法瑞尔在《克里希纳普之围》中对英帝国主义的批判"缺乏严肃性"，对兵变中

---

　　① 布克奖最初的评选范围是前一年出版的小说，从 1971 年起改为评选当年出版的小说。这就意味着，1970 年问世的小说既不符合 1970 年的布克奖评选规则，也丧失了1971 年的角逐资格，因此主办单位在 2010 年决定弥补此遗珠之憾，特别设立"遗失的曼布克奖"（Lost Man Booker Prize），补选 1970 年出版的最佳长篇小说。

双方的暴行只是轻描淡写[①]；此后的研究者基本延续了这一看法，批评法瑞尔对印度人形象的塑造呈现类型化的刻板印象；国内学者也曾指出，法瑞尔淡化了英国对印度的殖民统治。[②] 从 20 世纪七八十年代开始，人们纷纷反思英国的殖民政策，后殖民主义研究如日中天。而早期论者对法瑞尔的评价，无疑在一定程度上导致了研究者对法瑞尔的忽视。实际上，可以毫不夸张地说，在反映 1857 年印度兵变（这是英国人的称呼，印度人则称之为民族大起义或第一次民族独立运动，而一些印度革命者甚至称其为第一次印度独立战争）的众多历史小说中，《克里希纳普之围》是佼佼者[③]。它不仅生动再现了英国殖民者在被围攻期间的生活和经历，还以隐喻的方式揭示了帝国肌体和殖民政策的种种疾病，以戏仿的手法批判殖民者的行径，反思并质疑所谓的"优等种族""优势文明"，因而有力地颠覆、解构了帝国神话。

　　本文主要探讨法瑞尔在《克里希纳普之围》中对疾病隐喻的巧妙使用及其对"帝国神话"和"优势文明"的颠覆与解构。有学者曾注意到法瑞尔作品中广泛出现的疾病意象，但未向前走一步，没有将其与法瑞尔对英国帝国主义的批判联系起来。众所周知，某个意象的反复出现会不可避免地产生某种隐喻或象征意义。在法瑞尔的"帝国三部曲"中，各种疾病意象反复出现，笔者深入考察后得出结论：不可救药的疾病与帝国不可避免的衰退命运紧密相连，疾病成为隐喻。

疾病隐喻与帝国文明之恙

　　将疾病隐喻化是人类一个常见的社会文化和心理现象。在《疾

---

① Ronald Binns. *J. G. Farrell*. London：Menthuen，1986，p. 66.

② 刘国清：《英国引领全球历史小说热》，《世界新闻报》2010 年 12 月 22 日。

③ 有印度学者曾对有关印度兵变的小说进行梳理，到 20 世纪 70 年代，仅英国作家就已经有不少于 50 部作品问世。见尹锡南：《英国文学中的印度》，四川出版集团巴蜀书社 2008 年版。

病的隐喻》里,苏珊·桑塔格以敏锐的洞察力考察了疾病(特别是结核病、梅毒、艾滋病、癌症等)如何被一步步隐喻化,从"仅是身体的一种病"转换成一种道德评判或者政治态度。桑塔格认为:"居住在疾病的王国,几乎不可能不受其领域内那些阴森的隐喻的影响。"①在文学中,疾病可以被看作一种象征,一种隐喻,一种审美手段和叙述策略,疾病与疗救的主题成为文学的永恒主题。法瑞尔似乎深谙疾病被作为隐喻之道。在他的"帝国三部曲"中,他大量运用疾病作为修辞手段。

《患难》以 1919—1921 年期间的爱尔兰民族解放斗争为背景,描写一群英国人被困于爱尔兰一个摇摇欲坠的宾馆里的无奈生活。宾馆由英国人所有,其名字"雄伟"(Majestic)本身就别具深意,令人联想到 Majesty 这一对君主的尊称。这座殖民统治高峰时期的豪华旅馆已辉煌不在,处于风雨飘摇之中。作者显然视其为大英帝国的象征,其兴衰成为帝国命运的晴雨表。小说里,疾病意象比比皆是:首先,与宾馆有关的多人身患各种疾病,白血病、癌症、痛风、身体残疾等,他们在不断地看病、吃药。与疾病相关的比喻也随处可见,如旅馆年久失修,地板和墙壁上出现了许多鼓包,作者多次将其比喻成毒疮、脓疮。法瑞尔以疾病意象隐喻帝国肌体已不再强健,为英帝国在爱尔兰的统治奏响挽歌。《新加坡控制》从经济角度考察了帝国主义必然衰落的命运,这部小说以"二战"期间英国在日本的进攻下被迫放弃其重要殖民地新加坡为背景,同样充斥着各式疾病意象。

《克里希纳普之围》以 1857 年印度人对克里希纳普城中英国军民的围攻为背景。当城防被起义的印度兵攻克后,小城里的英国居民在收税官的带领下,退入官邸,进行了为期 10 个月的守城战。法瑞尔描写的重点不在于攻城的印度兵,而是被围困的英国人。在外

---

① [美]苏珊·桑塔格著,程巍译:《疾病的隐喻》,上海译文出版社 2003 年版,第 77 页。

有强敌,内有霍乱爆发,几乎弹尽粮绝的危机之下,人性面临着严峻的考验。最终,增援的英国军队平定了这次席卷印度北部的大起义,解了围城之困。

小说中,疾病意象多得几乎难以计数:收税官的小儿子半年前刚病死,妻子因健康原因离开印度回国,一个治安官得重病"去山里等死"(p.49);在受围困期间,收税官罹患眼疾,两个医生先后死于心脏病,一个孩子中暑而亡,有妇女难产致死,婴儿夭折,等等。当然,霍乱与枪伤更是把官邸变成一所大医院,死亡时刻笼罩在人们头顶,死神成为丹斯戴普医生"喝酒时的同伴"(p.230)。

这些疾病与死亡意象的频现,虽然与法瑞尔的个人情况有关①,但更主要的原因是,他有意无意地运用这些疾病来隐喻当时大英帝国的健康状况:无论是其肌体还是引以为豪的文明,都已染上沉疴,最终的结局自然不难预料。

法瑞尔从小说开篇就暗示了他对帝国文明的态度:"任何从未来过克里希纳普的人如果从东面来到这里,总会提前几英里就以为来到了行程的终点。"(p.9)人们为什么会这么认为呢?从远处看,有一片墓地看起来就像城里的建筑一样。作者在这里呈现了一个充满扭曲感、给人以误会与错觉的地方,这一认知与现实之间的落差似乎预示,这个地方的一切都将与人们从外表所见和事先所料的有不小的差距。紧接着,法瑞尔叙述道,这里"没有任何欧洲人可以称之为文明的东西,除了砖块","砖块无疑是文明的重要组成部分;没有砖块什么也做不成"。(p.9)很明显,叙述者是在模仿欧洲人的语气,旨在讽刺欧洲人所谓的文明。开篇对克里希纳普景观的描写奠定了整部小说的基调,在这块说不清的土地上,真实与表象时常难以区分,外来者也许会陷入迷惑,失去自我。这不仅是法瑞尔对外来者的调侃

---

① 20岁时,法瑞尔患上小儿麻痹症,突然由健壮的运动员变成残疾人,人生境况的巨变对他的世界观与文学创作影响至深。

式警告,更构成他对外来殖民者在场的质疑。

　　小说中的英国居民经常将帝国文明与印度文明并置对比,其中弗勒里与收税官的看法大相径庭。除了叙述者的评论,作者对帝国文明的态度主要是通过这两个人物的视角而展示的。作为克里希纳普城的最高长官,收税官是作者重点刻画的主人公之一,小说的很大篇幅都是透过收税官的视角叙述的。小说伊始,收税官以帝国文明的坚定支持者与捍卫者的形象展现在读者面前。收税官曾作为筹备委员会成员参与了1851年在伦敦水晶宫举办的首届世界博览会,他对博览会赞誉有加,认为它是"所有文明国度的一次集体祷告"(p.48),他还不吝重金购买了一些展品带回印度,包括塑像、雕刻、油画和机器等。他认为这些东西是"一个进步而理性的文明的具体体现"[①]。在当时许多人眼里,这次博览会是英国高度发达的科技文明的全景展示,象征大英帝国的辉煌成就,是西方文明的里程碑之一。对收税官来说,"信仰、体面、地质学、机械发明、通风、庄稼轮作构成了文明的基本要素"(p.90)。他经常大谈特谈英国所带来的文明与进步,炫耀自己收藏的"科学征服黑暗""科学的精神"等雕塑。他对博览会的赞颂,体现了他对帝国"优势文明"的认同与内化。收税官只是众多英国殖民者的一个缩影,对当时的英国人来说,作为白人的种族优越感,如同"集体无意识",已经深入其灵魂,他们深信自己祖国的文明远胜于东方,因此,他们自视担负着教化有色人种的不可推卸的光荣使命。对他们而言,殖民政策就是给黑暗落后地区的人们送来文明与进步的福音,是上帝赋予殖民者的神圣使命。

　　弗勒里却不这样认为,他完全站在主流意识形态的对立面。这个年轻人深受浪漫主义思潮影响,受命来到印度,收集素材,准备完成一部反映"(东印度)公司统治下印度文明进步"(p.24)的报

① Ronald Binns. *J. G. Farrell*. London: Menthuen, 1986, p.66.

告。但是,他在印度的所见所闻,却使他对英国的殖民统治疑虑重重,更使他对所谓的优势文化产生怀疑。虽然,我们不能把弗勒里看作法瑞尔的代言人,但是,在整部小说中,他的观点与作者的观点最为接近。来到印度后,他发现,英国人陶醉于自己的"优势文化"中,在印度构建了一个英国式的小天地。他们把自己拘囿在这个小圈子里,继续过着英国式的生活,不愿也不屑与当地人交往。因此,他们虽身在印度,其生活却隔离于印度之外。在这里生活了大半辈子的收税官对印度人也从未尝试去了解,当印度人传送圣饼,秘密传递起义信号时,收税官虽心生疑虑,却也一筹莫展,不知所措。当他不遗余力地游说加尔各答的殖民官员加强防备时,那些人却对他的警告置若罔闻,甚至大加嘲讽,认为温顺的印度人不可能给他们的统治制造麻烦。生活如此自闭,与印度如此隔离,谈何为印度带来光明与进步?

因此,弗勒里批判帝国文明是"出于好意的疾病"(p.24)。虽然英国殖民者来到印度后,废除了自古以来的寡妇自焚殉夫等陋习,还开挖运河,建造铁路,但这些只不过是针对外在的"症状",真正的疾病则被忽视。与收税官对博览会的高度赞赏不同,弗勒里认为,"大展览,不像人们说的那样,是文明的里程碑,它只不过是一堆无关紧要的破烂而已"(p.92)。确实如此,收税官从英国不远万里带到印度的小发明和小装置大多闲置于书房,成为房间里的摆设,但是,这还是丝毫不能撼动收税官对"文明与进步"的信仰。当收税官赞扬博览会上的那些科技发明及其所体现的人类智慧与技巧时,弗勒里反驳:收税官所信奉的文明只不过是物质文明,缺少一个重要的元素——心灵,即精神元素。弗勒里经常批判物质文明"把人变成了机器"(p.95)。当收税官断言,"像我们这样的优势文明是难以抗拒的",弗勒里针锋相对,"谈论优势文明是错误的,没有那么回事。任何文明都是坏的,它腐蚀人们内心高贵而自然的本能"。(p.77)当收税官斥责弗勒里的观点是胡扯,凭借他官职大、年龄大而在争论中"占据上风"

时,弗勒里愤懑不已。恰在此时,一枚火箭落在他们面前,所幸没有爆炸,弗勒里不失时机地讽刺收税官说,眼前的火箭就是他"优势文明的产物"。这句话本是弗勒里针对收税官而说的,但是,读者可以将其看作作者刺破帝国话语肥皂泡的针尖,它揭穿了扬扬自得的殖民话语中的破绽,对殖民者的自我优越感不啻为当头一棒。

随着被围困时间的变长,官邸内几乎弹尽粮绝,加之霍乱流行,居民之间为了食品、住宿等琐碎事情矛盾不断。在生死存亡的危急时刻,两位主治医生仍然为霍乱的传播途径而争论不休,分属不同教派的两个牧师也依然在喋喋不休地辩论。面对此情此景,收税官突然对自己一向深信不疑的观点产生了怀疑。他倍感疲乏和厌倦,积劳成疾,感染了严重的丹毒。他逐渐脱离死亡的控制,同时慢慢认清了帝国文明的实质,改变了以往关于英国优势文化的观点。痊愈后,在他眼里,"印度现在是一块完全不同的地方,那个被引领着走向文明的快乐印度人形象再也难以为继了"(p.149)。也就是说,身体罹患疾病反倒治愈了他思想上的疾病——那种欧洲人常见的、认为西方文明优越于印度文明的顽疾。多年后,已经回到英国的收税官与弗勒里再次相遇,寒暄之际,他提到,自己早把那些曾奉若珍宝的雕塑和绘画卖掉了,并且淡淡地说:"文化是个假象,是有钱人涂在生活表层、掩盖其丑陋的化妆品。"(p.195)收税官所谓的文化自然是指西方人打着科学进步旗号自诩的"优势文明",他看清了帝国主义者为了掩饰自己的殖民行为而对其文化进行美化的实质,看透了帝国话语的意识形态功能。此时,他对西方文明的幻灭感不亚于年轻人面对自己的偶像坍塌时的愤世嫉俗。

曾有论者批评法瑞尔把印度人描绘成类型化的刻板形象,没有塑造真实可信的印度人的立体形象。但是,我们不能忘记,读者是在透过小说中英国人的眼睛看印度人,印度人漫画式的形象本身就构成了对英国人看待印度人方式的讽刺,这种人物塑造方法体现了法瑞尔对传统殖民文学中土著形象之缺憾的明察与纠正。比如,小说叙述一个英国殖民官员以动物为印度仆人命名之时,官员那一本正经的自大语气颇令人发笑,但是,笑过之后,我们就能领会到法瑞尔对殖民者将土著人"他者"化、动物化或妖魔化倾向的巧妙讽刺。

也许法瑞尔不是唯一大量使用疾病意象的作家,但他无疑是较早将疾病与殖民病理学联系在一起的作家。通过众多的疾病意象,法瑞尔不仅影射了殖民者肌体(body-politic)已经染病的事实,更以疾病意象对帝国文明进行了质疑与反思。

戏仿与帝国神话的破灭

法瑞尔不仅以疾病作为隐喻对帝国文明提出质疑,还时常用调侃的语气讽刺那些自我感觉良好的英国殖民者,令读者忍俊不禁。实现这一效果的主要手段就是后现代主义的戏仿。

英国在19世纪大力推行殖民主义,建立起"日不落"帝国,成为世界霸主。英国人自我优越感达到顶峰,自恃为上帝的选民,拥有公正、自由、和平的品质和理想,有能力、有责任给那些尚处于原始状态的低等民族带去文明,把"文明之光"投射到地球的"黑暗地区"。他们常把土著人动物化或妖魔化,以强化自己作为文明代言人的形象,以"他者"的低贱和卑劣反衬自我的高贵和优越,以"他者"的野蛮反衬自我的开化。白人的种族优越性与文明优越感,浸润了英国人的"集体无意识"。帝国神话自此得以建立,其核心可谓"普罗斯普罗情结"(Prospero complex)①,认为白人是优势种族(master race),有色人种是丑陋的卡列班,因此,白人担负着弥赛亚式的拯救任务,负责向野蛮地区传递其优越文明。

神话的本质和功能在于,把在特殊历史文化语境中生产和建构

① 此人物来自莎士比亚的名剧《暴风雨》,"普罗斯普罗情结"一词由批评家 Mannoni 首创,见 Dominique Octave Mannoni. *Prospero and Caliban*:*The Psychology of Colonization*. Pamela Powsland. Trans. New York:Praeger, 1964.

的意义自然化,将其说成自然而然的、本身固有的。帝国神话也是如此,把当时西方人与东方人在科技方面的差距看作基于不同人种之间的固有差别。当然,和所有神话一样,帝国神话同样具有虚幻性与欺骗性,潜移默化地影响着人们的世界观和价值观。

在《克里希纳普之围》中,生活在印度的英国居民对帝国神话深信不疑。印度作为英国最大的海外殖民地,不仅为英国带来巨大的财富,而且解决了大量英国人口的就业问题,如英国 19 世纪的首相小说家迪斯累利所言:"东方是一种谋生之道。"正因为如此,印度在所有的英属殖民地中享有特殊地位,但是,英国殖民者却不肯承认对印度的剥削与压迫,相反,他们把自己对印度的统治看作高等种族的神圣权利,是"白人的负担"。他们自成一体,隔离于印度人的文化与生活之外,对印度人的认识非常肤浅。他们抱持种族主义的观点,坚信印度人天性怠惰迟钝,无法进行自我管理,因此,印度人应该也乐意接受英国人的统治。小说伊始,收税官发现许多神秘的小饼,本能地意识到要出大事,但是,尽管他费尽口舌,试图说服殖民政府采取防范措施,却无人愿意听从他的建议,英国人对他的警告都充耳不闻,甚至取笑嘲讽。原因就是:帝国神话已深刻地植入他们的潜意识,他们深信印度人的麻木与落后,深信他们没有勇气与血性发动反抗,即使反抗,也不会对英国的统治造成实质性的冲击,不值得为之殚精竭虑。

印度士兵发动兵变之后,起义迅速席卷印度北部各地,可是,英国居民依然继续过着歌舞升平的生活,甚至当印度兵已经兵临城下时,城防官依然来找收税官讨论球赛事宜,可见帝国优越的神话在这些英国殖民者心灵中扎根之深。直到印度兵攻克城防,英国人被困府邸时,也不是所有人都意识到自己本来的虚妄与自大。当他们怡然自得的生活方式难以为继时,许多人以往膨胀的自信心轰然瓦解,人性中的丑陋面悉数展露,出于纯粹的生存本能,他们不惜为一些琐事钩心斗角,不再拥有往日的优雅与从容。至此,他们的某些行为根本谈不上文明。法瑞尔似乎在暗示,英国人引以为豪的文明并非先天带来,其种族优越性不过是个神话。

法瑞尔借助戏仿这一手段获得预期的讽刺效果。戏仿是后现代主义常见的艺术手法,作家对此前比较成熟、已被公认的艺术文类或风格进行有意的夸张模仿,在保留原有艺术形式的基础上改换其内容,借以凸显原作品内部固有的,但却易被忽视的矛盾与张力,从而产生幽默或讽刺之效。戏仿通常能够起到对历史和事实"去自然化、去神秘化"的作用,类似于巴尔特所谓的"解神话"作用。①

法瑞尔主要戏仿殖民时代流行的浪漫冒险小说,他以戏谑和反讽的语气描写英国殖民者面临印度兵围困时的种种行为,颠覆其苦心孤诣塑造的完美种族形象,进而瓦解帝国神话的根基。自 18 世纪笛福创立海外冒险小说传统以来,此类故事如雨后春笋般涌现,逐渐形成固定模式:主人公来到遥远的异乡或边疆,历经艰险,征服异己,战胜险境。通过此类故事,叙事者宣扬英国人对新世界的好奇、探索、征服与控制,以及英国人英勇无畏的冒险精神,间接推动殖民扩张的脚步。这类故事必定惊险而刺激,结局通常浪漫而圆满,男主人公必定潇洒而风流,勇猛不乏仁慈,女主人公则必定美丽、温柔、善良,富于奉献精神。

《克里希纳普之围》表面上延续了海外冒险小说的传统,但是,由于戏仿手法的使用,读者面前的文本却在不断地袭击着读者期待的视野,挫败读者的阅读预期。比如,在府邸中人手紧张之际,收税官安慰众人说,他会动用"老兵突击队"。在 19 世纪中后期,英军中"老兵突击队"以神勇著称,令敌人闻风丧胆。但是,小说中的这支部队却年迈老朽,"他们的关节肿胀发炎,他们的眼神黯淡无光……尽管他们青筋暴露的手不停地颤抖,但他们依然扣得动扳机"。这样一支

---

① [美]Robert F. Berkhofer, Jr. 著, 邢立军译:《超越伟大故事:作为文本和话语的历史》,北京师范大学出版社 2008 年版,第 10 页。

曾参加过拿破仑战争与克里米亚战争的部队,这群老眼昏花的老兵就是收税官倚重的后备力量,难怪"在这些老兵被拽回掩体之前,战斗一片混乱;老兵突击队没能成功"(p. 156)。这些老兵其实只是著名的老兵突击队的影子而已,徒有其表,作者这里运用了戏仿手法,令人哑然失笑。尽管此时发笑似乎有些冷漠,但面对英军的狼狈和尴尬,相信读到此处,没有几个读者能够继续保持严肃,无论这些老兵,还是把他们当作王牌力量的收税官,都显得如此荒唐、滑稽,在笑声中,读者也不禁对英军的优势神话产生怀疑。

小说中的其他场景同样会触发读者发笑的神经,法瑞尔在看似无意之间讽刺了所谓的西方文明。在印度兵的长期围困下,府邸里弹尽粮绝。收税官发布命令,把所有拿得动的物品都当作武器使用。于是,一次攻城战之后,"一个戴绿头巾的印度兵被'科学精神'(雕像)砸断脊柱;其他人则纷纷被茶匙、鱼刀或弹子等砸中而摔下城墙;一个更不幸的人则被一只银质糖夹插进脑部而死去"(p. 180)。甚至收税官从水晶宫博览会上带回的纪念品,这些承载所谓文明、进步与科技的物件,也被相继用作武器,带来了痛苦、恐怖与死亡。当弗勒里在子弹纷飞的防御工事后奔跑时,作者的叙述不无讽刺:已经被垒砌在防御工事中的"柏拉图和苏格拉底大理石头像,再也不能为他提供任何帮助,火枪子弹不断从他鼻子边嗖嗖飞过,拉扯着他的衣服"(p. 185)。在英印的激烈冲突中,英国人引以为豪的西方文明,沦为脆弱的军事防御工事的一部分。这似乎漫不经心的一笔,实际上构成了法瑞尔对所谓的西方文明与进步的莫大讽刺。

法瑞尔对主人公的塑造同样戏仿了浪漫冒险小说中的英雄形象。在小说里,不再有那些传统的刻板英雄形象,不再有那些情感高尚的正面人物,而是充满五花八门的"反英雄"(anti-hero),势利小人,古怪、孱弱或病入膏肓之人。所有这些人都是充满矛盾的个体,是种种对立品质的混杂物。在他们身上,读者能发现人性的各种缺陷与弱点,即使主人公收税官与弗勒里也不例外,他们都是普普通通的人。小说中,没有人能够达到读者对浪漫冒险小说中英雄人物的期望。收税官无疑是小说中当之无愧的主要人物,整部小说绝大部分是以他的视角叙述的,自然地,读者也应该更容易认同他的观点,但是,尽管他是主角,却不是英雄,法瑞尔并没有"英雄化"这一人物。上文论及,收税官对象征英国优势地位与优越文明的博览会情有独钟,念念不忘,热衷于谈论其象征意义。他沉浸在当时流行的帝国话语中,已形成典型的殖民思维习惯,内化了白种人的种族与文化优越性。尽管他在印度已经生活了几十年,但他对印度人的了解依然少得可怜,对印度的习俗知之甚少,对印度人的思维习惯或心态更是所知寥寥。当得知印度人起义的消息后,他百思不得其解:"为什么印度人要试图改变目前近乎完美的状况呢?"(p.20)可见,在他心目中,英国人对印度的统治是自然而然的,是毋庸置疑的,是上帝的完美安排。这种心态表明,他已经全盘吸收了当时的种族话语,成为地地道道的种族主义者、帝国主义政策的积极拥趸者。

收税官至少还拥有堂堂的相貌,威严的神态,可敬的个人品质,而另一位主人公弗勒里则常常表现得令人发笑,不仅他的相貌令人不敢恭维,"即使那些急于嫁女的母亲也不得不承认他过于肥胖了"(p.17)。而且,他有时简直就像个小丑。作者常常借用奥斯丁式的反讽以获得一种幽默的效果。初到印度时,他喜欢大谈特谈诗歌、心灵等这些在印度没有听众的话题,与他人展开争论,对印度生活毫不了解的他自然常闹笑话。在被围困期间,他却表现得相对勇敢机智,获得了以往从不正眼瞧他的露易丝姑娘的青睐。他的衣服破烂后,露易丝用窗帘布为他缝制了绿外套,他从此穿着这身不太合体的衣服,戴着与之配套的镶有孔雀羽毛的帽子,雄赳赳气昂昂地穿行在府邸里。有人挖苦说他像"罗宾汉",他却暗自窃喜,喜欢这个比喻,可谓"说者无意,听者有心"。而我们读者对这个比喻也绝不能等闲视之,想象一下罗宾汉的英雄形象吧,再对比一下弗勒里的肥胖身躯塞进这件不合体的绿外套中,这是如何巨大的反差?把二者相提并论,真的仅仅是法瑞尔的无心之举吗？考虑到贯穿小说的戏仿手法的使用，我们有理由相信，在令读者发笑的同时，法瑞尔意在讽刺这些帝国保卫者，间接刺破了帝国保卫者完美形象的泡沫。

弗勒里与印度兵打斗的场景更是对殖民冒险小说中类似场景的明显戏仿：弗勒里发现一个印度兵攻进了音乐室，他慌乱去拿枪，却发现枪太重，他根本扣不动扳机，于是，他慌忙逃跑。穿着破烂不堪的英式服装的肥胖弗勒里，被身躯魁梧的印度兵追得四处逃窜，险象环生，笑料百出。最终，当他与印度兵在地上翻滚着互掐之际，他无意中扣动扳机，子弹连续射出，印度兵毙命。在这段描写中，法瑞尔充分发挥了幽默的语言天赋，弗勒里的尴尬令人哭笑不得，其可笑的表现与偶然取得的胜利，进一步瓦解了浪漫冒险小说中英国殖民者英勇无畏的高大形象；法瑞尔还不忘用来捎带讽刺一下英国人引以为豪的科技发明。弗勒里对自己的这件机械作品颇为得意，四处夸耀，临战时却发现，它既沉重又花哨，根本不实用，完全没有按照弗勒里最初的设计发挥作用。弗勒里的这个蹩脚发明，同收税官从博览会上购买的许多小装置一样，显然是西方科技发展的缩影，但是，它却并无多少实际价值。这一细节再次揭示法瑞尔对所谓的西方进步神话的反思与质疑。

不仅小说中的男主人公被剥去了英雄的外衣，成为被取笑和讽刺的反英雄，女性人物也被去浪漫化，不再是维多利亚时代女性神话中纯洁与忠诚的理想形象，也不再是浪漫爱情故事中的女性典范。小说中并没有真正意义上的女主角，即使最接近女主角地位的露易丝，和完美的女性形象亦相距甚远。在被围困之前，她不仅喜欢与年轻军官调情卖俏，甚至还颇有点自私，无疑，这些都是维多利亚时期"家中天使"所不可容忍的缺点。她的形象也不如浪漫冒险故事里那些女主角一般完美，她本无倾国倾城之貌，再加上长达 10 个月的围困，营养不良导致她面黄肌瘦，牙齿松动脱落，头上长满虱子，这样的形象与完美的女主角形象大相径庭。

　　法瑞尔虽然在小说中借鉴了浪漫冒险小说的许多因素,却并非完全沿袭传统,而是运用撰史元小说中常见的戏仿手法,对前文本进行了巧妙地改写、重写,甚至颠覆。通过不断挫败读者对传统浪漫冒险小说的期望,法瑞尔重新书写了殖民冒险者的形象,无论在文化,还是在种族方面,他们都不再是帝国神话所塑造的那些十全十美的帝国建造者,他的书写也借此有效地讽刺与瓦解了英国殖民者精心营造的帝国神话。这个戏仿过程其实就是巴尔特所谓的"解神话"过程。巴尔特认为,神话是一种"去政治化的演说",特定阶级的规范被装扮成自然秩序的自明法则,通过"解神话",能够实现"对语言和种种媒体的再现,进行'再政治化'",将神话中显得自然、永恒、不朽的东西还原为文化的、历史的和意识形态的原本面貌。[1] 在解神话的过程中,帝国神话中有关西方人的种族优越性与西方文明的优势,都尽显其历史的本来面目:殖民主义本身不过是基于神话或幻想的空洞意识形态而已,它绝非维多利亚时期殖民者向普通民众宣传的那样,绝非由基于白色人种和有色人种的生物学或人类学意义上的差异所导致。

　　论者曾指出:"冒险小说比严肃小说影响更大。"[2]正因为如此,法瑞尔对浪漫冒险小说的戏仿才更加意味深长,对帝国意识形态的去自然化、去浪漫化效果才愈发具有颠覆性。

结　语

　　法瑞尔在《克里希纳普之围》中大量运用疾病意象,获得一种隐喻效果:以身体的疾病预示帝国肌体的疾病及帝国文明的缺陷;他通过戏仿和反讽帝国主义者建立的一套文化与种族优势神话,达到了

① [法]罗兰·巴尔特著,李幼蒸译:《符号学原理——结构主义文学理论文选》. 生活·读书·新知三联书店 1988 年版,第 202 页。

② Martin Green. *The English Novel in the Twentieth Century: The Doom of Empire*. London: Routledge & Kegan Paul, 1984, p. 49.

有效地去神话化的目的,从而揭示出,即使在帝国主义蓬勃发展的 19 世纪,帝国话语其实已经暴露出种种弊端。由于时代所限,法瑞尔对帝国主义的批判远不及后来兴起的后殖民主义理论家那么到位,那么彻底,但是,在同时代作家中,他对帝国行径与殖民政策的认识,却非常深刻,并非像许多论者所批评的那样,认为他对帝国主义的批判只是浅尝辄止、绵软无力。笔者的探究旨在唤起更多学者关注法瑞尔,重新挖掘其在批判殖民主义传统中的价值。作为 20 世纪的重要小说家,法瑞尔以自己的作品大胆预见了英帝国主义在 20 世纪后期的必然衰落,这对帮助读者审视当今各种新帝国主义思潮的兴起大有裨益。

(文中只标明页码的引文均来自法瑞尔的小说 *The Siege of Chrisnapur*,详见参考文献)

中篇　文化面面观

19 世纪英国文学中的鸦片隐喻

　　鸦片本身不过是草本植物罂粟的提炼物,却因其药品和毒品的双重效用而具有了一定的文化属性。19 世纪英国和中国之间的鸦片战争,更使鸦片凝结了历史中一些神秘而沉重的元素,成为贯穿 19 世纪英国文学的一个重要意象,并因其频繁出现而产生特定的隐喻含义。19 世纪英国文学中与鸦片有关的文学作品非常之多,且影响深远,从柯勒律治服用鸦片酊后创作千古名诗《忽必烈汗》,到德·昆西洋洋洒洒写就《瘾君子自白》;从艾略特的《织工马南》里莫莉服用鸦片过量而死,到《月亮宝石》里富兰克林服用鸦片酊后的梦游;从《玛丽·巴顿》里鸦片成瘾的下层工人,到《埃德温·德鲁德之谜》和《道林·格雷画像》里光顾鸦片烟馆的上流人士等,不一而足。随着 20 世纪中期鸦片战争的爆发,以及公众对鸦片认识的加深,不同时期作品中的鸦片意象及其隐喻也在悄然发生改变。

　　鸦片战争使西方世界打开了正在走向衰落的中国的大门,此后的不平等条约更使以英国为首的欧洲列强逐渐侵占中国市场,也使西方人构筑了以鸦片为核心象征的中国形象。谈及这次战争,人们的关注力似乎总是集中于问题重重的中国和深陷鸦片瘾的中国人,而忽视问题的其他方面,如英国贩运鸦片对中国衰落的加速作用,以及英国国内同样严重的鸦片问题。本文将主要关注英国国内对鸦片问题的看法及其在文学中的呈现。

19 世纪,尤其是中后期,鸦片滥用成为英国严重的社会问题。据记载,英国每年进口很多鸦片用于国内消费,而 1860 年代之前英国对鸦片的销售不加任何限制。鸦片几乎被普遍视为包治百病的良药,是万能止痛药,就像今天的阿司匹林,是可以随便买到也并不昂贵的非处方药。这时的鸦片基本指药用鸦片酊,后来当鸦片变得可以像烟一样吸时,其功能已经发生根本变化,变成纯粹追求感官刺激的享乐品,由药品转变为毒品。这个转变发生于 19 世纪,也体现于同期的文学作品中。在整个 19 世纪,鸦片意象在英国大众的想象领域中曾产生不同的隐喻意义和联想:早期被视为浪漫主义的灵感源泉,后来又成为工人阶级堕落本性的体现,以及来自东方的"他者"威胁的缩影。

19 世纪早期,英国人并不认为服用鸦片与个人的道德有何关系,也没有认识到过度使用会危及人的身心健康,相反,由于一些著名鸦片服用者的榜样,鸦片反而被等同为获取超验性体验的独特途径和灵感之源。雪莱、拜伦、司各特等都有食用鸦片的经历,更不用提大名鼎鼎的柯勒律治与德·昆西了。二人都是由于疾病和疼痛而服用鸦片酊,并成为深度依赖者。不仅他们的传世之作与鸦片密切相关,而且二人还传达给世人如下信息(或隐晦地暗示或直白地宣称):鸦片不同程度地增强了他们的情感体验,刺激了他们的文学才能。据称,柯氏充满异域风情的《忽必烈汗》是他服用鸦片酊后梦境中产生的幻象,醒来后他匆忙记录,却因朋友到访打断思绪而忘记大部分,只记起现有的这个残篇。诗中,忽必烈汗的御园风情万种,或神秘,或深邃,或美艳,或伤感,这种浪漫奇幻的描写似乎并不是诗人自己有意识的行为,而是有如神助。读者不禁会有这样的印象:鸦片赐予他灵感,是促使他诗兴大发的外界刺激物。对德·昆西而言,鸦片更是其诗情的触媒,是他进入潜意识探险的工具。在《瘾君子自白》中,他不仅描绘了服用鸦片后各种离奇怪诞的幻梦,也不无炫耀之意地谈及鸦片给他带来的各种难以言传的情感体验。他写道:"温馨的、令一切为之倾倒的鸦片"①是"从黑暗中心、想象世界的深处绽放的神圣花朵"②。他在作品里把自己塑造成了一个浪漫主义的孤独英雄形象,一个敏感、不断探索、充满激情的诗人,一个利用鸦片进入奇幻世界探索人类精神未知领域的先驱。德·昆西鸦片引导柯勒律治和德·昆西超越琐碎的日常生活,进入另一个丰富而神秘的世界。即使依赖鸦片给他们带来了痛苦,这种痛苦也因其探险和猎奇的意义,而使他们在普通人眼里上升到英雄的崇高地位。

　　鸦片开启的这个新世界不仅带来奇幻的感官体验,而且充满东方的异域情调,这是西方人对东方的浪漫主义想象,既美丽又可怕。《忽必烈汗》自不必赘言,而德·昆西在《瘾君子自白》中描绘的东方梦境中,经历了惊险恐怖的冒险之旅:"东方梦幻中,这些鬼魅出没,令人毛骨悚然的场景,让我着迷、陶醉,有时还会感到吃惊,有时甚至感到自己被一种巨大的莫名惊诧淹没了,其中还夹杂着我对自己经历的景象的恐惧、仇恨与厌恶。……恐怖首先是自然环境的,然后才是道德与精神的恐怖。"③鸦片原产于东方,东方又是其主要消费地,在西方人的想象里,鸦片几乎是东方的象征,在德·昆西眼里尤其如此,他服用鸦片后的梦境里多次出现东方场景,而他的现实生活也体现出这一点:当一个马来人路过他家时,他想当然地把鸦片作为礼物送给了这个饥寒交迫的东方人。德·昆西笔下的鸦片可谓 19 世纪西方对东方的典型文化想象的体现:神秘怪异、令人向往又令人恐惧;既象征了智慧与吸引力,又传达着残酷和专制的印象;既能给人难以言传的幸福感,又会带给人地狱般的折磨。也正因为如此,尽管鸦片体验令人恐惧,德·昆西依然宣称战胜了它的吸引,拒绝了它的威胁,他的英国性压倒东方性。

---

　　① Thomas de Quincy. *Confessions of an English Opium-Eater and Other Stories*. Oxford: Oxford University Press. 1985, p. 38.

　　② Ibid, p. 49.

　　③ Ibid, p. 73.

　　简而言之,在 19 世纪前期的浪漫主义时期,由于德·昆西等著名服用者的影响,公众眼里的鸦片不仅象征了神秘奇幻的东方,也成了西方英雄主义的想象中可被战胜的敌人。虽然后来有关鸦片的公众舆论发生变化,但是这种浪漫主义的鸦片意象并没有完全消失,在某种程度上,它持续了整个 19 世纪,而德·昆西也被许多人看作鸦片专家。值得注意的是,这些著名的鸦片食用者基本属于英国的有闲阶级,这种浪漫的鸦片观也一般局限于中上层,贫苦的下层民众服用鸦片却传递着一种截然不同的印象,并在 19 世纪中期逐渐蔓延为社会问题。

　　19 世纪中期,鸦片的服用方式发生了变化,增加了吸服的方式,这意味着鸦片的效用不再局限于药用,而开始出现单纯为了寻求鸦片带来的精神愉悦感而服用的现象,比如,一些下层工人出于贫困,或者由于病痛,通过鸦片寻求逃避。随着吸食人数的增加,报纸上关于鸦片中毒、服用过量或吞鸦片自杀等事件的负面报道相应增多,吸食鸦片导致的犯罪现象攀升,甚至出现父母为了使孩子安静而喂他们吃加糖的鸦片酊,最后导致婴儿死亡的事故。鸦片服用问题逐渐引起公众的注意,尤其引发中上层阶级对工人滥用鸦片问题的关注。但是,由于医学界对鸦片的危害认识不足,人们并不担心鸦片会对上瘾者的身体造成多大伤害,而是更多地关注鸦片上瘾给服用者的道德和精神带来的负面影响。人们大多认为鸦片会损害工人阶级的人性,腐蚀其道德,引发犯罪。在英国中上层阶级的思维定式里,工人阶级一向是无知、懒散、肮脏、非理性的代名词,具有罪犯的潜质,现在这个核心形象又被加上鸦片上瘾这个表现性的特征,在逐渐形成的鸦片话语里,吸食鸦片成了下层人本性的流露,是他们进一步走向堕落和犯罪的诱因。但是,鸦片与道德堕落之间的关系并不适用于中上阶层的鸦片食用者,中上阶层食用鸦片通常不会带给人们负面联想,他们吸食鸦片既无道德问题也无经济问题,至多被看成个人的怪癖。这种阶级偏见的形成,也许是由于中上阶层大多有足够的财力购买鸦片,较少因为鸦片而犯罪,即使出现问题也能被有效地掩盖,其造成的危害也较少进入大众的视野。

中上层阶级担心服用鸦片会加重工人阶级的犯罪倾向,担心这个习惯会削弱工人阶级的工作干劲,也担心鸦片上瘾现象会蔓延到上层社会,他们忘记或忽略了鸦片服用最初并不是工人的专利。权力阶层通过占有社会话语权,把工人阶级悲惨生活的根源重新推及工人的本质,而不是中上层阶级的剥削和压迫,工人阶级服用鸦片的真实原因被淡化或掩盖。这时的鸦片意象不再是浪漫的灵感之源,而是呈现出明显的阶级性。

盖斯凯尔夫人的小说《玛丽·巴顿》(1848)针对鸦片话语的阶级偏见,对工人食用鸦片现象进行了较客观的探讨。小说没有回避工人的某些丑恶面,但对工人阶级的整体描写充满同情和理解:工人的形象是富有人性和人情味的,而非当时中产阶级对工人阶级的刻板印象——黑压压极具威胁性的乌合之众。主人公约翰·巴顿脾气狂暴,常表现出攻击性,但小说家提醒读者,他是在鸦片上瘾后才性情大变的,他本来脾气温和,慈爱待人。对生活极度贫困的绝望使他开始尝试鸦片,为的是麻痹自己,逃避现实,而非出于工人阶级的劣根性。在读者(以中产阶级为主)的想象中,工人阶级本性恶劣,道德败坏。盖斯凯尔夫人不认同这一观点,她真实客观地再现了工人阶级的生活状况,以约翰为例反驳了当时普遍的阶级偏见,在小说中她甚至直接与她的中产阶级读者对话:"但是,当你严厉指责这种对鸦片的使用之前,想象一种无望的生活,一种每天都被对食物的渴望所包围的生活。想象你的周围弥漫着同样的绝望情绪,看看你周围人的眼神和境况,就知道他们挣扎在贫困和绝望的巨大压力下。难道你不会为暂时忘掉这一切而高兴吗? 鸦片会带给你片刻的遗忘。"[①]盖斯凯尔夫人以约翰的个案为例,否定了许多读者心目中鸦片与工人

---

① Elizabeth Gaskell. *Mary Barton*. London: Penguin Classics, 1997, p. 164.

阶级之间的内在联系,也颠覆了之前浪漫化的鸦片隐喻。盖斯凯尔夫人并不是唯一对有关鸦片的阶级偏见提出质疑的小说家。艾略特在《织工马南》(1857)里也塑造了一个悲剧性的鸦片上瘾者莫莉,她被丈夫遗弃后,无力养活自己和女儿,无法直面痛苦的现实,开始迷恋鸦片带来的片刻愉悦和麻痹,以致无法自拔,凄惨地死在冰天雪地中。艾略特没有过多地指责莫莉,也并不认为她的鸦片瘾与她本人的道德有何内在关系,显然,同盖斯凯尔夫人一样,她并不认同鸦片是工人阶级劣根性的隐喻这一流行观念。

由 19 世纪早期浪漫化的鸦片意象到中期具有阶级意味的鸦片意象,变化是悄然发生的,《玛丽·巴顿》和《织工马南》代表了这种舆论的转向,由于两位作者都是著名小说家,拥有庞大的读者群,她们的观点对当时的鸦片观产生不可忽略的影响。另一个影响来自英国同中国进行的两场鸦片战争。英国商人从 18 世纪开始向广东私运鸦片,广东地方官吏的腐败助长了英国人的胆量,19 世纪鸦片走私量剧增。走私鸦片不仅造成中国白银大量外流,且使大量国人染上鸦片瘾,鸦片毒害身体,腐蚀人心,败坏风俗。最终鸦片泛滥到不得不禁的地步,但是,英国人一向把鸦片称作药品,借此名称的差异,英国政府无视它对中国国民体质和道德风尚的毒害,坚称自己输入中国的是一种珍贵的药材。实际上,虽然鸦片本是药物,但是,当时大多数中国人并不是把鸦片当作缓解痛苦的药品来服用,而是当作烟来吸服,伴随着缕缕青烟,鸦片成了大众追求感官刺激和娱乐的工具。食用鸦片与吸服鸦片,鸦片的物理、化学属性没有发生变化,但功能和性质却发生了根本的转变,药品变成了毒品。

中方坚决禁烟,英方执意卖烟,英国为了维护英国商人向中国销售鸦片的权利,挑起第一次鸦片战争(1840—1842),但本次战争对英国国内的影响不大,也许由于战争发生在遥远的东方,英国国内对战争的关注度并不高。英国国内支持鸦片贸易的人不遗余力地掩盖战争的邪恶性,德·昆西发表政论文章,指出中英冲突的真正根源并非鸦片,鸦片贸易的正义与非正义根本不是问题所在,所谓的鸦片战争根本与鸦片无关,而是中国政府对自由贸易的侵犯的结果。在德·昆西看来,鸦片战争似乎成了英国人的正义战争,是文明战胜野蛮,光明战胜黑暗,自由的西方战胜专制的东方的正义战争①,完全掩盖了战争的非正义性实质。英国赢得了战争,中国这个走向衰落的东方帝国也不得不打开国门,更多传教士和商人踏上中国的国土,西方与中国的交往更深入。因此,当 1856 年第二次鸦片战争爆发时,英国的媒体报道增多,在英国也引起比较激烈的反应。虽然多数英国人并没有意识到鸦片贸易的不道德性和非法性,仅仅是出于爱国之情而支持战争,但是,反对之声开始出现,不仅教会中有人质疑向一个实力不敌自己的国家强行销售鸦片的道德性,一些文人和政治家也表达了类似观点。例如,马修·阿诺德在信中写道:"对我来说,这场与中国的战争真的非常邪恶,是最严重的国家罪孽,令我痛苦。难道不能通过意愿或其他方式让人们清醒,意识到我们的罪恶? 我真不记得历史上何时有过如此集非正义与卑鄙于一体的战争。"②又如,赛克斯议员在议会辩论时说:"从鸦片中获得的税收不应成为我们得意之情的源泉,因为这让我们对鸦片造成的中国人体质和士气的衰退负责。"福勒议员也曾表示:"我反对这种税收收入,不是由于财政原因,而是出于道德考虑。"③也许政府的决策者可以忽视这些反对声,但公众对此并非充耳不闻,舆论在发生转变,公众对鸦片的属性和对鸦片战争实质的逐渐了解都在加速这种转变。虽然战场依然遥远,但在两次战争之间的十多年里,英国本土进口的鸦片量迅速上

①　周宁:《鸦片帝国》,学苑出版社 2004 年版,第 106 页。

②　Philip V. Allingham. "England and China: The Opium Wars, 1839—1860". http://www.victorianweb.org/history/empire/opiumwars/opiumwars1.html. (2010-03-01)

③　Great Britain and T. C. Hansard. Hansard's Parliamentary Debates. Hansard 1803—2005. http://hansard.millbanksystems.com/. (2009-02-20)

升,由于缺少立法方面的限制,鸦片在工人阶级中的滥用成为日益严重的社会问题,鸦片在其他阶层中的使用情况也逐渐引起关注。同时,随着医学的发展和负面报道的增多,鸦片对服用者带来的生理和心理的不良影响逐渐为人们所认识。第二次鸦片战争结束后,中国的鸦片贸易被迫合法化,英国社会却开始禁止非药用鸦片的买卖。

正义之士的呼声未能阻止非正义战争的步伐,有识之士的忧虑也未能阻止鸦片问题在英国各社会阶层的蔓延。战争结束后,中国的大门被进一步打开,中英商业交往增多,更多中国人来到英国,伦敦东区出现了中国式的鸦片烟馆。吸鸦片烟的绅士和鸦片烟馆的形象进入 19 世纪中后期的文学作品中,著名的有《埃德温·德鲁德的秘密》和《道林·格雷的画像》,下文以前者为例,分析其体现的鸦片话语。

《埃德温·德鲁德之谜》(1870)是狄更斯的最后一部小说,他去世时只完成了一半,留下了一个真正的文学之谜:埃德温是失踪还是死亡?是谋杀还是事故?谁又是谋杀者?小说虽以埃德温命名,但真正的主人公是埃德温的叔叔贾斯柏。他是一个具有两面性的人,职业是教堂唱诗班的指挥,颇得牧师的赏识和周围人的尊重,但是,他吸食鸦片成瘾,不仅在房间里服用,还出没于伦敦偏僻陋巷的烟馆,与落魄的下层人和贫困潦倒的东方水手混在一起吸鸦片烟。小说没有完成,读者并不知道谜底,但是,作者留了足够多的证据和暗示表明,贾斯柏是杀害埃德温的真正元凶:他疯狂地爱上埃德温的未婚妻,有足够的犯罪动机;埃德温失踪之前曾碰到烟馆里的女人,她告诉埃德温"奈德是个被威胁的名字",在小说里只有贾斯柏称呼埃德温为奈德;当贾斯柏听说埃德温已解除婚约时表现得异常沮丧等。最重要的证据也许是狄更斯的朋友兼传记作者福斯特的证词,他曾说狄更斯的本意是写一个"叔叔谋杀侄子的故事"。①

　　鸦片是小说的一个中心意象,作者既描写贾斯柏到烟馆喷云吐雾,也多次暗示他在房间里偷服鸦片。通过塑造贾斯柏这个鸦片瘾君子的反面形象,狄更斯传达了他对鸦片这个时代议题的复杂观点:既有他的个人视角,也有他对流行观念的内化。如上文所述,由于德·昆西和柯勒律治等著名例子,当时大众对上层阶级吸食鸦片并无反感,偶尔吸食鸦片仅仅是有闲有钱人士无伤大雅的怪癖。狄更斯的小说进一步打破这种流行看法,不仅揭露鸦片之害,更开创性地把读者的眼光引向上层社会的鸦片问题。在 19 世纪英国文学中,这部小说首次较客观地塑造了上层鸦片瘾君子形象,有助于消除有关鸦片的阶级偏见,其作用不亚于《玛丽·巴顿》。但遗憾的是,小说中也流露出典型的东方主义思维,进一步加深了关于鸦片与东方性之间具有内在联系的偏见,暴露出作者的时代和种族局限性。

　　鸦片与东方的关系并不是一个新话题。19 世纪早期,在浪漫主义者的想象中,鸦片几乎已成为东方性的一个符号,《瘾君子自白》多次描画德·昆西鸦片梦中的东方图景,《忽必烈汗》本身就是诗人东方梦幻的写照。除了文人雅士外,一些传教士也记录下他们的东方见闻,这些游记或日记因其所谓的"真实性"而更能蛊惑读者,加深西方人对东方的偏见,如麦都思在《中国:现状与前景》里描绘的现实中国完全就是德·昆西在鸦片梦境中想象的中国:黑暗、愚昧、沉醉、堕落、残酷、神秘、永无变化的停滞与单一。② 无论是虚构的文学作品,还是并非忠实于现实的"纪实"作品,都在构筑一个吸鸦片的东方"他者"形象,这一形象日益内化入普通西方人的东方想象,使上述特征逐渐固化,成为西方人想象中构筑的东方性的重要表现,处于最东方的中国成为西方人眼中"东方性"的极端代表。当然,在二元对立思

---

　　① John Forster. *The Life of Charles Dickens*. Vol. 2. London: J. M Dent & Sons, 1927, p. 366.

　　② 周宁:《鸦片帝国》,学苑出版社 2004 年版,第 87—89 页。

维的支配下,通过否定性地定义"他者"的文化,西方人也构建了所谓的西方性:光明、进步、理性、正义、自由等。萨义德曾指出:西方人想象中的东方人具有"变色龙般的特质",是集"感官享受、希望、恐惧、田园乐趣等"于一体的特殊混合物,既令人向往又令人恐惧。[①]《埃德温·德鲁德之谜》体现了这种东方主义思维,其中的东方想象基本集中了维多利亚时期公众意识领域中的东方性特点,诸如神秘、奢华、享乐、停滞、堕落、专制、凶残、邪恶,等等。

　　小说开篇,狄更斯渲染了一个瑰丽的东方场景,华丽,懒散,充满感官诱惑,接着他告诉读者,这是贾斯柏吸鸦片后的梦境,这样,从一开始,小说家就建立起鸦片与东方的某种联系。紧随其后的场景描写贾斯柏在肮脏破败的鸦片烟馆里,与印度水手、中国佬(Chinaman)、下层女人等混躺在一起吸鸦片烟。贾斯柏虽然沉迷于鸦片带来的极致享受,抵制不住诱惑,但清醒时非常厌恶与自己为伍的这些人,他对身边的烟鬼一阵暴怒的打骂,似乎自己的烟瘾是这些东方人之过。恶魔般的鸦片控制了他的灵魂和行为,在鸦片的作用下,他置自己作为教堂唱诗班指挥的尊严于不顾,向侄子的未婚妻疯狂求爱,最后丧失理智,谋杀挚爱的侄子。狄更斯似乎在暗示,由于贾斯柏与鸦片的联系,他自己身上逐渐呈现出东方性特征,其邪恶和凶残本性日显,正面品质逐渐瓦解,他身上的那些与东方性相对的"英国性",如理性、正义等,消失殆尽。如前所叙,在浪漫主义时期占主流的鸦片话语里,鸦片被认为能够刺激奇幻的想象,上流文人吸食鸦片没有任何道德方面的负罪感,既使在《瘾君子自白》里,读者也感受不到作者的忏悔,没有把德·昆西视为不可自拔的瘾君子,反而是以理性的方式分析鸦片经验的先驱,是能够战胜鸦片的英雄。但是,随着社会中各阶层鸦片上瘾者增多,公众对鸦片控制人自由意志的力量的认识加深,加之鸦片战争前后吸鸦片的中国人的枯槁形象在

---

① Edward Said. *Orientalism.* New York: Vintage, 1979, p. 119.

英国的流传,鸦片不再是上层人士无伤大雅的休闲道具,鸦片的毒害性被逐渐认知,吸食鸦片行为本身也被赋予了一定的非道德性,甚至因为它与东方人的联系而带有一丝邪恶性与犯罪性,贾斯柏的形象进一步否定了浪漫主义的鸦片隐喻。

　　除了对上层人士吸食鸦片的真实呈现,《埃德温·德鲁德之谜》也传递出狄更斯对东方性入侵英国本土所致后果的担忧,这在当时颇具代表性。写作小说之时,中国人男女僵卧吸食鸦片烟的形象在西方广为人知,成为当时西方人想象里中国人的刻板形象,这一形象汇集了沉睡、僵化、愚昧、停滞、堕落和毒害等多层含义,鸦片的东方性在这一形象中体现得淋漓尽致。但令英国人恐惧的是,这一场景开始在英国本土上演,伦敦东区出现了中国式的烟馆,鸦片烟与中国佬给英国带来了莫名的恐慌。众所周知,英国人服用的鸦片并非中国人送去的,倒是英国人强行往中国贩运鸦片,但在英国人的想象中,鸦片成了东方式的罪恶,甚至是中国式的罪恶。英国人意识到鸦片上瘾对人们身心的毒害,因此,第二次鸦片战争结束后,在鸦片贸易在中国被合法化的同时,英国社会开始禁用非药用鸦片。有传教士这样宣传鸦片对英国的威胁:"英国向中国贩运鸦片,如今中国人又将鸦片带到英国,对英国来讲,这是自食其果,鸦片正像瘟疫一样,在我们的社会中蔓延,侵害我们的生命。如果我再三描绘中国人在伦敦抽鸦片的可怕景象,我是希望大家充分警惕,中国人正将邪恶带入我们的社会。鸦片起于中国,但不一定终于中国。"①这位传教士和许多英国人一样,遗忘或忽略了鸦片并非起于中国这一事实,但是他的警告里关于鸦片在英国的蔓延带来的威胁却是具有代表性的,他的观点不过是后来所谓"黄祸"理论的早期版本而已。

　　《埃德温·德鲁德之谜》发生在拥有主教堂的保守小镇,是英国国教的传统领地,却被鸦片的烟毒所笼罩。贾斯柏与中国人、印度人

---

①　周宁:《鸦片帝国》,学苑出版社2004年版,第207页。

与下层女人杂卧吸食鸦片的场景几乎是英国人想象里中国人吸食鸦片场景的翻版,那个常年吸鸦片的英国女人,甚至连长相都慢慢变得像中国人了①,当贾斯柏观察到这个女人的表情后,他感到自己也受到了东方的传染。② 他每次吸鸦片烟的过程都体会一次东方式的刺激与乐趣,而每次他的外表都会受到影响,比如,小说几次提及他吸过鸦片后,外表上的变化令周围人惊骇万分,埃德温还注意到贾斯柏的表情与那个吸鸦片的女人的表情非常相像。狄更斯似乎在借用贾斯柏的形象变化和人士轨迹向世人发出警告,鸦片这个东方产物,不仅会腐蚀道德,更具有侵蚀英国性的能力,中国佬正用令人堕落的鸦片毒害英国,把东方性传染到英国。

《埃德温·德鲁德之谜》出版后,英国各报纸杂志上有关伦敦鸦片烟馆的报道数量剧增,肮脏、猥琐、堕落的中国人形象更是充斥媒体。在这种舆论宣传下,在英国人的想象中,鸦片烟馆俨然成为中国入侵和颠覆大英帝国的先锋,深入帝国的心脏,吸鸦片的恶习不仅在毒害英国人,还在制造社会犯罪,鸦片这个东方瘟疫正在威胁着大英帝国。狄更斯不仅在小说中表达了对东方威胁论的认同,他对东方的偏见和敌意早在几年前已有所流露。他创办的周报《一年到头》曾刊登一系列有关东方的文章,那些作者笔下的东方衰败落后,停滞不前,居民狡猾邪恶,徒有动物性而缺少人性,多有犯罪倾向。由于狄更斯有严格审查报纸上每篇文章的习惯,可以认为,报纸上匿名刊发的这些文章能够代表他的个人观点。而且,这些文章里的东方性特点与出现在《埃德温·德鲁德之谜》中的东方特征基本重合。可以推断,贾斯柏吸食鸦片后所谓东方性的出现和英国性的丧失,并非偶然,而是狄更斯的刻意描写。

狄更斯把鸦片与东方性相联系及妖魔化东方的做法并不新鲜,

---

① Charles Dickens. *The Mystery of Edwin Drood*. Ware, Hertfordshire: Wordsworth Editions Limited, 1998, p. 2.

② Ibid, p. 3.

只是当时流行的鸦片话语的反映和东方主义思维的体现。他的贡献在于：首次塑造了来自绅士阶层的鸦片瘾君子形象，继续了盖斯凯尔夫人等人的努力，进一步消除了英国社会中有关鸦片的阶级偏见。由于这些作家的努力，公众对鸦片的认识走向理性和成熟。

　　19 世纪英国文学中鸦片是个司空见惯的意象，除了上文分析的几位作家外，其他作家，如勃朗宁夫人、科林斯、王尔德等，也曾触及鸦片吸食问题。与之前相比，19 世纪的鸦片意象不再单纯统一，而是在不同时期被赋予不同的隐喻含义。由于其致幻和上瘾作用，它不再被当成普通的止痛药品，而成为一些上层文人寻求浪漫想象的途径；同时，它也成为一些下层工人逃避生活痛苦的麻醉剂，从而在某个时段被视为下层阶级堕落本性的代名词；鸦片战争之后，在许多人眼里它又成了东方性威胁的缩影。归根结底，鸦片意象的转变伴随着公众对鸦片的效用与危害的认识不断加深，总的趋势是：从出于医学原因的服用到非医学目的（刺激、逃避或享乐）的吸食，从最初的接纳，到后来的恐惧、怀疑和排斥，到 19 世纪晚期，医学中对药物成瘾问题的研究取得新进展，"成瘾"这个词具有了其现在的含义。19世纪 90 年代，鸦片不再仅仅被定性为药品，它也被视为毒品，政府对鸦片的使用有了更系统和科学的法律规定。

爱与恨纠缠的机器情结：
乌托邦小说与 19 世纪对技术的追问

　　长期以来，技术被定义为人类认识、改造和利用自然的手段与工具。技术是人类智慧的产物，为人类而生，理所当然地应向人类俯首称臣。这种技术观构成的"工具化逻各斯"，几乎支配了启蒙运动以降的西方主流话语。后现代主义学者詹明信指出了人类对机器的"疯狂崇拜"，以及"早期资本主义社会里人类对机器所抱持的浓厚兴趣及兴奋心情"①。

　　当人类大多沉浸于对科技发展的欣喜若狂中时，德国哲学家海德格尔却对"人类支配技术"这个似乎无懈可击的逻辑提出了异议。他撰文探讨现代社会的技术问题，在《技术的追问》一文中，他挑战了"技术是人的工具"这一观点，认为技术之决定性的东西在于"去蔽"，让存在者显现出来。但是，随着近现代技术的高度发展，技术的揭示已不仅是让存在者自动显现出来，而是一种逼索，是对自然的掠夺、压迫。在技术的逼索中，自然界被不断地开发、转化、贮存和分配，纳入一个密不透风、喘息不止的技术系统。可怕的是，这种逼索性活动，并不纯粹由人类自由控制。海德格尔把这种强求于人、人不能控制的力量，称为"座架"。近现代技术以"座架"的形式，不仅在人们利

----

　　① ［美］詹明信著，陈清侨等译：《晚期资本主义的文化逻辑》，生活·读书·新知三联书店 1997 年版，第 485 页。

用机器的领域起支配作用,而且渗透到存在者的所有领域,进而支配着整个现代世界。另外,人类对自身智力的盲目自信导致技术的滥用,衍生出一些人类技术至今无法解决的、威胁人类生存的问题。

海德格尔关于技术通过"座架"控制人类的观点,促使人类重新认识技术与自身的关系,具有深刻的现实意义。但是,海德格尔并不是对技术进行追问的第一人,实际上,随着启蒙运动与理性时代的到来,随着近现代科技的汹涌发展,在人类的文化阵营中,针对科技,早已显现出两种截然不同的倾向:乐观主义与悲观主义。下文将简要梳理 19 世纪文化学者对技术的追问,然后,以 19 世纪末期的两部乌托邦小说——爱德华·贝拉米的《回顾:公元 2000 到 1887》(以下简称《回顾》)(1888)与威廉·莫里斯的《乌有乡的消息》(1890)为文本依托,考察当时人们爱恨杂陈的"机器情结",从而揭示人类对待技术的矛盾态度。

选择这两部作品的原因之一:它们构成一定形式的对话,展示了对待技术的两种典型态度。《乌有乡的消息》是对《回顾》的直接回应。《回顾》出版后,引起热烈反响,贝拉米声名鹊起,作品的思想被许多人奉为圭臬。但是,莫里斯却不敢苟同,他在刊物《共同福利》上撰写书评,批评贝拉米的观点,并发表《乌有乡的消息》,而贝拉米也在自己主编的刊物《新国家》上发文回应。可见,两部作品不仅构成某种程度的对话,更因其所体现观点的不同,被同时代人视为关于未来社会发展前景的两种典型看法。

选取这两部作品的原因之二:它们对技术的追问,都未引起学者的足够重视。提起对技术的批判,人们通常会将目光投向思想领域,会在哲学家的笔下寻求有关真理的探讨。其实,一些具有远见卓识的文化学者,早已揭示了科技迅猛发展带给人类的福音或恶果。《回顾》与《乌有乡的消息》就是其中的杰出代表。但是,自两部作品问世以来,很少有学者从"追问技术"这个视角考察作品。迄今为止,对它们的研究仍比较单一,多数集中于对其乌托邦元素和社会主义思想的评析。在西方文学批评传统中,这两部作品基本被视为"乌托邦奇想"。美国科幻小说学者兼作家詹姆斯·冈恩,把两部作品作为科幻小说列入其影响深远的鸿篇巨制《科幻之路》中。加拿大作家玛格丽特·阿特伍德在《美丽新世界》的再版前言中,梳理了西方乌托邦文学史,把两部作品都列入由柏拉图的《理想国》、莫尔的《乌托邦》、斯威夫特的《格列佛游记》、威尔斯的《时间机器》等构成的乌托邦文学传统,认为二者是"理想化的浪漫史"。①持类似观点的学者不乏其人,布鲁斯·富兰克林称《回顾》为"19 世纪美国最富影响力的科幻作品"②;约翰·卡里认为"该书的影响比其他任何乌托邦小说都深远"③。相比较而言,对《乌有乡的消息》的研究视角稍微宽泛,作者的浪漫主义倾向及其对中世纪田园传统的继承等主题都曾有人进行研究,成果也更丰富。但是,在我国,对两位作家的研究比较滞后:笔者在 CNKI 搜索,没有发现对《回顾》的研究成果,而对《乌有乡的消息》的研究论文也只有区区几篇,除了殷企平教授的论文探讨了莫里斯对资本主义工业文明与机械文明的批判之外④,其余均论述作品的乌托邦主题。可见,从对技术的追问这一研究视角考察两部作品,是一个值得探索的新课题,尤其在技术依然加速发展的今天,追寻两位作家对技术和机器的态度,有助于我们深刻理解其作品的内涵,无疑还具有一种人类学深切关怀的意义。

① Margaret Atwood. Introduction. *Brave New World*. By Aldous Huxley. Toronto:Vintage,2007,p. vii.

② H. Bruce Franklin. Ed. *Future Perfect:American Science Fiction of the Nineteenth Century:An Anthology*. New Brunswick, NJ:Rutgers University Press, 1995,p. 225.

③ John Carey. Ed. *The Faber Book of Utopias*. London:Faber,1999,p. 284.

④ 殷教授的《〈乌有乡的客人〉——解读〈来自乌有乡的消息〉》不仅对莫里斯研究史进行了有益的梳理,更用较大的篇幅分析了 19 世纪后期英国社会中的"反机械"文化语境。笔者受益匪浅,特此致谢。

19 世纪人类对技术的追问

经过 18 世纪科学精神与理性主义的熏陶,19 世纪的人类进入了科技发展的新时代。随着技术对人类生活影响的日益深远和彻底,人类对待技术截然相反的两种态度逐渐露出端倪。

启蒙时期的哲学家相信理性的宇宙,认为宇宙像时钟一样精确运转,而人类的技术日新月异,总有一天会创造一个完美的世界。18 世纪后期那些最伟大的发明,尤其是瓦特的蒸汽机和惠特尼的扎棉机,似乎验证了启蒙家们的观点。以前需要手工完成的工作,现在可以运用精妙的机器完成,机器似乎让人从劳役中解脱了出来。

进入 19 世纪,人类对机器的利用更加广泛,并充分享受着技术带来的便利,人类对技术的社会功能开始有所了解,但显然又缺乏理性认识。因此,持技术乐观主义态度的人增多,技术乐观主义思潮渐显。这种思潮实质是"技术崇拜"或"技术救世主义",倾向于把技术理想化、绝对化,甚至神圣化,视技术进步为社会发展的决定因素和根本动力。许多英国学者表达了对技术的乐观观点。历史学家麦考莱在《詹姆斯二世即位以来的英国史》中,歌颂了近代英国人取得的技术成就,认为英格兰人已经成为"有史以来最伟大、最高度文明的民族","他们已经把治病救人的科学、各门制造业、各种能够给生活带来便利的东西都发展到了尽善尽美的地步"。[1] 持类似观点的其他学者还包括历史学家詹姆斯·密尔和他的思想家儿子约翰·斯图亚特·密尔,他们在各自的作品里,都流露出一定程度的技术崇拜。像这些学者一样,许多英国人陶醉在工业革命带来的高度文明之中。

美国人的乐观程度丝毫不亚于英国人。1829 年,哈佛大学教授雅各布·比奇洛发表被广为阅读的《技术的因素》一文。他认为,技

---

[1]　Walter E. Houghton. *The Victorian Frame of Mind*: *1830—1870*. New Haven and London: Yale University Press, 1957, p. 39.

术推动世界向好的方向发展,技术将拯救美国。对比奇洛这一代的许多人来说,机器会帮助他们完成使命,技术对人类社会的作用是驱动性的,甚至是挽救性的。欧陆国家也不乏技术乐观主义者,他们充分肯定技术的治世功能,相信技术发展能给人类带来最大幸福,譬如"技术统治思想之父"、空想社会主义者圣西门,他坚信科学技术会使大多数社会问题得到解决,认为工业社会与以前社会的不同,主要在于工业社会以知识为基础、以科学家和实业家为新型统治阶级。

在这种文化氛围中,19世纪的西方人大多坚信,机械是人类历史上最重要的力量,技术通过特定阶段、遵循特定路径发展,并带来社会、政治、文化和经济的改变。机械越多,文明程度越高。随着技术的飞速发展,人间乐园不再遥远。当时社会的主旋律就是这样一种乐观的进步神话。

尽管如此,对待技术的态度却远非"崇拜"一词所能概括,而是呈"爱恨纠缠"之势。在进步话语背后,西方自始至终存在着批判过度依赖机械文明的文化语境。海德格尔有关技术本质的理论,鞭辟入里,发人深省,但他绝非最早对技术的控制力量提出质疑的西方人。早在19世纪初,由于纺织厂里机器的大规模使用,机器替代了人手,造成许多工人失业,工人们迁怒于机器,有组织地捣毁机器,形成历史上著名的"路德运动"。浪漫主义文人也敏感地意识到,机器时代的理性精神正在蒙蔽人们的心灵,物质主义逐渐腐蚀人们的灵魂,现代社会诗意消亡。他们对此忧心忡忡,公开反对工业文明;他们发思古之幽情,崇尚自然纯洁的乡村生活。稍晚,卡莱尔、阿诺德、罗斯金等文化学者也相继拿起笔,对技术统治的工业文明进行质疑、反思或批判。卡莱尔发表《时代的象征》一文,坦承机器已成为人类唯一的女神。尽管认可机器的重要性,但他对此并不乐观:"坦率地说,我们的信条是宿命论,手脚虽然自由,但是受束缚的是我们的心灵和灵魂。"他担心人类盲目地受到机器的束缚,在机械时代里,"不仅我们的行动方式,而且我们的思维方式和情感方式都受同一习惯的调控。

不光人的手变机械了,连人的脑袋与心灵都变得机械了"①。阿诺德也注意到,"在我国,机械性已到了无与伦比的特性。……我们缺乏灵活机动性"②。罗斯金的许多作品中贯穿着对"现代文明"发展的焦虑之情,他批评现代化进程中大规模生产的过细分工方式,几乎把劳动者分裂异化为工具。

对浪漫主义者来说,现代社会向技术漂移,以致失去了原始的"自然性",脱离了与有机的、非技术的精神之物的联系。对 19 世纪中后期的文化学者而言,技术的危险在于各社会领域越来越机械化,个体成为机器中的小小齿轮。可以说,在 19 世纪的文化氛围中,自始至终萦绕着对技术发展以及机器大规模使用的焦虑。

当然,19 世纪对技术的负面效应认识最深刻、批判最尖锐的当属马克思。他批评工人成了机器的奴隶:机器是科学技术的产物和结晶,机器却表现为工人的主人,这意味着,科学技术对工人来说,表现为一种异己、敌对、控制的力量,工人丧失了其为人的本质,被异化了。马克思的"异化"观深刻影响了后世的政治、经济与文化理论,开辟了人类系统地反思技术的道路,奠定了 20 世纪海德格尔等进行哲学思考的基础。

对技术的焦虑不可避免地蔓延到文学创作中。以探索科技发展为主旨的科幻小说,最能揭示人类对待科技高速发展的矛盾态度。科幻小说家兼评论家罗伯茨认为,从对待科技发展的文化态度考察,科幻作品自始至终表现出鲜明的"乐观主义"或"悲观主义"倾向。③由于社会大众对技术的认识有限,早期科幻作品以乐观为主,但是,进

---

① 殷企平:《乌有乡的客人——解读〈来自乌有乡的消息〉》,《外国文学》2009 年第 3 期,第 42 页。

② 马修·阿诺德著,韩敏中译:《文化与无政府状态:政治与社会批评》,生活·读书·新知三联书店 2002 年版,第 11 页。

③ 亚当·罗伯茨著,马小悟译:《科幻小说史》,北京大学出版社 2010 年版,第 118 页。

入 19 世纪,更多富有洞察力的作家预见和构想了技术发展的悲观前景。玛丽·雪莱创作了被称之为第一部现代科幻小说的《弗兰肯斯坦》(1818),探讨了"技术造人"的伦理困境。梭维斯特的《将来可能的世界》(1846)采取歹托邦的视角,预示世界的未来将被工业化和机械化所摧毁。某匿名作者的《最后的公民》(1851),把故事的背景设置在高度工业化的、令人压抑的未来英国。

尤其值得一提的是,塞缪尔·巴特勒的讽刺作品《埃瑞横》(1872)触及了人类对待机械与技术的态度。主人公进入埃瑞横这个与世隔绝之地后,由于戴了一块手表而招致企图引进机器的嫌疑,身陷囹圄。这是因为,几百年前,埃瑞横人的机械知识就超越了常人,且发展速度惊人,直到有位学者写了一本不同寻常的书,力证在将来的某一天,机器将获得比人类更加优越的生命力,并最终取代人类。从此,埃瑞横人开始封杀机器,禁止机械技术的发展。虽然小说旨在讽刺维多利亚时代宗教、教育、伦理道德等方方面面的弊端,虽然它讽刺埃瑞横人破坏机器的做法的初衷是为了揭示达尔文的机械进化论的荒谬,虽然作者的某些观点尚待历史的论证,但是,巴特勒描写埃瑞横人对待机器的态度却不能不引人深思:他敏锐的眼光实际上触及了工人为机器所束缚、所奴役的实质。

此外,爱德华·布尔沃-利顿的《即将到来的种族》(1871),H.G.威尔斯的《时间机器》(1895)、《莫罗博士岛》(1896)、《隐身人》(1897),E. M. 福斯特的《当机器停止运转》(1909)等,都对技术,尤其是机器未来发展的堪忧前景进行了一定程度的反思,表达了作者对人类未来可能为技术以及机器所奴役之命运的焦虑与担心。

对机器的恐惧与鞭挞延续到了 20 世纪甚至 21 世纪。此时,科学技术的发展更加日新月异。20 世纪中叶之后,面对技术带给人类社会的种种难以避免的后果,为了回应海德格尔对技术本质的革命性断言,文化学者开始更深刻地审视科技与自身命运的关系,一大批具有技术悲观主义色彩的科幻乌托邦作品相继问世,如已被奉为经典的扎米亚京的《我们》(1920)、赫胥黎的《美丽新世界》(1932)、奥威尔的《1984》(1948)等；而阿特伍德的《羚羊与秧鸡》(2006)、基姆·克雷斯的《传染病屋》(2007)等,可谓"对技术的追问"之声在当代的回响。进入 21 世纪,人类对技术的焦虑之情不但挥之不去,反而不绝于耳,历久弥坚。

《回顾》与《乌有乡的消息》的机器情结

《回顾》与《乌有乡的消息》作为 19 世纪末期的两部乌托邦科幻小说,都涉及技术问题,折射出人类对待技术的爱恨纠缠的矛盾态度,作者的"机器情结"可以作为我们考察技术及其带来的工业文明、伦理和人性等议题的绝佳出发点。

1888 年,美国空想社会主义者爱德华·贝拉米出版乌托邦小说《回顾》,运用虚构的情节描述未来的理想社会。他主张把整个民族分成若干产业大军,保留资本主义的托拉斯组织,采用大机器带来的新制度;赞同通过和平改良的途径来更替社会制度。受该书的影响,美国各地成立了几十个社会主义团体,探讨实施书中描述的"国家社会主义"的可能性。贝拉米也因此书成为 19 世纪后期美国社会主义运动的领袖人物。《回顾》的故事始于 1887 年。美国青年韦斯特为失眠所苦,常常需要借助催眠师的帮助才能入睡。某一天,当他醒来时,居然发现自己身处 2000 年的波士顿。此时,社会高度发达,物质极其充裕,人们各取所需,享受着高科技带来的效率与舒适,更重要的是,社会最大限度地实现了公平与合理,男女平等深入人心,可谓人人幸福安康。

英国作家、美学家莫里斯,却强烈反对贝拉米的国家社会主义,并于 1890 年完成《乌有乡的消息》。莫里斯自幼酷爱文艺,主要以"前拉斐尔派协会"为中心,从事社会活动与艺术研究。他深受卡莱尔、阿诺德、罗斯金等思想家的影响,是机器大工业的坚决反对者,多次撰文探讨艺术研究与资本主义文明的关系,认为机器大工业虚构了资本主义的进步神话,实质是对美、艺术与个性的磨灭。《乌有乡的消息》不仅是他对《回顾》的强烈回应,更是他美学思想与政治思想的文学再现。在《乌有乡的消息》中,莫里斯勾勒了一个艺术化的理想社会,一个物质丰裕、精神丰富的人间乐园。19世纪末的英国人盖斯特参加完俱乐部的冗长政治讨论后,在回家的火车上沉入梦乡,醒来后发现自己来到了21世纪的英国。原来,经过激烈残酷的斗争,工人阶级已于1952年推翻了资产阶级统治,建立起了美妙的新世界。

两部作品分别描绘了作家心目中理想的未来社会,但是,这两个社会却有着天壤之别。首先,在贝拉米的社会,国家变成唯一的企业,如同独裁者一样,政府控制着人们生活的方方面面,因而常被称为"国家社会主义":"国家组织成一个大的企业,所有其他公司都被吸收进去。它代替了一切其他资本家,成为唯一的资本家,它是独一无二的雇主,并吞并了所有以前较小的垄断组织,成为最后一个垄断组织。它的利润和结余由全体公民共同享受。"(贝拉米,p.46)这个万能政府为公民提供各种改善生活品质的物质条件。以购物为例,你不需再像以往那样逛许多商场,你只要来到社区中心商店,按照附在所有样品上的卡片的介绍,选择自己喜欢的品种、功能、款式或颜色,然后按一下电钮,店员就会来到你面前,接受订单。你在宽敞明亮、休闲设施一应俱全的大厅里等上片刻,商品就会通过传输带自动送到你面前。由于任何商品都归国家所有,各个社区中心商店的货物全都一样,根本不必去逛第二家。

这只是生活更便利的一个例子。政府为其公民无微不至地提供人类所能想到的任何服务。比如,下雨天,过去是每个人都打一把伞,只顾保护自己,却不顾旁边的人正受雨淋,现在,如果下雨,街道上"都放下了接连不断的防雨遮蓬,人行道全被遮盖起来,变成了一个灯光明亮、地面干燥的走廊"(贝拉米,p.116)。再比如,家务劳动的强度大大减轻,人们把衣服送到公共洗衣房,每个社区都附设公共厨房,公共店铺包揽剪裁缝补,电气代替烧火点灯,非常便宜。妇女从家务劳动中解放出来,可以同男人一样工作,从而真正实现了男女平等。就连休闲娱乐活动,也由政府负责。当女主人问韦斯特是否想听音乐时,韦斯特以为她会像 19 世纪的女孩那样边弹边唱,她听后咯咯直笑,原来,现在已经没有人费劲地学习弹琴唱歌了,因为有谁能超过专业音乐家呢?当你想听音乐时,只需按一下墙壁上的音乐开关,就可以从令人眼花缭乱的节目单中选择自己想欣赏的音乐,这些音乐通过电话从各个音乐厅传送到千家万户,每户只需交纳很小的一笔费用,就可以享受到天籁般的音乐。在贝拉米的理想社会里,人们所能享受到的各种便利无所不在。作为这种优雅生活的代价,所有公民如同服兵役一样,必须工作二十年,换取工作之余的自在与休闲。

其次,《回顾》中的理想社会是以城市为中心的。至于乡村,作者仅仅在介绍购物情况时一笔带过,只说乡村与城市类似,只是由于输送管道变长,因此等待货物的时间稍长。从作者的语气明显感觉到,他对城市情有独钟,在他对波士顿的描述中,艳羡之情溢于言表:这"是一座庞大的城市。宽阔的街道一眼望不到头,两旁绿树成荫。……四周尽是些宏伟壮烈的公共建筑物,一座座高楼巍然耸立,凡此都是我那个时代的建筑不能相比的"(贝拉米, p.33)。城市里的人们穿着漂亮的衣服,在宽敞的街道上徜徉。

贝拉米竭力为读者描画出一个自己想象中的理想社会,他系统地介绍了金融、教育、法律等体制,渲染了人们的幸福,那么,如此高度发达的物质文明、如此便利舒适的生活是怎样实现的呢?贝拉米并没有具体描述创造美好生活的人们是如何工作的,作品里没有任何劳动场景的描写。但是,有一件事情毫无疑问:这样的社会必须完全建立在高度发达的机器大生产之上。新波士顿的任何一项现代设施,城市建设、室内照明、音乐与货物的输送等,都离不开高度发达的科技水平,尤其是自动化水平。韦斯特的主人多次提到,这个社会组织严密，井井有条，社会生产效率很高，他认为，过去的生产方式不能满足蒸汽机与电报时代的需求，因为"机器比人手更可靠"（贝拉米，p. 47）。技术进步带来的机械化生产成为人们物质生活高度发达的坚实基础。虽然作者并未直接宣扬工业文明，但在韦斯特与主人的对话中，在作者行文的字里行间，我们发现，新社会的人们对机器的依赖与崇拜是理所应当、毋庸置疑的。贝拉米的未来社会本身构成了一个分工明确的巨大机器。

上述基于工业文明的国家社会主义却是莫里斯最不能容忍的。在对《回顾》的评论中，他批评贝拉米设计的社会生活过于机械化，过度依赖机器，忽视了人类的精神世界和审美需求："贝拉米先生为我们想象的最好生活就是机器般的生活……他所能想到的唯一令劳动轻松的方法就是不断地发展机器。"①莫里斯终生追求美，在《我是如何成为一个社会主义者》一文中，他说："我生命的激情全都来自追求美丽的事物和憎恨人为的文明。"②工业文明无疑属于人为的文明。在 19 世纪后期的英国，工业文明和商业文明导致社会畸形发展，莫里斯热爱艺术和自然的志趣为现实所困，他的《乌有乡的消息》，阐释了自己对社会、技术、劳动与艺术的认知。

在作品中，针对政治、技术与审美等层面，莫里斯表达了与贝拉米相左的意见。乌有乡描述了一个乡村田园般的、反工业化的未来英国，与中世纪风情接近而远离工业文明和高科技。在《回顾》中，贝拉米为资本主义社会开出的良方，是一个无处不在、无所不能、权力高度集中的政府，而莫里斯的救赎方式，则是政府权力的全部消亡。老哈蒙德告诉盖斯特："你叫作政府的那种东西，在我们这里已经不

---

① William Morris. "William Morris on Bellamy's *Looking Backward*". http://www.marxists.org/archive/morris/works/1889/backward.htm. (2011-03-01)

② William Morris. "How I Become a Socialist". 1894. *The Norton Anthology of English Literature*. 8th edition. Vol. E. Carol T. Christ and Catherine Robson. Eds. New York: W. W. Norton & Company Inc., 2006, p. 1493.

存在了。"（莫里斯，p.58）"政府只不过是专制政治的机器。现在专制政治已经消灭，因此我们也就不再需要这种机器了。"（莫里斯，p.60）尽管理想如此令人羡慕，但是，莫里斯并未详细解释这个社会如何安排公民的各项具体事务。盖斯特询问时，老哈蒙德只是虚晃一枪，笼统地说："我很难用语言详细告诉你是怎样安排的。……大体上说我们按照目前的方式至少已经生活一百五十年了，一种生活的传统或者说习惯已经在我们的社会中形成了。这种习惯总起来讲，就是人人向善。"（莫里斯，p.61）尽管莫里斯对这个政府替代品的态度模棱两可，但是，什么样的政府应该反对，他却十分清楚，在老哈蒙德讽刺的政府类型里，我们不难发现贝拉米笔下政府的影子："你们的政府是个什么样的政府？共和政体终于获得胜利了吗？还是说你们只不过建立了一种独裁制度？十九世纪就曾经有人预言民主主义的最后结果必然是独裁制度的建立。"（莫里斯，p.58）借此，莫里斯表达了对贝拉米的乌托邦前景的怀疑。

莫里斯之所以反对贝拉米的未来社会，还因为贝拉米歌颂城市，而他自己则倡导健康自然的乡村生活。在乌有乡，除了历史遗留下来的比较宏大的建筑外，就不再有高楼大厦，即使是在城里，建筑风格也舍弃宏伟壮丽，追求舒适实用，只用手工雕刻的人物图像或花饰简单装饰。对这些建筑的描写，体现了莫里斯认为艺术、自然应与生活相统一的原则。乡村成为莫里斯描绘的重点。盖斯特随主人乘船溯泰晤士河而上，饱览沿途如画的风景。显然，同贝拉米对美与艺术的忽视相比，作为艺术家的莫里斯对美尤其敏感。在乌有乡之行中，盖斯特发现沿河的建筑与周围的自然景观融为一体，"两岸都有一排非常漂亮的房子，低而不大，距离河边有一小段路；它们多数是用红砖建成的、有着瓦屋顶的房子，看起来特别舒适，好像是洋溢着生机，跟住户的生活和谐一致似的。屋前都有花园，花园一直伸展到水边，园中百花齐放，在奔流的河水上散发着一阵阵夏天的香气"（莫里斯，p.15）。这里的人们按照自己的审美观，把19世纪遗留下来的建筑改造得舒适而自然。作为盖斯特行程终点的那座老房子,更是莫里斯心目中美的极致:"由院墙到房子之间的花园正洋溢着六月鲜花的芳香,盛开的玫瑰花争芳斗妍,散发出过分浓郁的香气,这是精心管理的小花园所具有的特点;人们第一次看见这种花园时,心中万念俱消,只留下了美的印象。画眉正在纵声歌唱,鸽子正在屋脊上咕咕低鸣,在后面榆树上的白嘴鸦正在细嫩的材叶间嘈杂地叫着,褐雨燕一边悲鸣,一边正在山墙的周围盘旋着。而房子本身就是这仲夏的一切美景的适宜的保卫者。"(莫里斯,p. 118)

不仅风景和建筑美不胜收,而且,乌有乡的人个个身体健康、体格优美、衣饰考究,他们的衣服类似 14 世纪生活图像上的款式,但质地精良,又十分朴素。在如此优美的环境中,乌有乡的人们心情愉悦地从事着自己喜欢的工作,这里真正实现了莫里斯追求的"劳动的报酬就是生活"的愿望(莫里斯,p. 115),人们把生活变成了艺术,把艺术融入了生活。

乌有乡的人们之所以享受工作,根本原因在于他们的劳动观与以往完全不同。他们不信任机器生产,批判机械文明,主张建立手工工场。这是莫里斯与贝拉米的一大分歧。贝拉米讴歌工业革命与机器生产的力量,而乌有乡却在消灭机器生产,崇尚手工制作。前文已叙,盖斯特是在 19 世纪末乘坐着火车时进入梦乡的。莫里斯描绘了火车里的异常闷热和臭气熏人,车站外的铁桥丑陋不堪。众所周知,铁路和大桥,是工业化和机械化的产物,是人类战胜自然的典范,常被视作工业文明的象征,因此成为 19 世纪英国人的骄傲。莫里斯对代表工业文明的这两个意象的负面书写,流露出他对工业文明和机械文明的排斥。

乌有乡的人们认为:"19 世纪的伟大成就就是机器的制造,这些机器是发明、技巧和恒心所创造的奇迹,而正是这些机器被利用来生产无限量的没有价值的冒牌货。"(莫里斯,p. 72)乌有乡的人欣赏用自己的双手制造出来的质量优等、精致美丽的物品,不屑拥有机器制造的缺乏艺术美感的商品,他们只用机器从事那些人类难以完成的笨重工作,可谓真正恢复了有机自然的生活。这里没有丑陋的铁桥,有的是漂亮的木桥和古朴的石桥;这里的人们不运用动力装置,而用绞索启动水闸,为的是与周围环境相协调;他们不使用机器驱动船只,而是手工划船;他们拆除高速铁道,保留古老磨坊;他们废除"工业制造区",搁置机器,建立手工作坊。

在莫里斯笔下,人类放弃了大规模的机器生产与机械文明,人们与自然的关系也不再是征服与被征服的关系,而是和谐相处。乌有乡的人批判过去的人类未能正确处理人与自然的关系:"(过去的)生活老是把人类以外的一切生物和无生物,也就是人们所谓的'自然'当作一种东西,而把人类当作另一种东西。具有这种观点的人当然会企图使'自然'成为他们的奴隶,因为他们认为'自然'是在他们以外的东西。"(莫里斯,p.123)在这里,自然与人类和谐共存。而在过去,文明的发展是以牺牲自然为代价的,技术的进步仅仅意味着人类利用自然能力的提高。莫里斯对技术高度发达的工业文明进行了犀利的批判,发出了对技术进行追问的时代强音。他承袭了卡莱尔、马克思、阿诺德等对机械文明的反思与质疑,并尝试用艺术的形式来解决这个难题——人类应该如何利用技术,如何摆脱被机器所异化的处境。尽管他的思想未必非常成熟,也未必真正科学,甚至不乏模棱两可之处,但是,他毕竟对困扰人类多年、至今萦绕不去的这个难题做出了自己的解答。他的努力具有超越时代的意义。

结　语

自从人类进入科技加速发展的近现代时期,技术彻底颠覆了人类的固有生活方式,这种改变究竟是福音还是厄运?这个问题一直困扰着众多的文化学者。当社会大众对科学技术带来的繁荣兴旺感到由衷地高兴,当一些技术乐观主义者为科学技术的进步拊掌称道,当一些人憧憬并预见着人类灿烂辉煌的未来,仍有为数不少的文化学者对科学技术进步的盲目乐观持怀疑态度。他们反对、谴责科学技术的无计划、无限制发展，认为科学技术的过快进步非但没有给社会带来好处，反而导致社会每况愈下，更不要说走向完美了。他们预言，也许整个世界都将会因科学技术的泛滥而毁灭，因此，他们提倡回归古朴自然的美德和永恒的价值。在这种文化氛围下，贝拉米和莫里斯分别创作了乌托邦作品《回顾》和《乌有乡的消息》，阐发各自对日益加快的技术变迁的看法：贝拉米对以机器生产为主导的工业文明报以欢呼雀跃；而莫里斯则对科学技术的无孔不入抱有深深敌意，宣扬放弃机器文明、物质文明，回归自然、健康、有机、充实的乡村乐园。

（文中只标明页码的引文分别来自贝拉米和莫里斯的作品 *Looking Backwards* 和 *News from Nowhere*，详见参考文献）

德拉库拉是犹太人吗?

公元 1 世纪至 20 世纪初,犹太人基本生活在大流散之中,犹太民族的历史就是"一部遭受歧视与迫害的历史"①。因此,20 世纪之前的西方文学对犹太人鲜有客观现实的描绘,犹太形象大多被妖魔化。莎士比亚笔下的放高利贷者夏洛克的形象广为流传,深入人心,几乎成为读者印象中犹太人的典型形象,从此,放高利贷这一令人不齿的职业几乎与犹太人画上了等号。

吸血鬼是西方民间传说中的"不死之人",以吸食他人血液为生,同时把受害者变成吸血鬼。在西方,由于对犹太人有着根深蒂固的偏见与歧视,人们认为,在不劳而获的犹太人与吸血鬼之间,存在着某种内在的相似性,因此,犹太人常被喻为"吸血鬼"。即使在 21 世纪,这种思维惯性仍时有体现。2006 年,流行乐之王杰克逊就曾爆出反犹丑闻,他在电话里说过"犹太人就像吸血鬼一样"的话,因而被美国反诽谤联盟要求道歉。

其实,在西方基督教文化传统中,犹太人与吸血鬼之间的联系源远流长,与宗教密切相关。根据西方传说,吸血鬼的源头可以一直追溯到《旧约》里因嫉妒而杀弟的该隐,上帝责罚他流浪异地,但上帝"不得杀他"的誓约却给了他永生的条件,据说,他后来学会了一种魔

---

① 张倩红:《犹太人》,三秦出版社 2003 年版,第 29 页。

法,这种魔法需要大量的鲜血。就这样,该隐成为以血液为生的吸血鬼的始祖。

吸血鬼一直被认为不敬上帝,有点"反基督"的意味,所以,传说中制服吸血鬼的重要武器一般都是基督教的象征物,如十字架、圣水或圣餐饼等圣物。在基督教盛行的西方,犹太人可谓经典的异教徒,实际上,基督教与犹太教的根本差异之一就在于是否把耶稣基督看作救世的弥赛亚。西方人认为犹太人无疑是最不敬耶稣之人,甚至认为犹太人对耶稣的受刑负有责任。《马太福音》中这样描述犹太人:"他的血在我们之身,在我们后代之身。"这暗示犹太人是处死耶稣基督的同谋。在基督教民间传说中,犹太人的异教徒形象由来已久。中世纪时,西方基督徒就开始把犹太人描述成崇拜魔鬼的黑暗魔法师。他们操着旁人不懂的语言,组织小团体,举行秘密仪式:刺戳圣餐饼,使其流血,以重演耶稣受难的情形。除了以上所述宗教方面的原因,血液也是把犹太人与吸血鬼联系在一起的最重要的意象。

在两千年的大流散中,犹太人在异地他乡胼手胝足重建家园,由于不能拥有土地,他们大都从事西方人不屑于选择的商业。他们秉承克勤克俭的民族习性,运用在巴比伦习得的经商本领,在异邦的特定区域("隔都")定居下来,有些甚至聚敛了不小的财富。他们坚持自己的民族传统与宗教,对当地政权从消极抵抗、拒绝臣服到公开抵抗。财富招致眼红与仇视,隔离带来猜忌和偏见,于是,中伤犹太人的各种谣言渐渐在民间流传。11世纪至14世纪,在西欧各国,犹太人被诬告为"杀婴魔",西欧人说他们将外族的婴儿杀害后,吸食其血液,并将其做成犹太人的无酵面球(犹太人逾越节食物),欧洲社会史上称为"血诬案"(Blood Libel)。最早有记录的血诬案发生在英国,一名叫威廉的男孩死后,教士西奥伯德控告说,是犹太人为了取其血液而杀死了他。①血诬案谣言在英国逐渐传播,后来流传至欧洲大陆,控告的内容相应有所变化。有人说犹太人是为了重演耶稣受难的场景,杀死基督徒的儿童;也有人说犹太人是为了逾越节的仪式才需要基督徒的血液。血诬案谣言到 16 世纪渐渐消亡,但到了 19 世纪后期,反犹主义再次兴起,有关犹太人与血液的迷信又开始抬头,血诬案谣言也有复苏的迹象。从某种意义上说,布兰姆·斯托克的吸血鬼经典小说《德拉库拉》(1897)体现了此时英国人的反犹情绪。

　　在 19 世纪 90 年代的英国,每一个英国人都不得不面临和承认一个现实是:他们的国家正在无可奈何地走向衰落,英国在全球的影响逐渐式微。以 1880 年的布尔战争为例。布尔战争称得上是英帝国发展史上的一道分水岭,在此之前,帝国不断上升;在此之后,帝国走向衰落。布尔战争让英国大众深刻体会到了殖民扩张的苦涩后果。英国军队虽然战胜了南非的布尔人,但是,为了征服这样一个很小的民族,所派出军队的人数甚至超过了布尔人的人口总数,花费了约 3 年时间,伤亡近 2.2 万人,耗资 20 多亿英镑,不仅代价高昂,还失去了国际社会的道义支持。如此惨烈的代价,深深震撼了英国人的心灵。之后,由于外交联盟的关系,英国失去了一些海外殖民地,而犹存的海外殖民地内部动乱加剧,本国舆论中开始出现帝国主义政策道德与正义性的讨论,民众的不安感与内疚感加重。而此时,德国和美国正在迅速崛起,所有这些因素,都在销蚀着英国人对帝国未来的信心。因此,维多利亚晚期的文学中常常会流露出一种"无可奈何花落去"的哀伤,对英国潜在敌人(无论是某个曾被它奴役过的东方国家,还是美、德等西方国家)入侵的焦虑,催生了所谓的"入侵文

---

　　① Colin Holmes. *Anti-Semitism in British Society*:1876—1939. New York:Holmes & Meier Publishers, 1979, p. 7.

学"和后来被称为"反向殖民"（reverse colonization）的叙事文本。①《德拉库拉》中，也凝聚着英国人对来自东方的可能入侵者的恐惧与厌恶，更具体地说，是对犹太人的偏见与仇视。

德拉库拉是来自东欧的吸血鬼。他通过购买伦敦的房产移居英国。他的出现给英国人带来了极大的威胁，因为他在吸食人血的同时，还把受害者变成吸血鬼，不断壮大自己的族群。小说结尾，在吸血鬼防治专家的带领下，几个英国人齐心协力地把吸血鬼赶回其在东方的老巢，并最终把它彻底消灭。

前文已叙，犹太人与吸血鬼的联系之一是血液，特别是血诬案。这一联系也隐含在小说中。基督教徒的孩子一直是血诬案的受害者。在小说中，除了露西与米娜，斯托克没有提及其他的成人受害者，德拉库拉的几次猎食对象都是孩子。比如，读者第一次见到他时，他正用袋子扛着一个近乎窒息的孩子，准备食用。露西变成吸血鬼后，她的攻击对象仍然是孩子，在被消灭之前，她正在享用"一个金发小孩"的鲜血。很明显，斯托克非常了解血诬案的历史和现状，并充分利用这一意象来塑造嗜血恶魔德拉库拉。

即使没有血诬案和宗教迫害，英国人对犹太人也持有根深蒂固的偏见。19世纪80年代，伦敦东区曾出现一个连环杀手，专门残害年轻女孩，杀死她们之后还开肠破肚，残忍至极，一时闹得人心惶惶。这个杀手被人称为"开膛手杰克"。由于凶手的犯罪地点集中于犹太人口聚居的东区，加上公众对犹太人宗教仪式中杀人取血的传说深信不疑，民众和媒体大多猜测凶手是犹太人。报纸上虚构的凶手画

---

① 前者虚构了某民族或国家对英国进行的入侵行动，后者则记叙某种"原始"力量对"文明"世界进行的殖民化，但是这两个小说亚文类的概念有重叠之处。流行文学中类似题材的作品更多一些，如哈格德的《她》中，统治非洲原始部落的女王爱莎对白人探险者表达了进军英国、占领伦敦的计划。除了哈格德的小说，柯南·道尔的侦探故事《四个签名》《驼背男子》、吉卜林的早期小说《野兽的印迹》《航行的终点》、威尔斯的科幻小说《时间机器》《火星人入侵地球》《世界大战》，以及许多历险小说，都或多或少地包含入侵文学和反向殖民的题材。

像带有明显的犹太人相貌特征——"黑色的山羊胡,黑色的夹克与长裤,黑色的毡帽,说话带外国口音",尤其引人注目的是犹太人特有的"鹰钩鼻"。① 这种舆论导向——民众的偏见,甚至影响了警察的怀疑目标,他们逮捕的嫌疑犯中有一大部分是犹太人,这反过来又加重了民众的偏见,竟然导致伦敦东区发生了几次反犹暴动。

在凶手被认定为犹太"吸血鬼"后不久,斯托克虚构的吸血鬼就诞生了。德拉库拉的许多相貌与个性特征都强烈地暗示人们联想起犹太人,这再次印证和加深了"犹太人是吸血鬼,是社会寄生虫"的偏见。小说中,德拉库拉的一个特征是商人般的精明与对金钱的占有欲。他请哈克来到远在东方的城堡,是为了谈妥购买房产的法律事宜,他对生意的精通程度甚至令哈克惊讶。在他城堡的一个房间里,堆满了各色金币,"罗马的、英国的、奥地利的、匈牙利的、希腊的、土耳其的"(p.41)。像现代犹太金融家一样,德拉库拉在全世界范围内都有生意往来,财源滚滚而来。小说中还有另外一个更加意味深长的场景。在德拉库拉的伦敦住宅里,哈克等人对其发动了攻击,德拉库拉被包围。哈克举刀便刺,刀尖划破了德拉库拉的外套,一大叠纸币和一连串的金币应声而落,但是,德拉库拉没有马上逃命,而是冒着危险,俯身抓起一把钱后才冲出房间。(p.256)把金钱看得比生命还重要,德拉库拉的这一举动,令人联想起传说中犹太人对金钱的贪婪。

与中世纪基于宗教与迷信的反犹主义不同,19世纪以来,对犹太人妖魔化的倾向被披上了"科学"的外衣。犹太人不再是中世纪那个崇拜魔鬼的黑暗巫师形象,而是因为自己的血统而受到歧视。社会达尔文主义者认为,血型可以导致外貌、性格、道德判断等方面的差异,并可由此决定人的命运,因此,人们无法通过教育或其他手段逃避贫困、罪恶或道德败坏的命运。19世纪末期,在上述思想的影

---

① Sander Gilman. *The Jew's Body*. London: Routledge, 1991, p.113.

响下,诞生了曾经风行一时的罪犯人类学,创始人是意大利的罗姆布隆索。他认为,可以通过某些生理特征辨认罪犯,比如头颅、鼻子或耳朵的形状等。犹太人的鹰钩鼻,是他明确指出的罪犯型鼻子形状。斯托克在对德拉库拉的外貌描画中,鹰隼一般的鼻子一直是他的突出特征,也成为读者视觉的焦点:"生硬的鹰钩鼻,高鼻梁,特别的拱形鼻孔"(p. 16)。米娜在观察德拉库拉片刻后断言:他"是个罪犯,属于罪犯的类型。诺德与罗姆布隆索肯定会这么认为的"(p. 239)。实际上,斯托克对德拉库拉的外貌描写,包括其鹰钩鼻、浓密的眉毛、尖尖的耳朵、锋利的牙齿、丑陋的手指,几乎照搬罗姆布隆索书中描写的罪犯型相貌。

通过以上贯穿小说的种种或明显或隐晦的手段,斯托克在德拉库拉与犹太人之间建立起了联系。对吸血鬼的恐惧与憎恶,反映了19世纪末英国人的反犹情结。

英国人对犹太问题的焦虑同犹太移民人数的激增密切相关。19世纪的最后15年,欧洲大陆的排犹、反犹运动,导致难以计数的东欧犹太人涌入英国,而此时英国正处于经济萧条期,这些纷纷涌入的犹太人大都一贫如洗,为了生存,他们愿意接受较低的工资,这样就剥夺了许多英国本地人的工作机会。在英国公众的眼里,这些犹太人从自己手里抢走了工作、金钱、食物与住房,他们不仅仅是竞争者,更像是寄生虫、吸血鬼:他们夺取英国人的就业机会和应得财富,就像吸取英国人的血液。因为德拉库拉的出现揭示的是当代问题,所以,他既不同于中世纪东欧传说中的吸血鬼,又不同于斯托克之前英国小说中出现的几个吸血鬼形象。① 对德拉库拉的塑造,凝聚了19世纪末期东欧移民潮带给英国社会的种种问题。

---

① 虽然斯托克享有"吸血鬼之父"的称号,但是,他并不是英国第一个创作吸血鬼小说的人。19世纪早期,诗人拜伦的私人医生约翰·波里杜利曾创作了短篇小说《吸血鬼》(1819),后来又有詹姆斯·莱默的《吸血鬼瓦尼》(1840)和谢里丹·勒·法奴的《卡米拉》(1872)等问世,但斯托克的德拉库拉伯爵却被认为是第一个现代吸血鬼。

　　斯托克把德拉库拉的家乡设置在东欧的特兰西瓦尼亚,这个地方位于欧洲最东部,紧邻大部分在亚洲的土耳其帝国,属喀尔巴阡山脉地区。在当时英国人的心目中,它是恼人的"东方问题"的一部分,政治动乱和民族冲突不断,经济落后且迷信盛行。通过突出德拉库拉的东方来源,斯托克意图让读者联想到当代的东方议题。作为移居伦敦的东方人,和所有移民一样,德拉库拉试图完全融入居住地社会。他在购买伦敦房产的前几年,就开始系统学习英国的语言与文化,努力了解英国的"历史、地理、政治、经济、生物、地质、法律等,一切与英国生活和习俗有关的东西"(p. 18)。在与哈克首次见面时,他最关心的是自己的英语发音,他最担心自己的口音会让当地人认出他是外国人,所以,他请哈克在城堡里多逗留一段时间,以帮助他改善英语发音。(p. 19)

　　新近到来的犹太人激起了英国人的厌恶与仇视,虽然产生这种偏见的理由不尽相同,但是,最终的结果却影响到早已定居英国的犹太人,他们的处境也相应恶劣。这些较富裕的犹太人一贯被视为社会寄生虫。反犹主义者宣称,犹太人正在试图利用自己的财富控制政府,从而获得政治权力。在整个19世纪,英国贵族的财富与权力一直呈下降趋势,而工商业的大亨们,其中包括许多犹太银行家与商人,争相模仿贵族的生活方式,不仅一掷千金购买乡村庄园,更通过金钱交易提高自己的政治地位,一些百万富翁甚至成为授勋的爵士。当犹太人取得如此高的地位后,英国人感到了威胁,对犹太人的诽谤与攻击行为也不可避免。1891年,英国报纸《工人领袖》咒骂银行家罗斯柴尔德是"吸附在欧洲肉体上的水蛭"[①],指责他与其他犹太富商一起,正在榨取英国的财富,导致英国在世界舞台上的地位逐渐下降。

---

　　① Colin Holmes. *Anti-Semitism in British Society*: *1876—1939*. New York: Holmes & Meier Publishers, 1979, p. 83.

英国人对犹太人的仇视与恐惧还与血统问题有关。公众一般认为,犹太人与本地人的通婚,对英国人的血统纯洁性造成威胁,与国民的体格、健康水平下降有一定关系,犹太人口的增长加速了英国国力的衰弱。在西方历史上,对犹太血统的蔑视也是由来已久。中世纪时,西方人认为犹太人是疾病与瘟疫的携带者。比如,14世纪时,肆虐欧洲的黑死病就曾被认为是犹太人的阴谋,传言是犹太人往饮用水中下毒而引发瘟疫大流行。在经历过理性时代洗礼的19世纪,人们不再如此迷信和盲从,但是,对犹太血统的怀疑与偏见依旧根深蒂固,更可怕的是,一些学者的所谓科学理论使大众本非理性的观点更加合理化。豪斯顿·斯图尔特·张伯伦写作的《十九世纪的基础》一书,认为犹太人是一个没有价值的民族,它的任务是破坏日耳曼种族的纯洁,"繁殖一群假希伯来人混血儿,即一个在体质、精神和道德上无疑都发生了蜕化的民族"[①]。人们不会忘记,这种思想在20世纪被希特勒之流发展到极端,最后成为其反犹思想的一个理论来源。希特勒明确宣称,他的使命就是尽力限制犹太人,以维护雅利安血统的纯洁。在这种荒谬理论的支配下,犹太人成了世纪大浩劫的无辜牺牲品。在19世纪末期的英国,反犹情绪虽没有如此极端,但同样不可忽视。布尔战争中使英国人日益认识到国民体格和国家实力的双重衰减。当时,因为身高、体重和健康等不符合参军标准,许多志愿者被排斥在部队之外,加之战争也没有像英国人预料的那样速战速决,社会中开始出现带有种族歧视意味的声音,认为大量移民的入境使英国血统的纯洁性受到影响,英国应该维护其种族的纯洁性,进而重振帝国雄风。由于犹太人素有不洁、虚弱、疾病等不良名声,因此他们首当其冲地成为破坏英国人血统纯正性的替罪羊。于是,在经济意义上的"寄生虫"和"吸血鬼"意象之上,犹太人又因其生物意

---

① 王震:《欧洲反犹主义的历史透析和近期回潮》,《国际观察》2003年第5期,第54页。

义上的"吸血鬼"形象，受到更加严厉的排斥。

小说中，德拉库拉凭借吸食英国人的血液，同时诱使受害者吸食自己的血液，把受害者变成自己可以控制的吸血鬼，壮大本族群的力量。他的吸血行为与种族间通婚拥有一个重要的共同点——混血，在这个意义上，德拉库拉可以作为种族通婚的某种象征。德拉库拉从遥远的东欧移居来到伦敦，来到大英帝国的心脏。在英国人的想象中，"在拥挤着百万人口的伦敦，他将充分满足自己对鲜血的贪婪，同时，创造出一个新的、不断壮大的、靠剥削无助的人们为生的魔鬼群"（p.67）。德拉库拉谈到他到伦敦的目的时，不无自豪地说："我当主人那么长时间，我还要继续做主人——或者至少不让他人做我的主人"（p.65）。可见，通过描述德拉库拉作为外来者的威胁，斯托克表达了英国人对造成本国国力衰落的外来因素的恐惧，以及对英国未来命运的焦虑。

虽然吸血鬼题材通常具有强烈的中世纪色彩，《德拉库拉》却是植根于现代背景的现代故事。吸血鬼小说专家伊丽莎白·米勒曾指出："吸血鬼们通常体现的是当代威胁。"[①]《德拉库拉》就是如此。斯托克塑造了一个具有显著犹太人特征的吸血鬼形象，通过描写他移居伦敦的过程和最终挫败，传达了当时英国人对不断涌入的东欧人（尤其是犹太人）的仇视与恐惧。小说的最后，英国人齐心协力，把德拉库拉驱逐出英国，又乘胜追击，直捣其东方老巢，并将其彻底消灭。在英国人与德拉库拉的斗争中，英国人运用其先进科技力量击败来自中世纪的吸血鬼，运用基督教圣物摧毁了来自东部的异教徒。斯托克突出表现了先进的西方与落后的东方、基督教与异教之间的对立意象，英国人把东方入侵者所象征的一切邪恶与危险赶尽杀绝。这个结局自然是理想化的主观臆想。然而，在现实生活中，英国人对

---

① Mikhail Lyubansky. "Are the Fangs Real? —Vampires as Racial Metaphor in the Anita Blake and *Twilight* Novels". http://www. psychologytoday. com/blog/between-the-lines/201004. (2010-08-18)

外来者的焦虑与恐惧并没有得到缓解,他们驱逐自己想象中的外来犹太"寄生虫"的努力也没有停止,1905 年通过的《取缔外国人条例》,就是英国人排犹情绪的体现,这个条例彻底禁止犹太人移民入境。

　　(文中只标明页码的引文均来自斯托克的小说 *Dracula*,详见参考文献)

森林之魅：一场哈德逊与康拉德的生态对话

20世纪90年代以来，在全球环境危机日益严重的背景下，"生态批评"作为一种文学和文化批评在西方国家应运而生，并且发展迅速，影响深远，在我国也引起学者们的广泛关注。生态批评主要有三个热点：研究自然和环境在文学作品中的表达、弘扬长期被忽视的描写自然的作品，以及相应的理论建树。下文将侧重挖掘长期被忽视、被边缘化的作品（以哈德逊的《绿色大厦》为例）中的生态意识，同时运用生态批评的相关理论，比较康拉德在《黑暗的心》和哈德逊在《绿色大厦》中对自然的描写以及人与自然关系方面观点的异同。这无论对哈德逊和康拉德研究，还是对创建生态诗学、深化生态批评理论，都将不无裨益。

康拉德和哈德逊同属19世纪末20世纪初的英国作家，中国读者对前者比较熟悉，他的小说《黑暗的心》以其复杂性和多义性不断引发学者以各种文学批评理论进行解读。相对而言，哈德逊的名字比较陌生，因此有必要简要介绍其人其作。哈德逊为自然学家兼作家，1841年出生于阿根廷一英国人家庭，1874年移居英格兰，后一直致力于对大自然尤其是鸟类的研究，并写下20多部以南美旷野和英国乡村为背景的作品，最著名的包括小说《紫色大地》(1885)、《绿色大厦》(1904)，以及自传《远方与往昔》(1918)等。

《绿色大厦》讲述委内瑞拉政治流亡者阿贝尔与热带雨林中的里玛姑娘的浪漫爱情故事。里玛是一个濒临灭绝部落的最后一名幸存者，与收养者那弗洛老人孤独地生活在一片森林里。她自幼远离人类，每日穿着蛛丝编结而成的裙子，自由自在地畅游在森林里，与充满灵性的动物嬉戏玩耍。她阻止周边的印第安人进入森林猎杀动物，因此被当作恶魔的女儿，惨死于他们的烈火之中，森林沦为了印第安人的狩猎场。哈德逊用诗般的语言描绘了一个世外桃源般的绿色世界、绿色大厦，痛失荒野的心情、回归自然的梦想和现代人与野蛮人的冲突等主题贯穿其中，他把 19 世纪的浪漫主义与 20 世纪的生态理念联系起来，被公认为英国自然文学的先行者和生态文学的先驱。

《绿色大厦》出版于 1904 年，在西方被广泛视为环境文学的早期代表作之一。哈德逊创作这部小说的初衷之一是因为他不完全同意1902 年康拉德出版的《黑暗的心》对非洲森林和荒野的描绘。可以说，《绿色大厦》是哈德逊与康拉德有关自然及人与自然关系的生态对话。

一

如果双方只有分歧而无共同之处，就不存在对话的可能。哈德逊和康拉德的生态对话之所以得以进行，是因为二人的出发点相近，部分观点相通。

首先，哈德逊和康拉德在各自的作品中都流露出较强的生态意识，对于人类与自然的关系问题进行了有益的思考，对人类中心主义提出批评，进而颠覆了自基督教诞生以降人类一直信奉的人类与自然的二元对立思想。

西方传统文化认为，人是自然的主宰者，万物的尺度，一切价值的裁决者，而大自然的身份只体现在它的工具性和功利性上，是为人类的福祉而存在的，毫无独立存在的价值，于是人类成为主体，自然完全沦为客体。到 19 世纪，随着科学技术的突飞猛进，这种人类中心主义思想日益严重，人类自我意识不断膨胀，许多人持唯发展主义或科技至上观，无所顾忌地扩展科学技术的疆界，一味追求征服自然。这些倾向在《绿色大厦》和《黑暗的心》里都有不同程度的体现。

《黑暗的心》记叙欧洲人马洛的刚果之旅，以及他与殖民地贸易代理人库尔兹的交往，借此，康拉德表达了对欧洲人破坏非洲大自然的种种行为的强烈愤慨。欧洲人以先进的枪炮攻克征服了非洲土著的栖息之地，毁灭性地掠夺那里的自然资源和象牙等珍贵物品。刚果的原始森林在欧洲人尚未踏足之时是多么安宁与和谐！这里是非洲最原始的世界，荒野一望无际，森林密密丛丛，里面有着"丰饶而神秘生命的巨大躯体"（康拉德，p.571），"万木争荣，参天大树俨若人间君主"，河马和鳄鱼并排躺在沙岸上，沐浴着阳光。（康拉德，pp.529—530）这里万物自由生长，和谐相处，一幅原始生态图景。但欧洲人踏上了这块黑色的土地，疯狂的破坏便开始了。他们砍伐树木，搭建粗劣的房子；他们修建铁路，随意堆放垃圾，污染环境："翻倒在草地里的锅炉"，轮子朝天躺着的"小火车厢"，"腐烂的机器零件和一堆生锈的铁轨"（康拉德，p.501）。人类在荒野中开矿、修路、杀戮，自然成为人类任意控制的对象。通过对比人类染指非洲荒野后环境的变化，康拉德旗帜鲜明地表达了他对人类肆无忌惮地开发自然的忧虑和反对。而荒野则静静地沉思着，注视着人类的入侵："悄无声息的原始荒野……正在那儿耐心地期待着这种疯狂的侵略告一结束。"（康拉德，p.513）下文马洛的疑问无疑也是向人类发出的质问："正在注视我们的辽阔无垠的宇宙，它表面上的寂静，是意味着一种呼吁呢还是威胁？"（康拉德，p.519）如此，康拉德在小说中多次暗示，沉默的大自然有其自身的运转规律，以世界主宰自居的人类无法摆脱对自然规律的依赖，一旦违背或妄想超越这个规律，试图改变自然发展的方向，必将受到自然的惩罚。康拉德通过马洛之口在科技和社会上升发展时期的一百多年前就为今天的人类敲响了生态警钟,"死亡是我们共同命运的最后两个字",因为"对自然的任何破坏都伴随着对文化的破坏,所以任何生态灭绝……从某些角度看就是一种文化灭绝"。(康拉德,p.523)在人类中心主义思想引领下,人类对自然的控制和征服必将最终导致自身的灭亡。

《绿色大厦》中站在自然对立面的不再是文明的白人,而是野蛮的土著印第安人。他们以典型的征服与控制自然的实用主义态度对待森林,与森林之女里玛姑娘形成鲜明对比。森林里,树木高大葱茏,悦耳的鸟鸣与潺潺的溪涧交相呼应。里玛则是完完全全的大自然的化身和象征,与自然和谐相处,视大自然为朋友,她以自己部落的神秘语言与森林中的动物自由地对话和嬉戏,她痛恨猎杀动物的行为,仅以蜂蜜和果实为生,而自然界的动物也从不伤害她,她对自然和森林一直保持这种天然的永恒的依赖。通过描述她和森林之间的和谐统一关系,哈德逊不仅歌颂了大自然的美丽与神奇,而且表达了对大自然的热爱和成为大自然一部分的渴望。阿贝尔到达荒野时还抱有世俗的功利性目的,他曾计划把探险经历写成书进行出版,成为畅销书作家,也曾希望找到金子,成为大富翁。但当他进入森林,看着眼前的美丽景色,聆听着周围鸟儿的鸣叫时,他感觉自己进入了一个神圣的非世俗世界,纯净感包围了他:他觉得自己被净化了,天上的雨水把尘世的一切污迹都洗刷殆尽,他在这里得到了无限的安宁。这是他始料未及的,他决定留下来,远离城市的喧嚣,远离罪恶的尔虞我诈。但是,宁静的森林在印第安人眼中却仅仅是提供食物的场所,因为里玛阻止他们在森林里狩猎,他们憎恨、仇视、恐惧里玛,认为她是恶魔的女儿,并残忍地放火烧死了她。自此,原来的绿色大厦变成了狩猎场,动物被屠杀,森林被摧毁,大自然面目全非,生态遭到严重破坏。哈德逊通过阿贝尔之口,表达了对人类的这种盲目行为造成的恶果的痛苦之情,他意识到,人类就如这些印第安人一样,一直没有把自然当作朋友,而是不计后果地算计、掠夺和破坏它,他们也丝毫没有意识到,如果自然遭到破坏,人类赖以生存的立足之地又会在哪里呢?

《黑暗的心》中的欧洲人盲目信奉科学主义,相信科技的力量足以让人类做到人定胜天,这是典型的科学万能论;《绿色大厦》里的印第安人则尚未开化,代表的是人类文明发展的初期,他们只关心温饱,预示了人类唯发展主义观点的萌芽。欧洲白人和土著印第安人虽然是人类文明发展不同阶段的表现,却同样缺乏远见和生态意识,丝毫没有意识到人与自然之间休戚与共的关系,在人类与自然的关系中想当然地持二元对立论。在他们眼里,大自然只不过是便利与实用的代名词,大自然的存在只是为了服务于人类。二位小说家以不同的方式对人类的自我意识提出批评,表达对人类破坏自然环境、掠夺自然资源的愤怒,流露出对人类未来生态环境的担忧。他们发出警示,自然在人类面前并未失语,它有自己的话语系统,只是人类不善于倾听。它面对人类的侵扰,必然会以其特有的方式进行报复。这种对生态环境和人类命运的关注成为哈德逊与康拉德之间对话的重要基础。

康拉德和哈德逊的另一个共同点在于,他们在小说中都流露出强烈的宗主国意识和/或白人种族优越论。康拉德虽然对黑人土著受到白人殖民者剥削压迫的命运流露出强烈的同情,对白人践踏黑人领地、奴役黑人的行为异常愤慨,但总体来说,他对黑人形象的呈现和建构却难以摆脱妖魔化倾向。在他笔下,黑人被非人化,他们或是贪食同类肉体的食人族或是野蛮不化的部落居民:他们晚上点燃火把举行某种神秘仪式时,"一个黑色的身躯站起来,迈开两条黑长腿,甩着两只黑长胳膊,打熊熊的火光前走过。它头上有一双角——是羚羊的角。看起来像个魔鬼"(康拉德,p.578),正是这种魔鬼引诱着库尔兹临死前爬向黑暗的怀抱。马洛评论道:"这片土地似乎不是人间的土地。……他们嚎叫、跳跃、旋转,装出各种各样吓人的鬼脸;然而会使你不寒而栗、毛骨悚然的,恰恰是你认为他们像你一样是人,认为如此野蛮而狂热地吼叫的他们正是你的远缘亲属的想法。"

（康拉德，p.533）正是这些描写使得以阿奇比和萨义德为代表的评论家得出康拉德是不折不扣的种族主义者的结论。[①]

哈德逊对印第安人形象的塑造也未能摆脱白种人的"集体无意识"。根据萨义德的观点，在白人优等种族论的支配下，有色人种属低下种族，是未进化完全的野蛮人，因而白人笔下的有色人种常被非人化、妖魔化。[②] 哈德逊笔下的印第安人也不例外，他们外貌丑陋，愚昧、落后、迷信，有许多荒谬的陋习恶俗。例如，他们赤身裸体，为了证明自己的男子气，把火蚁装在袋子里捆在身上，任凭它们狠蜇自己；他们为了赢得他人尊重，就滔滔不绝、不喘气地谈话；他们为了显示自己的庄重严肃，常常像尊雕像般一连几小时一动不动；他们性情狂暴，嗜血成性，与其他部落不断争战。他们看起来愚笨不堪，实际上却狡诈多疑。他们不事耕作，一味猎杀动物；仅仅为了满足自己的原始食欲，不惜杀死精灵般的里玛姑娘。两部小说中的土著形象都不完全是事实的映照，而是被或多或少地扭曲了。这种对有色人种的贬低和排斥折射出这两位作家根深蒂固的白人至上观点，如萨义德所说，欧洲文化"对土著的表现仍然明显是具有意识形态的、有选择的，甚至是压迫性的"[③]。

和康拉德一样，哈德逊在小说中表达了对人与自然关系，以及人类行为可能导致的生态危机问题的关注，赞赏康拉德的社会责任感和严肃道德意识。哈德逊不仅在作品中倡导，而且在行动中践行保护自然、回归自然、人与自然和谐共存的观点，但是，他并不同意康拉德在《黑暗的心》中对自然的描绘，他在《黑暗的心》发表后不久即写

---

① Andrea White，"Joseph Conrad and Imperialism"，J. H. Stape. Ed. *The Cambridge Companion to Joseph Conrad*. Shanghai：Shanghai Foreign Language Education Press，2000，p.179.

② ［美］爱德华·W.萨义德著，王宇根译：《东方学》，生活·读书·新知三联书店2000年版，第140页。

③ 同上，第236页。

作和出版了《绿色大厦》。《黑暗的心》关注的主题较多,包括白人和
土著人的关系,无道德法律约束时人性的堕落等等;《绿色大厦》主题
较单一,集中于人与自然的关系。下文将简略比较分析哈德逊与康
拉德作品中的差异之处。

二

　　哈德逊与康拉德的不同之处主要体现在对森林和土著人形象的
呈现上。
　　首先,两部小说中森林的意象和象征意义迥然不同。原始森林
无疑是两部小说中大自然的集中体现,但却呈现出不同的景象,在叙
述者和读者心中激发起截然不同的反应。康拉德描绘非洲的原始森
林时多次使用"黑色""黑暗"等词汇,例如,"树,树,千千万万棵树,黑
压压,雾沉沉,高耸入云霄"(康拉德,p.532),令这片森林显得益发神
秘莫测,阴暗恐怖。另外,他把森林描绘成具有威胁性的存在,他这
样描述一支探险队深入密林深处时的情景:"富有耐心的荒野,这片
荒野在它的身后合拢了,仿佛大海把一个潜水者吞没了一样。"(康拉
德,p.529)这里的森林坚实、泰然,却暗藏杀机,具有吞没一切的魔
力。再如,马洛感觉到森林"以一种企图复仇似的面容注视着你"(康
拉德,p.530)。茂密的原始森林不仅寓意大自然的神秘力量,而且
通过作者的拟人化,森林似乎成为非洲这片土地的守护神,对侵扰其
存在和发展的欧洲殖民者怒目而视。这里的森林是无语的,但其存
在却极具权威和威胁性:"那堵树木构成的大墙……一动不动,好似
无声的生命在进行一次声势浩大的袭击;一股植物的巨浪滚滚涌来
……存心要压倒这条河流,把我们这些渺小的人全部从他渺小的存
在中清扫出去。"(康拉德,p.524)不仅如此,康拉德还延续了西方文
学传统中森林的另一个文学意象,即森林作为文明的阴影:黑森林如
同有魔鬼诱惑的伊甸园,令罪人迷失方向。这个传统可追溯到《神
曲》中在森林中迷失方向的但丁,历经 19 世纪初霍桑的演绎(《好人

布朗》等短篇小说都涉及此意象），一直延续至今。康拉德笔下的森林同样令人恐惧、迷惑，诱惑库尔兹之流归向黑暗，走入迷途。

《绿色大厦》中的原始雨林无论在色调、动植物形象还是象征意义方面都与《黑暗的心》中的森林构成鲜明的对比。它呈鲜亮的绿色，阳光充足，通风良好，没有《黑暗的心》中大蛇一般蜿蜒的河流，而是流淌着潺潺的小溪。康拉德除了提到河马与鳄鱼外，基本没有提及森林里还有其他动物，而哈德逊的森林充满生机，各种动物生活于其间。尤其值得一提的是哈德逊对鸟类的描写。他本人是鸟类学家，对各种鸟类的习性非常熟悉，对它们的描绘生动细腻，他对各类鸟鸣的描写堪称一绝。例如："有些鸣叫声对我来说如同公鸡的啼叫一样熟悉：鹦鹉的尖叫与巨嘴鸟的大叫声；远处马阿姆鸟和杜拉瓜拉鸟的哀鸣声；在树枝间蹦跳的巨大旋木雀发出的大象欢笑般的叫声；科廷格斯鸟急促的呼啸声；躲躲闪闪的画眉的奇特颤音，如同非洲小矮人敲打金属鼓的声音……有一种来自树梢的鸣叫声，一直不断地回荡在叶丛间，那是一种低沉的鸣叫，每隔几秒重复一次，那么微弱、忧伤，充满了神秘感……从附近一棵树的叶丛中传来丁零丁零的鸟叫声，宛如一把曼陀林琴手随意拨弄着两三根琴弦发出来的声音。"（哈德逊，pp.39—40）

字里行间流淌着哈德逊对大自然、对自然界生灵的无穷热爱，这样的森林当然不是阴森恐怖的。相反，它自然、清新、淳朴，带给人类的是轻松快乐和自由，激起人类对大自然的热爱与崇敬之情，唤起人类返璞归真、与大自然和谐相处的心愿。这样的森林不仅是人类的审美对象和动植物的乐园，能净化人的心灵，具有健康朴素的天性，更具有象征与教化意义。前文已述，阿贝尔在这里获得了不可言喻的愉悦感，萌发了远离城市的喧嚣，留在大自然的想法。这简直就是世人幻想中的生态乌托邦。生活在森林中的里玛是大自然不可分割的一部分，是自然的化身。她在森林里使用的是一种鸟鸣般的语言，清亮婉转。听着里玛的声音，阿贝尔便听到了"风的飒飒声、潺潺的流水声、花丛中蜜蜂的嗡嗡声、树梢上风琴鸟的歌唱声"（哈德逊，p. 92）。借用阿贝尔对她的描述，里玛就是一个自然界的女神，一个小精灵般的蜂鸟，一只翩然飞舞的蝴蝶。在大自然中，她自由自在，野性而神秘，但在家中却表现得判若两人。在象征着文明和习俗的房子内，她沉默拘谨，无精打采，失去了灵气和野性，难怪阿贝尔最初没能认出这个沉默的少女就是森林里那个光彩熠熠的自然之子。

康拉德和哈德逊的森林一黑一绿，一暗一明，一个侧重大自然的神秘魅惑力，旨在警告人们对待自然应采取审慎态度，不能肆意妄为；另一个则重表现大自然之美，意在激起读者向往大自然、保护自然世界的愿望。方法也许不同，出发点却相似，目的是引发世人思索：人类到底该如何同大自然和谐相处？森林考验着人性，也折射出人性。

两部小说对在荒野上生活的土著居民的态度也不尽相同。康拉德的态度似乎更复杂，更模棱两可，富含多种含义。一方面，如前文所述，他骨子里根深蒂固的白人种族优越感使他认同当时欧洲人的普遍观点：黑人是进化链上尚未完成的一环，是低劣种族，他们受到白人的统治是自然而合理的，而白人的神圣责任和负担是把光明和文明带给他们。另一方面，他似乎又非常推崇原始状态下的人，视非洲土著黑人为自然之子。看看他如何描绘劳动着的黑人吧："能够远远望见他们的眼白在闪亮……他们挥汗如雨……他们有骨骼，有筋肉，有野性的生气，有强烈的运动活力，这些都像那沿岸的波涛般自然而真实。他们出现在那里不需任何借口。"（康拉德，p.499）这里，黑人与丛林是一体的，同其中的动植物一样，是自然秩序有机整体的一部分，因而与自然和谐地融合在一起，作者对这一诗意的原始生态图景的赞许从另一个侧面体现了他对欧洲人盲目开发非洲大自然的批判。

《绿色大厦》中哈德逊对土著印第安人除了流露出同样居高临下的蔑视态度外，更主要的是把他们作为大自然的对立面加以处理。

生活在森林周边的南美印第安人尚处于人类文明发展的早期,愚钝无知,自然界在他们眼中是一个难解之谜;他们没有审美眼光,欣赏不了自然之美,更谈不上认识自然,保护自然。他们不可能把大自然看作朋友,只看到大自然的功用性和工具性,视大自然为自身发展的手段,对大自然只有实用主义的算计、盘剥与破坏。他们代表邪恶的人类行为,体现了典型的人类中心主义观点,是哈德逊、生态批评家或者任何有远见的正义之士批判的对象。他们粗暴地践踏森林,放火烧林,导致昔日的美丽森林和动物乐园变成一片焦土;他们自己也未能逃脱被报复的命运,整个部落被摧毁。这不禁令人想起达·芬奇对人类蹂躏自然的暴行的抨击:"人类真不愧为百兽之王,因为他的残暴超过一切野兽。我们是靠其他动物的死亡而生存的,我们真是万物的坟场。……总有一天,人们会像我一样,将屠杀动物看成与屠杀人类同样残暴。"①达·芬奇的预言在今天成了现实,具有生态意识的绿色战士们正在致力于保护自然界的动植物,倡导更健康环保的生活方式,这也应该成为每个人的目标,因为与自然为敌的人类和人类文明最终会走向衰亡。这就是《绿色大厦》中印第安人的命运带给我们的启示。

另外,需要特别提及两位小说家对土著女性形象的刻画,他们不约而同地选择女性作为森林的化身、大自然的代言人。他们的洞见与 20 世纪 80 年代以来兴起的生态女权主义观点不谋而合,生态女权主义的首要内容是"女性与自然的认同"②。如同自然在人类文明发展史中被视为没有发言权的"他者"和被征服统治的对象,女性是在父权统治下的人类社会中的"他者",是被压迫的二等公民。这种相似性是生态女权主义理论的基础。一百多年前的康拉德和哈德逊似乎本能地意识到女性与自然所遭受的压迫之间的联系,从而在小

---

① 王诺:《生态批评:发展与渊源》,《文艺研究》2002 年第 3 期,第 52 页。
② 赵一凡、张中载、李德恩:《西方文论关键词》,外语教学与研究出版社 2006 年版,第 477 页。

说中塑造了两个令人印象深刻的女性形象。

《黑暗的心》中的土著女人以库尔兹的情妇为代表,她全套武士装扮,佩戴着无数叮当作响的闪光首饰和装饰,"野蛮而又无比高贵,凶猛狂暴而又雍容华贵"。当载着库尔兹的汽船离开丛林时,她满脸悲哀地走过来,荒野凝视着她,"沉思地凝视着她,仿佛凝视它自身那晦涩而热烈的灵魂所显示出来的形象"(康拉德,p.571)。这里,她被视为丛林的化身,富有生气和神秘生活的象征,"突然她伸开裸露的两臂,把它们直挺挺地举过头顶,似乎她有一种不可遏制的欲望要去摸一摸青天似的,与此同时,迅速移动的阴影投向了大地,扫过了河面,把汽船也裹入阴暗的怀抱中。一种令人不寒而栗的寂静笼罩着眼前的这片景色"(康拉德,p.572)。她默默无语,但康拉德似乎通过她的举动暗示,她才是非洲的主人,她占有这里的全部,包括库尔兹本人及灵魂。难怪库尔兹最终未能活着离开森林,死后永远留在了令他灵魂出窍的黑森林。

《绿色大厦》中的里玛是当地某个土著部落的最后一个成员,但她的形象与上文的黑人女性完全相反,她不是森林的主人,而是其中密不可分的一部分。她的神奇语言、无所不知和如风似鸟的自由,都使她成为自然的化身和象征。就像自然有其独特的运行规律,不为人类所控制一样,里玛的意志也无法为任何人所左右,包括她的恋人,可以说,她就是自然法则本身。阿贝尔对她的爱情也蕴含了他对大自然的热爱,象征了哈德逊提倡的自然崇拜。里玛死后,阿贝尔满腔悲愤,对印第安人杀死这个自然精灵的行径恨之入骨,同时,他也意识到破坏森林的可怕后果,"这条自然法则……任何抗拒都是徒劳的"(哈德逊,p.197)。

虽然哈德逊的《绿色大厦》与康拉德的《黑暗的心》的森林意象、土著形象不尽相同,但是这些差别仅仅是呈现手法的不同。两人的对话之所以能够进行,是因为他们的基本观点有更多重合之处。这场生态对话是同中有异的对话,两位作家之间根本的相同之处是他们对人类与自然的关系及人类命运的严肃思考和远见卓识。康拉德一直都是具有严肃道德意识的作家,主张"艺术家应该像思想家及科学家一样寻求真理然后发出呼吁",并孜孜不倦地在自己的创作中践行这一主张,因而他被里维斯认为是英国文学传统的顶点。① 而哈德逊是鸟类学家,关注野生动物及其栖息地消失的现象,建立了英国的"鸟类保护协会"(后来的皇家鸟类保护协会),属于最早的环境保护主义者。

哈德逊与康拉德在一百多年前通过各自的小说进行了这场有关自然和生态的对话,但那时,生态和环境问题还未受到足够的重视,哈德逊的小说受到冷落,康拉德的小说虽备受青睐,但也是因为其他因素。时至今日,情况不能同日而语,由于人类的"近视"或盲目的唯发展主义观点,人与自然关系逐渐恶化,生态危机日益严重,探讨生态问题的生态批评相应受到前所未有的重视,发展势头如火如荼。生态批评家倡导从生态的角度审视古往今来的文学作品,努力建立生态诗学的相关理论,并积极投身环境保护运动。他们解决当今生态危机的方案就是生态整体主义,即人类只是自然界中众多物种之一,各种生命交织成一个相互联系的网,没有等级高下之分;人类的生存完全依赖于非人类的自然,如果自然受到破坏,生态平衡被打破,人类的生存也将受到威胁,因为人类没有自然无法生存,而自然没有人类却可以继续存在。哈德逊和康拉德在各自的作品中都或多或少表达了这样的远见和预警,表现了严肃作家对人类命运的应有关注。

(文中只标明页码的引文均来自哈德逊和康拉德的作品 *Green Mansion* 和 *Heart of Darkness*,详见参考文献)

---

① 侯维瑞:《现代英国小说史》,上海外语教育出版社 1985 年版,第 134 页。

维多利亚刺激小说与身份危机

刺激小说(sensation novel)是 19 世纪 60 年代在英国逐渐流行起来的。冠以这个名称,是因为这些小说为了刺激读者的感官,无所不用其极,其题材或令人震惊,或耸人听闻。学界通常认为,刺激小说由 18 世纪流行的哥特小说和 19 世纪三四十年代描写下层社会黑暗与犯罪的"新门"(Newgate)小说发展而来。最著名的刺激小说家当推维尔基·科林斯、亨利·伍德夫人与玛丽·伊丽莎白·布莱顿,代表作分别是《白衣女人》(1860)、《东林怨》(1861)和《奥德利夫人的秘密》(1862)。

三部小说出版后立即成为畅销书,《白衣女人》至今仍是出版商的宠儿;《奥德利夫人的秘密》可用"无人不知,无人不晓"来形容[①];而不太为中国人所了解的《东林怨》也毫不示弱。1863 年,《东林怨》在美国纽约被改编成话剧,在一个月内,曾有三个版本同时上演;在英国,它更是被多次改编,深受观众欢迎,以至于每当剧院缺少稳定的票房收入时,就会搬出这部戏来救急。

通常认为,这三部小说是刺激小说的鼻祖。它们的题材都包含性与犯罪,疯狂与暴力齐现,冒名与谋杀共存,情节围绕某个疑案或

---

① Mary Elizabeth Braddon. *Lady Audley's Secret*. Ware: Wordsworth Editions Ltd, 1997, p. v.

秘密展开,充满悬念和情节突转。并且,与之前的犯罪小说不同,它们把触角伸进了当时被认为神圣不可冒犯的领域——家庭。小说结局大同小异:疑案或秘密水落石出,恶人受到惩罚,家庭秩序得到恢复,正统得以重建。

上述共同点是显而易见的。此外,三部小说还有一个尚待挖掘的相通之处,即人物的身份问题。《奥德利夫人的秘密》中,罗伯特如何揭穿奥德利夫人的身份之谜构成了情节发展的驱动力;《白衣女人》中,恶棍弗郎哥和波西瓦尔的阴谋完全依赖于神秘的白衣女人安妮与劳拉的身份互换,中间还穿插了波西瓦尔这个假爵士的身份问题;《东林怨》中,私奔后遭到情人抛弃的伊莎贝尔夫人乔装打扮,又以家庭教师的身份返回东林。可以看出,在三部小说的情节发展中,某个人物身份之谜的揭开,成为明暗相间的创作主线。

当然,不仅以悬念和刺激为主旨的流行小说以身份秘密为发展线索,许多严肃的社会小说也常围绕身份的秘密展开情节,如狄更斯《荒凉山庄》中的戴得洛克夫人,《小杜丽》中的杜丽一家,艾略特《米德尔马契》中的银行家巴尔斯托德等,他们身份的转折或解密都构成小说情节的转折点和故事的兴趣点。

为什么维多利亚中后期的小说家对身份问题如此着迷?这其实是社会流动的客观现实在大众主观心理中的真实反映。下文简略探析出现这种现象的社会根源。

维多利亚时期(1837—1901),是英国历史上最欣欣向荣、最充满机会的时期,工业革命渐入佳境,海外扩张如火如荼,英国成为世界头号经济强国。但是,经济繁荣的背后,诸多社会问题相伴而生。比如,财富两极分化严重,日益富裕的中产阶级野心膨胀。这些催生了激烈的思想革命和政治改革,社会运动更是一波紧接一波。总之,在繁荣与财富的背后,欲望与邪恶并存,狄更斯借助《双城记》描述过:"这是最好的时代,这是最坏的时代……这是希望之春,这是失望之冬;人们面前有着各样事物,人们面前一无所有;人们正在直登天堂,人们正在直下地狱。"①

　　在这个充满机会又间杂问题的时代，人们的身份与地位呈现出流动性与不确定性，尤其是阶级归属变化带来的身份流动，更是让人目不暇接。随着工业革命的持续深入，以工厂主、商人为主的中产阶级的财富急剧增加。经济地位提高后，中产阶级开始追求贵族阶层的生活方式，进而追求更高的政治地位。1832 年的政治改革就是这种趋势的产物：中产阶级取得了基本的政治权利。此后，中产阶级日益成为社会的主流，他们大肆购买田产，与逐渐没落的贵族阶层联姻，以各种方式寻求贵族身份，在政治上争取更大的话语权。《白衣女人》《东林怨》和《奥德利夫人的秘密》（以下简称《秘密》）三部小说，都触及贵族阶层的没落与中产阶级的崛起。《白衣女人》里的恶棍波西瓦尔在国外发了财，回国后伪造身份证件，继承了贵族头衔，骗娶劳拉为妻；真正的贵族菲尔利先生不仅身体孱弱，不男不女，而且懦弱自私，缺乏主见，导致侄女劳拉被恶人陷害。《东林怨》中的韦恩伯爵生活奢靡，把家底挥霍一空，死后，他的女儿一无所有；卡莱尔先生是个成功的律师，他不仅买下伯爵的乡下庄园东林，娶伯爵女儿伊莎贝尔为妻，最后还当选为国会议员。《秘密》开篇就浓墨重彩地渲染奥德利庄园的破败与没落，强调庄园继承人罗伯特是个无所事事的懒散公子哥；家庭教师出身的露西一跃成为显赫的奥德利夫人。小说中人物的身份变化无疑是当时社会现实的客观反映。

　　三部小说对贵族阶层褒贬有异。《白衣女人》与《东林怨》对菲尔利先生和韦恩伯爵流露出明显的贬损，而《秘密》对奥德利勋爵则称颂有加。但是，三位小说家关于贵族命运的看法却相似，他们不约而同地流露出对贵族势力江河日下、整体日益堕落的无可奈何之感。与此对照，对于中产阶级的地位跃升，小说家们的态度惊人地一致。原因是：首先，中产阶级登上历史的舞台是社会发展的必然结果。19

---

① Charles Dickens. *A Tale of Two Cities*. New York: Bantam Books, 1989, p. 1.

世纪中叶,他们已经构成了社会的中坚力量。19世纪初的奥斯丁,在《爱玛》中就已经以讽刺的笔调揭示了贵族阶层不得不接受中产阶级地位上升的事实:商人出身的科尔先生不仅购置马车、钢琴,还着力攀附上层阶级,他给爱玛送去宴会邀请函。爱玛的反应是犹豫不决,多时之后,最终还是接受了邀请。可见,在接受中产阶级的宴会邀请时,上流社会还显得非常勉强。但是,到了19世纪60年代,贵族与工厂主、商人之间的交往,甚至联姻,已经不是什么新鲜事了。其次,维多利亚时期,中产阶级成为流行小说的主要读者群,出于市场的需要,小说家对中产阶级的称许和肯定也在情理之中。再次,三位小说家的出身均为社会中层家庭。

尽管刺激小说对中产阶级的价值观持肯定态度,但是,对社会下层苦心孤诣地想跻身中上层的行为却非常警惕和敌视。这在《秘密》中尤其明显。年轻貌美的露西曾经是家庭教师,属于下层阶级;她成为奥德利勋爵夫人后,热心助人,赢得了上上下下各色人等的称赞和喜爱。但是,这个犹如天使般的女人却是个犯了重婚罪、不惜杀人灭口的冒牌货,而且她还遗传了母亲的疯病基因。庄园继承人罗伯特通过不懈的调查和追踪,最终揭开了她的身份之谜,惩罚了这个僭越者,恢复了庄园秩序,在这个过程中,他也从吊儿郎当的少爷成长为尽职尽责的公民和家长。露西的命运暗示了小说家对阶级身份流动的暧昧态度:虽然中上阶层之间的流动已习以为常,但是,下层人最好还是安分守己,不要过于野心勃勃。

作者不鼓励下层人上升是一回事,但是,社会的实际状况显然是另一回事。小说中多次时隐时现地流露出下层人与上等人之间界线的模糊,这不仅反映了作者态度的游移,也揭示出社会流动的不可阻滞。《白衣女人》里,仆人的女儿安妮与爵士夫人劳拉由于长相接近而导致身份互换,安妮死后以劳拉的身份被埋葬,而劳拉则顶安妮之名被关入疯人院。《东林怨》里,伯爵的女儿最后以低卑的家庭教师身份离开人世。《秘密》里,作家几次提到奥德利夫人与女仆菲比有几分相像,夫人自己也说过:"菲比,我听好几个人说过咱俩长得有点像。"①这几句话看似不经意,却藏有深义,因为它似乎暗示:贵族并非天生而成,只需合适的衣裳和化妆,来自任何阶级的任何人都可能成为奥德利夫人。这不仅为后来奥德利夫人身份的揭穿埋下了伏笔,还模糊了各阶级之间原本清晰的界线,并且颠覆了阶级间的等级秩序。《秘密》中,还有一个长得像奥德利夫人的女人玛蒂尔德。当露西得知第一任丈夫回国时,为了避免自己身份暴露,同时让他相信自己已死,她找到奄奄一息的玛蒂尔德,并买通了她的母亲。玛蒂尔德病死之后,以海伦(露西以前的名字)的身份下葬、登讣告。玛蒂尔德被母亲卖掉了身份,露西则暂且保住了贵妇身份。

在刺激小说中,冒名顶替、假扮他人或丧失身份等问题频繁出现,因此,不能简单地把这些问题看作孤立的现象。它们反映的身份问题,已经不再局限于某个个体,而是同整个中产阶级有关。一方面,中产阶级为了提升自身的地位做出不懈的努力;另一方面,他们也受较低阶层的社会流动问题所困扰。流入本阶层的"暴发户"让他们感到恐慌和威胁,他们在有意识地努力压制较低阶层时,恰恰忘记了上层阶级曾投给他们自己的鄙夷和蔑视的目光。小说家对身份转换这个时代话题的关注,从侧面揭示了中产阶级的矛盾心理,从内心触及了以中产阶级为主的读者大众的隐忧,显示出相当深刻的洞察力。这几部小说均创作于 19 世纪 60 年代,当时,英国社会正酝酿着更深刻的政治改革。19 世纪四五十年代,英国工人阶级在欧洲大陆工人革命的感召下,曾掀起轰轰烈烈的宪章运动,却以失败告终。但是,他们的努力并没有白费,劳动阶级争取政治权利的声音依然准确无误地传达给了上层统治者。提高劳动阶级的政治地位,成为整个社会的热门话题,无论是在街头、酒馆等场所,还是在沙龙和议会等

---

① Mary Elizabeth Braddon. *Lady Audley's Secret*. Ware: Wordsworth Editions Ltd, 1997, p. 47.

场合,往往会导致人们的激烈辩论。最终,英国于 1867 年通过政治
改革法案,相当数量的劳动者从此拥有了选举权等政治权利,贵族的
势力被进一步削弱。中产阶级一心攀附贵族,难怪他们会对跻身自
己中间的劳动阶级持敌视态度,对贵族的没落流露出"无可奈何花落
去"的哀伤。

值得注意的是,三部小说均把与身份相关的罪恶引进体面的中
上阶层家庭。众所周知,英国人一向致力于保护家庭的神圣性,在维
多利亚时代,人们尤为重视家庭。当时的社会竞争压力巨大,男性在
外面拼杀得你死我活,他们把家庭当成竞争旋涡之外的宁静港湾,把
家庭看作龌龊金钱世界之外的一片净土。重视家庭是社会变革导致
秩序混乱和道德沦落的必然产物。这几部刺激小说对家庭的稳定性
与安全感都提出了一定程度的挑战。《秘密》中,老爵士把地位低下
的家庭教师露西娶进家门,导致后来露西为保持身份地位而不惜杀
人放火;《白衣女人》中,波西瓦尔不仅靠篡改出生证明来获得贵族身
份,更为了霸占妻子的财产,将她以疯女人安妮的身份关入疯人院。
《东林怨》中,卡莱尔先生的家庭历经多次变故:妻子伊莎贝尔贵为伯
爵女儿,却因私奔而遭人唾弃,最后沦为家庭教师。这三部小说中的
家庭变故都与身份变动有关。人们的社会身份不再如以前那么稳
固,其日益增强的流动性成为不可忽视的社会现象。三部小说的流
行,恰恰也印证了广大读者对这类主题和题材的认可。小说触及的
身份变动,其实表达了当时许多英国人的忧虑:社会变革的影响已经
入侵英国家庭的圣殿,传统等级秩序的稳固性遭到最大程度的挑战,
家庭的神圣性受到侵犯,难以复原。

除了阶级流动带来的身份混乱外,城市化过程更是进一步威胁
到身份的稳定性。在传统的农业社会里,各个社会阶层分野清晰,居
住地相对固定,居民彼此熟悉,形成温馨的社区。随着工业革命的推
进,城市化的速度加快,资本、工厂、人口向城市迅速集中,曼彻斯特、
伯明翰、利物浦等一大批新型工业城市崛起。在城市里,有限的空间

里聚集了数以百万计的人口，而且人员流动性加大，传统的睦邻文化几乎消失，人与人之间的距离感增强。人们的身体距离可谓无限接近，但同时，人们的精神距离却愈加遥远。人潮拥挤而又彼此陌生，这种环境给人们身份的确认造成困难，给可能的身份转换提供了机会。英国学者迈克·克朗在其影响深远的《文化地理学》中曾指出："在乡村，人们熟悉彼此的工作、经历和性格，世界也相对来说成了一个可预知的世界，而陌生人为这样的生活秩序带来了问题，人们对他们一无所知，也无从评判他们的行为。在现代城市里，人们彼此的陌生化现象说明了城市生活已不再受社区支配，城市因此变成了一个陌生人的世界。"①

在《秘密》中，海伦厌倦了捉襟见肘的生活，决心离家出走，追求衣食无忧的生活。她本能地选择了城市。人海茫茫，无人知道她的姓名，无人了解她的底细。她可以放心地更名改姓，从而抛弃过去的身份。随着露西的诞生，海伦消失了，她的过去湮没在涌动的人群中。从伦敦来到奥德利庄园，她仅凭自己的叙述和一纸推介信，就被人们接受，只是因为她曾短暂任职的学校隐藏在伦敦的偏僻小巷，人们无暇也无法去确认。在《东林怨》中，伊莎贝尔在摩肩接踵的城市人群里抛弃过去的身份，乔装打扮之后回到孩子身边。还是在这部小说中，被误判谋杀罪的年轻人理查德出逃后，也是来到城市隐匿。为了谋生，他选择做一个默默无闻的马夫。当他潜回乡下看望母亲时，尽管费尽心机乔装打扮，仍差点被同村人识破身份。在《白衣女人》中，波西瓦尔的贵族身份受到安妮的威胁，他选择把安妮关进昂贵的私人疯人院，而非城市中廉价的公立疯人院，就是为了防止她逃走后隐入茫茫人海，难以寻觅。在偌大的城市里，改变身份或隐藏身份变得相对容易，追寻一个人又非常困难，这为潜在的罪犯提供了可

---

① ［英］迈克·克朗著，杨淑华、宋慧敏译：《文化地理学》，南京大学出版社 2003 年版，第 68 页。

乘之机,这种现象让当时的人们深感不安。

19世纪60年代流行的刺激小说都以一波三折的情节取胜,涉及许多严肃文学不敢问津的题材。在小说中,家庭的圣洁遭到玷污,社会的秩序受到扰乱,但是,小说的结局基本属于"善有善报,恶有恶报"型,诗性的人间正义(poetic justice)得以伸张,正统的社会秩序得以恢复。这是由小说的通俗文学性质所决定的。作为一种大众流行小说,刺激小说的本质和其他类型的通俗文学一样,致力于肯定与确认主流的意识形态和价值观。文化批评家阿多诺和霍克海姆曾批判流行文学的欺骗和误导作用,谴责它操控社会大众的观念,使读者被动接受主流社会价值观,尤其是统治阶级和资本主义的价值观。[1] 但是,毋庸置疑,在日益关注大众文化的今天,重读这些19世纪曾经人尽皆知的流行小说,有着不可忽视的积极意义。上文所分析的几部小说就是例证,它们均涉及隐藏或改变身份的主题,触及阶级流动导致的身份变化,又揭示出城市化过程为身份变化提供了环境条件,这些都是工业化导致社会变革的副产品。三位小说家视角独特,敏锐地洞察了当时社会的深刻变革,就他们捕捉到的身份问题而言,是当时社会的一个明显印记,再现了当时英国公众对社会流动的忧虑和困惑,为研究19世纪的英国社会保存下了生动的素材。

---

① Theodor Adorno and Max Horkheimer. "The Culture Industry: Enlightenment as Mass Deception", *Dialectic of Enlightenment*. Edmund Jephcott. Trans. Stanford: Stanford University Press, 2002, p.156.

《好兵：一个激情的故事》与英国乡村庄园文学传统

　　《好兵：一个激情的故事》(1913)是英国现代主义开山大师福特·麦道克斯·福特的杰作，曾被兰登书屋的《当代文库》(1998)评为20世纪最受欢迎的100部英文小说之一。但是，在出版后的半个多世纪内，它并没有获得评论界应有的重视，仅有为数不多的评论家肯定了福特进行的现代主义叙事方式的实验和探索。从20世纪60年代开始，这部小说开始更多地进入论者的视线，如约翰·罗德克称许它是"用英语写作的最好的法式小说"[1]；肯尼思·杨格赞扬它传神地描绘了"一个阶级没落的微妙图景"[2]。它在英国文学史上的地位渐趋稳固。尽管国内对这部小说的研究近年来有所升温，但是评论焦点基本集中于小说的现代主义叙事策略、印象主义手法等，对技巧的兴趣远胜于对主题或人物的分析。下面的评价颇具代表性："故事的悲怆只是欺人的外表，风格和语言上的机智诙谐才是它的精髓。"[3]福特本人的说法也被引用来验证这

---

① John Rochetti. *The Columbia History of the British Novel*. Beijing：Foreign Language Teaching and Research Press，2005，p. 834.

② Richard Gill. *Happy Rural Seat：The English Country House and the Literary Imagination*. New Haven and London：Yale University Press，1972，p. 127.

③ ［英］福特·麦多克斯·福特著，张蓉燕译：《好兵：一个激情的故事》，春风文艺出版社1999年版，"译序"第7页。

种观点："这是我最满意的小说,因为我把自己所知道的技巧全都融到了里面。"①也许正因为如此,评论家多忽视对小说主题、题材等方面的探索。实际上,福特非常关注作品的道德、社会与历史意义,希望"成为自己时代引以为豪的撰史人"②。下面,笔者将陪伴读者回到《好兵:一个激情的故事》所反映的特定历史时期,挖掘小说中常被忽视的乡村庄园背景,将小说放置到英国乡村庄园文学传统的大背景下,考察社会变革对贵族阶层的冲击,以及乡村庄园之文化内涵的改变。③

《好兵:一个激情的故事》由道尔的第一人称有限视角叙述,情节非常简单:美国人道尔夫妇与英国贵族爱德华·阿什伯纳姆夫妇在德国疗养地认识,由于同属有钱的体面阶层,他们一见如故,相处融洽,一起消遣玩乐,如此交往了十几年。道尔太太弗洛伦斯与爱德华相继死去后,道尔突然被爱德华的妻子莉奥诺拉告知:在过去九年里,弗洛伦斯与爱德华一直保持着情人关系。尽管只有小部分情节发生在爱德华的布兰肖庄园,庄园却在四个人物的生活中扮演着非同寻常的角色。作为庄园的主人,爱德华对它的留恋与热爱不言而喻。他体恤佃农,试图改革,但他由于婚外私情而遭受勒索,不得不赔付大量的钱财善后,于是,妻子莉奥诺拉夺走了庄园的控制权。莉奥诺拉苦心孤诣,顽强地支撑着偌大的家园。她对丈夫的背叛委曲求全,只为保持庄园女主人的身份。弗洛伦斯之所以与爱德华偷情,

---

① Ford Madox Ford. *The Good Soldier*. New York: Dover Publications, Inc., 2001, p. vii.

② Richard Gill. *Happy Rural Seat: The English Country House and the Literary Imagination*. New Haven and London: Yale University Press, 1972, p. 97.

③ 国外有一些研究英国乡村庄园文学传统的专著,如 *Happy Rural Seat: The English Country House and the Literary Imagination*(Richard Gill, 1972) 和 *The Great Good Place: The Country House and the English Literature*(Malcolm Kelsall, 1993)。两部作品都提及《好兵:一个激情的故事》,但对这部小说的论述不是重点,寥寥几笔一带而过。

也是幻想有一天能够成为庄园的女主人,荣耀地回到其祖先曾生活过的地方。具有讽刺意味的是,小说结尾处,弗洛伦斯发现爱德华移情别恋其养女,遂服药自杀,爱德华也因为新恋情无果而吞枪自杀,莉奥诺拉再婚后放弃庄园。庄园易主,对庄园事务一无所知、兴趣全无的道尔却成为新的庄园主。

为什么布兰肖庄园会令主人公们如此魂牵梦萦?这不仅与英国贵族庄园的历史地位相关,更与它的象征内涵与文化意蕴密不可分。此处不得不提及目前大热的空间研究。自从列斐伏尔和福柯等学者将空间从地理学研究中独立出来,给空间以"社会定位"后,克朗等学者开始转向空间的文化研究。在《文化地理学》中,克朗着重阐述了空间的文化定位,他认为:地理景观其实是具有价值观念和文化意义的象征系统,家庭住宅、宫廷建筑、田园景观等被人为地赋予了象征意义。这一点在英国文化传统中尤其明显。在英国人心目中,乡村庄园不仅仅意味着乡间的一栋大房子,它更是一个社会、经济和文化的存在,与周围的土地紧密相连,影响着庄园主人与其领地内所有人的生活。随着历代文人对它的不断描摹或歌颂,乡村庄园具有了更加强烈的文化象征意义,几乎成为英国的一个文化符号,激发着人们的钦佩、羡慕、敬畏或怀旧之情。美国学者文森特·西恩说:"乡间的一栋房子几乎可以象征英国对我的所有吸引力,想象的、浪漫的吸引力。……我逐渐了解了它,感受到它活生生的力量,体验到它激发的情感:可见的历史感。也许出生于此的人会有一种压迫感……但对于一个陌生人、外来人或野蛮人,它堪称罕见的奇迹,一次想象中的时间之旅。如果不了解这栋房子,我就不敢妄称了解英国。"[①]在这位学者眼里,乡村庄园甚至被与某种微妙的英国性画上了等号,可见,乡村庄园已经被赋予了隐喻性的关联。

---

① Richard Gill. *Happy Rural Seat*: *The English Country House and the Literary Imagination*. New Haven and London: Yale University Press, 1972, p. 6.

这里需要追溯一下乡村庄园的发展史。乡村庄园是指中世纪到19 世纪末期之间英国贵族阶层的乡间府邸,矗立于大片的莽苍原野之中,通常世代相传。这些宅邸的名称并不相同(mansion,park,manor,place,castle),但是,无论规模大小,豪华程度如何,一般统称"乡村庄园"(country house)。18 世纪之前,贵族府邸以城堡为主,建有瞭望塔和塔楼,重实用性与安全性,轻装饰性与舒适性。1688 年光荣革命后,英国建立起以议会为基础的土地贵族集团统治,贵族主导的议会成为英国实际上的统治者。当贵族试图塑造精英统治者形象的时候,乡村宅邸成为极好的宣传符号。18 世纪成为建造、改造、修缮乡村庄园的繁荣时期,仅在上半世纪,英格兰就兴建了 150 座风格各异的贵族宅邸。① 由于社会相对稳定,财富日益充裕,这些新式的贵族府邸不再以安全为主要目的,而是集舒适与审美于一体,无论建筑风格还是内部装饰,都极尽奢华之能事,以彰显主人的雄厚财力与高雅品位。乡村庄园是贵族生活的中心,他们只在议会开会或寒冷冬季才去伦敦小住。对土地的热爱,几乎成为英国贵族区别于其他欧洲国家贵族的显著特征。② 在工业化前的英国,庄园经济是国家经济的基础,贵族地主拥有广阔的土地,他们把土地分租给佃农耕种,通过管家(steward,bailiff)进行管理。由于庄园主通常担任地方行政长官(sheriff,justice of peace),庄园也成为当地政治生活的中心。并且,由于只有贵族才能享受良好的教育,许多贵族因藏书丰富而自豪,以世代书香为骄傲,所以,庄园也是文化的堡垒。在乡村庄园里,贵族享受着佃农劳动创造的奢华生活,大宴宾客,组织打猎,举办音乐会、舞会,进行射箭比赛、桌球等体育活动。可见,在 19 世纪末期之前,乡村庄园是当地名副其实的经济、政治与文化

---

① 赵文媛:《十八世纪英国的贵族宅邸与贵族统治》,《理论界》2010 年第 3 期,第 118 页。

② *Happy Rural Seat*:*The English Country House and the Literary Imagination*. New Haven and London:Yale University Press,1972,p. 4.

生活中心。当然,乡村庄园在人们想象中的地位,还与历代文学家对它的理想化描摹密不可分。

英国文学中的乡村庄园意象

乡村庄园文学的定义有狭义与广义之分。概括地说,凡是以乡村庄园为背景的文学作品,都可称为乡村庄园文学。本文采用较严格的定义:只有当乡村庄园在作品中发挥不可替代的作用,明显承载某种象征意义,或成为某个文化符号时,才构成乡村庄园文学。英国拥有悠久的乡村庄园文学传统,16 世纪就出现了一种乡村庄园诗歌,通过描写某个贵族庄园来赞颂其主人,多数诗人的目的不外乎是博得某个恩主的欢心与垂青,为自己谋得眷顾。这种诗歌在 17 世纪尤其流行,代表诗人包括本・琼森、安德鲁・马维尔、罗伯特・赫里克、迈克尔・德雷顿等。

下文以琼森的《致盘赫斯特》(1616)为例,分析其乡村庄园意象。这首诗为盘赫斯特庄园而作,庄园主罗伯特・西德尼是十四行诗之父菲利普・西德尼爵士的弟弟。诗人铺叙了庄园里如诗如画的美景,尽情渲染了庄园物产之丰富。诗人特别突出了庄园不事张扬的朴素外表,强调它与周边乡村美景的协调。通过与其他奢靡的庄园进行对比,诗人间接称颂主人的谦虚品质。诗人还浓墨重彩地描摹了庄园中一次盛大的丰收欢宴。在英国乡村,这种宴会由来已久,由庄园主组织承办,邀请全体佃户参加,以示好客与热情。诗中的丰收宴会上,美食充裕,美酒流淌,宾主尽欢,更重要的是,不同等级的宾客欢聚一堂,以平等的客人身份,分享主人的盛情,其乐融融。诗人对这种好客之道赞誉有加,认为这才是仁民爱物的庄园主。无疑,这也寄托了诗人本人的理想,间接起到了缓和阶级矛盾、粉饰太平的宣教作用。庄园主把好客和热情延伸到所有阶层,这种贵族形象深入人心,逐渐成为贵族地主的典范。照顾自己土地上生活的农民,也因此成为贵族阶层津津乐道的"高贵责任"(*noblesse oblige* or noble obligation)。

诗歌还呈现了庄园生活的安宁与悠闲,几句来自田园牧歌传统的典故,更是将庄园与古罗马诗人贺拉斯、维吉尔笔下的田园联系起来,引发读者思古之幽情,暗示乡村与城市的对比,突出乡村的宁静与健康,强调大自然令人沉静、给人安抚、为人疗伤的神奇功能。庄园远离城市的喧嚣与烦恼,人们惬意地生活在一起。诗人构建了一个乌托邦般的完美世界,这个世界的中心无疑就是坐拥一切、掌控一切的庄园主。他督促躬耕,巡查地产,接见佃农。他勤勉仁慈,广受拥戴。他与庄园是一体的,可谓"庄园"如其人,庄园的风格与装饰反映了贵族世家的文化底蕴;庄园的秩序与丰产反映了主人一以贯之的体恤民情、管理有道。

《致盘赫斯特》是17世纪乡村庄园诗歌的典型,类似的广为传颂的诗歌还有琼森的《致罗伯特·罗斯爵士》(1616),赫立克的《致刘易斯·彭勃顿爵士的颂文》(1648),马维尔的《致爱普顿》(1681)等,不一而足。虽然诗歌的侧重点不尽相同,目的却比较统一:在赞美庄园的美丽丰产之表象下,实则借物托志,以景喻人,歌颂主人的内在德行及丰硕业绩。诗中的乡村庄园已经超越了一个物质的存在,更传递着富有深意的文化信息,成为正统、和谐与秩序的缩影。整个庄园犹如温馨的乡村社区,散发着古朴的价值观;庄园主与农夫之间因土地而紧密相连,每个人都有强烈的归属感,责任分明,各得其所。难怪吉尔教授在《幸福的乡村庄园》中,称这种庄园模式是有和谐秩序、有文化内涵的文明社团。这种乡村庄园意象频繁出现,诗歌模式也逐渐固化,构成英国文学中的重要母题。

自18世纪到19世纪前期,英国文学的乡村庄园母题依然清晰可辨。比如,亚历山大·蒲柏的诗《写给伯林顿的信》(1731),对柏林顿庄园的品位与不事虚华大加赞赏,在庄园的外在特征与主人的内在品质之间形成呼应,延续了琼森等开创的乡村庄园诗歌传统。奥斯丁的小说也继承了上述的乡村庄园意象。《傲慢与偏见》中,达西家族的彭勃里庄园是一个兼具自然美与高尚品位的优美之地,伊丽莎白在参观这座贵族庄园后才爱上了达西,庄园成为主人内在德行的具化。《爱玛》中,奈特利家族的庄园被描绘成其主人优雅品位与高尚德行的象征:"它就应该是这样,它看起来就是这样。爱玛对它的崇敬日增,因为它是真正的血统纯正、明智达理的绅士世家的住所。"①奈特利堪称完美的庄园主人,他承袭了琼森笔下庄园主的责任感、好客与慈善等优美德行。《曼斯菲尔德庄园》则直接以乡村庄园命名。主人外出,庄园事务陷入混乱,城市来的克罗福德兄妹带来了奢华与虚荣之风,败坏了庄园的道德风尚。只有当主人回归后,庄园的秩序才得以恢复,这里的象征意味非常明显,庄园成为正统秩序与传统道德的符号。

在传统的政治、经济和社会生活中,乡村庄园具有不可替代的作用,加之历代文学家出于艳羡或怀旧的美化,使得在英国人心目中,乡村庄园不仅是体面生活的缩影,更是一个文化符号,体现了人与土地、人与社会、人与人的和谐关系,象征了坚实、朴素、典雅的传统道德观,象征了"充满人性的秩序与永久的价值观"②。

19世纪中后期,乡村庄园意象发生了微妙的变化。这种变化的深层原因是贵族阶层的衰落。英国贵族遭遇了来自外部与内部的双重威胁。庄园经济面临工业革命的巨大冲击,农业人口向城镇转移,贵族对农民的控制与管理减弱,几近分崩离析。当经济能力衰退时,贵族对乡里的捐助、对邻里的庇护显得软弱无力。传统的乡村社区逐渐解体,社会对贵族的抨击变得猛烈,贵族的社会示范力日衰。同时,工商业的发展造就了新贵阶层,他们购买田产,建造豪宅,成为新乡绅,并逐渐进入政界,挑战贵族的政治优势。此外,许多世袭贵族受到城市日趋丰富的休闲娱乐活动的吸引,更愿意居住在城里,庄园

---

① Jane Austen. *Emma*. London: Penguin Language Press, 1966, p. 315.

② Richard Gill. *Happy Rural Seat: The English Country House and the Literary Imagination*. New Haven and London: Yale University Press, 1972, p. 7.

委托给管家打理,贵族当起了外住地主(absentee landlord),不再与乡民同乐。他们远离祖先的产业,与土地的认同感、与乡邻的亲近感渐行渐远。19 世纪末期,英国庄园受经济危机冲击,进一步陷入困境,难以为继;贵族阶层与佃农关系紧张,冲突不断。这些都导致贵族阶层的处境江河日下,其前途黯淡。艾略特在《丹尼尔·德隆达》中塑造的贵族格兰科特的形象带有一定的典型性。他举手投足依然高贵优雅,但是,他冷酷无情,以折磨手下人为乐。他长期侨居国外,寻欢作乐,坐吃山空,甚至被迫出卖祖产。这样的贵族徒有贵族之称号,已经不尽贵族之职责。

由于维护庞大的乡村庄园需要雄厚的财力,到第一次世界大战前夕,贵族地主的乡村庄园普遍面临严重的财政危机,《好兵:一个激情的故事》中的布兰肖庄园即是其中之一。与有人变卖祖产的做法不同,爱德华欲力挽衰退之势,但是,他忘记了,此庄园早已不是彼庄园,他本人也不再是琼森等笔下事必躬亲的道德楷模。19 世纪末 20 世纪初,乡村庄园存在的社会背景已然发生天翻地覆的变化,这个空间的文化内涵也相应发生了嬗变。

《好兵:一个激情的故事》中乡村庄园意象的变迁

《好兵:一个激情的故事》创作于充满社会变革与政治动荡的爱德华时代,在个人主义、物质主义的夹击之下,旧秩序、旧文化、旧价值观逐渐解体,一切都处于混乱与不确定之中。维吉尼亚·吴尔夫对这个时代有一句著名的评论:"在 1910 年 12 月左右,所有的人类关系彻底改变了。"①《好兵:一个激情的故事》传神地记录了这个混乱的年代,揭露了隐藏在贵族绅士阶层平静文雅表象之下的恐怖与道德败坏,通过几位主人公对待布兰肖庄园的态度折射出时代的变迁。

---

① Virginia Woolf. "Mr Bennett and Mrs Brown", *A Woman's Essays*. Rachel Bowlby. Ed. London: Penguin Group, 1992, p. 70.

在道尔眼里,布兰肖庄园的主人爱德华堪称人之楷模。他出身望族,举止高贵,英俊潇洒,勇武浪漫,乐善好施,热衷打猎、马球等贵族运动。他在军中爱兵如子,在庄园体恤佃农,既是本地的好法官,又是优秀的地主。上文已述,乡村庄园诗人已勾勒出了贵族地主的理想范式,其核心就是一系列行为准则和世代传承的责任与义务,包括秩序、道德、勤俭、节制、互助等要素。爱德华无疑非常了解自己需要承担的"甜蜜负担",无论是对土地,还是对佃农,他都必须尽一个地主的责任。所以,他致力于提高土地的生产力,关心农民的福利,与农民热情攀谈,参与地方政治集会,他"总是免征佃户的田租,救赎那些被送到法庭的酒鬼"(p.59)。可见,他继承了乡村庄园诗歌所歌颂的慷慨与好客。

爱德华抱着骑士般的梦想,试图重振祖先领地的辉煌,但是,他的时代已不再是18世纪贵族的黄金时代,他的慷慨大方并不合时宜。他过分迷信作为庄园主的责任,在一个经济萧条的时代,依然大幅削减佃农的田租。他本意善良,但显然不够理性,更不具备生意头脑。他盲目慷慨的做法与庄园的糟糕状况形成鲜明反差,遭到妻子的强烈反对。莉奥诺拉出身爱尔兰破落地主家庭,从小饱尝生活窘迫的滋味,因此,她勤俭克己,决心不遗余力地捍卫与同贵妇身份相称的经济地位。她是天主教徒,情感内敛,冷静精明,夫妻二人在性情、庄园管理和宗教方面矛盾日深。

爱德华的浪漫本性在理性的妻子身上找不到回应,便开始耽溺于婚外情。他疯狂地爱过一个交际花,一夜风流后,便认定"供养她是他的责任",而那个女人却冷静地与他讨价还价,"他不得不花了两万英镑"。爱德华过时的绅士概念与盲目的举动让家庭濒于破产,在莉奥诺拉的律师威胁下,他不情愿地将财产控制权移交妻子。莉奥诺拉将布兰肖庄园出租后,爱德华倍感耻辱,夫妻关系进一步恶化。在表面的温情脉脉下,爱德华与莉奥诺拉之间充满仇恨,多年冷战。爱德华的寻花问柳一发不可收拾。他爱上同僚的妻子,在恋爱中,他不停地倾诉庄园的事务,渴望得到同情和赞美,而他的情人却在情意绵绵中"把每块地都记在心里"(p. 169),于是,爱德华遭到同僚的敲诈。爱德华把对下层人的责任看得过于简单,他误以为亲吻火车上偶遇的女孩可以给她以安慰,于是麻烦又一次找上门来,他不得不在法庭上为自己的不当行为付出高昂的罚金。

爱德华的悲剧在于,他意识到作为贵族庄园主的责任,但是,他却不知如何履行这些责任。他的行动偏离了传统乡村庄园主的行为准则,扭曲了这些神圣的责任,因此,他重振庄园的种种努力只不过是对这些责任的外在形式的拙劣模仿,苍白而暗淡。他本人似乎也意识到自己幻想的虚妄,因此,只有在"没有男人在场使他羞怯"时,他才会在女人面前"喋喋不休"地畅谈理想。(p. 28)若延续上文关于"庄园"如其人的逻辑,布兰肖庄园的衰败其实象征了英国贵族文化传统之经济与道德根基的飘摇。贵族力量的衰落、自身道德的沦丧,注定庄园命运无力回天。

对爱德华的多次出轨,莉奥诺拉由旁观、忍耐,到争夺,直至最后绝望。为了保全庄园和家族的体面,她忍辱负重,甚至亲自为爱德华物色女人。传统乡村庄园诗歌常将女主人的德行与农业的丰产和领地的完整联系在一起,琼森笔下的女主人"高贵、多产、贞洁"。莉奥诺拉显然不能融入这一传统:虽然她贞洁高贵,却不能为庄园带来子嗣;虽然她为庄园事务殚精竭虑,却纯粹出于维持自身地位的虚荣——拥有"布兰肖高贵的阿什纳姆夫人"的头衔,她对庄园和土地没有内在的认同感。在发现爱德华爱上养女南希后,莉奥诺拉忍无可忍,她把爱德华的种种劣迹告诉南希。于是悲剧发生,南希发疯,爱德华自杀,莉奥诺拉放弃了苦苦支撑的庄园,嫁作他人妇。

弗洛伦斯对英式庄园梦寐以求,她费尽心机勾引爱德华,投爱德华所好,常常与他谈论诸如骑士、贵族、庄园等话题。当二人发展成情人关系之后,弗洛伦斯开始幻想有一天能取代莉奥诺拉,成为庄园的女主人。在她心目中,乡村庄园是高贵身份和显赫地位的象征,她对庄园的渴望仅仅是为了成为"一个君临布兰肖的贵妇",以满足自己的虚荣心,而对庄园女主人身份所伴随的责任则一无所知。她的自私与冷酷,以及为了实现野心所采取的通奸手段,极大地削弱了传统乡村庄园意象里女主人与正统秩序、美好德行和生活富足的联系。

　　无论是真正热爱庄园的爱德华,还是热衷于庄园女主人称号的女主人公们,他们都未能最后拥有庄园,反而是道尔集光荣与梦想于一身,成了庄园主。很显然,道尔扮演不了传统庄园主的角色。他这样描述自己的庄园生活:"我不太喜欢社交,我就是那个古怪的家伙,买下这个古老安宁之地的美国百万富翁。我整日坐在这里,坐在爱德华的储枪室里,房子静悄悄的。没人拜访我,因为我从不拜访别人。没人对我感兴趣,因为我自己没有兴趣。20分钟后我要去村子里,去取美国来信。……我的佃户,村里的男孩们,做买卖的人,他们会对我脱帽致意。就这样,生活渐渐平淡下来。"(p.254)

　　这段对道尔庄园生活的描述,看似轻描淡写,实则意味深长,福特巧妙地融入了对比,令人不由自主地联想起传统的乡村庄园意象。道尔定居在布兰肖庄园,却与乡邻老死不相往来,本应展示主人好客与慷慨的古老庄园,沦为与世隔绝之所、孤寂之地。佃农与邻居向他打招呼,他毫不理会;取美国来信这一举动,更突出了他与周边乡村生活的疏离。当年的爱德华对乡村庄园诗歌赞誉有加,也非常看重友邻关系与道德义务,道尔似乎对此一无所知、无动于衷。他整日守在爱德华贮藏枪支的房间,却不参与乡间传统的打猎活动。道尔把发疯的南希接回庄园,但是,她只会重复一个字,根本无法行使女主人的职责。当二人面对面就餐时,落寞的晚餐相对于传统的丰收欢宴,不仅形成强烈的反差,更构成讽刺性的戏仿。"这样,生活渐渐平淡下来。"道尔的退隐,与乡村庄园诗中常见的"退隐乡间"母题,名义相同而实质迥异:他不会享受乡间美景与村野乐趣,更不会与乡民同乐。布兰肖庄园依然矗立在风景如画的乡间,但是,过去的乌托邦乐园一去不复返,代之以与世隔绝的城堡,伴着难以言说的沉重与孤独,在凄风苦雨中追忆过去。

结　语

　　上文借鉴空间批判的观点,从英国文学中屡见不鲜的乡村庄园意象入手,分析福特在《好兵:一个激情的故事》中对乡村庄园意象的继承与改写。由此可以洞察福特对这一具有强烈英国性的文化符号的怀旧与反思,以及对世纪之交社会秩序动荡和传统文化转型的深度理解。从乡村庄园意象背后的文化内涵的变化探索英国文化的出路,福特并不是唯一的一位。同时代小说家 E. M. 福斯特也纠结于类似的主题,在《霍华德庄园》中,他得出著名的"连接"结论:唯有连接过去与现在,才能更好地理解过去,把握当下。在当今的变革时代,如何对待历史遗产依然是一个见仁见智的热点难题。研究《好兵:一个激情的故事》中的乡村庄园意象之变,对当下的中国文化继承问题具有一定的借鉴意义。

　　(文中只标明页码的引文均来自福特的小说 *The Good Soldier*,详见参考文献)

现代寓言《弗兰肯斯坦》

　　《弗兰肯斯坦》是英国 19 世纪女作家玛丽·雪莱（1791—1851）最为世人熟知的作品，自 1816 年面世以来，已经被翻译成 100 多种语言。近年来，这部小说更是成为英美文化中的一个热点，而根据它改编的舞台剧和电影多达几十个版本。其中的怪物形象在西方家喻户晓。美国心理学家普林斯顿大学高特博士前几年进行过一项大规模的研究，收集了大量的数据，根据接受状况来确定世界文学和传说中最重要的一百名虚构人物。根据她的统计结果，第一名是哈姆雷特，贾宝玉名列第八，弗兰肯斯坦排名第三十三。[①] 这部世界名著最初产生于一次文学游戏。作者玛丽同丈夫雪莱、拜伦等人在日内瓦郊外经常聚会。一次，大家提议每人写一篇恐怖故事，后来只有玛丽·雪莱的故事成型，并成为名垂文史的小说。故事讲述的是年轻的科学家维克多·弗兰肯斯坦为追求和利用当时的生物学知识，从停尸房等处取得不同人体的器官和组织，拼合成一个巨大的人体，并利用雷电使这个人体拥有了生命。巨人虽然天性善良，向往美好，渴望感情，但是，由于面貌丑陋，他被社会视为怪物，被当作巨大的威胁，处处碰壁。他要求弗兰肯斯坦为自己制造一个配偶，答应事成后与其双双远离人间。弗兰肯斯坦最初应允了怪物，但在接近成功之

---

　　①　杨正润：《故事比赛与现代普罗米修斯》，《中华读书报》2002 年 11 月 21 日。

时，担心怪物种族从此危害社会，于是毁去了女性怪物。苦苦企盼的怪物疯狂报复，杀死弗兰肯斯坦的未婚妻等几个亲人。弗兰肯斯坦发誓毁掉自己的作品，追踪怪物一直到北极地带，受尽折磨后病逝，而怪物亦自焚而死。长期以来，《弗兰肯斯坦》被认为是一部恐怖小说或哥特式小说①，而西方科幻界则认为它是西方科幻小说的源头，评论家和读者也大都从这两个角度理解和研究这部作品。近二三十年来，随着新的文艺理论的兴起，人们开始从（怪物的）身份认同、女性主义等新的视角来解读这部小说。除去从文学角度进行的讨论，这部小说在近几年来又与另一个社会伦理学的问题发生了联系，即基因研究和克隆技术的迅速发展所引发的关于克隆人问题的争论。在这场争论中，人们又自然地想起了这个人造人的故事，一些批评家甚至惊叹，近两个世纪前玛丽·雪莱就预见到克隆人的可能，以及由此带来的灾难。迄今为止，只有个别学者在一些零星的文章里提到这一话题，并没有人深入探讨玛丽·雪莱创作这部作品的思想根源。笔者将尝试从文学创作心理学和社会学的角度解读作品的主题思想，即 18 世纪末 19 世纪初，当科学的迅猛发展给个人与社会生活带来根本性的冲击甚至是危机之时，玛丽对一些新思潮与传统文化的关系进行了重新审视，而这部在当代焕发新生机的不朽作品，从某种意义上来说，就是她进行思考和审视的结果。

常被忽视的主题思想

对《弗兰肯斯坦》主题的传统解读通常围绕小说的浪漫主义色彩，这是自然的，也是适当的。这不仅是因为小说创作于 1817 年，正是浪漫主义创作风起云涌的高潮时期，而玛丽·雪莱的丈夫是英国浪漫主义诗人珀西·比希·雪莱，更是因为，作品从内容到母题、意象的运用都令人不可避免地把它同浪漫主义联系起来。比如，小说

---

① 李伟昉：《黑色经典——英国哥特小说论》，中国社会科学出版社 2005 年版。

由探险家沃顿自述的框架故事开始，讲述他如何决心不畏艰险带领船队到北极地区探险。沃顿在信中向姐姐慨叹自己如何孤独，渴望与志同道合的朋友分享他的野心。小说伊始，作者就塑造了一个孤独求索与游荡的英雄形象，而这种对未知领域的探索（the quest for the unknown）正是浪漫主义文学的一个常见主题。最著名的当属柯勒律治《古舟子咏》里老水手的形象，拜伦《恰尔德·哈罗德游记》里的主人公，以及歌德《浮士德》中的主人公。实际上，玛丽·雪莱已在小说里多次明确地暗示过这一主题，甚至在第五章里直接引用了老水手在荒无人烟的南极冰川上的挣扎。人与自然的关系是浪漫主义的另一重要话题，尤其是大自然对人类灵魂的慰藉，起到了对人类痛苦的疗伤作用（the healing power of nature）。这在许多浪漫主义作品里都得到充分的阐释，尤其是华兹华斯的《丁登寺》。在《弗兰肯斯坦》中，当弗兰肯斯坦意识到自己的创造物已成为祸害并夺取了几个人的性命之后，深深的自责和懊悔使他几乎精神崩溃。几个月的病痛之后，他重返大自然，“微风在耳边窃窃私语，好像大自然母亲正慈爱地呵护着我，让我不再啜泣”(p. 86)。“这些奇伟的景色，在精神上给了我最大的安慰。它让我超脱那些杂念，虽然心中的忧伤并没有被轻易驱散，但是确实缓解了我的情绪，让我平静下来。”(p. 92)这样的描写在书中比比皆是，而沃顿的评价几乎就是对浪漫主义主旨的最好注释，“没有人能够比他更深刻地领略到大自然的美丽。缀满星斗的天空，浩瀚的海洋，以及这片神奇的地域所展示的各种景色，看起来仍旧能够使他的灵魂得到升华”(p. 28)。除此之外，友情的重要性，以及死亡带来的忧郁、异化与孤独、“高贵的野蛮人”（noble savage）等，也几乎都是浪漫主义文学标志性的母题或意象。综上所述，说《弗兰肯斯坦》是一部浪漫主义文学的杰作毫不为过。但是，贯穿在故事里的，还有一条微妙的思想脉络，只不过容易被小说鲜明的浪漫主题所掩盖，那就是玛丽·雪莱对人类无限制追寻终极知识将会导致的后果的担忧，她通过弗兰肯斯坦这个科学家的悲剧似乎在向读者提问:对理性知识的掌握应该如何与对人类命运的人性化关注达成平衡? 小说伊始,一个近乎疯狂追求知识的"浮士德"形象就跃然纸上,沃顿终于踏上了梦寐以求的北极探险之旅,他渴望知识,渴望满足自己无休止的好奇心,希望通过这次探险,"可以把上千项天体研究中遇到的扑朔迷离、永远无法揭开的谜团理出个头绪来",也希望"还能因此揭开磁力的奥秘"。(p. 14)当他历尽艰难险阻,到达冰天雪地荒无人烟的极地时,船员在偶然的情况下救起了几乎冻僵的弗兰肯斯坦。沃顿对弗兰肯斯坦讲述了自己此行的意图和决心,他说:"为了我探险事业的发展,我宁愿牺牲我的财产、我的生命,乃至我一切的希望。同获得我苦苦追寻的知识相比,同取得对大自然和生命的支配权,从而克服人种的弱点相比,个人的生死只是一件微不足道的小事。"(p. 29)面对滔滔不绝的沃顿,弗兰肯斯坦的脸上蒙上了阴影,他在狂热的沃顿身上看到了过去的自己的影子,为了使沃顿避免重蹈他的覆辙,他决定讲述自己的故事:"你就像我过去那样,如饥似渴地寻求知识和智慧,我从心底里希望,你的梦想实现之后,不会如蛇蝎一般,反过来咬你一口,就如我现在这般。我不知道发生在我身上的悲剧是否会对你有所启示,当我意识到你正在相同的道路上跋涉,面临着相同的危险,而这些危险令我现在的处境如此悲惨,所以我猜想你也许能够从我的经历中吸取经验和教训。如果你事业有成,那么这些经验可以继续指导你,万一你失败了,你也可以从中得到安慰。"(pp. 28—29)在弗兰肯斯坦叙述自己的经历时,类似的词句不时出现,他说自己"容易热血沸腾,总是更专注于对事物的研究,以及对新知识的狂热渴求","热衷于探索世界的本质规律。世界对(他)来说一直是个谜,吸引着(他)去探索、发掘"(p. 35)。

巨大的好奇心,试图揭开自然界所隐藏着的法则的狂热,以及揭开谜团后的欣喜若狂,成为成年弗兰肯斯坦对自己少年时代最清晰的记忆。在慈爱的母亲染病去世后,悲痛的弗兰肯斯坦在参透大自然的各种奥秘的渴望之上又有了新的理想——如何让人类免除疾病的困扰。这些都促使他在大学期间对自然科学知识进行了孜孜不倦的求索。他认为:"前人已经取得了不少成绩,而我要创造更大的、远远超过前人的成就;我将踏着前人的足迹前进,然后开拓一条崭新的研究道路,去发现未知的力量,向世界展示生命最深层的奥秘。"(p. 46)沉浸于自然科学研究的弗兰肯斯坦 6 年没有回家探望过亲人,随着研究的深入和一些初步成绩的取得,他越来越多地思考生命起源的问题。经过无数个日日夜夜,在付出了巨大的艰辛之后,他终于找到了生命繁衍和诞生的根本原因,甚至还发现了如何为失去活力的物质注入生命力。被成功冲昏头脑的弗兰肯斯坦开始了更为艰苦的工作,创造了一个和人类一样复杂神奇的生命。他的梦想是狂热的,正如他自己所说:"此后,将有新的物种把我奉为它们的造物主,无数幸福、完美的生命将因我而生。我将比这个世界上任何一个父亲都更有权力获得我创造的生命的感恩之情。为了追求这些,我甚至还想到,如果我能够将生命力注入没有生命的物质中,那么,今后我也许还可以让已经开始腐烂的身体重新恢复生命。"(pp. 51—52)折磨人类的病痛将得以消除,被疾病夺去生命的至亲将获得重生,多么美好的前景! 玛丽·雪莱通过弗兰肯斯坦之口道出了许多致力于同类研究的科学家内心的渴望。但是,事情远非那么简单,许多看似出自善意的事情往往会引出令人意想不到的后果。弗兰肯斯坦的创造就是如此。当他满腔热情创造的怪物扼死自己天真无邪的小弟弟,进而又嫁祸于女仆贾斯汀,导致她受绞刑而死后,他终于意识到自认为神圣的创造引发了如何严重的后果,并开始为自己"亵渎神灵的技术所造成"的后果而自责。(p. 85)之后,弗兰肯斯坦与怪物会面,怪物向他的造物主提出要求,为他创造一个伴侣,然后二人到远离人类的南美去生活。虽然弗兰肯斯坦对怪物恨之入骨,但是,怪物的要求却并非毫无道理,怪物对自己两年来生活的讲述显示出他感情细腻而智慧超群,当然最打动弗兰肯斯坦的话是:"因为这个灾祸是你惹出来的,而且搞得这么大,以至于不但你和你的家人,还有其他成千上万的人,都会被卷进这场轩然大波里。"(p. 96)弗兰肯斯坦感受到了一个造物主对自己所创造的生命应该承担的责任,同时为了拯救他的亲人,他准备满足怪物的要求。凝视着即将完成的女怪物,弗兰肯斯坦突然想到自己不仅对怪物负有责任,更要对全人类负责:如果女怪物不喜欢她的伴侣,他会不会更猛烈地报复人类?而如果两个怪物生育后代,自己又如何保证他们的后代不伤害人类呢?他不能只考虑自己的利益,而不顾人类子孙后代的安危和整个人类的生存。他毅然毁掉了也许会给自己带来片刻安宁的半成品,也宣告了与怪物的战争。随着挚友的被害,弗兰肯斯坦益发为自己一时冲动的"亵渎神灵"的创造行为而懊悔和自责,他生活在深重的负疚感之中,梦魇缠身,几乎丧失了健全的心智和身体。但最沉痛的打击莫过于爱妻的被害,从此,他的生命里只剩下复仇二字,他必须亲手毁灭自己一念之差创造的怪物。这与当初他的激情、他的狂热形成多么强烈的反差!这就是他最初要造福于人类的"崇高理想和英雄主义"(p. 206)的副产品。

遇到沃顿,看到他不亚于自己当年的热情和理想主义,弗兰肯斯坦发出了肺腑之言:"在疯狂的冲动之下,我造出了这个有理性的生命,那么我对他也就负有义务,我应该在自己的能力范围内保证他能够幸福地生活。这的确是我的义务,但是除此之外,我还有更重要的义务。我更应该关注我对自己同类所负有的责任,因为这关系到更多人的幸福或痛苦。"(p. 206)他劝诫沃顿要以自己的经历为教训,不要被过分的"无知的好奇心误了心智"。弗兰肯斯坦死后,沃顿启程返航,"关于荣耀和造福人类,(他)已不抱任何希望"(p. 207)。玛丽·雪莱在讲述弗兰肯斯坦的故事时,多次强调他渴望造福人类的理想和献身科学的忘我精神,但理想愈是高远,与最后的悲惨结局形成的反差愈是强烈,命运捉弄的意味也愈发令人震惊。作者似乎在刻意营造和突出这种反差和讽刺,以获得使自己的主旨萦绕读者脑海而不散的强烈艺术效果。此外,知识的有限性这一相关的主题,也在小说中被多次触及。例如不仅玛丽·雪莱通过弗兰肯斯坦对沃顿发出警告："请你吸取我的教训，如果你不愿听我的忠告的话，至少也要看看我的惨痛结果：疯狂地获取知识有多么地危险！那些随遇而安、服从天命的人要比野心勃勃、妄图取得更大成就的人幸福得多了。"（p.51）而且弗兰肯斯坦创造的怪物在痛苦中也发出了类似的慨叹："知识越多就越痛苦。""知识的特性太奇妙了！它一旦钻进了你的头脑，就会死死缠着你不放，好像粘在岩石上的地皮菜一样。有时候，我真希望把所有的思想和感觉统统抛开，但是我明白只有一个方法可以克服痛苦的感觉，那就是死亡。"（p.116）这是作者在向我们暗示，知识不是万能的，如果利用不当甚至可以带来灾难。综上所述，我们不禁要问：难道出身文化界名人之家的玛丽·雪莱在宣扬理想主义的虚无，抑或知识无用论吗？答案自然是否定的，她其实是通过弗兰肯斯坦的极端故事来表达她对当时社会的一个热点问题的重新审视和思考，她的观点或多或少体现了同时代的人们对科学知识迅猛发展将对人类命运产生何种影响的疑问甚至忧虑。

作者观点溯源及小说的当代寓意

玛丽·雪莱主要生活于19世纪上半叶，而《弗兰肯斯坦》则写于1817年，为了探寻年仅20多岁的年轻女性为什么会写出这么一部令人震撼、令人久久不能释怀的作品，我们首先应该了解小说写作时的社会背景。18、19世纪是公认的人类科学技术大发展的时期。18世纪末到19世纪中叶的工业革命是人类将科学知识应用到生产中的过程，它使得人类对自然界的征服迈上了一个新的台阶，人类的自信从而达到了前所未有的高度，理性的张扬更加激昂。正如尼采所指出的，科学的发展以乐观主义为永恒真理，人们开始乐观地认为，世界的一切皆可认知和穷究，科学在受到强烈妄想的鼓舞下，毫不停留地奔赴极限。① 这些都深深地影响了人们,尤其是从事科学研究的人的世界观。科学(到 19 世纪初,科学日益局限于指称自然科学与生物科学)的蓬勃发展给人们造成了一种势不可当的印象,即人类的理性能力不存在局限性,人类可以控制住往昔一直压制着自己的一切力量,似乎无所不能。科学探索的激情和乐观情绪同样蔓延到社会科学领域,最典型的例证莫过于 18 世纪末 19 世纪初由法国哲学家、经济学家、空想社会主义者圣西门首次提出,又由其学生孔德完成的实证主义思想运动。孔德终生的宏愿就是统一科学,依仗自然科学变革社会关系和重构现实社会,极力提倡科学方法进入社会科学和人文学科所带来的好处。② 这就是玛丽·雪莱所处时代的社会背景和学术气候。她的家庭背景又如何呢? 由于她的父亲威廉·葛德文是著名政治家、哲学家,母亲玛丽·沃尔斯通克拉夫特则是女性主义运动的先驱、《女权辩护》一书的作者。她的家里常有各领域的学术界人士出入,而其父葛德文的崇拜者更是络绎不绝地来访,雪莱就曾是这些年轻的崇拜者之一。他们谈古论今,话题多种多样,但谈论更多的是对当时许多问题的思考,而其中一个突出的问题就是人类如何看待科学技术的迅猛发展。科学技术的巨大进步与成功在令人欢欣鼓舞的同时,又让人陷入恐慌和沉思之中。玛丽·雪莱就是在这样的氛围中成长的,对社会热点问题的关注已经深深植根于她的头脑中,以至于在创作这部最初本意是游戏之作的小说时,她也不可避免地流露出自己对新思潮、新问题的审视:科学是什么? 科技进步究竟会给人类社会带来什么样的影响? 人类应该如何利用科学技术? 这其实反映了当时许多人的一种忧虑和困惑。科学的过程是,人类在好奇心的驱使下,采取一定的手段和方法,探索自然界的本质,并逐步认识、利用其客观规律。但是,科学大厦的建立和维持必须依据两个重要的支柱:一是科学知识的产生需要以客观性为基础;二是科

---

①② 唐芳贵:《论教育研究中的科学主义倾向》,《怀化学院学报》2002 年第 1 期。

学知识的产生应受人类理性的约束。离开了这两个支柱,科学的发展必将导致科学主义的泛滥,为人类带来难以预料的后果。

小说中的弗兰肯斯坦痴迷于对科学知识的追求,渴望探索自然的奥秘,在强烈好奇心的驱动下,他缺乏对自己行为后果的理性思考。凭一时狂热,弗兰肯斯坦做出了令他追悔莫及的造人一事。弗兰肯斯坦最后向沃顿痛陈自己的命运,就如同在讲述一个寓言故事,目的就是劝谕、改变或阻止沃顿一往无前的冒险欲望。弗兰肯斯坦告诫道,如果盲目追求至高的权力,到头来将会陷入万劫不复的深渊。当时,沃顿已被重重冰山包围,多人丧生,后来他迫于形势,忍痛返航。非常明显,弗兰肯斯坦故事的寓意是:如果为了领教大自然变幻莫测的力量冲动行事,必将付出惨重代价。

玛丽·雪莱通过弗兰肯斯坦的悲剧,对人类在自然界中的地位,以及应该如何掌握和使用科学技术,做出了自己的解释:人类在自然界面前应该保持一种敬畏,保持一种有限性,而不能无限制地追求对自然的认识和征服。如果人类盲目地试图驾驭自然或凌驾于自然之上,而对自己的行为疏于理性的抑或伦理方面的周全考虑,不可预测的可怕后果将难以避免。直到今天,小说所反映的这一主题依然没有过时,当代生物技术,特别是转基因技术和克隆技术的发展,不断给人类提出新的科技伦理问题,这部经典小说也不断获得新的意义。其实很多人都已意识到了此类技术对人类生存将造成的威胁。现在,欧洲人把基因改良作物称作"弗兰肯斯坦食物"。弗兰肯斯坦的造人经历对当代最具有启示意义的莫过于克隆技术的发展,特别是克隆人技术。关于克隆技术,学术界一直分歧严重。支持者强调此项技术的发展给人类带来了巨大理论意义和实用价值,他们主张,科研自由是科学技术的生命线,科学研究不应该有任何禁区,任何人为的禁区都是科学发展的障碍。反对者主要从道德伦理的层面进行反驳,他们认为,科技工作者当然有创新的自由和权力,但是,科学研究的自由永远不意味着为所欲为、肆意行事,科技工作者应对这种创新担负起相应的社会责任。因此,科技工作者不能只关心自己的研究兴趣,更要关心科学技术的社会功能和社会影响。科学研究应该有某种禁区,必须把科学置于人文精神的指导之下。① 尽管有种种反对之声,但由于其巨大的应用价值,克隆技术仍然在世界各个科技大国飞速发展,并偶尔会传来有关克隆人的消息。面对这种局势,如果我们回头审视《弗兰肯斯坦》,会发现,玛丽·雪莱早已以科幻小说的形式,通过弗兰肯斯坦为他侵犯了"上帝创造生命的特权"而自责的悲剧故事,向我们展示了如果人类滥用科学技术,可能会带来无法弥补的可怕后果,表达了她对未来世界的悲观预测,对不加限制的科学发展的深切担忧。这是一个体现了作者高度人文情怀的主题,也是当代人类应该深思的问题。诚然,自 18、19 世纪以来,科学技术的发展所创造的巨大生产力,从根本上改变了人们的生活方式和生活内容,显示了人类的巨大力量,人们赞美科技,崇尚科技,相信科学技术能给人类带来美好的未来。但是,这也导致了另一后果,即人文文化相对被忽视,人们忽略了人生意义与价值判断的问题,把科学技术的进步与人生、社会等问题割裂开来,科学技术张扬,人文精神陨落,以致造成在科技高度发展的同时,人类生存环境却日益恶化的局面。解决此问题的措施可能有很多,但其中非常重要的一点就是重申科技工作者的人文关怀意识和伦理责任感。科技工作者不仅应在科学研究中负有弘扬人生价值的道德责任,而且还应在科技应用中负有造福人类社会的使命和义务。在弗兰肯斯坦对沃顿的讲述中,他就多次提到自己对创造物和整个人类社会的责任问题。

结　语

当代科学技术的社会功能越来越强大,对社会的渗透越来越广泛,因此,它愈发有可能引起更多的社会、伦理和法律等问题。科技

---

① 刘科:《科学界的反克隆人运动:理由及选择》,《自然辩证法研究》2004 年第 9 期。

工作者的社会责任比以前显得更为突出和重要。重读《弗兰肯斯坦》，对于我们重新认识人类的本性，以及摆正人类在自然中的地位和作用，无疑会起到寓言的警示作用。

（文中只标明页码的引文均来自玛丽·雪莱的小说 *Frankenstein*，详见参考文献）

19 世纪英国文学中女性疯癫现象探源
——以《奥德利夫人的秘密》为例

　　自从福柯革命性的《疯癫与文明》问世后，疯癫现象已成为文化研究的热点议题之一，女性与疯癫的关系更引起了女性主义者和文化批评家的双重兴趣。由于美国学者吉尔伯特和古芭合著的《阁楼上的疯女人》的影响，"疯女人"早已成为文学研究者耳熟能详的名词，但是，该著作并非研究疯女人现象，而是主要诠释性别与文学的关系。英国维多利亚时期文学中女性的疯癫现象并不少见，但至今并没有比较系统的研究，本文将主要针对这个常被忽视的问题进行初步分析。

　　在文学文本中，疯癫与女性的关系并不是新鲜话题，《哈姆雷特》中奥菲利亚的疯狂就曾引起众多论者的研究热情，但是，疯癫直到 18 世纪还更多地被认为是一种男性的疾病。进入 19 世纪，人们才逐渐把女性与疯癫更紧密地结合起来，疯癫也因此被委婉地称为"女性的疾病"。为什么会出现这种转变？我们需要审视一下 19 世纪的英国公众对女性的认识。

19 世纪疯癫现象的女性化倾向

　　英国工业革命的成果之一是，以工厂主和商人阶层为主的中产阶级的出现。他们的经济地位上升了，开始野心勃勃地追求政治与社会地位的相应提升。他们崇尚并模仿上层阶级的文雅生活方式，倡导一系列所谓体面的行为规范。由于男性的活动范围相对宽广，许多规范对男性的约束力实际远远小于对女性的限制。

除此之外，由于社会中竞争压力加剧，男性在外面拼得你死我活，他们日益把家庭当成竞争旋涡之外的宁静天地，当成龌龊的金钱世界以外的一片净土。为了维护家庭，维护这个充满危机感的时代的安全港湾，男性开始了对女性的理想化描述。考文垂·帕特摩尔的诗歌《家中的天使》便体现了这个潮流。在诗中，他赞颂女性的美丽、温柔、体贴，称颂其为对男性的"医治、拯救、引导和护卫"的力量。由于女性经济地位低下，必须依靠男人才能生存，她们纷纷以这个理想为行为榜样，"家中的天使"一时成为女性的最高典范。公共舆论认为，一个家庭的社会地位在很大程度上取决于家庭主妇的文雅程度，于是，面向女性的各种书籍杂志相继问世，刊登女性行为守则，规范女性的言语、行为、举止，指导她们成长为文雅的淑女。女性很难超脱这种氛围，因此，我们看到，维多利亚时代的女性以男人的标准为标准，为了成为家中的天使，无论天赋如何，每个女孩都努力学习唱歌、跳舞、绘画、弹琴、外语等技艺，而且由于追求文弱美，她们不注重户外锻炼，一个个身体孱弱，穿着紧束腰部的衣裙，动不动就会晕倒。可以说，流行的女性行为手册极大地限制了女性发挥自我价值、寻求独立的自由度。

19世纪有限的医学水平对女性的发展也大为不利。一直到20世纪初，医学界的一个主导观点是，女性的性别构成其本质。基于其生理构造，女性天生柔弱、被动、依赖性强、情感充沛，但是理性脆弱。女性在特殊的生理阶段，如月经期、怀孕期、哺乳期及更年期等，容易失去理性而发疯，因此，各种贞洁规范和行为手册是保护女性脆弱人格的必要手段。当然，与女性的弱者形象对立的就是阳刚、坚强、理性、训练有素的男性保护者——维多利亚时代理想化的男性形象。另外，医学界认为女性性冷淡，不能享受性乐趣。所以，女人的性只是为了生殖的需要，天生适合做母亲。在这种所谓"科学"观点的影响下，男性主导的社会舆论认为，女性只适合做男人的助手和"家中的天使",被动接受男性的决策和支配。如果哪个女人敢跨雷池一步,就常被扣以"反常""乖僻""不安分守己""不守妇道"等帽子;如果哪个女性大胆到表达自己的不满和愤怒,她甚至可能被认定"发了疯"。她们本来就有限的话语权、教育权、就业权,甚至拥有财产的权利,也因此受到更严格的限制。比如,男性认为女性没有能力管理财产。所以,1882 年《已婚妇女财产法》改革之前,女性一旦结婚,她的全部财产就必须拱手交给丈夫支配。可以说,女性面前的选择非常有限:大多数人不得不接受女性的行为规范,在沉闷的生活中虚度时日,有些甚至发疯,如肖邦的小说《觉醒》和吉尔曼的《黄色墙纸》中的女主人公;而那些求施展、求发展的女性就可能被定性为疯子,如下文将分析的奥德利夫人。

尽管如此,特立独行、追求自我实现的女性总是不难被发现,因此在维多利亚时期,有许多或真或假的女疯子,她们或被关进疯人院,或被禁闭在家中。诊断一个女人是否发疯的理由可以很简单:她太享受性乐趣,太有主见,或太有危险,等等,甚至不是个好母亲也可以是女人发疯的症状之一。当时的治疗方法现在看来也非常荒谬。精神病学家认为,鉴于女性的情绪容易失控,应该通过控制其身体来控制其精神。为了稳定女病人的情绪,必须调整其生理周期,控制其性欲。有医生甚至建议母亲推迟女儿的月经。一位叫艾萨克·布朗的医生在伦敦的私人诊所里率先通过外科手术治疗女性的疯癫,这种治疗方法也有效地切断了女性享受性乐趣的途径。他的一个女病人仅仅 10 岁,而另一个所谓的病人之所以被送进来,也不过是因为她想利用 1857 年的新离婚法案来获得自由而已。还有一个女孩,她之所以被家人送入诊所,仅仅是因为她脾气不太稳定,把社交卡片送给自己中意的男人,以及喜爱阅读严肃书籍。[①] 可见,在 19 世纪,对

---

① Ellaine Showalter. *The Female Malady: Women, Madness and English Culture, 1830—1980*. London: Virago Press Ltd, 1987, p. 317.

男人来说,把女人扔进疯人院似乎是很容易的事情。19 世纪 60 年代,英国确实曾曝出把正常的妇女关入疯人院的丑闻。在小说中,我们也可见到这样的情形:如果一个男人想甩掉一个女人,那就认定她已发疯吧。于是,我们在文学作品里发现了那么多疯女人的身影:《简·爱》中的伯莎、《白衣女人》中的安妮、《远大前程》中的何薇香小姐、《奥德利夫人的秘密》中的露西等。

统计数字表明,到 19 世纪 50 年代,英国关在疯人院里的女性已经几乎两倍于男性[①],这从反面验证和加深了女性容易发疯的偏见。疯癫呈现女性化的倾向,这在维多利亚时期的绘画与文学中均有所体现。在各种艺术作品里,疯癫多以女性的形象出现。维多利亚时期,发疯的奥菲利亚的形象部分体现了这种认识上的转变。过去,她通常以孩子气的金发碧眼形象出现,但在维多利亚时期,奥菲利亚的形象多了几分性感。1852 年,约翰·米莱斯在皇家艺术学院展览的奥菲利亚画像不再是纯真的女孩形象,而是黑发媚眼,带有一丝野性和魅惑,传达着强烈的性的暗示。[②] 似乎她的发疯与性、与女人的身份密不可分,这其实代表了公众对女性疯癫现象的认识。

奥德利夫人是如何发疯的

在维多利亚时期医生或精神病学家的医疗记录里,或在他们发表的医学杂志的文章里,我们可以找到大量记叙女性疯癫现象的文本。但是,女性本人的视角严重缺席,对女性病人的经历和体验的记叙少得可怜。因此,寻找女性疯癫独特体验的一个好去处就是女作家的文学文本。维多利亚中期的刺激小说《奥德利夫人的秘密》曾是一部无人不知、无人不晓的畅销书,它为我们探讨疯癫被女性化的社

---

① Ellaine Showalter. *The Female Malady*: *Women*, *Madness and English Culture*, *1830—1980*. London: Virago Press Ltd, 1987, p. 34.

② Ibid, p. 216.

会机制提供了生动的范例和素材。

小说伊始讲述淘金发财的乔治回到英国。当年,他抛下年轻的妻子海伦和襁褓中的儿子跑到澳大利亚,一去4年,音信全无。回来后,他发现海伦已病死。乔治随好友罗伯特·奥德利去拜访奥德利爵士,竟然发现年轻的奥德利夫人露西其实就是海伦,但是,随后乔治突然莫名失踪。罗伯特跟踪一系列疑点,发现了真相。奥德利夫人在假身份曝光后,和盘托出:她把乔治推入深井,还曾在绝望中放火烧罗伯特入住的小酒店,但是,她这么做是因为她疯了,她从母亲那里继承了疯病的基因。奥德利夫人被送入欧洲大陆的精神病疗养院,一年后去世。而乔治掉入深井后并没有死,他凭淘金时学到的本领得以逃生。奥德利庄园恢复了往日的宁静和秩序。

在小说中,促使19世纪把女性与疯癫画等号的因素都不同程度地存在。首先是医学理论的误导。医学认为,女性由于生理系统不稳定而导致精神不稳定,更容易发疯,而且疯病可以由母亲遗传给女儿。奥德利夫人的罪行被揭露后,她供认,由于母亲是个疯子,她一直怀疑自己总有一天会发疯。在儿子出生后,她患了产褥热,伴有现在被称为"产后抑郁症"的症状。这种暂时的情绪不稳定令她胆战心惊,害怕自己真的会发疯。在丈夫离家后,她生活贫困,心情抑郁。她不甘心这样的生活,于是更名改姓,抛弃自己的过去,成功嫁给奥德利爵士。遗传只是使她有发疯的可能性,她是不是真的疯了呢?小说多次触及疯癫与理性之间微妙的平衡现象。比如,罗伯特为乔治的失踪而伤心时,叙述者指出:"在人生的某个孤独时刻,谁没有过、谁又不会有几乎发疯的经历?谁又能逃避那个微妙的平衡呢?"(p.216)又如,"今天发疯,明天清醒"似乎是我们普通人所无法避免的命运。通过与读者的直接对话,小说家似乎暗示,是否发疯的判断标准,有时只是个相对的概念。也许,奥德利夫人并没有疯,疯只是她自己的托词而已。

上文已述,按照维多利亚时代的女性行为标准,那些言行脱离规范、寻求自我的女性会被认为出格、不安分守己,甚至被认定为"道德迷乱病"患者,即疯子。奥德利夫人必须被认定为疯狂,才能被送出英国,从而避免家庭丑闻。这是如何做到的呢? 她的秘密被发现后,罗伯特请了一位精神病学家为她诊断。医生综观她在整个事件中的表现,得出结论:"她所作所为在任何行动中,都没有疯狂的症候。因为她的家庭不是个愉快舒适的家,她离开家是希望换个更好的家,其中毫无疯狂可言。她犯了重婚罪,因为犯这个罪她可以获得财产和地位,其中毫无疯狂可言。当她发现自己处于绝境时,她自己并没有显得绝望。她运用聪明的办法,实现了一个阴谋诡计,这个阴谋的执行可是需要冷静和深思熟虑呢,其中毫无疯狂可言。"(p. 378)医生的一席话道出了真相,奥德利夫人一点也不疯,她身上也许有疯狂的基因,但她没有发疯,而是个最清醒、最理性的女人。那么,为什么她仍然被以疯子的名义送入疗养院呢? 那是因为她太危险了,违反了当时作为女人的基本行为标准。如果女人不满足于像男人要求和期望的那样,而是有自己的主见和理想,她就会遭到谴责和嘲笑,或许被认为是疯子。奥德利夫人所做的远远不止于此:她抛弃年幼的儿子,追求自己的生活,根本算不上好母亲;她长相甜美,貌似天使,却出身卑贱,犯有重婚罪和杀人罪;她完全颠覆了温柔体贴的"家中的天使"形象,成为诡计多端、不择手段的恶魔;她竟敢在古老的庄园(历史、文化、正统和秩序的代名词)里为所欲为,欺骗了奥德利爵士,妄想占领不属于自己的贵族庄园。所以,在以罗伯特为代表的男性正统眼里,她冒犯了整个英国社会,亵渎了其文化、传统与尊严。她在向男权统治的社会秩序挑战。她成为追求改变现状、不安分守己的女性的代表。因此,她只能享有"发疯"的结局,必须受到惩罚。

《简·爱》中的疯女人伯莎对读者来说丝毫不陌生,她是否真的疯了呢? 她又是如何变疯的? 从小说中,我们只能听到罗切斯特的一面之词。但是,透过他对简轻描淡写的介绍,我们眼前似乎浮现出一个活力四射、性情刚烈的女性形象,那是发疯前的她。也许,来自西印度群岛的她是在英国沉闷而陌生的环境中慢慢发疯的？小说家简·里斯显然这样认为。里斯发表于1966年的《茫茫藻海》从伯莎的角度重述了这个熟悉的故事。伯莎对未来和男人都茫然无知，却被兄长做主嫁给罗切斯特。新婚时，由于文化背景的差异，二人几次产生摩擦和冲突。结婚不久的丈夫与用人通奸，更使她的情绪低落到极点，几乎失控。被丈夫带到遥远的英格兰后，她思乡心切，加之与丈夫缺少沟通，逐渐变得有些神经质。终于，罗切斯特认定她疯了，把她监禁在阁楼。因为她被认定发了疯，无从为自己辩护，她的辩解只会被当成疯言疯语，所以她只能听凭丈夫的支配和描述。从此，她生活在愤恨中。可见，她是被逼疯的，那把熊熊烈火是她最后的复仇。必须指出的是，"伯莎"并非她原来的名字，而是结婚后罗切斯特给她起的。命名是非常有深意的行为，通过这一举动，命名者实际上表达了对被命名者的所有权和支配权。伯莎是属于罗切斯特的，他对她有任意处置权。

伯莎与奥德利夫人的情况并不完全相同，伯莎被不爱自己的丈夫逐渐逼疯，而奥德利夫人是躲在"疯"的背后，寻求自我表达、自我实现，在当时不平等的竞争条件下，她只能把失败隐藏在疯狂的借口之下，疯癫是她的策略，是她的自觉行为。但是，两人之间也有共同点：她们的发疯都不仅仅是病理现象，更是文化现象。可以想象，在19世纪的疯女人中，一定还有很多"奥德利夫人"或"伯莎"。她们被压抑、被歧视、被束缚，因为行为举止不符合男人期待的常规，或者做出了违背社会给女性制定的行为准则的事情，便被贴上"非理性"的标签，当成精神错乱的疯子。

由此可见，在19世纪，疯癫的女性化趋势其实是男权统治为主的社会秩序和医学发展水平等因素综合作用下的结果。因此，小说中的疯癫命题不仅仅是一个文学论题，更是一个值得关注的社会文化现象。

（本文只标明页码的引文均来自布莱顿的小说 *Lady Audley's Secret*，详见参考文献）

从《丹尼尔·德隆达》看乔治·艾略特的现代性

　　乔治·艾略特在世时已被公认为英国维多利亚时代最杰出的小说家之一,其声誉虽在她去世后和现代主义上升时期有所沉浮,但这一地位基本未变。与她的名字联系在一起最多的名词就是"现实主义",它是"描述 19 世纪英国小说艺术最恰当的一个综合性术语"。①一百多年来,她已经成了"现实主义"或"传统小说"的代名词,与"现代主义"这一给人以"标新立异"或"离经叛道"印象的名词格格不入。艾略特最后一部小说《丹尼尔·德隆达》,也是她唯一反映当时社会生活的作品,完成于 1876 年。当时,被称为英国"20 世纪现代主义先驱"②的詹姆斯、康拉德已开始有意识地运用独特手法进行创作,他们的小说中"捕捉现实的极大努力将作家带到了'现实主义'的另一端"。③艾略特创作《丹尼尔·德隆达》之时,正是英国小说从传统走向现代的转折期。可以大胆推测,这位惯以思想激进、洞察力敏锐著称的作家不可避免地受到当时新思潮或艺术表现手法的影响。从另一角度也能得出相似的结论:詹姆斯是对艾略特的作品最具真知灼

　　①　[英]戴维·洛奇:《英国小说艺术史》,郑州大学出版社 2006 年版,第 119 页。
　　②　李公昭:《英国文学选读》,西安交通大学出版社 2000 年版,第 211 页。
　　③　David Lodge. *Working with Structuralism*. London: Routledge & Kegan Paul, 1981, p. 7.

见的评论家之一,他对现实主义巨著《米德尔马契》的著名评价——
"它标志着旧式英国小说发展的终点"①,早已为世人所承认。按照这
句话的逻辑,《米德尔马契》之后的作品自然需要代表小说发展的新
方向,而这一新方向在历史上的表现即现代主义因素的萌芽。促使
我们做此推测的还有《丹尼尔·德隆达》发表后评论界和读者不同于
对其以往小说的反应。这些反应与现代主义作品刚刚问世时所遭遇
的命运不无相似之处。

　　虽然《丹尼尔·德隆达》所引起的轩然大波远不及《荒原》或《尤
利西斯》那么强烈,但各种反对和不解之声依然不绝于耳。小说出版
时,艾略特在英国文学界基本被公认为同时代最伟大的小说家之一,
有很多崇拜者,包括王室成员。但《丹尼尔·德隆达》的面世却引发
了一片喧哗,来自评论界的声音几乎是毁誉参半。被批评最多的就
是它情节的传奇色彩和技巧水平的不均衡:许多评论家批评书中犹
太情节过于理想化,更像传奇而非小说;技巧方面,尽管书中多有精
彩之处但败笔颇多,总体水平不如以往作品。②面对如此现象,有些
崇拜者试着把它定位为传奇故事,认为艾略特在有意尝试新思路和
新手法,这种观点似乎能为迷惑的"艾略特迷"们提供一丝慰藉,更多
的人开始觉得这部小说其实预示着小说创作的一个新开端。

　　当我们观照 19 世纪末 20 世纪前半叶英国现代主义小说的特
点,并回头对《丹尼尔·德隆达》进行解读时,我们的推测获得了坚
实的理论基础和文本体现:小说在主题、人物塑造和艺术表现手法
方面都呈现出一定的现代性,有些现代主义因素已经非常明显,尤
其是主题和人物形象的现代性。19 世纪后期,大英帝国从盛到衰。
随着社会工业化、都市化、商业化和世俗化进程的加快,形形色色
的新哲学思潮及美学、文艺学、心理学领域的新理论学说纷纷出

---

　　①② David Carroll. Ed. *George Eliot: The Critical Heritage*. London: Routledge Kegan Paul, 1971, p. 359.

现，人们的心态趋于复杂，意识趋于混乱，社会中开始弥漫着异化和幻灭的氛围，现代主义文学初露端倪。第一次世界大战对传统信念予以毁灭性的打击，旧的价值观土崩瓦解，现代主义思潮到达顶峰。现代主义作品中最常见的主题之一就是"异化"，作家们不约而同地把目光投向精神孤独或性格扭曲的人物，揭示现代人的孤独感、异化感和病态心理。

艾略特在《丹尼尔·德隆达》中已经触及异化主题，主要体现在女主人公格温多伦身上。读过存在主义大师萨特的小说《恶心》的读者不难发现，格温多伦的"厌世"（第24章，为简便起见，本文有关《丹尼尔·德隆达》的引文仅标注章节号），与洛根丁的感觉多么惊人地相似。格温多伦的经历可以用一个现代人更熟悉的范式加以归纳：自我意识的丧失，以及随之而来为了重获自我身份而进行的努力。小说伊始，艾略特即对格温多伦的特殊身世进行渲染。她随母亲的两次婚姻辗转奔波，最后寄居姨母家，并强调"无根"对个人性格的影响："人类的生活，我认为，应该深深植根于某一土生土长的地方。"（第3章）这样才能有归属感。特殊的身世造就了她特别的自我意识。母亲出于愧疚，对她倍加溺爱，养成了她自私、任性、虚荣的性格，她一心想出人头地，但家庭经济状况的变故，使她最终答应了以控制和折磨别人为乐趣的贵族格兰科特的求婚。作者对她接受求婚时的心理分析堪称现代精神分析学的产物：追求享乐原则的本我与代表道德力量的超我不断争斗，最终前者占了上风。尽管她知道格兰科特有情人莉迪亚和私生子，也清楚自己的婚姻将剥夺莉迪亚孩子继承遗产的权利，她对格兰科特与莉迪亚的长期关系也心怀厌恶和忌妒，更清楚如果接受求婚自己将犯下道德和良心错误，但她仍以此举可使母亲摆脱贫困为由替自己开脱，遮盖内心深处的谴责声。从她接受求婚背叛自我的那一刻起，她的人格就开始了异化。婚后，格温多伦很快意识到，她在婚姻里赌输了，不仅输于对顽固、冷漠的丈夫的屈从，更输给了自己的良心。悔恨和自责交替控制她的心灵，但强烈的自尊促使她如同演戏一样,对外保持幸福的虚假表象。她的自我意识被丈夫完全摧毁,在这种冷漠、形同虚设的婚姻中,她人格的分裂和异化加剧,感觉如同孤身一人站在"一片空旷的荒原,她则是荒原之上的流放者"。(第 6 章)这荒原意象很容易使读者联想到 20 世纪 T. S. 艾略特对现代人处境的生动写照。格温多伦忍受着现代人常见的"厌世"与"病态心理",多次产生希望丈夫死去的念头。这种念头一旦出现,就如同毒蛇一般紧紧缠着她,仿佛不受她意志力的控制,令她窒息,也搅乱了她的精神。丈夫的死亡不但没有带来解脱,反而加重了她的心理负担。她陷入另一个梦魇之中:她多次幻想或梦到他的死,但他真的死后,她受到良心的谴责,觉得自己是真正的凶手。沉重的负疚感压迫着她的灵魂。当她控制不住盼望丈夫死的念头,又害怕另一个自我最终失去控制真正去杀人时,读者能体会到她自我意识之外的另一个自我几乎不受控制地自由行动:她的自我完全解体,人格裂化也达到顶峰。所幸德隆达对她的困境和痛苦的求救做出反应,无私地帮助她开始寻找自我、重新定位自我的努力。虽然他的努力使格温多伦逐渐从歇斯底里中平静下来,但其他方面的收效甚微,小说结尾处的她依旧孤独,依旧迷茫。

格温多伦在失去自我和寻找自我的过程中表现出现代主义文学作品中比比皆是的怀疑、厌世、孤独和异化感,因为"现代主义小说大都刻意表现战后英国人日趋严重的异化感、焦虑感和幻灭感,并深刻反映一个孤独、痛苦乃至病态的'自我'"①。这与英国传统小说所表现的题材和内容,如贫富冲突、善恶较量、劳资纠纷以及主人公追求个性解放和婚姻自由等迥然不同。而格温多伦也非传统小说中常出现的女性形象,她的种种观念和经历使她更接近 20 世纪作品中常见的"反英雄"形象。她面临的心理和精神困境,她的迷茫、失落和异化的情感经历,使读者联想到詹姆斯的《贵妇画像》中的伊莎贝尔和哈

---

① [英]戴维·洛奇:《英国小说艺术史》,郑州大学出版社 2006 年版,第 194 页。

代的《无名的裴德》中的苏。小说中其他人物身上也或多或少体现了异化主题。除格温多伦之外,重要人物几乎全部是犹太人。他们的孤独与异化感不仅表现在他们的犹太人身份上,而且困境各不相同:克莱斯默和"王妃"是被庸俗之徒包围的艺术家;莫德塞是"盲人"中间的智者,活人中间的垂死者;德隆达是寄养在英国贵族之家的外来者;米拉则受过演唱训练,不得不登台谋生却对自己的角色深怀憎恶。艾略特之所以选择犹太人作为小说的中心人物,除了她在多个场合所声称的唤起读者对受迫害者的同情和理解外,她潜意识里另有想法。一个合理的解释就是:犹太人在人们心中堪称原型式的异化人物,犹太人在小说中的出现不仅可以提升和定义格温多伦的困境,而且拓展了个人生存危机的范围,使之更普遍化。这种选择对艾略特来说也许是无意识的,她或许本能地洞察到犹太人的生存困境或多或少体现了现代人普遍的生存状况,正如乔伊斯在他的《尤利西斯》中有意识地选择犹太人布卢姆作为主人公一样。小说中与犹太人类似的无家、无归属感的人物甚至包括出身良好的英国人,即使富有的贵族也时常被永久隔离于家园之外。综上所述,在《丹尼尔·德隆达》中,艾略特已经对异化问题有所关注,这种关注尤其体现在格温多伦这一形象的出色塑造上,而现代主义文学经常探讨的异化感和异化现象,随着西方社会传统价值观的解体,于 20 世纪初日趋严重,几乎发展成为普遍的精神危机。

表现手法中的现代主义因素

为了深刻而真实地反映混乱无序、错综复杂的现代经验和现代意识,确切表达他们对新的历史氛围与社会现实的洞察力,在充满孤独感和异化感的时代,现代主义作家在艺术表现手法上大胆创新和实验,运用现代心理学的理论,转向更深层次的心理描写和心理探索。为了顺利实现这种转化,小说创作技巧的转变非常关键。艾略特小说中的心理分析早已为评论家所广泛研究。现代主义小说家

D. H. 劳伦斯在回应人们对他作品中心理探索的评论时,认为精神分析在小说中的运用应该追溯到乔治·艾略特。[①]

在《丹尼尔·德隆达》中,艾略特对格温多伦和德隆达进行了透彻而详细的心理分析,不仅分析他们的动机、愿望等主观意识之上的情绪,更为突出的是,她利用梦境和幻觉等对格温多伦的潜意识进行了精到准确的剖析。在塑造格温多伦这一人物时,作家多次提到她莫名的恐惧感。艾略特把这种恐惧仅仅归因于格温多伦超常的敏感。重新审视格温多伦的莫名恐惧时,我们不难发现艾略特已经敏锐地意识到,但尚没有合适的途径进行表现的东西:格温多伦的恐惧其实是她本能地意识到了孤独的危险。独自一人时,她感觉不到自我的意义,因为她的自我感一直是建立在他人对自己的正面评价之上的。恐惧体现出她对自己处境的孤立和疏离的隐约意识。婚后,格温多伦所恐惧的对象有所变化但程度加深。格温多伦从迈入婚姻开始,就一直生活在痛苦中,丈夫的溺水反而加重了她的心理负担。在自责、恐惧和悔恨的多重压迫下,她的精神倍受压抑,心理几乎失常,甚至神志模糊。在描绘这种精神状态时,艾略特非常恰当地多次运用了梦境和幻觉:丈夫死后格温多伦对德隆达忏悔时,她的神志因为恐惧和忏悔而几乎错乱,多次语无伦次地提到在梦境或幻觉中看到一张死人的脸,这张脸恍惚又变幻成丈夫的脸……她所描述的到底是梦境还是幻想非常值得怀疑,德隆达的回答也显示,她言语混乱的叙述不能全部相信。当一个人渴望或憎恨某种东西达到极端时,常会出现幻觉,所以我们有理由认为,由于她极度憎恶丈夫,盼望他死去,因此把幻觉当成了事实。这种现象在现代心理学里可以得到充分的证实。

就这样,艾略特在塑造人物时,非常成功地运用了心理探索,一

---

① M. H. Abrams. Ed. *The Norton Anthology of English Literature*. Vol. II. New York: W. W. Norton & Company Inc., 1986, p. 938.

种更接近于詹姆斯或康拉德的小说技巧，传神地捕捉了格温多伦的冲动、闪念、情感和情绪等意识之下难以言状的精神活动，读者感到的是一个栩栩如生的立体人物。难怪李维斯对格温多伦这一形象大加赞赏，认为詹姆斯在创造《贵妇画像》中的伊莎贝尔时不自觉地借鉴了艾略特的手法，只不过由于性别的原因，艾略特的格温多伦形象更为生动。[①] 心理描写和分析的多次运用，使小说给读者留下最深印象的不再仅仅是实际的外在风景，而是内在的风景，"内在性"成为小说中一个引人注目的特点。众所周知，现代主义与现实主义争论的焦点之一就是精神与物质的矛盾问题。在现代主义小说中，人的精神世界占据主导地位，外部物质世界所占的分量则十分有限。对精神世界的描述离不开心理探索。在《丹尼尔·德隆达》里，虽然占主要地位的仍是对物质世界的传统描写，但心理探索和精神分析的分量相当大，艾略特的现代性或者前瞻性得到了充分体现。

毫无疑问，艾略特的小说主要采用传统叙事方法，但在《丹尼尔·德隆达》里，她尝试了后来为现代主义作家广泛采用的典型技巧。首先，艾略特自发地在作品流露出对以往小说中时间概念的怀疑，并相应做出一些试验性的调整。如小说第一句话就充分体现出她已意识到了开头的虚构性和武断性："不假设一个开头，人什么都做不成。"（第1章）在小说的前20章，她运用了两次非常长的倒叙，分别叙述格温多伦和德隆达来到欧洲和之前的经历，这种开篇方式在维多利亚时代的小说中非常少见。传统小说的结尾大多是闭合性的，但艾略特等少数19世纪后期的作家已经敏锐地意识到这种结尾的局限性。她曾提出："结局是大多数作家的薄弱环节。"[②]在《丹尼尔·德隆达》里，她完全采用了开放式结尾：德隆达

---

① F. R. Leavis. *The Great Tradition*. Garden City: Doubleday & Company, Inc., 1954, p. 115.

② G. S. Haight. Ed. *Selections from George Eliot's Letters*. New Haven & London: Yale University Press, 1985, p. 157.

和新婚妻子远赴东方去从事一个当时看来前途渺茫的事业,即团结犹太人,宣传复国思想;格温多伦则努力挣扎着,迷茫着,不知以后的生活将会如何。虽然她说她会挣扎着活下去,但结尾处她歇斯底里的崩溃却为读者打了一个巨大的问号:她的出路在哪里?德隆达的命运又会如何?作者留下了一个未了的结局。这种结局在后来几乎成了现代主义区别于传统主义的一个标志性特点。从本质来说,小说结尾处格温多伦面临的心理和精神困境更经常地威胁着现代人,格温多伦因此获得了现代主义文学中常见的反英雄形象的某些特质。传统小说家大多采用直截了当、合乎逻辑和理性的方式开展叙述,而现代主义作家更热衷于以意象和象征来描绘人的情感。艾略特后期作品中,尤其是《丹尼尔·德隆达》中对象征的运用显而易见,李维斯在《伟大的传统》中特别指出在小说中艾略特利用了一种"微妙而不可避免的象征主义"[①]。其他学者也曾对其作品中的象征用法加以研究,较突出的有巴巴拉·哈代和 W. J. 哈维等,他们对小说中频繁出现的骑马、花、镜子、窗子、珠宝等意象的象征意义进行了系统而深入的研究。

虽然艾略特最后一部小说中从主题、人物到技巧都毫无疑问地具有现代性,但她的审美观和艺术观总体上毕竟属于上一个时代,小说的现代性不能掩盖她所处时代的历史局限性。今天研究其作品的现代性,不仅有助于历史地把握这一作家,了解其与前后时期作家的继承和开拓关系,更有助于我们捕捉文学流派发展的历史脉搏。

(文中只标明页码的引文均来自艾略特的小说 *Daniel Deronda*,详见参考文献)

---

① F. R. Leavis. *The Great Tradition*. Garden City, NY: Doubleday & Company, Inc., 1954, p.143.

《格列佛游记》中斯威夫特的"身体造反"

　　无论自觉与否,我们每个人都与身体朝夕相处。在当今这个消费时代,身体构成了世界图景的基本单元,这是因为消费的实质其实就是身体的消费。身体的意象随时随地冲击着人们的视觉,有关身体的研究日益丰富而深透,自然科学方面的研究自无须赘言,即使在文化研究中,身体亦成为一个重要命题。但是,身体堂而皇之地在社会科学领域占据一席之地,还仅仅是晚近的事情,这需要归功于马克思、韦伯、梅洛-庞蒂、福柯等一大批学者的不懈努力与持续挖掘。时光倒退回 18 世纪,身体,尤其是身体的功能,还依然是不能登大雅之堂的话题,更是文学作品的禁地。斯威夫特(Jonathan Swift)就因为在作品中比较多地关注人的身体性而被误解、咒骂、攻击。比如,他在《格列佛游记》中描绘了大人国里巨人患癌生疮的躯体。而他对侍女们的描绘更引起读者不满:"她们的皮肤粗糙不平,到处都是一颗颗像切面包用的垫板一样大小的黑痣,头发比包裹的绳子还粗……"女性的美本是高洁的审美对象,但在这里,却变得如此肮脏、丑陋,这引起了不小的批评,许多人认为其作品令人不安、恶心[1];因为渲染了以人类为原型的耶胡的肮脏、卑鄙、贪婪与好斗,他还被称作"憎恨

---

　　[1]　Irvin Ehrenpreis. "How to Write *Gulliver's Travels*". Harold Bloom. Ed. *Jonathan Swift*. New York: Infobase Publishing, 2009, p.54.

人类者"；又因为在《女士更衣室》等诗里描绘了高贵女子清雅外表背后的肮脏、邋遢和难闻体味，他被冠以"厌女症"的称号①，并且这个称号从他在世时就一直伴随着他，直到21世纪的今天②；另外，由于他在多部作品中较多地提及身体功能，尤其是与生殖器官有关的功能，有些现代学者，尤其是精神分析学家，认为他具有一种"排泄幻想"（excremental vision）。

为什么斯威夫特会在作品中如此密集地提及身体及其功能？为什么他的同代人（乃至后人）会对此做出如此激烈的反应？笔者认为，这主要是由于斯威夫特对身体的理解与他所处时代的主导身体观是那样地格格不入。本文将在梳理西方传统身体观的背景下，以《格列佛游记》为主要文本，分析斯威夫特的身体观，探讨其冒天下之大不韪，以"身体造反"来挑战传统的根本原因。

西方理性传统下的身体观

早在古希腊时代，西方对身体的贬低和压抑就已经出现。毕达哥拉斯曾说，身体是灵魂的坟墓。柏拉图反复谈到灵魂问题或灵肉分离问题。他以洞穴比喻明确指出，通过被束缚在洞穴中的身体所得到的知识只能是偏见，只有摆脱身体的束缚，认识并净化灵魂，才能走出洞穴（身体），重见真理的光明。哲学家不应关心他的身体，而应尽可能地把注意力从身体引开，指向他的灵魂。柏拉图思想中最重要的核心概念"理念"的确立，就在于与具体事物的分离，而这个分

---

① Marilyn Francus. "The Monstrous Mother: Reproductive Anxiety in Swift and Pope". *English Literary History*, 1994, 61(4), p. 829.

② 诸多论者都曾提及或论述其所谓的"厌女症"，如 Nora F. Crow. "Swift and the Woman Scholar," in. Donald C. Mell, Ed. *Pope, Swift, and Women Writers*. Newark: University of Delaware Press, 1996, pp. 222—238. Ellen Pollak. *The Poetics of Sexual Myth: Gender and Ideology in the Verse of Swift and Pope*. Chicago: University of Chicago Press, 1985. 等等。

离最初是从灵魂和肉体的分离中有逻辑地推论出来的。只有远离模糊的感觉，远离肉体的干扰，进行纯粹的思考，才能重现真理而得到真正的知识。柏拉图明确地告诫人们："我们要接近知识只有一个办法，我们除非万不得已，得尽量不和肉体交往，不沾染肉体的情欲，保持自身的纯洁。"①他还谈到，灵魂的本质是理性，"认识你自己"就是要认识自己的灵魂，只有通过灵魂，而且只有通过灵魂，理性的部分才能达到。②可见，灵肉之分在这里已经开始了。

　　自古希腊就开始的身心二分倾向，到了近代哲学那里愈演愈烈，几乎导致了身体被遗忘。笛卡儿被誉为"现代哲学之父"，他创立的现代理性哲学深深影响了西方思想传统。他的"我思故我在"，将人的存在完全归结为理性的存在，将人与其身体割裂，使身体成为独立的实体。以其著名的视看为例，"现在，我将双眼紧闭，充耳不闻，丧失一切感觉，甚至把一切与身体有关的事物图像从我的思想里剔除出去，或者，因为这很难完全做到，至少，我将视之为无用且谬误并不予采纳"③。这里，他的视看并非身体或者眼睛的视看，而是灵魂的视看④，这使得灵魂摆脱身体成为可能。笛卡儿强调身体和心灵的彼此独立性，进一步巩固了西方传统中身心二分的观点，从"身心对立"的认识论立场将自我确认为纯粹的思想之在，从根本上否认了身体的合法性。

　　与精神分离的身体不再是理性的载体与工具，于是，身体便堕入卑微的境地，沦为被轻视、贬斥的附属品。可见，笛卡儿在提升思想（精神）地位的同时贬低、诋毁了身体。与身体有关的感觉被认为极其不可靠，无法在身体上建立起可靠的理性。因此，有关自然的真理不再能够通过感觉来直接获取，而应与（身体）感觉保持距离，对其加以净化，并

---

①② 　［古稀腊］柏拉图著，杨绛译：《斐多》，辽宁人民出版社 2000 年版，第 17 页。

　③ 　转引自［法］大卫·勒布雷东著，王圆圆译：《人类身体史和现代性》，上海文艺出版社 2010 年版，第 84 页。

　④ 　Maurice Merleau-Ponty. *The Structure of Behaviour*. Alden L. Fisher. Trans. Boston: Beacon Press, 1963, p. 192.

给予理性的分析。随着这一理性主义认识论的建立与发展,身体彻底同意识与灵魂失去关系,人的本质在于拥有能思考的心灵,而非身体,身体成为完全多余的物体。进入 18 世纪,笛卡儿理性精神的影响达到前所未有的广度和深度。启蒙主义与理性主义精神逐渐成为时代的主旋律。西方的人们开始相信,理性时代已经到来,人类社会将在理性的指导下,变得更加文明,更加先进,人类将趋于至善。在这种思潮的引导下,人们对身体的态度并没有发生根本的变化,身体依然是被忽视,甚至是被贬损的对象,无法与高高在上的心智相提并论,而身体及其功能,自然难以登上严肃文学作品的大雅之堂。

斯威夫特的创作大都发生于这个推崇理性、歌颂理性的时代。他的思想也不可避免地带有时代的烙印,他和同时代的其他人一样,相信理性的力量。他在多部作品、多个场合都曾提倡理性的力量。但是,他所提倡的并非冷冰冰的纯粹理性,而是融合了温暖的情感力量的理智。比如,斯威夫特曾批评斯多葛派的过分理性:"斯多葛学派去除我们的欲望,就像在我们需要鞋子时砍掉了我们的双脚。"可见,他充分认识到欲望(渴望、情感、热情)的重要性,"温和而文雅的情感和欲望,使人心灵不会枯竭"①。可见,在斯威夫特眼中,理性与情感同等重要,和谐人性的实现,二者缺一不可。感情和欲望都是身体的产物,是身体性的表现。在理性时代,斯威夫特对情感的这一呼唤,为我们理解其作品中诸多身体性的描写提供了一个有益的思路和出发点。比如,在《女士更衣室》中,男主人公只看到爱人西利亚美丽的外表,将其幻想为不食人间烟火的女神而盲目崇拜,然而在亲眼看到她的更衣室后,他倍感幻灭,女神形象轰然坍塌。哪里出了问题? 是他自己的认知存在问题,他忘记了她作为人的存在,她作为人的肉体,有着和他自己的肉体一样的种种功能,会散发体味,需要吃

---

① Jonathan Swift. *Miscellanies in Prose and Verse*. Gale Ecco, Print Editions, 2010, p. 24.

喝拉撒。通过考察此类作品,尤其是细读《格列佛游记》,笔者发现,斯威夫特对身体性的突出,有其内在逻辑和思想深意。他在作品中广泛地借用身体意象,着实是对身体之重要性的另类强调;而他作品中那么多常为人所诟病的令人不愉快的意象,则可以理解为是对身体之局限性的某种隐喻,旨在告诉读者,人类真正的理性不是为自己设置高不可攀的智力、道德和美的目标,而是要充分认识到人类为身体所局限,为自我的感觉、欲望,以及伴随自我的物质等各种具体存在所束缚的现实。

《格列佛游记》中的身体意象与身体隐喻

身体意象贯穿了整部《格列佛游记》。在小人国里,格列佛一直不厌其烦地强调利立浦特人的身体之小,所以,这部分的数字之多可谓是全书之最,既包括直接介绍,如他们的身高,房屋、家具、器皿、舰队等的大小等,也通过不断地与自身相比来衬托他们之小,如他每顿的饮食,服装所用布料,甚至是浇灭皇宫大火的一泡尿,等等。通过这些描写,斯威夫特不断地将读者的注意力引向身体及其需求。在大人国里,斯威夫特依然延续这一做法,格列佛种种有惊无险的经历无一不在突出布罗卜丁人的身体之大:他在与马蜂的战斗中险胜,被小孩塞进嘴里差点吃掉,被猴子妈妈误以为是她的孩子,被装进笼子里带着四处游玩,不一而足。这比比皆是的衬托或渲染的目的之一无疑是增加作品的异域情调,激发读者的阅读兴趣,但是,斯威夫特还赋予了它们一个更具深意的功能:两国居民各自的眼界视野与道德高度,其实与他们的体型大小有着直接关系,会受到各自身体条件的限制与影响。

在行文中,斯威夫特似乎有意地将读者的注意力引向这一点。比如,在大人国部分第一章的结尾处,格列佛详述了他在大人国的种种困境后,评论道:"我希望可敬的读者会原谅我老讲这一类琐碎的事。这些事虽然在没有头脑的俗人看来无关紧要,但是确乎能帮助哲学家扩大思想和想象的范围,无论对于社会或者个人都很有益。"(p. 105)可见,跳出自我视角的局限,扩大思想和想象的范围,确实是斯威夫特创作计划的一部分。举一个著名的例子,大人国女人正在喂奶的乳房,在格列佛笔下不仅大得可怕,而且布满"黑点、粉刺和雀斑",令人恶心。这个效果完全是因为巨大的体型放大了她们身上的任何一处缺陷,所以,格列佛不忘评论说,如果拿着放大镜,英国女孩看似白皙细腻的皮肤其实也"粗糙不平,颜色难看"(p. 102)。他回想在小人国时,曾听见人们谈论"朝廷里的贵妇哪一位有雀斑,哪一位嘴太大,还有一位鼻子太大"。他自己却什么都看不出来,觉得每个人都那么漂亮。这说明,我们之所见,会不可避免地受到自己视线范围的影响。同理,大人国和小人国居民的思想品质,也与他们各自的身体条件密不可分。小人国居民的头脑精确严谨,但却狭隘如缝,一如他们的视野:"大自然却叫利立浦特人的眼睛能够看见一切东西。他们看得非常清楚,可是看不多远。"(p. 58)这种狭窄的、昆虫般的视野完全能够适应他们的环境,不过,格列佛的到来激起了他们身上最残忍狡诈的一面,他们不仅互相之间不断地猜疑、争斗,最后居然要谋杀无辜的格列佛。而"巨人"格列佛,面对不足自己手掌般大的利立浦特人,实在是表现出了他最善良、慷慨而宽容的一面。对弱小者的怜悯与忍耐,无疑是人之常情。斯威夫特似乎在暗示读者,身体条件完全可以对精神产生直接的影响,仅重视精神而忽视身体,不仅片面,而且狭隘。

在大人国部分,每一页似乎都充斥着布罗卜丁人庞大得似乎会压倒一切的身躯,弱小的格列佛则表现得完全像他自己所鄙视的利立浦特人。在格列佛每时每刻都可能面临生死考验的处境下,他无法继续保持他的仁慈与大方了,他需要不断地证明自己作为"人的尊严",而面对体型庞大的布罗卜丁人,他的种种努力看起来是那么荒唐可笑。在被母猴劫持之后,他手扶腰刀、神态凶狠地对国王说:"要不是我当时给吓坏了,肯定早就抽刀给(猴子)一下子了。"(p. 141)他这种色厉内荏的表现使他愈发沦为宫廷的笑料。为什么格列佛会变成这个样子?这与他身体的处境不无关系。因为身体之小、之弱,他随时都可能面临生命的危险，为保护自己的性命，他不得不绞尽脑汁算计谋划，不得不虚张声势，不得不察言观色讨好国王，当然，他也不得不接受自己身体的局限性。在他向国王介绍完自己国家的政治、法律、宗教及社会状况后，国王的那句评语想必已经为读者所熟知："根据你自己的叙述和我费了好大劲才从你那里挤出来的回答看来，我只能得出这样的结论：你的同胞中，大多数人都是大自然让它们在地面上爬行的最可憎的害虫中最有害的一类。"（p. 153）与利立浦特人和格列佛的同胞们相比，布罗卜丁人身上没有"贪婪、党争、伪善、无信、残暴、愤怒、疯狂、怨恨、嫉妒、淫欲、阴险和野心"（p. 152）等种种恶行，尽管身型庞大健壮，令人害怕，但他们总体上都是一些仁慈、单纯而又明智的人。他们将理性用于实际而善良的目的，他们的行为受到理性与情感的共同指导，他们完全能够接受作为凡夫肉身的种种表现：感觉、激情、本能，甚至自身的粗鄙。常常被两分的精神与肉体在他们身上似乎得到了完美的交融。难怪，在第四部分，尽管格列佛深深痴迷于慧骃马的纯粹理性，他也依然不得不承认，这些布罗卜丁巨人实在是耶胡族群中"最纯洁的"一类。格列佛在前两个国家的遭遇时时刻刻都在印证：人的眼界视野和道德高度，与他的身体具象不无关系。为了抵达真理，忽视身体（以及身体的感觉与本能），而仅仅依靠头脑（及理性）是远远不够的。

在前两部分里，斯威夫特通过广泛的身体意象隐喻了上述印象，到第三部分，这个印象进一步加深，发展成为一种明确的认识。通过对这里居民的描写，斯威夫特强调了忽视身体性的危险。格列佛偶然来到飞翔在空中的勒皮他岛，看到了一些长相非常奇怪的岛民："有生以来我还没见过这样的怪人，就他们的外形、服装和面貌而论，他们的确非常奇特。他们的头不是向右偏，就是向左歪。他们有一只眼睛向里凹，另一只眼睛却直瞪着天顶。他们的外衣装饰着太阳、月亮、星球的图形，还有许多提琴、横笛、竖琴、军号、六弦琴、键琴和许多种欧洲没有的乐器的图形。"（p. 186）这些岛民醉心于各种学术研究,尤其是数学和音乐,可是,他们只擅长抽象空洞的理论研究,做事荒唐不符合实际:音乐家谱出的音乐不成曲调,裁缝经过繁复的测量和计算后做出的衣服毫不合身,他们甚至会因为沉浸于思考而忘记吃饭睡觉,不得不雇用"拍手"来随时拍打他们,提醒他们去吃饭睡觉,而他们的妻子因为不堪冷落,偷偷溜下岛去,与下界的卑贱仆人幽会。自作品问世以来,斯威夫特对勒皮他人尖酸刻薄的描写一直被解读为他对所谓现代科学家的讽刺,尤其是对以牛顿为代表的皇家科学协会的讽刺。① 其实,对勒皮他人忘却自我、痴迷科学研究的做法,我们不妨做出另一番解读。在斯威夫特笔下,勒皮他人成为过度重视智力发展、忽视身体需求的典型代表,无论对其住处的安排和对其相貌的描写,似乎都在暗示一种脱离凡俗肉身、抵达智性巅峰的渴望:他们住在高高飞翔的云彩之上,这可以解读为一种克服地球引力束缚、超越尘世和摆脱身体奴役的精神向往,他们那一只向上看的眼睛益发突出了这一超验性的渴望,那只向内看的眼睛则应和了柏拉图的观点——依靠内在性(inwardness)才可以摆脱肉身的束缚、实现超越。当然,这只内视的眼睛最容易令人联想起的还是笛卡儿著名的"视看":象征了人类灵魂的内在眼睛。

可是,肉体是任何人都无法忽视、无法回避的存在,勒皮他人雇用的"拍手"无疑随时都在提醒着这一点。如果说,斯威夫特对他讨厌的利立浦特人持一种善意的忍耐态度,对大度的布罗卜丁人持一种无奈的钦佩,他对勒皮他人则只有深深的鄙视和辛辣的讽刺:勒皮他人是他所见过的最"令人讨厌的同伴"(p. 204),可见,对于勒皮他人与身体做斗争并试图摆脱身体奴役的行为,斯威夫特通过格列佛之口表达了真实的憎恶。

感到厌倦的格列佛离开勒皮他飞岛,来到拉嘎达岛,又遇到更多

---

① Gregory Lynall. "Swift's Caricatures of Newton: 'Taylor' 'Conjurer' and 'Workman in the Mint'". Harold Bloom. Ed. *Jonathan Swift*. New York: Infobase Publishing, 2009, pp. 101—118.

令他蔑视不已的荒唐科学家。比如,一位科学家正在做实验,居然研究如何将人类的排泄物还原为构成食物的各种原料,这一做法无疑象征了他对身体功能(消化吸收功能)的全面否认,难怪他的努力注定以失败告终。在岛上,还有一个神奇的人种,寿命长达几百年,在凡人眼里,这几乎就是实现了永生。初听此事,格列佛在兴奋之余更是感到羡慕,幻想成为其中一员:先积累大量财富,生活安逸之后再致力于学术研究,成为一名博学之士。可是,当他亲眼看到这些长寿之人的现状后,他的幻想破灭了。这些人虽然不死,但并非永远不老,他们的身体同样经历人类身体所经历的种种衰败与退化,他们相继失去胃口、牙齿、头发、视力、听觉,成为"活死人"。而且,由于长期受到这些身体老化现象的折磨,他们的脾气、性格和品性也都日益恶化,使他们成为众人讨厌的对象。他们可谓人类中最接近永生之理想的了,可那似乎不朽的灵魂仍然逃不出凡夫肉身的种种负担和限制。通过这些人的实例,斯威夫特无疑是在宣示他对人类寻求超越、寻求真理、寻求灵魂不朽的种种努力的看法。为了真理,这种努力是必要的,也无疑是勇敢、值得钦佩的。但是,在此过程中,人们却经常忽视身体及其需要,这无疑是可悲的。在这部分,通过对种种漠视身体力量之做法的夸张描绘和尖刻讽刺,斯威夫特强调了忽视身体性、过分追求理性主义的危险。

在《慧骃国游记》里,斯威夫特继续探讨这一主题,但他的手法再次有所变化。他塑造了截然不同的两个类型:极端身体性的耶胡和纯粹理性的代言慧骃马。耶胡身上毫无理性可言,代表着纯粹身体性的人,以及人身上所有动物性的欲望。格列佛不厌其烦地渲染他们的身体性:贪吃、当众排泄、毫不掩饰的性欲等。这样的存在是那么龌龊卑鄙、恶劣贪婪、面目可憎。斯威夫特借此警告读者,如果人类丧失了理性,就会沦为耶胡一般的动物。理性固然重要,可是,仅有理性却也绝非理想状态。慧骃马作为纯粹理性的代言,自称推崇理性与仁慈,却毫无私人情感。比如,慧骃马的婚姻不是出于爱情,而是要审查双方的社会等级和身体状况是否相配,以防止种族退化。婚姻对于他们而言只是传宗接代的途径,不允许考虑任何男欢女爱。由于处处以理性为行事的原则,在亲人去世、将亲生孩子送人时,他们也不会流露任何的悲伤。他们还无情地驱逐了格列佛,只因这么做符合理性的引导,尽管他们明明知道这会将孤立无援的格列佛送入绝境。此外,他们缺乏想象力,不能想象任何未曾亲眼所见之物,因此视野狭窄,固执己见,以自我为中心。格列佛所赞颂的慧骃马,其实缺乏温暖的人性,只有冷冰冰的理性,明显并非斯威夫特所欣赏的类型。格列佛陷入对慧骃马的盲目崇拜,辗转返回家乡后,他依然沉浸在对慧骃马德行的痴迷中,整日遁世于马厩,与马匹聊天,冷落厌恶自己的家人,无法恢复正常人的生活。这时的格列佛,简直成了"极为夸张而怪异的漫画人物"①。由于斯威夫特对格列佛的荒唐结局的明显讽刺,格列佛对慧骃马的溢美之词,益发彰显了斯威夫特对慧骃马及其极端理性的质疑和反对。

在认识世界、追寻真理的过程中,理性固然必不可少,即使如此,人类也不能脱离其本性的其他方面,包括身体及其功能。自古希腊以降至笛卡儿时代达到顶峰的两分式认识论,过于重视精神与灵魂,轻视身体和感性生活。身体被忽视、被贬抑,乃至被污名化,不能登上文学的大雅之堂。斯威夫特作为慧眼独具的少数学者,意识到笛卡儿所奠立的机械认识论的不足之处。在《格列佛游记》等作品中,他利用形形色色的身体意象,特别是通过各种与身体气味、消化、排泄等相关的不雅意象,以及对丑陋、病态、畸形等肉体的近乎夸张的描摹,以被许多同代人称之为粗鄙的手段,强调了生而为人所不能逃避的身体,传达了对西方理性传统中身心两分的质疑:身体和心灵(理性、精神)缺一不可,感觉、激情与理性的力量、精神的追求同等重

---

① 黄梅:《推敲"自我":小说在18世纪的英国》,生活·读书·新知三联书店2003年版,第119页。

要,过分强调其一而贬损其二是不可取的。在这个意义上,我们或许可以说,斯威夫特的身体观构成了对西方理性传统的"造反"。

斯威夫特的身体观溯源

斯威夫特这种似乎与其时代氛围格格不入的身体观从何而来?笔者认为,其源头主要有两个。首先是法国作家拉伯雷对斯威夫特的影响。[①] 拉伯雷的《巨人传》被公认为体现了狂欢化的民间身体观。根据巴赫金的观点,人与身体的分离对应了学术文化与群体民间文化的割裂。16、17世纪备受特权阶层贬低轻视的身体在民间百姓阶层仍保持其核心地位。巴赫金将《巨人传》称作怪诞现实主义的杰作,他强调:"怪诞现实主义的特点是降格,即把一切高级的、精神性的、理想的和抽象的东西转移到大地和身体的层面。"[②]降格或贬低化不是与精神性的、理想的、抽象的东西相对立,更不是对它们的否定,而是把这些正统文化的因素下降到或转换到物质(肉体)的层面来表现或嘲笑。巴赫金在民间的狂欢节日中找到了拉伯雷这一身体观的根源。在庆典活动中,民众的身体摩肩接踵,打破了习俗与惯例,模糊了高贵与低贱的界限。"怪诞的身体与周遭世界没有明显的界限。……焦点被放在了身体的各个部位,身体借由它们或向周遭世界开放,或在世界中向其自身开放,即身体上的各个孔洞、凸起、分岔及赘疣:大张的嘴、生殖器、乳房、勃起的阴茎、隆起的肚子和鼻子。"[③]而这些正是官方传统文化中负载耻辱的身体器官。上述身体意象在拉伯雷的作品中随处可见,在斯威夫特的作品中也不胜枚举。

---

① William A. Eddy. "Rabelais—A Source for Gulliver's Travels". *Modern Language Notes*, 1922,37(7), pp. 416—418.

② [俄]巴赫金著,白春仁、顾亚铃等译:《诗学与访谈》,河北教育出版社1998年版,第24页。

③ [俄]巴赫金著,巴力译:《拉伯雷的创作与中世纪和文艺复兴时期的民间文化》,河北教育出版社1970年版,第35页。

作为拉伯雷的崇拜者,斯威夫特对各种身体意象的呈现不可避免地受到了前者的影响。二者笔下展现的狂欢化精神都是灵肉结合的,而非厚此薄彼,重灵魂而轻肉身。

身体意象在斯威夫特作品中如此繁密出现的另一个原因是,身体问题已经成为当时的一个重要社会问题。进入 18 世纪以来,英国纺织工业逐渐得以发展,因圈地运动而失去土地的农村人口大量涌入城市,加之社会相对稳定,城市人口开始了第一次较大规模的增长。但是,城市的各类设施,尤其是卫生设施,却严重滞后于人口的增长。于是,狭窄的街道上拥挤着并不卫生的各色身体,浊气污物冲击人们的鼻孔和眼球。众多的身体需要喂饱和清洗,需要空间和隐私,更需要娱乐和放松,这些身体既为城市带来空前的繁荣,也为城市带来可怕的负担。在更加贫穷的都柏林,人口数量虽然不及伦敦,但穷人比例更大,身体问题更加触目惊心。基于爱尔兰街头那比比皆是、无法忽略又无法躲避的肮脏身体,有论者认为贫穷的爱尔兰人在一定程度上成为耶胡形象的原型:"斯威夫特不需要走遍半个世界才能发现野蛮人,他们无处不在,成为物质需求的清晰可见的证据。温和的格列佛眼里的那些野蛮人,其实是斯威夫特家乡的爱尔兰土著,是英格兰人愿意去憎恨的'凶猛的野兽、堕落的人类和桀骜不驯的动物'的混合体。"[1]即使风雅文学(polite literature)传统依然摒弃身体,但在当时的社会背景下,身体已然成为任何一位严肃、有社会良知的学者都无法忽视的问题。斯威夫特并未对诸多被视为粗俗、不够风雅的身体现象加以过滤或压抑,而是率真地把它们呈现于众多作品中,让读者去揣摩与体验,冲撞人们对身体与理性的追问。

结　语

自古希腊以降,灵魂与智慧、精神、理性、真理一起,开始享有凌驾

---

[1] Carol H. Flynn. *The Body in Swift and Defoe*. Cambridge: Cambridge University Press, 1990, p. 160.

身体之上的优越感,占据了古典哲学的主流话语地位。中世纪的基督教传统,又延续了古典思想把身体视为欲望快感的具象而贬抑身体的范式,身体仅仅是作为灵魂的载体而存在,是低级、粗鄙而短暂的,灵魂则是高级、纯洁和不朽的,这种二元对立的思维影响、支配着人们俯视身体的目光。由于身体处在被贬损境地,在正统文学作品中,身体几乎是隐形的,难以寻觅的。到了斯威夫特的18世纪,笛卡儿的近代认识论进一步攀附理性主义的路径成为西方哲学思想的主流,灵肉分离的二元对立论被笛卡儿助推到一个新的高度。但是,随着社会的发展,身体问题却成为论者无法越过的一道藩篱。于是,在文学作品中,身体具象逐渐开始显现,斯威夫特的"身体造反"就是其中的一个典型。他的诸多作品都触及身体问题,尤其是在《格列佛游记》中,他通过五花八门的身体意象,叩问身体和灵魂的关系,并阐明了自己的身体观:在小人国与大人国,他探讨了身体对于精神的可能影响;在勒皮他岛游记中,他讽刺了忽视身体需求、压抑身体及其本能的可笑与荒唐;在慧骃国部分,他则突出了仅仅看重理性的片面与危险。

综观西方思想传统,其主流身体观经历了一个从"灵肉冲突"到"身体解放"的变化过程。时至今天,身体学已经成为社会学中的显学,对身体的重视在今天的消费文化背景下达到巅峰。这离不开弗洛伊德、福柯、梅洛庞蒂等理论家的探索与努力,但是,我们更不应忘记,斯威夫特早在18世纪就已经将注意力投向了身体问题,并凭借曾被批判和咒骂的不够优雅、不够美丽的身体意象,提醒读者身体的存在,人的存在应是身体与心灵的整体存在。如此繁多而几乎要溢出页面的身体意象,构成了针对理性至上传统的"身体造反"。

(文中只标明页码的引文均来自斯威夫特的作品 *Gulliver's Travels*,详见参考文献)

慧骃马果真是理性与道德的楷模吗?

　　自斯威夫特的《格列佛游记》(1726)面世以来,读者和批评家众说纷纭,热度历时近三百年而未减,成为英语文学中流传最广、最具争议的作品之一。王佐良先生曾这样评价:"这部书是游记、神话、寓言,是理想国的蓝图,又是试验性小说。"①就连作品的文类都难以一语蔽之,更遑论在其他方面形成定式或共识了。相比较而言,争论的焦点更多集中在作品的第四部《慧骃国游记》,由于作者借叙述者格列佛之口,大胆犀利地暴露人性之丑陋,这让作者遭到不少读者和评论家的指责,甚至背上了"厌恶人类者"的骂名(如萨克雷、赫胥黎等作家认为他厌恨人类)。但也有评论家并不这样认为,他们的观点不如前者那么极端。由此,庞大的斯威夫特研究领域,分化为针锋相对的两个阵营:强硬派(Hard School)和温和派(Soft School)。前者认为在作品的这部分,斯威夫特表现出深深的厌世与绝望,而后者则相信他表现更多的是无奈与玩世不恭。尽管如此,诸多评论家的观点依然有颇多相似或重叠之处,他们的共识包括:斯威夫特大力强调理性之于人类的重要性,慧骃国代表了某个理想国度,慧骃马是理性与道德的典范,耶胡是人类失去理性后的蜕变,等等。仅枚举几例为证。有人认为:"慧骃马代表道德,耶胡代表彻底的堕落。二者是人

---

　　① 王佐良:《英国散文的流变》(珍藏版),商务印书馆 2011 年版,第 81 页。

类行为所能达到的两极。"①再如,公认的斯威夫特研究权威学者相信:慧骃马代表了人类"难以企及的理想"②,是斯威夫特"为人类构想的道德理想"③,等等。

读者和论家得出以上结论,自然与格列佛对慧骃国居民的描写与评判密切相关,加之这位第一人称叙述者不厌其烦地强调其叙事的公正与真实,这些无疑都会引导读者认同他的观点。在整部《慧骃国游记》中,格列佛对慧骃马的溢美之词俯拾皆是。他解释说,"Houyhnhnm"这个词在慧骃国的语言中有"大自然之尽善尽美者"之意(p. 283)。慧骃马生来具有种种美德,其言行有着任何动物乃至人类难以企及的理性。他们是理性的动物,根本不知道什么叫罪恶或谎言,他们的格言是"培养理性,一切都受理性支配"(p. 314)。他们坚信单单凭借理性即足以统治国家。在他们的语言里,没有"权利、政府、战争、法律、惩罚"等字眼,也没有"性欲、酗酒、怨恨和嫉妒"等概念。(p. 294)在格列佛眼中,由于有了理性的指引,慧骃马品格高贵完美,性情平和友爱,他们智慧仁慈、节制礼让,他们言谈文雅含蓄,举止端庄大方。这样一个群体,这样一个乌托邦般的国度,如何不让格列佛赞美有加?

这里的耶胡是作为慧骃马的对立面出现的,如果说慧骃马代表了理性,那么耶胡则完全是兽性的代言者,他们身上完全没有理性约束的影子,他们污秽龌龊,堕落凶残,简直是没有开化的异类。格列佛一再用"动物""畜生""妖怪"等词汇形容耶胡,他多次宣称,一看到他们,他的心中立即会为"鄙视和厌恶所充斥"(p. 268),憎恨之情

① Matthew Hodgart. *Satire*: *Origin and Principles*. Livingston: Transaction Publishers,2010,p. 67.

② Dustin H. Griffin. *Satire*: *A Critical Reintroduction*. Lexington: University Press of Kentucky,1994,p. 61.

③ Irvin Ehrenpreis. "How to Write *Gulliver's Travels*". Harold Bloom. Ed. *Jonathan Swift*. New York: Infobase Publishing,2009,p. 56.

溢于言表。因此,他要迫不及待地同这些野蛮的族群划清界限。在发现耶胡其实是堕落的人类之后,即便他在心里默认了这一令他无地自容的事实,但他还是拒绝公开承认自己和耶胡同属一个物种,仍然竭力拉开同耶胡之间的距离。难怪在被迫离开慧骃国之后,格列佛希望独自生活在某个小岛上,而不是回到英国,重返耶胡中间。就是后来辗转回到英国的家里,他依然对慧骃马念念不忘,宁愿终日与马聊天,也不愿接受身边"耶胡"亲人的关爱。

格列佛对慧骃国理性的顶礼膜拜是不争的事实,那么,慧骃马和格列佛口中的理性到底有什么具体含义?它果真如此神奇?这种理性的代言人慧骃马,真的是理性与道德的楷模吗?通过对《慧骃国游记》的细读,论者发现,传统斯威夫特批评的主导观点中其实存在一些令人质疑之处。

从根本上讲,斯威夫特创作此作品,应是主动以自觉的理性去认识和把握他所处时代的特质,因此,他不会脱离他所在时代的特质,也不会违背自己的理性去强加给读者与时代特质相背离的人物和故事。究竟是哪里出了问题呢?可以说,经过深入分析,我们发现:慧骃马的理性具有一定的危险性,并且他们的实践令他们的道德显得空洞无力。

危险的理性

自古希腊以降,西方一直都有推崇理性的传统。苏格拉底一生致力于探索塑造理性的个人。柏拉图力图根据理性的准则安排人们的政治生活,进而建立理性社会,对他而言,理性是"最高的智力能力和正常的心智"[①]。亚里士多德强调通过理性思维获取知识;古罗马的西塞罗和塞纳卡继承了希腊斯多葛主义的精髓,继续倡导理性。

---

① Plato. *The Dialogues of Plato*. Jowett. B. Trans. New York: Random House, 1937, p. 257.

前者认为,人区别于动物的最大特点是理性,理性使人类了解世界,具备恰当的行为礼仪,懂得真理与正义;后者认为,能最有效地避免人类行为和情感不协调的药剂是理性,提倡理性应该成为人类的向导,行为处事必须由理性引导。在漫长的中世纪里,理性精神为教会的权威所遮蔽,光芒尽失,不过,随着文艺复兴的到来,理性的曙光再次冉冉升起,尤其是进入 17 世纪后,随着自然科学的长足发展,笛卡儿的理性之光逐渐重新唤醒了人类近千年的混沌,牛顿的科学发现终于使一种崭新的近代宇宙观得以确立,这些从根本上改变了人们认识自然的方式。世界从此变得井然有序,清晰可辨,似乎再没有什么是人的理性所不能解释和无法把握的了。进入 18 世纪,启蒙主义精神逐渐成为时代的主旋律。欧洲的人们开始相信,理性时代已经到来,人类社会将在理性的指导下,变得更加文明,更加先进,人类将趋于至善。

　　《格列佛游记》就诞生于这样的时代大背景之下,格列佛对慧骃马理性的推崇和赞颂充溢着这一部分的每一章,每一页,几乎达到了难以复加的地步,他几乎将理性等同于无上的真理。我们知道,理性一般指形成概念,进行判断、分析、综合、比较、推理、计算等方面的能力。格列佛说:"在我们这儿,人们很可能就一个问题的两面似是而非地辩论一番。但是(慧骃马)却会使你马上信服,因为他们的理性并不受感情、利益的蒙蔽和歪曲,所以他必然会令人信服。"(p. 325)这种绝对的理性就是格列佛所推崇的慧骃马的理性。它更多的是指一种完全不靠想象、不加推测、不带偏见地掌握基本事实的能力,在书中的许多场合中,它实际上指的要么是常识(接受显而易见的事实,鄙视抽象思维),要么是避免感情和迷信。当格列佛告诉他的马主人他从哪里来,又是如何来到他们的国度的时候,马主人回答说,格列佛一定是记错了,或者说了"乌有的事情"(他们的语言里没有"谎言""虚假"等词语),因为他清楚,海上不可能存在这样的国家,一群耶胡也不可能使用木制容器在水面上行进。他肯定,没有一个慧驷马能够制造出这样的容器,更甭提耶胡了。可见,对慧驷马来说,他们想象不出来的事物一定不是真的。他们不会故意去说谎,但是,他们的视野却只局限于基本事实,不会想象,不会推理,甚至不会形成观点:"我记得我好不容易才使我的主人明白'观点'这个词的意义,好不容易才让他明白为什么一个问题会引起争论;因为理性只教导我们去肯定或者否定我们认为是确实的事情;我们既不能肯定也不能否定我们一无所知的事物。所以,慧驷马根本不知道还有什么辩论、吵闹、争执、肯定、虚伪或者含混的命题等罪恶。同样,当我经常把自然哲学的各种体系解释给他听的时候,他就会哈哈大笑,他认为一个冒充有理性的动物竟然也会重视别人的设想,即使这些设想是正确的,知道这些事也没有什么用处。"(pp.325—326)

如果我们透过慧驷国看似理想的表面,进行深入的分析,我们会发现,慧驷马的理性并非真正的尽善尽美。对这种理性的过分强调还具有相当大的危险性,主要表现在三个方面。

第一,它将导致世界观的狭隘和社会的停滞不前。因为慧驷马仅仅接受表面现象,将凡是不能想象之物都归结为不真实的,由此拒绝任何不熟悉之物,主动放弃对未知领域的探索。他们只相信自己眼前之所见,不能容纳与他们坚信的事实相悖的任何观念,完全视自我为中心,表现得狭隘而自大。这一点将在下文进一步论述。他们对外在物质世界缺乏好奇心的特点,无疑还会导致整个文明停滞不前,社会原地踏步。也许好奇心的缺乏,就是慧驷国的科学和文化非常落后的根本原因。他们没有字母表,没有文字,更谈不上书本的学习;他们不会使用金属,没有先进的机械设施;他们没有农业,赖以为生的燕麦是"自然生长"(p.328)的;他们没有基本的地理常识,除了自己的国家外,不相信世界上还存在其他国家;他们的天文学知识极其匮乏;等等。如果他们的理性带给他们的就是这样一个毫无生气、毫无变化的社会,即便在这样的社会中人人都彬彬有礼、友好相处、长寿健康、幸福安宁,即便格列佛能够长居于这个"理想国""世外桃源",可是,从本质上来说,这样的社会与史前社会又有什么区别呢? 这分明代表了一种社会和文明的停滞或退步。

第二,慧骃马理性指导下建立的社会实际上带有某些极权的 特质。慧骃国里没有法律的概念,这个国度的治理完全依靠理性, 大家都自动接受理性的指挥。格列佛并没有专门介绍这个国家是 如何治理的,但是,从他的间接叙述以及慧骃马主人的只言片语 中,我们可以推断出来。比如,格列佛在马主人家里居住多日,由 于他具有理性,主人家的成员几乎忘记了他属于耶胡的这个事实, 将他当作家庭成员一样善待,但是,这引起了其他上层阶级人士的 不满,这些人将此问题提交到全国大会,大会最终达成决议:"敦 促"格列佛的主人将格列佛赶出慧骃国。邻居们也对主人施压,使 其服从并实施此决议。他们的理由是,这个不同寻常的耶胡会扰 乱民心,况且,他和一个耶胡交朋友"不符合理性或自然,是从来没 有听说过的事情"(p. 341)。虽然主人不太情愿,但是,大会的"敦 促"不容反抗(主人告诉格列佛,慧骃马从来没有被逼迫做什么事 情,他们仅仅是得到敦促或建议)。这本质上就是一种极权的倾 向,在一个没有法律、理论上也没有"强迫"这回事的社会中,公众 舆论成为评判某种行为的唯一准绳,而由于人类作为群居动物的 从众性,公众舆论反而不如法律那么开明和宽容,因而具有令人顺 从的强大力量。上文已经提及,在几乎任何议题上,慧骃马都能达 成一致。由于他们所能理解的真相都是显而易见的,因此,几乎所 有问题都不会有争论的空间。没有争论,没有异议,一切决议都得 以顺利执行,这何尝不是极权的最高级阶段呢? 在这个阶段,公众 行为一致,根本不需要法律和警察。"因为理性只教导我们去肯定 或者否定我们认为是确实的事情;我们既不能肯定也不能否定我 们一无所知的事物。"(p. 325)慧骃马认为,他们已经知晓了应该知 晓的一切确实之事,为什么还要容忍不同政见呢? 慧骃国理性面 纱笼罩下的社会极权性质由此可见一斑。

第三,慧骃马的理性有其冷酷的一面。慧骃马极其倚重理性,他们处事不掺杂任何个人情感。尽管他们个个显得品格高尚,但却由于过分理性而没有丝毫的本能情感,没有天生应有的喜怒哀乐,显得冷漠、缺乏热情。比如,慧骃马们的结婚不是出于爱情,而是要审查对方的社会等级和身体状况是否与自己相配,以防止种族退化。婚姻对于他们而言只是传宗接代的途径,不允许考虑任何男女之欢爱。为了保持人口数量的稳定性,他们实行严格的计划生育政策,每对夫妻只允许养育两个孩子:一男一女。只有当某个孩子夭折后,他们才可以再生育下一个。而如果母亲在此时失去了生育能力,全国大会将指派另一家送给他们一个孩子。如果某对夫妻生了两个同样性别的孩子,大会将对不同夫妻的孩子进行统筹调换,以保证每个家庭都能有一男一女两个后代,在这之后,夫妻之间就不再发生性关系。对于将自己的亲生孩子送给其他家庭抚养,他们表现得既冷静又达观,没有一丁点的不舍或心疼:"他们对自己的孩子,没有什么喜爱之情;他们对孩子的照顾和教育,完全出于理性的指引。"(p. 328)理性告诉他们,这样做对集体有益,所以他们便视其为自然从而顺从。他们对死亡的态度,也是同样冷静和理性,冷静得近乎冷酷。"他们的亲友对于他们的死去既不感到高兴也不感到悲伤。快要死去的慧骃马也不会因为自己要离开这个世界而感到有什么遗憾,就像刚访问过一位邻居现在要回家一样。"在他们的语言中,与我们通常说的"死亡"最接近的词语是"他回到他的一个母亲那去了"(p. 335)。因为他们的脑子毫无想象力,所以他们只能聚焦于当下和眼前的事实,他们根本体会不到逝去的痛楚。虽然他们宣称非常重视友谊和仁慈,但他们似乎并没有真正践行这些,当亲人或邻居去世后,他们依旧平静地做着手头的工作,不为所动,他们似乎真的做到了"不以物喜,不以己悲"。他们所构成的社会是一个没有爱情、友谊、好奇心、恐惧、悲伤、嫉妒、不满、争吵等感情(也许我们可以说,他们只有一种感情,那就是对耶胡的愤怒和憎恶)的社会。在这个社会中,人口数量永远稳定,社会秩序永远井然,教育原则永远不变,全体居民永远不会生病而且淡然面对死亡。我们不禁要问:这个社会的前景是什么? 就是为了这样的生活能够世世代代地延续下去吗? 可是,这样的生活有何乐趣和意义可言? 这是一个多么单调乏味、死气沉沉的社会! 这里的居民与行尸走肉又有何异? 这真的是人人向往的理想图景吗? 答案似乎不言自明。

　　慧骃马的理性是狭隘的,是与情感彻底剥离的,甚至会导致极权的倾向。就是这样的理性将格列佛彻底洗脑,以至于他竟开始模仿马的步态和姿势,模仿马的声音和腔调。然而,格列佛终究不能摆脱他作为耶胡的事实,也得不到慧骃国全国大会的承认,最终被无情地驱逐出他心目中理性的理想国。可悲可叹的是,他返回家乡后,却发现自己再也无法恢复到正常人的生活,他忍受不了妻儿身上的耶胡气味,在妻子拥抱亲吻之后,竟然昏厥将近一个小时。他几乎像对待耶胡一样,憎恨、厌恶和鄙视自己本应倍加爱护的家人。五年之后,他依然拒绝与他人亲密交流,而是遁世于马厩,整天和马匹聊天,表达友爱。一个成年男性,一个丈夫与父亲,处事如此偏激极端,性情如此高傲冷酷,非但不承担起自己的社会与家庭责任,反而如此残忍地对待家人。难道他口口声声赞颂的理性就只能结出这样的果实吗? 这时的格列佛,简直成了"极为夸张而怪异的漫画人物"[①],沦为笑谈,难怪有读者认为他其实已经丧失心智,陷入疯癫[②]。

　　从斯威夫特对格列佛行为处事的或真或假的嘲讽中,我们已经能够看出,他其实是不赞成格列佛的极端做法的。人类如果丧失了理性,就沦为龌龊卑鄙、恶劣贪婪的耶胡。理性固然非常重要,这是

---

　　① 黄梅:《推敲"自我":小说在18世纪的英国》,生活・读书・新知北京三联书店2003年版,第119页。

　　② 封信敏:《理性与疯癫——格列佛分裂的自我》,《名作欣赏》2013年第18期,第54页。

问题的一个方面。可是,鉴于单具理性的慧骃马的狭隘、冷漠、极权和情感缺失,显而易见,只有理性明显不仅不够,而且危险,这是问题的另一个方面。苏格拉底曾论述:"要达到人类繁荣,需要理性和欲望各居其位,适当发挥各自的作用。"①对此,斯威夫特非常赞同,他在批评斯多葛派的过分理性时曾指出:"斯多葛学派去除我们的欲望,就像当我们需要鞋子时砍掉了我们的双脚。"②可见,他充分认识到欲望(渴望、情感、热情)的重要性,"温和而文雅的情感和欲望,使人心灵不会枯竭"③。理性和欲望是人性必不可少的两部分,必须和谐共存,才能到达完整和完美的人性,也才能建设真正意义上的人类社会。

空洞的道德

除了理性之外,慧骃马身上另一个被格列佛津津乐道的特点就是高尚的道德。格列佛不止一次地宣称:慧骃马"被赋予了所有德行的天性,不知邪恶为何物"(p.325)。但通过细读文本,我们却发现,这样的标榜并不准确,而是掩盖了他们所施行的诸多不道德之事,下文将从两个方面进行阐述。

第一,慧骃马身上体现了较强的功利主义思想。在作品中,格列佛称呼慧骃马为"超级理性的生物",慧骃马也自诩为"大自然之尽善尽美之物"。实际上,透过他们的言行,我们发现,他们与普通人并无太大的区别,尤其是在利用不同物种为自我服务方面。

慧骃马很早就通过剥夺耶胡的自由而成功地驯化了他们,利用他们做一些重体力活,将他们的尸体当作某些原材料,而作为报酬,只偶尔为他们提供一些腐烂的驴肉。虽然耶胡惧怕慧骃马,但

---

① A. G. Messchaert. *Reason and the Good Life: Socrates' View of Reason's Role*. Michigan: ProQuest Information and Learning Company, 2006, p. 2.

② Jonathan Swift. *Miscellanies in Prose and Verse*. Gale Ecco, Print Editions, 2010, p. 24.

③ Ibid, p. 237.

由于习性所致,他们还是经常做出令他们的主人慧骃马深恶痛绝之事。前文已述,在慧骃国,只有一件事可以引发争论,那就是"是否应该把耶胡从地球上完全消灭"。格列佛的马主人说,灭胡派"提出了几个很有力而且很有分量的论点:耶胡是自然界最肮脏、最有害、最丑陋的动物,也是最懒惰、最倔强、最调皮、最恶毒的家伙"(p. 330)。他们认为,如果不时时加以看管,耶胡就会偷吃慧骃母马的奶,吃掉他们的猫,踩踏燕麦和青草。因此,他们提出以驴子来替代耶胡,"驴子是一种文雅的动物,既容易驯养又来得服帖规矩,身上也没有什么难闻的气味,而且身强力壮,可以从事种种劳动,虽然驴子赶不上耶胡身子灵活。如果说驴子叫的声音不大好听,比起耶胡可怕的咆哮呼号来,那总好听得多"。"从各方面来说,驴子是一种更有价值的兽类,此外还有一种好处,驴子只要养到 5 岁就可以使用,而别的兽类却要养到 12 岁。"(pp. 331, 333)当鼓励饲养驴子的建议得到支持后,如何解决耶胡们呢?灭胡派希望对其赶尽杀绝,格列佛的主人则提出通过阉割的方式,让他们变得"驯良可用",并逐渐减少他们的数量,直至完全灭绝。慧骃马们对耶胡和驴子的评判比较,其出发点无非是他们对自己的用处,这种以自我为中心的功利主义在其他方面也有体现。比如,当格列佛试图向马主人解释自然哲学(自然科学)的各种体系时,"他就会哈哈大笑,认为一个冒充有理性的动物竟然也会重视别人的设想,即使这些设想是正确的,知道这些事也没有什么用处"(p. 326)。可见,过分的理性已经将是否"有用"这个衡量标准植根于他们的灵魂深处,几乎成为他们的"第二自然"或本能。仅仅因为耶胡和驴子属于异己,属于"他者",慧骃马就对其加以自私地利用,他们根深蒂固的功利主义思想使得他们口口声声表白的"道德""德行""友谊与仁慈"显得如此苍白空洞。

第二,慧骃马不仅势利自私,而且从骨子里信奉种族优劣论。即使只考察慧骃马这同一个族群,他们的社会也绝非平等的民主社会,而是基于种姓制度的等级社会。"慧骃马中的白马、栗色马、铁青马跟火红马、灰斑马、黑马的样子并不完全相同,他们的才能天生就不一样,也没有变好的可能,所以白马、栗色马和铁青马永远处在仆人的地位,休想超过自己的同类。如果妄想出人头地,这在这个国家就要被认为是一件可怕而反常的事。"(p. 310)大行其道的理性是决定社会阶层的唯一标准,在这种理性的引导下,他们根据颜色将慧骃马划分成不同的等级。不同等级之间界线森严,不仅地位悬殊,而且不能相互通婚,以保证血统的纯正。由此可见,宣扬对理性的无条件顺从,不过是自认为精英的上层阶级维持自身统治地位的一个策略而已,那些地位低下的慧骃马,由于长期浸润于"理性"的熏陶和规训,早已内化了这看似理性的安排,安于现状,不思改变。

　　慧骃马贵族阶层维持自己统治的另一个策略就是"转移矛盾,一致对外"。他们将整个慧骃马族群(不考虑毛色、能力或贵贱)标榜为智慧和理性的典范,把耶胡这个异族奴役、塑造成无知和原欲的象征。慧骃马对耶胡的利用和剥削,与欧洲人从 17 世纪开始对美洲和非洲土著民族的殖民剥削似乎并没有什么本质的区别。他们对待耶胡的态度显而易见地带有种族歧视色彩。英国人在非洲进行贩奴贸易之时,曾产生过一整套文献,将非洲人刻画成丑陋、暴烈、纵欲的野蛮人。同欧洲殖民者类似,慧骃马也将自己的种族与耶胡族群进行二元化的对立,打着理性和文明的旗号,以"畜生""野兽""妖怪"等词汇将这个异族妖魔化、污名化,以突出自我的优越和对方的低劣。"人种学"的研究指出了黑人天生屈膝,甚至提到了遗传性的漫游狂症(drapetomania,即逃跑、游荡的倾向)。在慧骃马的描述下,这个特性在耶胡身上也有充分的体现,他们四处游荡,做尽令慧骃马深恶痛绝的坏事。事实上,从格列佛的记叙——"慧骃马把日常使用的耶胡养在离他们家不远的茅屋里,却把其余的都赶到田野里去,他们就会在那儿拔草根、啃野草、搜寻死兽肉"(p. 324),我们不难得出结论:

耶胡们的游荡作恶与慧骃马对他们的支配奴役不无干系。

慧骃马并不太清楚耶胡的来历,先前只有一些传说,看到格列佛后,他们有了新的推测:最初的两个耶胡与格列佛相似,偶然来到慧骃国后,居于荒凉的深山,逐渐堕落至现在的状态。我们能否推测,耶胡的退化和堕落其实与慧骃马对他们的非人化的捕杀、奴役与虐待有关? 如同欧洲殖民者对非洲黑人的非人待遇只能使他们愈发陷入贫穷与堕落。

尽管格列佛对慧骃马充满奴隶般的敬仰,他最后也没能得到慧骃马的一丝怜悯。明知道格列佛很可能会在茫茫大海中送了命,慧骃马依然毫不留情地将他驱逐出去,此做法明显与他们标榜的仁慈相去甚远。格列佛不得不感叹:"慧骃马做出的一切决定都有实实在在的理由,不会被我这么一只可怜耶胡提出的论据所动摇。"(p. 343)慧骃马赶走格列佛的理由是,这个"耶胡"的存在可能会"扰乱民心"。从慧骃马的视角看,格列佛的存在到底会产生什么后果呢? 无非是他这个特殊个体的存在,可能会模糊慧骃马在自我和耶胡"他者"之间建立的分界线,从而弱化自己对耶胡的统治。

格列佛与马主人告别的场景,益发强化了慧骃马与耶胡之间的对立关系(傲慢统治者与卑贱属下阶层)的实质:格列佛俯身去亲吻马主人的蹄子,后者则屈尊俯就地抬起前蹄,任由格列佛膜拜。(p. 345)这一意象无疑是意味深长的,既彰显了慧骃马的种族优越感,又象征了格列佛这个"耶胡"对剥削者的顺服。

通过以上分析,我们可以看出,格列佛赞不绝口的慧骃国实际上是这样的国度:某个精英阶层,一方面依赖智力上的优越,另一方面辅以大屠杀的威胁,对异族实施着奴役与剥削。无论他们有多么符合(自己定义的)理性的理由,这种行为都不能被称为"道德"。此时,慧骃马口中的"道德"显得是如此的虚伪。

结　语

　　根据美国"新批评"学派文论家的观点，读者常常犯下"意图谬误"，即将叙事者的观点等同于作家本人的意图。由于斯威夫特本人在其他作品中也多次讽刺人性，攻击世道黑暗，这就更加复杂化了读者对《格列佛游记》的解读。在作品的前三部分，虽然斯威夫特对格列佛也偶尔持一种讽刺态度，但是，当格列佛就人性、政治、世风等进行阐述时，我们基本可以将格列佛视为斯威夫特的代言人。但是，在《慧骃国游记》这一部分，斯威夫特与叙述者格列佛之间的距离却明显拉大了，作品的讽刺性更强了，诱发了读者的"意图谬误"。特别是作品结尾处，在慧骃国生活两年后，格列佛回到了故乡，作为人的肉身回来了，但他的灵魂却依然荒唐地生活在慧骃马的影响之下，成为了一个不关心家人、不问世事的孤傲厌世之徒。这时的斯威夫特与格列佛之间不可能存在过多的等同关系，这进一步证实文学作品并不是作者态度的简单映射，作者把握作品人物具有深层次的复杂性，我们需要撇去作品表面的浮沫，进行深度辩证的挖掘与探究。在很大程度上，认为慧骃国预示了在理性引导下的理想国，慧骃马是理性与道德的载体的观点，其实就是误解了作品人物意象与作者态度之间映射关系的具体表现。在斯威夫特的笔下，慧骃马的理性颇具危险性，而其道德则倍显空洞。斯威夫特把自己的作品引向了一个批判与讽刺的更高峰。

　　（文中只标明页码的引文均来自斯威夫特的作品 *Gulliver's Travels*，详见参考文献）

奥斯丁的《劝导》与浪漫主义思潮

在简·奥斯丁的六部小说中,《劝导》一直都为评论界所忽视。出版之初,它就被批评为"毫无新意"的次等作品。[①] 多年来,这一认识基本未变。对其进一步的细读揭示,这种认识的根源也许是它与前几部作品之间的差异,习惯了奥斯丁风格和主题的论者对于稍显异类的《劝导》不能立即接受。早有论者注意到这一点,吴尔夫曾论述:"我们也感到她已经打算尝试一下自己从来没有做过的事。在《劝导》中已经有了某种新的因素、新的特点。"[②]但吴尔夫未对这些新因素进行深入分析。笔者认为,这些新因素包括日渐浓厚的浪漫主义色彩。无论情节、主题还是人物塑造,都揭示了浪漫主义的转型。

《劝导》的浪漫主义转型

新古典主义与浪漫主义之间存在难以调和的差异,二者对待情感、本能和个性等的态度迥异。前者也称理性主义,主张理智、谨慎、冷静和秩序,后者则主张抒发个人情感,燃烧激情,张扬个人主义。在文学中,二者针锋相对,前者倾向于挖掘"公认的真理",后者则重

[①] B. C. Southam. Ed. *Jane Austen: The Critical Heritage*. London: Routledge Press, 1996, p. 84.

[②] [英]维吉尼亚·吴尔夫著,刘炳善译:《书和画像》,生活·读书·新知三联书店1994年版,第96页。

视大胆运用想象,抒发强烈的感情和表达自我的个性。①

奥斯丁的早期小说具有明显的理性主义影响的痕迹。如《理智与情感》突出宣扬理性主义观,把理智置于感情之上。作者传达她对婚姻的看法:理想的婚姻必须基于对双方物质条件的理性判断。《理智与情感》显示,奥斯丁的伦理取向完全符合新古典主义时期道德家的要求,他们谴责感情的放纵,提倡审慎理智。

奥斯丁在《劝导》之前的作品中常运用反讽语气对书中人物进行讽刺。但在《劝导》里,看不到作者对安妮的讽刺,奥斯丁几乎全书采用了内聚焦的叙述模式,模糊了叙述者与安妮声音的界限,安妮的观点与思想、情绪和欲望主宰作品,安妮成了奥斯丁的代言人,这种内在呈现方式类似现代意义上的"意识流",使读者完全认同安妮的观点。面对已经习惯了"理性爱情"的读者,奥斯丁选择内聚焦的叙述模式也许是一种本能的选择,她需要赋予安妮的爱情以最大程度的合法性。

安妮的爱情不同于以往女主人公的爱情。故事开始时,安妮青春已逝,韶华不在,与自负虚荣的父亲、姐姐生活在一起,备受冷落。她 19 岁时曾与海军军官温特沃斯相恋,但当时温特沃斯既无地位又无钱财,安妮的贵族父亲和教母出于理性的考虑,反对这门婚事,安妮出于谨慎,接受了劝导,取消了婚约,但一直未能忘情于温特沃斯,把痛苦深埋心底。8 年后,世道变迁,她父亲因为一味奢侈而欠债累累,只好出租祖上留下的大房产,而租房者正是温特沃斯的姐夫。此时的温特沃斯已今非昔比,他靠自己的才智和勇敢在英法海战中积累了巨大的财富。重逢后,经过一段时间的相处,温特沃斯重新认识了安妮的价值,当年的误会消除,二人再续前缘。安妮依然面对来自家庭和教母的阻力,但这次她决心追随感情的召唤,大胆追求自由和

---

① Chris Baldick. *Oxford Concise Dictionary of Literary Terms*. Shanghai: Shanghai Foreign Language Education Press, 2001, pp. 148, 193.

个人的幸福。感情战胜了一切,安妮终究获得了迟到的爱情和幸福。

　　这里的爱情显然不是奥斯丁早期作品里追求的那种平和、沉稳、内敛、理智的情感,而是基于男女相互吸引的浪漫爱情。对于二人 8 年前的感情,小说着墨不多:他们"结识后便迅速陷入了深挚的爱情"(p.21),但这寥寥几笔足以告诉我们,这是那种忽视双方之外的任何事物而集中于对彼此感受的浪漫爱情。对于重逢后安妮的感受,奥斯丁不遗余力地进行描摹,由于上文提到过的内聚焦的叙述模式,读者真切地分享着安妮的喜悦和悲伤,感受她每一次的心跳和激动。在巴思瞥见温特沃斯后,"她当即感到她是世界上最大的笨蛋,真是荒唐至极,不可思议! 一时之间,她什么也看不见了,眼前一片模糊","好不容易才恢复了神志"。(p.154)见面之后,两人都非常尴尬,"他显得十分震惊,安妮从未看见他这么慌张过,满脸涨得通红。自打他们重新结交以来,安妮第一次感到自己没有他来得激动",而安妮则体会到"那种震慑、眩晕、手足无措的感觉"。(p.155)

　　至于温特沃斯的感情之强烈,读者可以通过他写给安妮的求婚信略见一斑:"你的话刺痛了我的心灵。我是半怀着痛苦,半怀着希望。""我的一切考虑、一切打算,都是为了你一个人。你难道看不出来吗? 你难道不理解我的心意吗? 假如我能摸透你的心思,我连这十天也等不及的。我简直写不下去了。我时时刻刻都在听到一些使我倾倒的话。"(p.212)这封信的字里行间都跳跃着一颗为爱情而澎湃的心,洋溢着一股压抑不住的激情。

　　除了渲染二人感情的强烈外,在描述安妮和温特沃斯重逢后打交道的几个场景中,奥斯丁暗示了安妮潜意识中对彼此身体之间距离的敏感。通过突出肉体近距离接触而引发的安妮的内心波动,奥斯丁似乎在提醒读者,他们之间的爱情在很大程度上基于性的吸引。不乏例证。重逢后第一次见面是在默斯格罗夫先生府上(安妮妹妹的婆家),"他同安妮实际上坐到了同一张沙发上,他们之间只隔着个默斯格罗夫太太",安妮感到"焦灼不安"(p.58);小外甥缠绕着安妮,温特沃斯果断地上前把小孩从她脖子上抱走,安妮感到"心乱如麻","既感到激动不安,又觉着痛苦不堪,始终镇定不下来"(p.70);众人散步归来,温特沃斯意识到安妮的疲惫,体贴而坚定地把她扶上马车,她的内心掀起了波涛,甚至对身边人的问话都置若罔闻,"她觉得是他把她抱进去的,是他心甘情愿地伸手把她抱进去的","她一回想起来便心潮澎湃,自己也不知道是喜是悲"(pp.79—80)。这几个场景中,安妮的种种心猿意马、心慌意乱的表现,都可解读为由二人的近距离肉体接触所引发,可见,男女情爱在安妮和温特沃斯的关系中发挥着不可忽视的作用,这种爱情对理智的存在是视而不见的。每次的激动平静下来后,安妮都感到羞愧,会责怪自己。"她为自己碰到这么件小事便如此慌张、如此束手无策,而感到极为惭愧。不过,情况就是如此,她需要经过长时间的独自思索,才能恢复镇定。"在面对对方时,感情始终占据上风,使她忘记理智的存在,思考总是姗姗来迟。

安妮最终确定温特沃斯对她仍存旧情,但是因为不知道她的心思而不敢贸然开口,她坚定了决心,这次她不会让任何人把他们分开,她要自己掌握命运,主动追求自己的幸福。在她寻找机会试图向温特沃斯表明心迹的过程中,安妮在读者心目中的形象在悄然转变。小说开始时,她人微言轻,习惯了静静观察,默默助人,但爱情的力量逐渐改变了她,随着情节的展开,读者越来越多地听到安妮的声音。她安慰因未婚妻病逝而悲痛欲绝的本维克中校;她在路易莎受伤后镇定地指挥惊呆的众人各司其职实施救助;她得知路易莎与本维克中校恋爱后甚至高兴地喊出来:她的个性愈发鲜明,她的自我逐渐呈现在读者面前。她同哈维尔上校关于男人、女人谁更忠贞的争辩使她的自我得到了最大程度的张扬:她意识到温特沃斯在聆听,所以不能错失这个向他间接展露心曲的机会,她声音颤抖但坚定地表明了自己的爱情观。她依靠自己的力量赢得了爱情,也必须依赖自己摆脱家庭的羁绊。虽然依然存在阻力,但安妮不再是那个习惯受人支使的胆怯女孩,她更成熟自信,她信赖自己的直觉,相信温特沃斯会带给她幸福。在自我和家庭的矛盾中,面对只关心社会地位的冷漠父亲,她选择忠实于自我。

安妮的选择完全基于自己的情感和幸福观,这个举动无疑符合浪漫主义的人生哲学,奥斯丁对她追求自由和幸福的勇气和行为给予了充分的肯定。叙述者发表了如下的议论:"……(安妮)对早年炽热恋情的渴望,对未来的满怀喜悦和信心,是有充分理由的,而过去的谨小慎微似乎成了胡作非为和对上帝的亵渎!她年轻的时候被迫采取了小心谨慎的态度,随着年龄的增长,她逐渐染上了浪漫色彩,这是一个不自然开端的自然结果。"(p. 25)这里,奥斯丁对"浪漫"一词的使用丝毫没有以往作品里的讽刺意味,对与理性相伴相生的"谨慎"却持明显的否定态度。这似乎暗示,奥斯丁的观念在悄然转变,一种更重视感觉和情感的倾向形成,自我意识和激情不再是谴责和鄙视的对象。

《劝导》创作于浪漫主义思潮风起云涌的1816年,奥斯丁不可避免地受到浪漫主义大氛围的熏陶和浸润,自我、想象和情感等这些定义浪漫主义的要素在《劝导》里全都存在,被视为安妮身上值得羡慕的品质,而非像她的其他小说里写的那样,是人物成长过程中必须克服的缺陷。浪漫主义把自我意识和情感生活重新返还给深陷理性与经验主义的人类,奥斯丁把这些特质赋予自己喜爱的女主角,表达了对这些特质的肯定。安妮为了个人的情感甘愿放弃贵族地位,小说结尾暗示了她和温特沃斯即将开始的幸福生活,奥斯丁对她追求幸福之举流露了显而易见的赞成态度,这不仅反映了当时社会结构的转型(世袭贵族阶级的没落和新型职业阶层的兴起),也体现作者的创作出现了浪漫主义的转型。可惜《劝导》后不久,奥斯丁病逝,这种浪漫主义的萌芽未能延续。

《劝导》与浪漫主义文学

奥斯丁与文学先辈们的关系已不用多费笔墨,她对 18 世纪的理查逊、约翰逊和考伯等的推崇不仅体现在她信件的字里行间,她的女主人公们更是他们的崇拜者,如《曼斯菲尔德庄园》里的范妮、《理智与情感》里的玛丽安,都是考伯的信徒。奥斯丁与同时代作家的关系则要微妙得多,论者指出:"奥斯丁对当代作家的判断尤其难以琢磨。"①主要原因就是她在谈论他们时常采用一种间接的、类似说反话的口吻,偶尔使用稍显夸张的崇拜语气,这种半真半假的俏皮成了研究她对这些作家真实看法的阻碍。但是,仍可以从她的作品中略见一斑。

奥斯丁小说中的女主人公大多热爱读书,她们所读的书常对小说的情节和主题产生重要影响,如《诺桑觉寺》中的凯瑟琳热衷于哥特式小说,小说的情节就围绕着凯瑟琳逐渐摆脱对这种高度想象化、远离生活实际的文学作品的依赖过程而展开,此过程也是她走向理性和成熟的进程,小说的主题得以发展和深入。《劝导》中,文学作品对情节发展所发挥的作用截然相反,奥斯丁利用诗歌印证了安妮在感情上的成熟。安妮深受浪漫主义诗歌的影响,浪漫主义诗歌是安妮的自我得以发展的重要途径,发挥着不可小觑的作用。

《劝导》中首次提到浪漫主义诗歌是在第 10 章,散步途中,别人成双成对,谈笑风生,唯独安妮独自走在后边,"吟诵几首描绘秋色的诗篇,因为秋天能给风雅、善感的人带来无穷无尽的特殊感染,因为秋天博得了每一位值得一读的诗人的吟咏,写下了动人心弦的诗句"。(p.73)安妮面对秋色,触景生情,颇有浪漫主义的感伤意味。

---

① Isogel Grundy. "Jane Austen and Literary Traditions", Edward Copeland and Juliet McMaster. Eds. *The Cambridge Companion to Jane Austen*. Shanghai: Shanghai Foreign Language Education Press, 2001, p.201.

读者也许记得,在《理智与情感》中,同样是对景抒情的玛丽安却不得不承受奥斯丁的讽刺。

随着情节的展开,安妮有机会谈论浪漫主义诗歌。在第 11 章,她善解人意地与本维克中校聊天,为他排解痛苦,他喜爱读书,所以,他们谈起了诗歌:"谈起了现代诗歌的丰富多彩,简要比较了一下他们对几位第一流诗人的看法,试图确定《玛密安》与《湖上夫人》哪一篇更可取,如何评价《异教徒》和《阿比多斯的新娘》……看来,他对前一位诗人充满柔情的诗篇和后一位诗人悲痛欲绝的深沉描写,全部了如指掌。"(p. 88)可以看出奥斯丁对当代浪漫主义诗歌的熟悉程度,她把司各特(前两首诗的作者)和拜伦(后两首诗的作者)列为一流诗人本身就非常耐人寻味。浪漫主义诗歌所倡导的自我、自由和感情,最终鼓励安妮挣脱社会和家庭的压力,拥抱更完整的情感生活。

在《劝导》中,浪漫主义诗歌还产生了另一个令人惊讶的效果:本维克中校和路伊莎因为一起欣赏诗歌而相爱。在讲述本维克每天为路易莎朗读浪漫主义诗歌时,叙述者的语气里哪里有丝毫的讽刺?有的只是赞赏和祝福。读者不禁会心存疑问:这仍是那个在《理智与情感》里因为玛丽安吟诵感伤诗歌而大加嘲讽的奥斯丁吗?

《劝导》中,奥斯丁的语言风格也有所变化。她多次运用浪漫主义诗歌里常见的热烈语言,尤其是在最后几章她描述安妮与温特沃斯的爱情时,这种现象出现得愈发频繁。第 21 章,作者以诗的语言抒情:"安妮怀着热烈而忠贞不渝的爱情,从卡姆登巷向西门大楼走去,巴思的街道上不可能有过比这更美好的情思,简直给一路上洒下了纯净的芳香。"(p. 170)奥斯丁几乎就是在尝试使用彻底的浪漫文学的语言。再如安妮读完温特沃斯的求爱信后,体会到"无法压抑的幸福"(p. 212);两人相伴散步时表面平静,"心里暗中却欣喜若狂"(p. 214)。

第 23 章,安妮即将与温特沃斯见面,她渴望有机会向他解释自己与堂兄的关系,消除他的嫉妒,但她又害怕在场的人多,自己不能如愿,从而陷于一种"如此痛苦的幸福之中,或是如此幸福的痛苦之中"(p. 204),这种爱情与失望紧密纠缠的矛盾感情是浪漫主义诗歌的常见主题,也多次在安妮身上出现,例如,"她一回想起来便心潮澎湃,她自己也不知道是喜是悲"(pp. 79—80),"这是激动、痛苦加高兴,真有点悲喜交集"(p. 155),不一而足。从上述种种,不难得出结论:文化氛围在变化,奥斯丁的文学趣味不可能保持静止不变,相反,她不断与自己的时代对话,不断质询和调整自己的观念,文风相应有所转变。

浪漫主义诗歌对奥斯丁的另一个潜移默化的影响在于对温特沃斯这个人物的塑造。由于小说主要以安妮的视角呈现,读者对温特沃斯的了解在很大程度上来自安妮的认识,但从不多的着墨中,读者仍能体察男主人公身上体现出的拜伦式英雄的特质:才貌出众,勇敢无畏,自信高傲;感情迅疾强烈;对其他女性有强烈的吸引力,但对爱人忠贞;鄙视庸俗势利之人;等等。这些在温特沃斯身上都不同程度地存在。他的相貌自不用提,比女人都注重外表的埃利奥特爵士在多瞧瞧他,又趁白天对他仔细端详后,"不禁对他的相貌大为惊羡,觉得他仪表堂堂"(p. 222)。至于他的才华,小说伊始就有交代:"他是个出类拔萃的好后生,聪明过人,朝气勃勃,才华横溢。"(p. 21)他对女性的吸引力体现为,他在两位默斯格罗夫小姐心目中激发起"热烈的爱慕之情"(p. 71),尤其是路易莎几乎被爱慕之情冲昏头脑,险些送命。

温特沃斯感情之强烈,上文已有例证,而他对爱情之专一则有目共睹。他和安妮8年前"迅速陷入了深挚的爱情",虽遭阻碍,感情一直未变。温特沃斯对趋炎附势的庸俗之人深恶痛绝,面对安妮势利伪善的父亲和姐姐,他难以掩饰他的蔑视和不屑。当然他的傲气并不总表现在对贵族地位的不屑,也并不总是值得称道的品质,他和安妮多年的分离和痛苦在一定程度上也有他自己的责任。二人冰释前嫌后，温特沃斯非常懊悔自己当年的不肯低头，陷入自责："我太傲慢了，不肯再次求婚。……一想起这件事，我什么人都该原谅，就是不能原谅自己。"(p. 208)他为自己的过分自信和傲气付出了沉重的代价。

不能说温特沃斯是彻底的拜伦式男主人公，但在塑造温特沃斯这一形象时，奥斯丁充分发挥想象力，再加上拜伦诗歌的微妙影响，温特沃斯才成为她笔下最接近拜伦式英雄的男主人公。

结　　语

鉴于上文的分析，《劝导》与浪漫主义思潮之间有着千丝万缕的联系。奥斯丁对感情的重视，对新思潮的接受和借鉴也许是无意识的，也许不能适用于她的所有作品，但至少在《劝导》中，读者发现奥斯丁的世界观在发生着微妙的变化。在多年的奥斯丁研究史中，她几乎总是被简单化地解读为一个审慎的传统主义者，夏洛特·勃朗特曾指责她缺乏激情、个性和想象力，是"被用篱笆仔细围绕的、精心耕种的花园，有着整齐的边界和娇媚的花朵"①。但是，《劝导》绝不是那个整齐而拘谨的花园，整部小说充满浪漫主义的热情和理想。

（文中只标明页码的引文均来自奥斯丁的小说 *Persuasion*，详见参考文献）

---

① Elizabeth Gaskell. *The Life of Charlotte Brontë*. London：Penguin Classics, 1998，p. 282.

下篇　作家与社会

狄更斯的"单城记" ①

2012 年的英国伦敦发生了什么大事？人们十之八九会脱口而出："举办奥运会啊！"没错！但是，伦敦人其实还举办了另一件文化盛事："狄更斯年"的系列庆祝活动。2012 年是文坛巨匠狄更斯的 200 周年诞辰，以其为豪的伦敦人为这个"英国最好的小说家"（2012 狄更斯官网的说法）举办了盛大的庆祝大会。2010 年，迪士尼新版动画《圣诞颂歌》在伦敦首映时，伦敦市长就宣布了"狄更斯 2012"的全年计划。为此，散布在英国各地的文学与图书机构、狄更斯博物馆、国际狄更斯社团等，开始朝着一个方向集思广益：以狄更斯之名，进行一次全年的文化狂欢。他们斥巨资修缮伦敦的狄更斯故居，并将修缮工程意味深长地命名为"远大前程"；新版电影《远大前程》于 2012 年上映；大英图书馆在全国策划了一系列的教育活动；人们为了参加罗切斯特市一年一度的"狄更斯节"，使从伦敦驶往肯特郡的"匹克威克号"专列更加拥挤、更加热闹；当然，狄更斯的"粉丝"络绎不绝地从四面八方涌向伦敦，寻访他的足迹，捕捉他所描摹的 19 世纪伦敦的依稀旧影。

毫无疑问，伦敦是所有这些纪念活动的中心。在英国人的眼里，

---

① 狄更斯的小说《双城记》记叙发生在伦敦和巴黎两个城市的故事，而这里主要介绍狄更斯的"伦敦情结"，因此命名为"单城记"。

狄更斯的名字与伦敦紧密地缠绕在一起,解也解不开,伦敦是狄更斯的伦敦,狄更斯则是伦敦的狄更斯。狄更斯的传记作者皮尔逊断言:"如果说约翰逊博士和查尔斯·兰姆是伟大的伦敦人,那么狄更斯就是伦敦本身。他把自己和这座城市视为一体,以致成了其砖瓦和灰浆的一部分。"这并非虚妄之言。狄更斯久居伦敦,他在这里度过了一生的绝大部分时光:贫困与屈辱相伴的童年,挣扎与奋斗交织的青年,以及成名后忙碌与充实共度的岁月。但是,他的名字之所以成为伦敦的代名词,更主要的原因则是,伦敦是他众多作品中当之无愧的主角。狄更斯创作的十五部长篇小说和难以计数的中短篇小说,绝大多数以伦敦为背景:从其成名作《博兹札记》到《雾都孤儿》,从《远大前程》到《荒凉山庄》,从《尼可拉斯·尼克比》到《小杜丽》,伦敦的身影比比皆是。不仅他的脚步遍及伦敦的角角落落,他的笔触更是深入伦敦最黑暗的心脏与最浮华的旋涡,记录了伦敦的人生百态与社会沧桑。伦敦是他一生魂牵梦萦的都市,他对伦敦爱恨交织,既为之自豪,又为其忧虑,这种复杂情感持续了他的整个创作生涯。

　　1812 年,狄更斯生于朴次茅斯市。他 11 岁那年,他那身为海军军需处管家的父亲,因不善理财而欠债,被关入伦敦的债务监狱,全家不得不搬到伦敦的贫民区,狄更斯辍学,去鞋油厂做童工以补贴家用。生活境况的突变,给他带来难言的苦痛与耻辱,他从此接触到了伦敦最底层的生活。好奇的小狄更斯在干活之余,常去那些阴暗的小巷溜达,去那些破败的庭院游荡,偷听夫妻吵架,远观酒鬼斗殴。他不仅有一双善于观察的眼睛,而且拥有惊人的记忆力,他遇到的三教九流的人物的形象,他亲身经历或道听途说的五花八门的奇闻趣事,牢牢地占据了他的脑海。他当时肯定想不到,这就是一笔巨大的财富,为他成为伦敦生活最忠实的记录者和举世闻名的大作家插上了翅膀。

　　狄更斯 16 岁学会速记,到一家律师事务所当缮写员,后成为法律报社的记者。由于工作需要,他游走于伦敦的大街小巷,广泛了解社会,尤其熟悉司法领域和议会政治的种种弊端。他常常带着笔记本在伦敦偏僻的角落和散落的乡村漫游,搜集了丰富的素材。1836年,时年24岁的狄更斯出版特写集《博兹札记》,以博兹之名记述其伦敦见闻,着重描画当时伦敦街头巷尾的日常生活,呈现一幅较全面的社会众生相,文笔幽默,间杂讽刺,雅俗共赏。此书一出,狄更斯一鸣惊人,从此正式步入职业作家行列。《博兹札记》成为狄更斯持续一生的伦敦书写的源头,狄更斯自此源源不断地续写着他的"单城记"。直到1870年,他因积劳成疾,永远地倒在书桌旁时,他仍然在奋笔疾书,诉说着他对伦敦,对祖国,那剪不断理还乱的复杂情绪。

在狄更斯生活的这段时间,伦敦是什么样的呢? 19世纪初,英国海外扩张如火如荼,工业革命渐入佳境,城市化进程加快,伴随着英国成为世界头号强国,伦敦成为世界上第一个工业化大都市,人口呈爆炸式增长。到19世纪30年代,它已是世界上最大的城市,最繁忙的港口,最重要的金融贸易中心,成为势力日增的大英帝国的心脏。形形色色的人物穿行在伦敦迷宫般的街道,千奇百怪的故事在这里轮番上演。但是,经济繁荣的背后,诸多社会问题结伴而生,比如,财富两极分化明显,环境污染日趋严重。总之,在繁荣与财富的背后,欲望与邪恶并存,狄更斯借助《双城记》描述这个时代:"这是最好的时代,这是最坏的时代……这是希望之春,这是失望之冬;人们面前有着各样事物,人们面前一无所有;人们正在直登天堂,人们正在直下地狱。"我们可以采用相似的语言描述伦敦:"这是最好的城市,这是最坏的城市……"彼时的伦敦就是一个五彩斑斓的花花世界,充满着诱惑与魅力,充斥着罪恶与风险,是探险家的乐园、投机商的宝库、富人的天堂、穷人的避难所,身处其中,让人眼花缭乱,不知所措;同时也让人历经风雨,得到千锤百炼。伦敦可谓是一座让人爱得发狂,也让人恨得致死的魔力之城。

伦敦如此令狄更斯魂牵梦绕,爱恨交织。但是,若仅从作品的表面看,他对伦敦的恨意与不满似乎更为外露。他对伦敦的描述以批评与讽刺为主，批判城市里的杂乱、肮脏、丑陋、堕落，讽刺城市人的冷酷、无情、犯罪、渎职。与同时代另一位批判现实主义小说家萨克雷相比，狄更斯较少涉足上流社会的生活画卷，而将更多的笔墨投向对下层人生活的刻画。他的作品里多孤儿、扒手、妓女和醉鬼，少公子哥、爵爷、贵妇和绅士；多偏僻黑暗的背街小巷、死寂破烂的庭院、肮脏衰败的法庭、恐怖阴森的墓地和垃圾如山的滨河区，少宽敞干净的广场、富丽堂皇的宫殿、整洁明亮的办公室、豪华气派的庄园和充满欢声笑语的家庭。

我们可以随意从狄更斯浩如烟海的作品中采撷几段，以飨读者。首先，让我们随同《荒凉山庄》中的女主人公埃斯特乘马车进入伦敦吧。"我以为伦敦已经到了，却还有十几英里；等我们真的到了伦敦，我还以为我们永远到不了。"多么传神的讽刺！短短一句话，传达了伦敦周围环境的混乱不堪。人口与工业发展过快，城市建设缺乏规划，导致建筑风格庞杂，毫无美感可言，加之污水、垃圾等缺乏有效的处理，这样的伦敦同世界文明的中心相距甚远，反倒像蛮荒时代的废墟。

若进入了伦敦市，我们就随同《雾都孤儿》中逃离济贫院的奥利弗逛逛伦敦城吧。他在小偷"溜得快"的引领下，穿过迷宫般的小巷，经过最阴暗肮脏的贫民窟，最后来到贼窝。作为初到伦敦的孩子，他好奇地打量着伦敦的一切，令他恐惧的是，这里无家可归的人寄居在"岌岌可危的可怕的巢窟"里，周围"堵塞而污秽的阴沟里，老鼠都饿成了一副凶相，到处有死鼠在腐烂"。盗窃团伙的老巢曾经是金碧辉煌的房子，现在也已经老朽废弃，"由于无人照管而尘垢厚积，满目凄凉，铁栅锈迹斑斑，到处是老鼠洞、蜘蛛网，仅有的光线从顶端的小孔里透入，屋子里充满了奇怪的阴影，显得阴森可怖"。这就是狄更斯眼中的贫民窟，俨然成为藏污纳垢之地，成为犯罪的温床和黑暗的中心。

那么街道上又怎样呢？对伦敦的街容街貌，狄更斯笔下更不乏真实的描绘,本来就拥挤、嘈杂、凌乱的街道,下过雨后更加丑陋:"在泥泞的街道上,仿佛洪水刚刚退去,就算看到一头古生物斑龙像只摇摇摆摆的大蜥蜴在逛街,你也不会感到惊讶。"这样的图景在狄更斯小说中屡见不鲜:狭窄的街道,散发着恶臭的河水,堆积的垃圾山,阴暗的监狱,阴沉灰暗的天空,其中最具有伦敦特色,或者说,常被视为伦敦标志性的景观,便是常年不散的烟雾。伦敦最早开始规模化的大工业生产,城中工厂密布,林立的烟囱一刻不停地冒着黑烟①,致使伦敦上空常年笼罩着令人窒息的黑雾。伦敦的雾闻名世界,绰号"雾都"即由此而来。在《荒凉山庄》里,狄更斯浓墨重彩地渲染了伦敦的雾:"大雾弥漫。大雾遮盖了流淌于排排轮船和肮脏的污染水源之间的泰晤士河。大雾笼罩着埃塞克斯郡的沼泽与肯特郡的高地。大雾爬进了运煤帆船的厨房,扑向外面的船工,逗留在大船的高帆上,随后降落在驳船与小船的舷窗上。大雾钻进了格林尼治那些领养老金者的眼睛与喉咙。桥上的人透过栏杆看到下面的雾,他们笼罩在大雾之中。"茫茫迷雾,四处蔓延,无孔不入,如不散的阴魂,笼罩着伦敦的一切,窒息着伦敦的市民。狄更斯以此大雾的意象,揭露了伦敦过度发展,以及由此引发严重环境污染的窘况。

伦敦的整体治安更是糟糕透顶,令人瞠目结舌。在《双城记》中,狄更斯描写了伦敦猖獗的犯罪现象:"武装歹徒胆大包天地破门抢劫和拦路剪径在京城重地每晚出现。黑暗中的强盗却是大白天的城市商人。……小偷在法庭的客厅里扯下贵族大人颈项上的钻石十字架。火枪手闯进教堂去检查私货,暴民与火枪手互相开枪。此类事情大家早已习以为常,见惯不惊。"

拥挤、阴暗和危险的环境侵蚀污染着人们的心灵。狄更斯塑造了形形色色的狭隘、麻木、冷漠、自私的伦敦人:贵族堂而皇之地享受

---

① 烟囱常年燃烧着煤炭,积聚了大量的煤灰,由此诞生了一个特殊的职业人群——扫烟囱的孩子。由于烟囱管道不能容纳成人进入,只能雇用童工进行清扫。诗人威廉·布莱克曾作名诗《扫烟囱的孩子》。

着工人的劳动果实；商人们唯利是图，乘人之危；房东榨干租户的每一个铜板后，无情地将他们扫地出门；医生、律师等中产阶级费尽心机掏空客户的钱包；所谓的慈善家、社会改良派道貌岸然地大谈特谈一些无关痛痒的话题。除去这些不提，即使一个个本来纯朴的乡村少年，进入城市之后，也逐渐被铜臭所染，被功名所累，为虚荣所害。《雾都孤儿》中的奥利弗来到伦敦后曾误入盗贼之窝；《远大前程》中的匹普被周围公子哥的恶习所污染，变得浮躁、虚荣和势利。工业化城市对人们心灵的蒙蔽曾是浪漫主义作家们关注的话题，他们敏感地意识到，物质主义逐渐腐蚀着人们的灵魂，社会中纯朴的诗意和价值正在消亡，对此他们无不忧心忡忡，公开反对工业文明，发思古之幽情，提倡自然纯洁的乡村生活。狄更斯没有明确表达过城市文明使人堕落沉沦的观点，但是，他的作品却以生动具体的事例诠释了这一观点。

总体来说，狄更斯描写的城市景观，大多令人感到压抑。他描绘的伦敦，充斥着罪恶与污秽，他刻画的伦敦人，多冷漠自私之徒。贫富悬殊、犯罪猖獗、环境污染，这些都是英国的工业化结出的恶果，是英国发展过程中经历的剧痛。狄更斯暴露伦敦的黑暗，他的眼光是敏锐的，他的笔触是犀利的，他的口吻是辛辣的。在看似充满憎恨的批评中，一方面传达了狄更斯对现状的深深无奈，另一方面也寄托了他对改变现状的热切希望。从实际的社会效应来看，狄更斯对现实的批评产生了积极的社会改良效果。读者的热烈反响，汇成社会舆论的洪流，最终促使政府实施了一系列改革措施。狄更斯在《雾都孤儿》中对济贫院里穷人悲惨境遇的描写，直接促成政府对济贫院制度的改革。《艰难世事》对英国教育体系的讽刺，《荒凉山庄》对司法制度种种弊端和丑恶现象的抨击，后来都促成政府逐渐改进和消除。

看似无情却有情，恨之愈深，爱之愈切，他对伦敦现状的感慨和愤怒，背后却隐藏着他对这个城市难以割舍的爱。狄更斯对伦敦的爱深埋在他的潜意识之中，甚至连他自己都很难将之推至意识的前端。假设有人问他："你爱伦敦吗？"他的回答多半是："不，我恨伦敦。"但是，他的作品里却常常流露出他对伦敦的无可奈何之爱。

在《尼可拉斯·尼克比》中，我们可以发现一些端倪。下面是典型的伦敦街头一景："在照射着珠宝商珍藏的宝贝的明媚阳光里，贫穷歌手的褴褛衣衫摇曳不定；在陈列着美味佳肴的橱窗边，隐约闪现着惨白消瘦的面庞；贪馋的眼光，在一道薄玻璃（它们看起来如同铜墙铁壁）保护下的食物上盘旋；半裸发抖的人，在中国披肩与金色印度织物前流连……"

这无论如何不能算是一幅优美动人的画面，但是，紧接下来的一段话，只有醒目的一行，区区几个字，却是此地无银三百两："但是，这毕竟是伦敦。"戛然而止，却是此地无声胜有声，剖开了狄更斯对伦敦的感情内核：复杂难言的依赖、爱怜和骄傲。

狄更斯在三十多年的写作生涯中（1836—1870），几乎不断地揭露、抨击着伦敦的丑陋与腐败，但是，他对伦敦的感情却并未多一分憎恨，减一分爱意。其后期小说《荒凉山庄》，开篇第一段只有两个字：伦敦。可见，伦敦依然占据他灵魂的全部，其意象充斥着他的脑海，他对伦敦痴情不改。

到底是伦敦的哪一点深深吸引着狄更斯，令他魂牵梦绕，以致书写终生呢？也许就是伦敦的复杂性与矛盾性吧！伦敦，本身就是个奇怪的混合体，"一千个人眼中有一千个不同的哈姆雷特"，每个人都能发现自己眼中的独特伦敦。每个人类个体都不是非黑即白，而是善与恶、美与丑的集合体，在这个意义上，伦敦如同亘古不变的人性，亦是复杂的，充满矛盾的，因此，它才被赋予了人性，成为狄更斯小说中当仁不让的主角。

用《雾都孤儿》中的一句话，可以概括伦敦作为一个混合体的特点："财富与贫穷对立，繁荣与糜烂并存，文明与罪恶同体。"这个奇怪的组合体光怪陆离，纷繁复杂，充满无限的可能，引发无穷的联想，就是它吸引着狄更斯身上那丝作家的魂魄。虽然狄更斯的生与死都不在伦敦,但他一生中绝大部分时光都在伦敦度过:落魄时,伦敦曾给他无尽的痛苦与屈辱;成名后,伦敦又带给种种物质享受与精神愉悦。伦敦不仅为他提供了丰富的创作素材,伦敦发达的新闻业与出版业更为他带来了前所未有的成功与声誉。伦敦成为他安身立命之所。

在给友人的信中,狄更斯坦承伦敦已成为他写作生活的一部分:"街道好像给予我的大脑工作时不可缺少的某种东西。当我周围没有庞大的伦敦人群时,我的笔就不听使唤。"写作之余,他常常几个小时连续驻足街头,或者注视两旁的建筑与庭院,或者观察川流不息的行人。他感到疲惫不堪或灵感消失的时候,就会迈出房门,走到大街上。他的脚步踏遍了伦敦的每一条街道,无论是繁华区,还是贫民窟;无论是富庶体面的西区,还是肮脏破败的东区。这里的风景、色彩、声音、气味、建筑和人群都对他有强烈的吸引力,激发着他的灵感与想象力。可以说,没有伦敦,就没有狄更斯的作品,反过来,没有狄更斯,伦敦的独特、灵性与魅力也大打折扣。

狄更斯倾其一生,蘸着血和泪,伴着苦与乐,记录下了他与伦敦的旷世奇恋,完成了他不朽的伦敦"单城记"。他的笔将伦敦的伟大与渺小、高贵与卑劣、繁华与龌龊尽数解析,绘制了一幅万花筒式的伦敦全景图与伦敦人众生相,为后世的读者留下了部部佳作、篇篇经典。他眼中的伦敦,一如今天的伦敦,尽管不尽如人意,却依然魅力无穷。伦敦人无不为狄更斯而自豪,每年开往肯特郡"狄更斯节"的"匹克威克号"专列,都会挤满身着19世纪服装的伦敦人。这就不难理解,伦敦人会怀着迎接奥运会那般热切的心情,准备2012"狄更斯年"的文化狂欢!

史蒂文森与《圣经》

提到英国作家史蒂文森,我国学术界基本将他当作通俗作家或儿童冒险故事作家来看待,对其作品研究的基本方法大都是主题分析或社会批评,近年来,国外出现了一股史蒂文森热,开始有学者对他进行文化批评研究,研究频率最高的作品是《金银岛》和《化身博士》,还未有人将目光投向《巴特拉少爷》这一小说。20 世纪 80 年代末,随着诺思洛普·弗莱等国外学者的"神话—原型"和《圣经》批评学说传入中国,我国学界开始研究《圣经》对作家创作的影响,但很少有学者论及《圣经》对史蒂文森小说的影响。下文主要以《巴特拉少爷》为例,兼顾《金银岛》,旨在揭示史蒂文森小说中或隐或现的《圣经》神话模式。

史蒂文森出生于宗教色彩浓厚的家庭,幼年时,其保姆常为他朗读《圣经》,因此,他在认字之前就已对圣经故事了如指掌,这对其一生产生了难以磨灭的影响。他通晓神学问题,好友甚至开玩笑称他为"教义传授者"(catechist)。进入大学后,他受到无神论思想的影响,曾因信仰问题与笃信卡尔文教义的父亲产生分歧,但后来又回归基督教信仰。

在《〈巴特拉少爷〉的诞生》一文中,史蒂文森谈到自己突发奇想,计划写一个主题"既熟悉而又富传奇色彩"①的故事,《圣经》无疑是最合适的选择。众所周知,《圣经》故事和思想哲理早已成为西方人意识的重要组成部分,渗透到生活的各个层面,也成为西方文学的基本素材。从但丁到陀思妥耶夫斯基,从班扬到弥尔顿,《圣经》的影响触目皆是,有些作品甚至直接源自《圣经》。《圣经》研究专家梁工撰文:"无数作家从《圣经》中征引典故、选取素材、改写情节、化用人物、推演母题、再现原型、汲取灵感、接受观念,创作出带有'《圣经》意蕴'的重要作品。"②史蒂文森对《圣经》的熟悉不可避免地反映在他的文学作品中。

以扫与雅各故事的重演

《巴特拉少爷》是个悲剧,由管家讲述巴特拉两兄弟的故事。苏格兰"雅各宾派"叛乱时期,为了保全家族利益,巴特拉家族父子三人商议由长子詹姆斯去投靠叛军,次子亨利则继续拥护国王,这样就可以保证,无论谁获胜,家族都不至于遭受灭顶之灾。詹姆斯离开后很快传回死讯。于是亨利继承了贵族头衔,娶了哥哥的未婚妻,两兄弟的悲剧也从此拉开序幕。詹姆斯并未战死,他偏执地把自己遭受的痛苦归罪于亨利,开始疯狂报复。他狡诈残忍,但又魅力十足,他巧舌如簧,不断挑拨离间,亨利忍无可忍,在决斗中,失手"杀死"詹姆斯,但"尸体"却不翼而飞,原来詹姆斯被同伙所救。后来,为了躲避詹姆斯的纠缠,亨利带领全家出逃美国,但詹姆斯却跟随而至。失去理智的亨利雇用杀手,计划杀死詹姆斯。詹姆斯穷途末路,只好在印度仆人的帮助下诈死。亨利非要亲眼看看哥哥的坟墓,正巧碰上仆人在挖掘"尸体",并试图使之"复活"。当詹姆斯缓缓睁开眼睛的刹

---

① Robert L. Stevenson. *Essays by Robert Louis Stevenson*. New York: Charles Scribner's Sons, 1918, p. 271.

② 梁工:《千年之始话〈圣经〉》,《外国文学》2001 年第 2 期, 第 59—60 页。

那,亨利倒地而死,詹姆斯终于未能复活。两个死对头兄弟被埋葬在一起。

《巴特拉少爷》的副标题为"冬天的故事",它的确是个充满阴霾的作品,没有《金银岛》或《诱拐》等冒险小说的浪漫色彩和圆满结局,读起来阴郁沉重,发表初期曾遭到文评家的激烈批评。随着新世纪史蒂文森热的兴起,这部小说重新被纳入评论者的视野,被一些人认为是他最"优秀的小说之一"①。粗略地看,这部讲述兄弟仇恨残杀的小说好像《创世纪》中该隐和亚伯故事的翻版。出于嫉妒,该隐杀弟,犯下手足相残之罪。小说中亦是如此,出于嫉妒,詹姆斯发誓报复亨利,而亨利也因父亲对詹姆斯的偏爱而心怀芥蒂,兄弟之仇最终在死亡中化解。但如果细读,巴特拉世家两兄弟的故事其实更是《创世纪》里以扫与雅各故事的重新演绎。通过创造性地再现《圣经》故事,史蒂文森突出了兄弟相煎和人性恶的主题。

《创世纪》记载,以扫与雅各是双胞胎,自打在娘胎里就互相踢打。哥哥以扫相貌丑陋、性情粗犷、为人诚实,流连于野地里打猎,弟弟雅各则正好相反,温文尔雅、笑容可掬,很少离家远行,是母亲的掌上明珠。雅各贪心,占有欲强,成天算计着如何把属于哥哥的财产弄到手。在以扫打猎回来饥肠辘辘时,雅各以一碗红豆汤换来了长子的权利,他后来又以欺骗手法,获得了父亲临死前的祝福,如愿获得财产。雅各为了躲避以扫的报复,在外地长期生活,回到家乡后兄弟握手言和。

以扫和雅各的主题在小说第一章就初露端倪,亨利和詹姆斯讨论决定谁加入叛军时,詹姆斯首次以讥讽的口吻称呼亨利为"雅各"。他自愿选择追随叛将,失败后却把一切归罪于亨利,在逃亡中,他对同伴恨恨地说,"我有那个兄弟"(I have the brother)(p.41),意指雅

①　Michael Wheeler. *English Fiction of the Victorian Period*. Harlow: Longman Group UK Ltd, 1994, p. 197.

各。后来,在几个场合他对亨利都以"雅各"相称,令亨利气恼不已,二人矛盾激化。确实,双方后来的种种矛盾与长子的继承权不无关系。虽然亨利不是刻意篡权,但他毕竟继承了爵位。以扫与雅各的影子自始至终萦绕在小说的字里行间,古老的《圣经》文本和现实文本形称了潜在的对话关系和互文性。

尽管如此,小说中的故事与以扫和雅各的故事之间依然存在根本差异。表面上,詹姆斯的长子地位被亨利所占有,导致长子在世界各地颠沛流离,吃尽苦头,但是,兄弟二人的性格和角色却与他们的《圣经》原型大相径庭。《圣经》中,长子以扫性格敦厚单纯,多年后流亡外地的雅各回来,他不计前嫌。而雅各则足智多谋,甚至可谓诡计多端,即使回乡途中也不忘防备以扫的报复,以小人之心度君子之腹。小说中正好相反,次子亨利性格诚实单纯,甚至有些愚钝懦弱。他默默资助被詹姆斯始乱终弃的女子;他苛待自己,却满足詹姆斯日益膨胀的金钱欲望和奢侈生活。但是,如同以扫得不到母亲的喜爱,亨利虽然拥有他人的敬重,却得不到父亲的爱。詹姆斯是名副其实的富家浪子,潇洒帅气,能言善辩,但又阴险狡诈,勇猛残忍,他背信弃义,出尔反尔。史蒂文森在创作之初表示,这是一个"恶魔"形象,是个"他不下地狱谁下地狱"[①]的角色。

小说中,手足之情未能战胜亨利和詹姆斯之间的仇恨,二人未能像以扫和雅各那样最终和解。狡诈的詹姆斯利用《圣经》里家喻户晓的典故,利用亨利的内疚感,长期从精神上折磨他。决斗后不久,亨利得知詹姆斯再次逃脱死亡,他的仇恨冲垮了理智的束缚。丧失了理智的亨利比詹姆斯有过之而无不及,他不惜雇用罪犯,处心积虑地想置詹姆斯于死地,由最初的受害者演变为疯狂的迫害者。小说情节比《圣经》原型故事更阴森可怕,透视出人类本性里的残忍和血腥。

---

① Paul Maxiner. Ed. *Robert Louis Stevenson: The Critical Heritage*. London: Routledge & Kegan Paul Books, 1996, p. 339.

两兄弟没有像以扫与雅各那样握手言欢,而是同归于尽,可以说,是仇恨使两个人坚持活到了那个时刻。这个故事令读者心颤,也令读者思考:人性真的就荡然无存了吗?兄弟俩之间刻骨铭心的仇恨的根源到底是什么呢?如此,通过重新演绎《圣经》故事,史蒂文森尝试着解读这对兄弟之间难以理喻的仇恨,也探索在一个现代的堕落世界里,人类怎样重演"以扫与雅各"的故事。《创世记》中杀弟的该隐向上帝提出问题:"我岂是看守我兄弟的么?"人类应该如何对待自己的兄弟呢?史蒂文森借用以扫和雅各故事中兄弟关系这一主题,通过巴特拉两兄弟的悲剧故事,再次提出兄弟相争这一道德问题。一旦人性的恶释放出来,人类必将走上一条万劫不复的道路。詹姆斯和亨利的故事对这一命题做了最生动的注脚。史蒂文森对《圣经》故事的借鉴和重新演绎不仅加深了小说的主题意义,使小说拥有了寓言的深度和永恒性,更丰富了小说的内涵和肌质。

詹姆斯的重生与基督的复活

《巴特拉少爷》中不仅再现了《旧约》里以扫与雅各兄弟的故事,也体现着《新约》,尤其是《约翰福音》的影响。小说的主要故事框架是基于对《约翰福音》所记载的耶稣死亡和复活故事的再创造。

在情节的层面上,小说的许多地方显示史蒂文森在有意识地运用有关耶稣生平的神话叙事模式。这不是简单的借用,而是对基督故事富于想象力的改写,因而常产生反讽的意味。詹姆斯历经死亡、埋葬与复活,这和《约翰福音》里耶稣死亡、埋葬和复活的故事几乎如出一辙,从而产生一种象征的隐喻意义,加深了作品的内涵。

《约翰福音》记载,耶稣受钉刑被埋葬,三日后复活,与众门徒短暂接触后升入天国。《巴特拉少爷》中,詹姆斯体验了三次类似经历。第一次被证明是假消息,第二次则是亨利亲眼所见,兄弟俩的决斗之中,亨利以剑刺穿詹姆斯的胸膛,詹姆斯血流如注倒在地上。亨利一直确信他刺死了詹姆斯,并因背负弑兄之罪重病一场,病愈后却得知詹姆斯复活,亨利的神智开始出现异常,呓语中把詹姆斯当成魔鬼,杀不死的恶魔,"是非人类"(p. 88)。詹姆斯最后一次死亡是由于亨利派遣之人的荒野围杀,他走投无路,为了逃避厄运,利用印度仆人教他的方法,屏息诈死。埋葬几天后,仆人再次来到墓前,挖出"尸体",企图使之再次"复活",却未能如愿以偿。

史蒂文森虽然借用了耶稣复活故事的框架,却赋予詹姆斯的复活以强烈的讽刺意味,他的死亡没有人悲悼思念,他的复活亦不会令人欣喜若狂。詹姆斯的奸诈狡猾和背信弃义与耶稣的单纯高贵和理想主义互相映衬,假恶丑与真善美之间形成强烈的反差。

在人物的塑造上,《巴特拉少爷》也对《新约》的人物进行了或多或少的借用和再创造,几个人物身上都映照出《约翰福音》所述人物的影子,尤其是耶稣受难和复活场景中的人物,如犹豫的彼拉多(Pilate)、心有疑虑的多马(Thomas)等。耶稣被犹太人大祭司交给罗马总督彼拉多,彼拉多本不想处死耶稣,临刑前他几次犹豫,但犹太人不断逼迫,他才做出最后的行刑决定。耶稣复活后,门徒中唯有多马心存怀疑,不相信面前之人就是耶稣,他说:"我没看见他手上的钉痕,用指头探入那钉痕,又用手探入他的肋旁,我总不信。"①耶稣给他看了手上的钉痕后,多马才肯相信耶稣的复活。小说第12章,亨利坚持乘坐威廉爵士的船沿河而上,深入荒野寻找詹姆斯的坟墓,他不会相信詹姆斯已死,"除非看见他腐烂"(p. 160)。这时的亨利不亚于门徒多马,只肯相信自己的眼睛。而威廉爵士则充当了总督彼拉多的角色,他对于是否深入荒野儿经犹豫,因为他怀疑亨利的精神状态,不想冒险前往,但最终不抵亨利和管家的劝说,陪同他们前去詹姆斯的墓地,目睹了兄弟俩离奇又令人心悸的同时死亡。

如前文所述,无论在小说主题、情节安排还是人物塑造上,《巴特拉少爷》对《圣经》中的故事和人物原型都进行了一定的传承和超越。

① *The Holy Bible*,20:25.

由于对经典神话故事的移植和借用,加上作家的想象和发挥,史蒂文森使小说的故事给人以似曾相识又焕然一新的感觉,使小说主旨一目了然,人物形象更加鲜明。

其他作品中的《圣经》元素

史蒂文森出生于一个卡尔文教义色彩浓厚的地区,从小浸染在基督教经典的氛围中,成年后仍能流利地大段背出孩提时代牢记的赞美诗,对《圣经》的熟悉使他能自然灵活地直接或间接地利用《圣经》故事的素材和人物原型,不仅在《巴特拉少爷》中如此,在他的众多信件和小说中,读者都能非常容易地体察到《圣经》的影响,小到只言片语的引用,大到主题人物的安排。大量具有基督教色彩的词汇或《圣经》中的人物出现在其小说中,前者如"天堂""地狱""魔鬼""罪""救赎""灵魂"等,后者如"诺亚""罗得""彼拉多""参孙"等,难以一一历数。

以史蒂文森的经典历险小说《金银岛》为例,它表面上讲述了吉姆和同伴战胜海盗载宝而归的故事,但从深层意义上,它记叙了吉姆从男孩成长为男人的过程。他从天真无邪到拥有知识智慧(a fall from innocence to knowledge),与人类始祖亚当与夏娃的堕落非常相似,《金银岛》因此具有了伊甸园神话的意味。当读者看到吉姆在苹果桶里无意听到海盗谋杀船长的阴谋时,这种意味更加强烈,苹果与吉姆对周边世界的认识息息相关,如同亚当、夏娃吃下苹果后才懂得善恶是非。在第 14 章中,吉姆藏身草丛,他将第一次目睹海盗头子残忍杀人,但他甚至没有认出眼前草地里穿行着一条响尾蛇是自己的"致命敌人"。① 史蒂文森不无深意地把吉姆对人性恶的了解与伊甸园中的"蛇"联系在一起。蛇作为魔鬼和罪恶的化身,具有狡猾

---

① Robert L. Stevenson. *Treasure Island*. Oxford：Oxford University Press, 1985, p. 73.

的心性,象征了罪恶的根源。这里,史蒂文森以蛇的形象影射残杀同伴的海盗头子,使这个小小的细节产生了深远的隐喻意义。这些细节并非可有可无,而是作者暗藏的玄机,它们不断叠加,使吉姆的成长经历在读者眼里具有了神话原型般的典型性和永恒性。

再以《化身博士》为例,它和人性中善与恶的交锋相关,杰基博士身上的善恶两面如同天使和魔鬼,在社会道德的压力和人性中恶的诱惑之间,他徘徊不定。通过服用特制的药剂,他白天是人人尊敬的好医生,晚上则屈从于恶的力量,成为无恶不作的海德先生,直到最后他不用服药也能随意地变成海德先生。如撒旦一样,他完成了从天使向恶魔的堕落和蜕化。杰基的故事也可为《新约·罗马书》里保罗描写的心灵与肉体的斗争做绝佳的注释:"若我做自己不愿意做的,就不是我做的,乃是住在我里头的罪做的。"①杰基博士不愿为恶,但他没有耶稣面对魔鬼引诱时的坚定,而是向自己内心的恶彻底妥协。在《圣经》这个前文本的观照下,《化身博士》探讨人性中恶和罪孽的主旨顿时豁然开朗,其隐喻和象征意义不言而喻,难怪论者把它当作有关善恶的寓言。②

史蒂文森在谈到小说创作理论时说:"我们的艺术与其说在于使故事真实,不如说在于使其富有典型性;与其说在于捕捉每个事实和特征,不如说在于按照一个共同的目标重新安排这些特征。"③《圣经》中古老的神话原型为他的创作提供了取之不尽的源泉。他充分利用《圣经》文本中具有典型性的故事、人物原型和意象,使前文本为己所用又不拘泥于此,既忠实又叛逆,获取了超越原文本的更高价值,使作品获得了超越时空的审美意义。

① *The Holy Bible*,7:20.

② Michael Wheeler. *English Fiction of the Victorian Period*. Harlow: Longman Group UK Ltd, 1994, p.195.

③ Robert L. Stevenson. *Essays by Robert Louis Stevenson*. New York: Charles Scribner's Sons, 1918, p.258.

结　语

　　《圣经》无疑是西方文化中最经典、影响最广泛的神话体系之一。圣经的思想、观念、人物和用语几乎成了西方文学界里通行的"货币"。史蒂文森自幼熟读《圣经》，其中的故事已经融化在他的血液中，并在他的创作中或隐或显地表现出来。加之他关于艺术必须"典型化"的理论，使他自觉或不自觉地利用《圣经》中永恒的形象和主题，对其进行重新演绎或改写，对人类在现代社会中的命运进行探索。这就使其小说获得了远非所谓"通俗历险小说"所能涵盖的宏大和永恒的意义。

鸦片瘾君子等于大作家？
——以托马斯·德·昆西为例

中国人对鸦片的意象再熟悉不过了。在中华民族五千年的璀璨悠久的历史中，没有其他任何商品像鸦片那样，给她带来深刻的灾难与耻辱。禁烟运动与鸦片战争，深深地扎根于每一个中国人的意识深处，而喷云吐雾的瘾君子和"东亚病夫"的称谓，又成为每一个中国人内心的隐痛。鸦片本不过是罂粟这种植物的提取物，但由于其药品与毒品的双重属性而具有了一定的文化内涵，19世纪中英两国之间因鸦片而酿成的战争更使它凝结了一些神秘而沉重的历史元素。鸦片战争使西方世界首次认识了正在走向衰落的中华帝国，此后的不平等条约更使以英国为首的欧洲列强逐渐打开了中国一向封闭的国门。中外交流的增多，也使西方人以东方主义的思维构筑了以鸦片为核心象征的中国形象，在19世纪，在轻薄渺渺的鸦片烟雾中，中国的形象被歪曲、被贬损，中国在西方的观念领域中，成为一个鸦片泛滥的没落帝国形象。

然而，谈及鸦片战争，人们的关注似乎总是集中于问题重重的中国和深陷鸦片瘾的中国人，却忽视了问题的另一方面：英国本国国内的鸦片消费问题。19世纪，鸦片滥用也成为英国的严重社会问题。从18世纪末19世纪初开始，由于殖民地印度种植鸦片获得成功，鸦片价格下降，加之专家们对鸦片的矛盾观点，以及一些医生的不负责任,鸦片逐渐流行。当时,英国大众并不认为服用鸦片与个人的道德有何关系,对鸦片过度使用危及身心健康的严重后果也只是有着模糊的认识,相反,由于一些著名鸦片服用者的榜样,鸦片被视为获取超验性体验的独特途径和灵感之源。据史料记载,英国每年进口成千上万磅鸦片用于国内消费,而1860年之前英国对鸦片的销售不加任何限制。鸦片几乎被普遍视为包治百病的良药,是万能的止痛药,就像今天的阿司匹林,是可以随便买到也并不昂贵的非处方药,当然,此时的鸦片基本指药用鸦片酊。后来,当鸦片变得可以像烟草一样吸时,其功能已经发生根本变化,变成了纯粹为追求感官刺激的享乐品,其性质也由药品转变为毒品。

　　18世纪末到19世纪后期,在鸦片酊使用不加限制的社会氛围中,许多大名鼎鼎的英国作家都有过服食鸦片的经历,比如,雪莱、拜伦、济慈、司各特、勃朗宁夫人、科林斯、柯南道尔,等等,更不用提因描摹鸦片梦幻而闻名的大诗人柯勒律治,以及创作《瘾君子自白》的托马斯·德·昆西了。据说,其诗歌《忽必烈可汗》(1816)描述的情景是他服用鸦片酊后在梦境中产生的幻象。他当时正在阅读马可·波罗记叙忽必烈可汗行宫的一段游记,由于身体不适,他照例服用了一剂鸦片酊,然后昏昏入睡,他的睡眠梦境联翩,马可·波罗的描述化作诗句,如天花乱坠,缤纷灿烂。醒来后他匆忙记录,却因朋友到访打断思绪而忘记大部分,只记起现有的这个残篇54行,而梦中原诗有两三百行。诗中忽必烈降旨修建御乐园,高墙围起十里沃野,不仅有阳光下金碧辉煌的宫殿、流入深渊的圣河,更有幽暗的山谷、残月荒野中的少女、柔媚幽怨的琴声。这是个幻美与神秘、伤感与恐惧交织的鸦片美梦。这首诗因其神秘的起源与梦幻般的意象而成为传世佳作。而这首诗诞生之时的神秘背景更从此催生了一个流传英国文学史多年、很多人深受其害的传说——鸦片使用与文学创作的某种不可言传的联系,正如同有些人从"李白斗酒诗篇"的故事引申出饮酒与诗歌创作之间的联系。

德·昆西是 19 世纪英国著名的散文家与文学评论家。在我们国内读者心目中,也许他的名字不如柯勒律治那么如雷贯耳,但在西方,他的知名度丝毫不亚于柯勒律治。他与鸦片的关系似乎也更广为人知,这都是因为他那部千古奇书《瘾君子自白》(1821)的发表与流传。德·昆西在牛津求学期间首次染指鸦片酊。之前,他曾离家出走,因而度过一段风餐露宿的凄苦生活,导致疾病缠身。进入牛津之后,1804 年,他因面部神经痛而在同学的劝说下,服用了鸦片酊,痛苦被解除的同时,他也品尝到了鸦片给他带来的难以言传的幸福感。即使身体康复之后,他也没有戒除服食鸦片酊的习惯,每三周服用一次。但是后来,他又患上胃病,于是更加频繁地服用鸦片酊,几乎天天服用,导致梦境连绵。他不仅经历了非人的痛苦,也体会到瘾君子的负罪与恐怖。于是,在心灵与肉体的非同寻常的炼狱折磨中,他开始创作《瘾君子自白》,一部使他位于瘾君子和大作家之列的旷世奇书。

在《瘾君子自白》中,德·昆西完整地记录下来他在鸦片控制下的奇特经历和感受,坦率地写作了这部真实而独特的忏悔录。他描绘了服用鸦片后的各种离奇怪诞的幻梦,也谈及鸦片曾给他带来的各种难以言传的情感体验。在开篇"鸦片的乐趣"一节中,他热情歌颂鸦片给人带来的快乐,"温馨的、令一切为之倾倒的鸦片"是"从黑暗中心、想象世界的深处绽放的神圣花朵"。在撰写"忏悔录"的同时,他仍在对鸦片的神奇效果津津乐道,比如,在他服下鸦片酊之后的一个小时内,"内在的精神从它的最底层一下提高到何等程度啊!我的内部世界有了一个多么神妙的启示啊!……这是一种医治一切人类苦恼的灵丹妙药;这是哲学家们争论了许多世纪而突然发现的幸福的奥秘所在",等等。

除了此类直抒胸臆的赞颂,德·昆西理性地详细分析了食用鸦片对他的感官产生的影响。他认为食用鸦片后,人的感觉器官会变得非常敏感,能够体会到一种孤独静寂之感,进入出神或幻想的状态,这种状态最有利于进行艺术创作。因此,为了充分体验音乐的快乐,去歌剧院之前,他一般会服用一剂鸦片酊。在对鸦片的乐趣进行一番展示之后,德·昆西没有忘记对"公平的、微妙的、强大的""雄辩的"鸦片再次进行颂扬。

《瘾君子自白》的大多数篇幅探讨"鸦片所招致的痛苦",德·昆西历数了鸦片瘾所带来的种种痛苦与恐惧。由于疾病的折磨,德·昆西不得不每日食用鸦片,结果形成严重的鸦片依赖症,开始了他"处在梦魇与噩梦的重压之下"的经历。他完全处于"鸦片的女巫般的控制之下",智力陷于麻痹状态,丧失了行动的能力,他的身体也发生了一些奇妙的变化。最明显的变化就是幻觉不断涌现,噩梦连连。在这些幻梦中,他"每夜都掉进裂缝和没有阳光的深渊",他时常体会到"伴随着壮丽景象的幽暗状态",这几句描述与柯勒律治笔下明暗交错、光影变幻的景色大同小异;幻梦中,他的空间感和时间感都受到影响,"建筑物、风景等全成比例地达到非肉眼所能接受。空间增大了,扩大到说不出的无垠程度。但这一点给我的苦恼,还赶不上时间的巨大扩张。"如德·昆西所言:"一夜之间,我有时似乎是生活了七十年或者一百年;有时觉得过了上千年,或者过了远远超过人类经验的限度的一段长久的时间。"

扭曲的时间与空间所带来的恐怖,却远不如梦境中离奇意象的可怕程度。德·昆西的幻梦经常发生在遥远的东方:"我受到猴子、长尾鹦鹉和大鹦鹉的瞪视、叫骂、嘲笑和谈论。我撞进宝塔,被囚禁于塔顶或密室达数百年之久;我成了塑像;我变为僧侣;我受到膜拜;我做了牺牲品。我穿越所有亚洲的森林逃避婆罗门神的愤怒;梵希奴神憎恨我,西瓦神也在埋伏着等我。我突然碰到伊西斯和奥西里斯,他们说我做了一件连赤鹭和鳄鱼都为之不寒而栗的事情。我同木乃伊和狮身人面像一起上千年地被埋在那永恒的金字塔中心狭室的石棺中。我受到鳄鱼带癌的亲吻;我在芦苇和尼罗河的泥沙中同非言语所能形容的肮脏东西混杂在一起。"

　　鸦片原产于东方,东方又是其主要消费地,在西方人的想象里,鸦片几乎成为东方的象征,在德·昆西眼里尤其如此,他的梦境以东方为背景,看似是自然而来发生的,其实是他潜意识深处把鸦片等同于东方性的表现。甚至在德·昆西的现实生活里,这一点也有所流露:当一个马来人路过他家时,他想当然地把鸦片作为礼物送给了这个饥寒交迫的东方人。这个马来人后来多次出现在他的梦境中,形象更加狰狞,被德·昆西同一切亚洲可怕之处等同为一体:他"几个月来已经变成可怕的敌人。每天晚上,我都是通过他被运送到亚洲的情景中去。……如果我被迫离开英国去中国居住,并生活在那里的生活方式、礼节和景物中,我准会发疯"。

　　鸦片为德·昆西开启了一个与平淡琐碎的现实迥然不同的梦幻世界,它不仅带来了奇幻的感官体验,而且充满东方的异域情调,既令人着魔又令人恐惧,这是西方人对东方的浪漫主义想象的体现。《忽必烈汗》的题材就来自东方,其东方性自不必赘言。德·昆西在《瘾君子自白》的东方梦境里,经历了惊险恐怖的冒险之旅:"东方梦幻中,这些鬼魅出没、令人毛骨悚然的场景,让我着迷、陶醉,有时还会感到吃惊,有时甚至感到自己被一种巨大的莫名惊诧淹没了,其中还夹杂着我对自己经历的景象的恐惧、仇恨与厌恶。"德·昆西梦中的东方集多种特性于一体,自有令其令人神往之处,那就是异域文化的魔力。梦是潜意识的体现,德·昆西的东方观可谓当时西方对东方文化想象的典型体现:他们眼里的东方神秘、原始、混乱、黑暗、怪诞、惊险。在这个东方,时间是停滞的,人们是堕落的,景色是令人迷醉的,但是,幻美中也交织着恐惧。德·昆西说,他宁可生活在疯子和野兽中间,也不愿意去中国。这些描述充分体现了他作为西方白人对东方人的偏见与歧视,这在鸦片战争爆发时表现得更加淋漓尽致。

　　德·昆西的书写很容易诱导读者产生这样的印象:鸦片为他开启了一个截然不同的世界的大门,一个普通人难以涉足和理解的神秘世界。这是一个扭曲而美轮美奂的世界,带给人炫目的感官体验。更重要的是,这个神奇的领域似乎能够使人摆脱生而为人的时空枷锁,在鸦片梦幻中,德·昆西似乎摆脱了有限的肉身,获得了永生的身份,畅游在一个无垠的空间。是鸦片引导着这些瘾君子超越琐碎的日常生活,进入另一个丰富而神秘的世界。他们因此获得了常人难以体味的经历,目睹了超自然的景观,因而创作出神秘幽美的文学作品。

尽管德·昆西在《瘾君子自白》中历数鸦片给自己带来的痛苦,最后也成功地戒除了鸦片瘾;尽管鸦片与文学创作的关系没有丝毫的科学根据,但是这个神秘联系却令人出乎意料地流传下了来。19世纪,尤其是早期的浪漫主义时期,在许多人眼里,鸦片几乎被等同于灵感的来源,大作家和瘾君子几乎要画等号了。即使后来有关鸦片的公众舆论发生变化,这种浪漫主义的鸦片意象也并未完全绝迹,几乎持续了整个 19 世纪,到了世纪末,柯勒律治和德·昆西还依然被个别年轻的文学爱好者所效仿。汤姆普森就是效仿者之一,他因为模仿德·昆西而服用鸦片上瘾。他原本性格孤僻,在曼彻斯特学医期间,与周遭环境格格不入,苦闷无聊。19 岁生日时,他母亲恰好送给他一本《瘾君子自白》。面对德·昆西对鸦片之乐趣的狂热描述,汤姆普森不可避免地开始了尝试与实验,并逐渐上瘾。为此,他未曾完成学业。他试图以写作为生,起初,他非常不成功,度过了几年穷困潦倒的流浪生活。幸亏文学刊物《快乐英格兰》的一对编辑夫妇慧眼识天才,挽救了他的诗歌,也挽救了他的人生。

值得注意的是,把鸦片视作灵感来源的浪漫鸦片观也仅针对社会的中上层,贫苦的下层民众服用鸦片却传递着一种截然不同的印象:懒散、堕落、道德败坏。在《瘾君子自白》中,德·昆西暗示了鸦片使用的阶级两分性:“假若一个平时三句话不离牛的人成了瘾君子,那么,他就可能(如果不是笨得根本不会做梦的话)三天两头梦见牛;在眼前,读者会发现这个瘾君子自诩是个哲学家,因此,他的梦(醒着做的或是睡着做的,白日梦或是夜间梦)中的幻影都适合于哲学家。"一句话,德·昆西在自己与下层瘾君子之间划了一道不可逾越的鸿沟。那些三句话不离牛的人体会不到他那种神奇的梦境,也就是说,只有像他这种教养良好的文人才可能品尝鸦片带来的超常体验,而这些文人,必然是社会地位较高的富有阶层。就这样,局限于中上阶层的浪漫主义鸦片观随着这些文学作品的广泛流行,逐渐深入人心。

另外,我们千万不能忘记,虽然德·昆西大写特写鸦片给自己造成的折磨,他却对鸦片给中国人带来的沉重灾难视而不见,甚至撰文陈述对中国发动战争的必要性,为鸦片战争摇旗呐喊。在欣赏柯勒律治那些色彩斑斓变化莫测的诗句时,或在阅读德·昆西那气势磅礴又舒展自然的篇章时,我们更不能忘记,他们的灵感绝不会是来自鸦片,相反,鸦片给他们带来了无尽痛苦与烦恼,如同鸦片滥用给 19 世纪的中国人带来的危害,身心的痛苦其实伴随着他们服用鸦片酊的整个过程,这种炼狱般的折磨到今天已成共识,这里自不必赘言。德·昆西自己最终对鸦片的痛苦忍无可忍,在家人的帮助下,成功地摆脱了鸦片的魔爪,过上了轻松自在的正常人生活,而他的文学评论作品之文采并未有丝毫逊色的趋势,这也间接打破了"瘾君子等于大作家"的神话。

(文中的引文均来自托马斯·德·昆西的作品 *Confessions of an English Opium Eater*,详见参考文献)

简·里斯：让疯女人走出阁楼的
多米尼加女作家

简·里斯的名字对许多读者来说可能比较陌生，但是，她的小说《茫茫藻海》在西方文学史上却占据了独特的地位：它几乎永远改写了英国小说《简·爱》在亿万读者心目中的印象。夏洛蒂·勃朗特的《简·爱》可谓家喻户晓，打动了难以计数的读者，人们无不为孤女简·爱备尝人生辛酸的命运唏嘘不已，也为她最终收获的幸福洒下欣喜的泪水。对罗切斯特先生的妻子——幽禁在阁楼里的疯女人，读者也一定是记忆犹新。这是因为，作者在读者面前展示了一个酗酒、纵欲、残暴、狡猾、世代遗传的疯子形象：她几乎毁掉简·爱的幸福，还火烧庄园，造成罗切斯特的残疾，她自己也葬身火海，自取灭亡。这个疯女人的形象是那么广为人知，以致在 20 世纪 80 年代，美国两位学者——吉尔伯特与古芭，以《阁楼上的疯女人》为题，对 19 世纪以来的女性作家作品进行了系统的梳理与研究，成就了一部女性主义批评领域的经典之作。

尽管这位疯女人大名鼎鼎，但可以相信，读者中很少有人会同情她，或产生了解她的欲望。简·里斯的小说——《茫茫藻海》却是以这个疯女人为主人公的，它把疯女人伯莎从阁楼里释放出来，让她讲述自己在西印度群岛的生活，以及与罗切斯特结婚前后的故事，因此，小说常被看作《简·爱》的"前传"。

让这个疯女人走出阁楼的是作家简·里斯,一个同伯莎一样出生于西印度群岛,但大半生都在英国颠沛流离、饱尝艰辛的才女。为了更好地洞悉她的作品,我们简要回顾一下简·里斯富有传奇和不乏争议的一生吧。

1890年,简·里斯出生于多米尼加的罗素城,原名艾拉·里斯·威廉姆斯。她的父亲是威尔士裔的医生,母亲是有苏格兰血统的克里奥尔人。里斯16岁时来到英国,与姑母一同生活。她曾在剑桥的珀西学校读书,却因为古怪的英语发音和外来者的身份受到嘲弄。后来,她进入皇家戏剧学院修习表演艺术,在这里,同样,她的老师为纠正她的口音而绞尽脑汁,最终仍未能如愿。在困难面前,里斯并没有听从老师和父母的建议而离开英国,而是凭着天生丽质在流动演艺团找到一份合唱演员的工作。

1910年,她刚满二十岁时,父亲去世,家道中落,她开始了漂泊无定的岁月。她先后成为几个有钱男人的情人,她对第一位用情至深,但对方始终不同她结婚,只是偶尔为她提供金钱方面的援助。里斯这种依附男人的生活,曾让她经历堕胎这一几乎死去的痛苦。为了生计,她做过裸体模特,出入于风月场所,在饱尝生活艰辛的同时,染上了酗酒的恶习。就是在此时,她开始尝试记录下自己的生活,后来,这段经历几乎原封不动地进入小说《暗夜航行》。

第一次世界大战期间,里斯在一个士兵食堂做志愿工作,由此认识了第一任丈夫——法国记者、歌曲作家让·朗格来。婚后,她随丈夫辗转于欧洲各国,生育一儿一女。1924年,经人引荐,她认识了英国现代主义大师福特·麦道克斯·福特,从此,里斯正式步入文坛。福特称赞她对小说形式有"出奇的感悟力",认为她的外来者身份赋予了作品独特的视角。1927年,她的第一部短篇小说集《左岸及其他故事》出版,多数故事描写的就是那些与她经历相似、被歧视、受侮辱的漂泊女子的生活,她们都来自英国的某个殖民地,梦想在英国立足,却不得不依靠某个男人才得以生存,里斯自嘲地称她们和自己一样，像是"靴子世界里的门垫"，是被压迫、被践踏的一群。当时，里斯的丈夫因一笔不合法的生意往来而入狱 8 个月，里斯与福特陷入了一段婚外情。

1933 年，里斯离婚。1934 年，她同编辑莱斯利·提尔顿·史密斯结婚，同年，《暗夜航行》出版。在这部作品里，里斯延续她以往的创作主题，以安娜为主人公，记录了自己十年前那段不堪回首的经历。安娜的漂泊无依，她遭到情人抛弃后的绝望，她经历堕胎的痛苦，她在死亡边缘对西印度群岛一草一木的眷恋，都被刻画得动人心弦。初到英国，安娜天真地以为，英国是安全和强大的象征，能够提供她所期冀的庇护与温暖，但是，生活一段时间后，她发现，英国人却是如此势利和冷酷。此时她眼中的英国，甚至在她的梦境里，也幻化成一堵阴冷黑暗的高墙，把她这种来自殖民地的女孩无情地隔在外面。小说中，里斯的现代主义风格具有一种超越时代的感染力，不仅语言简练，而且，意象、象征的大量运用，传神地表达出安娜难以言传的情绪波动与微妙的心理活动，意识流手法的使用已经非常娴熟。但是，这部作品，连同之前的《风姿》（再版时定名为《四重奏》，1928）、《离开麦肯齐先生之后》（1930），之后的《早安，午夜》（1939）等，虽然为她带来了一定的名气，却未能得到评论界的热评。20 世纪 60 年代，在里斯重现文坛，并发表《茫茫藻海》后，这些作品才逐渐享受它们应有的地位。

《早安，午夜》颇值得一提，这次，早前作品里尝尽人间辛酸的女主人公已经年老色衰。萨沙重返巴黎——她曾经生活过的地方。里斯主要采用意识流手法，揭开了萨沙对那段最开心，也最荒唐的岁月的回忆："她必须哭泣，别人才可以尽情地欢笑。"小说尽管弥漫着淡淡的悲伤，却并不悲观，萨沙在巴黎重新建立了与外部世界的连接点，并重拾生活下去的勇气与信心。

1939 年，里斯随第二任丈夫搬到德文郡居住，随后逐渐淡出人们的视野。1947 年，在丈夫去世两年后，她同丈夫的表弟结婚，但这个丈夫有名无实,几乎一直在监狱服刑,直到 1966 年去世。从 1939 年起她退居德文郡,一直到 1957 年,里斯大多数时候生活困窘,默默无闻,她以酒买醉,借酒浇愁,几度精神崩溃,1949 年,她还曾因袭击邻居而被短暂拘留,可谓尝尽世间酸楚。

1957 年,里斯的境遇发生了戏剧性的转折,BBC 广播电台把她的《早安,午夜》改编成广播剧,演员塞尔玛·瓦兹·迪亚兹寻找小说作者,刚开始,大家都以为里斯早已去世,却没想到在德文郡的乡下偶然发现了她。在一位编辑的鼓励下,里斯重拾文墨,并一发不可收拾,在几近古稀之年,又迎来一个创作高峰,相继出版《他们烧书的日子》(1960)、《茫茫藻海》(1966)、《老虎更好看》(1968)、《我的日子:三个故事》(1975)、《女士,睡一觉就过去了》(1976)等。在她的后期作品中,最值得瞩目的就是《茫茫藻海》——一部历时 9 年才完成的呕心沥血之作。早年在西印度群岛的生活,作为克里奥尔人后代的身份,她的血泪与辛酸,都得到触目惊心的再现,而她在英国长期生活的经历,又能够帮助她深刻剖析罗切斯特的灵魂。

《茫茫藻海》的故事背景是 1830 年代刚刚废除奴隶制的牙买加。伯莎原名安托瓦内特,父亲是没落的奴隶主,母亲是克里奥尔人(白人与当地土著的后代)。父亲去世后,年轻漂亮的母亲不善持家,家道日益败落。在充满种族隔阂与仇恨的环境中,小安托瓦内特过着孤独的生活。土著黑人憎恨奴隶主,称之为"白蟑螂",而白人也歧视克里奥尔人,称之为"白皮黑鬼"。奴隶制刚刚废除,黑人由过去虚伪的温顺与忠诚转变为公开的仇恨与对抗。连她从小的玩伴也对她举起了石头。她家的庄园被黑人一把火烧掉,弟弟被大火吞噬。虽然母亲的精神遭受残酷打击,但她仍凭美貌嫁给富有的梅森先生为妻。安托瓦内特长大后,继父把她嫁给来西印度群岛寻觅财富、素昧平生的英国人罗切斯特。她对自己的婚姻充满了希望,憧憬着一个稳定而温暖的家。她对丈夫说:"我认识你之前根本就不想活。我总想死了倒干净。等了这么久才算熬到头。"然而,婚后的冷酷现实击破了她的梦想：罗切斯特根本不爱她，在获得了她的财产后，感情上与她渐行渐远。罗切斯特甚至故意与女奴私通，从精神上折磨她；他还武断地将其改名为伯莎——一个英国化的名字。安托瓦内特陷入绝望，后来被丈夫强行带到英国，来到陌生的异乡，并被囚禁在幽暗冰冷的阁楼。最终，怀着对罗切斯特的仇恨，安托瓦内特点燃了复仇的火焰，在烈火中，她恣意舞蹈着，恍惚中，她依稀看到了魂牵梦绕的故乡：深邃而神秘的茫茫藻海、绚烂的花朵与瑰丽的晚霞……

　　也许因为"同为天涯沦落人"的惺惺相惜，里斯在自传里这样谈到她创作此小说的初衷："我一遍遍地读《简·爱》，我肯定，这个角色需要塑造。在夏洛蒂·勃朗特的小说里，这个克里奥尔人对故事情节非常重要，但她尖叫、咆哮、恐怖地大笑，然后攻击所有的人……对我而言，她必须要有过去，还有罗切斯特为什么可以如此心安理得地冷酷地对待她，为什么他认为伯莎疯了，然后她就理所当然地疯了，为什么她会烧了所有的东西。这样，这个角色才有说服力。"在后来的一次访谈中，她也曾解释："《简·爱》里的疯妻子一直令我感兴趣。我相信，夏洛蒂·勃朗特一定是对西印度群岛怀有偏见，我对此很气愤。"

　　简·里斯在《茫茫藻海》里成功地实现了创作初衷，她不仅栩栩如生地重述了安托瓦内特演变为伯莎的过程，而且赋予这个在《简·爱》中"失语"的疯女人以自己的声音，改变了疯女人在殖民主义和男权主义的背景中由罗切斯特代言的"边缘化"命运，而成为熠熠闪光的主角。《茫茫藻海》由此成为女性主义与后殖民主义研究学者不可小觑的小说文本。除了思想的深度，简·里斯在小说中所采用的技巧也值得关注。她是英国最早使用意识流手法进行创作的小说家之一，在小说中，她大量穿插意识流来展示安托瓦内特飘忽的思绪，尤其是她在察觉丈夫不爱自己之后那恍惚迷离的心灵世界。另外，小说还采用许多象征与隐喻来传达女主人公难以言传的情感变化。除此之外，丰富的想象力、细腻的笔触、过人的文字驾驭能力，更为小说

增添了可欣赏性。可以说，无论从思想上还是从艺术上，《茫茫藻海》
都不逊于《简·爱》。

正因为如此，这部小说一经出版便好评如潮，当年就获得英国皇
家学会奖，次年又摘得 W. H. 史密斯文学奖。作者里斯在经历二十
年的沉寂后，又一次成为人们关注的焦点，并以八十岁高龄当选为英
国皇家文学学会会员。《茫茫藻海》被《时代》杂志列入 20 世纪最好
看的一百部英文小说之一，并在 2006 年获得"契尔特纳姆"文学艺术
奖。这个奖项是英语小说界最具声望的"布克奖"的延伸，"布克奖"
只授予本年度最佳小说，而"契尔特纳姆奖"则是颁给某一特定年份
（"布克奖"诞生之前的某一年，年份由评委会决定）未引起足够重视
的优秀小说，在每年一度的"契尔特纳姆文学节"上宣布获奖结果。

简·里斯晚年声名鹊起，扭转了她之前几乎穷困潦倒的命运。
也许，过去那些不堪回首的磨难赋予了她对人生的深刻洞察力，让她
能更深透地理解安托瓦内特的痛苦与挣扎，苦难成为她不可多得的
财富。去世前不久，她在一次访谈中曾质疑，任何小说家，更包括她
自己，是否能够得到真正幸福。她说："如果能够选择，我宁愿选择幸
福，而不是写作。……但愿我能够重新再活一次，能够再次选
择……"对她而言，写作总是与痛苦相伴的。可以说，她把自己的人
生经历充分融入了作品，在她所有的作品里，读者都能清晰地发现她
的影子，那些美丽、轻盈而又脆弱的女性形象，无一不体现着她自己
在苦难生活中挣扎的痕迹。

重返文坛的里斯声誉日隆，1978 年，她被授予"英帝国高级勋爵
士"爵位。1979 年，88 岁高龄的里斯在德文郡去世，留下了未完成的
自传。这部未竟之作以《请微笑》为题出版后，在《纽约时报》的书评
上，得到著名的评论家屈特林夫人——戴安娜·屈特林热情推崇：
"除了个别句子稍显拖沓，里斯小姐的文笔一如既往地清丽而洒脱。"

20 世纪八九十年代，后殖民主义批评兴起，作为来自英国前殖
民地的作家，里斯在英语文学界的地位更加巩固。《茫茫藻海》亦成

经典之作。若简·里斯在天有灵，看到世人对她的认可与理解，她应该会感到由衷地欣慰！虽饱经沧桑，但比起同样来自英国前殖民地（新西兰）的同时代作家——英年早逝的凯瑟琳·曼斯菲尔德，她仍是幸运者。里斯的苦难和阅历，或许正是成就她晚年佳作与声名所必不可少的宝贵财富吧！

沃特斯与一个缠绕在指间的故事

你也许知道在许多英国小说家中拥有文学博士头衔的小说家不多,而萨拉·沃特斯就是其中之一。沃特斯 1966 年出生于威尔士彭布鲁克郡的一个普通家庭,母亲是家庭主妇,父亲是炼油厂的工程师。她的童年生活平淡无奇,教育背景也比较单纯,先后在肯特大学和兰开斯特大学学习英国文学,获得本科和硕士学位。之后,她在书店和图书馆工作过一段时间,后入伦敦大学的玛丽王后学院攻读英国文学专业博士学位。在这个看似简单的经历背后,却有几许传奇色彩。在大学期间,她就公开承认自己是同性恋者,因此,她的博士论文涉及同性恋小说家,尤其着重研究 19 世纪至 20 世纪初的英国同性恋小说。这一研究激发了她创作小说的欲望。论文答辩通过后,她抱着试试看的想法开始写小说,结果一发不可收拾。所谓无心插柳柳成荫,她迅速地凭《情挑天鹅绒》(1998)、《灵契》(1999)与《指匠情挑》(2002)三部以维多利亚时期为背景的小说蜚声英国文坛,并获得一系列文学奖项和荣誉:《情挑天鹅绒》获贝蒂·特拉斯科奖,《灵契》获毛姆奖,《指匠情挑》则获文学大奖柑橘奖,并杀入布克奖决选名单。2003 年,她摘得"年度最佳青年小说家"的桂冠。她的每一部小说都成为了畅销书,不仅评论界青睐有加,而且更受读者欢迎,BBC 把它们全部改编成热门电影或电视剧。

迅速走红之后,沃特斯又完成了《守夜》(2006)和《小小陌生人》

(2009)两部作品,问世后重演了前三部小说的荣耀。现在,沃特斯作为当代英国优秀小说家的地位似乎已经稳若泰山。目前,她生活在伦敦,一心做专职作家。

沃特斯的前三部小说,都选择以维多利亚时期的英国伦敦为背景,具有远离现代节奏的雅致华丽与传奇般的缥缈,常被称为"新维多利亚小说三部曲"。这里需要简单介绍一下新维多利亚小说这个概念。从 20 世纪八九十年代开始,英语小说界逐渐风行以维多利亚时代为背景的历史小说,旨在通过各种手法对维多利亚经典文本进行评价、改写或挪用,对当时主导性的政治话语或性别话语进行修订、颠覆或解构,尤其关注被边缘化的弱势群体的生存状况。所以,虽然它们大都借鉴经典小说的题材,但手法却独辟蹊径,杂糅了后现代主义话语的一些标志手段,尤其是戏仿和拼贴(pastiche)。根据后现代主义大师詹明信的观点,戏仿与拼贴分别是两种模仿形式。前者指戏谑性仿拟,是后现代作品对传统文类或文本(特别是各种经典作品)的借用与参考;而后者指由不同材质的碎片构成的、互不相干的大杂烩式的拼凑物。新维多利亚小说大多以某部经典小说为模板,有时人物名字干脆原样照搬,所以人们常用改写、挪用、前传、后传等词汇描述新维多利亚小说,但是,它们一反传统的线性叙事,小说中穿插书信、日记、史料等多种文本形式,叙事视角灵活、富于变化,因此呈现出明显的文体混杂性。比较著名的新维多利亚小说包括英国格林厄姆·斯威夫特的《水乡》(1983)、A. S. 拜厄特的《占有》(1990)、朱利安·巴尔斯的《阿瑟与乔治》(2005),澳大利亚彼得·凯瑞的《奥斯卡与卢新达》(1988)和《杰克·麦格斯》(1998),加拿大玛格丽特·阿特伍德的《别名格蕾丝》(1996),等等。沃特斯的《指匠情挑》就是这股至今未退的潮流中的佼佼者。

这是一部兼具文学性与娱乐性的小说,讲述一个以女性之间的感情为基础、有关欺骗和复仇的故事。故事发生在 19 世纪 60 年代的英国伦敦。苏从小生活在贼窝里,有一天,骗子"绅士"突然造访。

他要求苏假扮女仆混入女继承人莫德家,他则假扮绘画教师,两人里应外合,对莫德骗婚骗财,之后再把她关入疯人院。苏来到莫德身边,野蔷薇般的苏虽然带刺,但自有一种绚烂和活力,她给莫德干涸的心灵带来了一丝波澜,二人相爱了。但在良心和金钱之间,苏犹豫良久仍然选择了后者。她们跟随"绅士"来到了疯人院,可是,苏却被带走了。原来,莫德根本不是苏眼里的那个单纯女孩,那朵娇弱纯洁的百合花,她早与"绅士"达成协议,以财产做筹码,请"绅士"帮她逃出牢笼般的庄园。莫德和"绅士"配合得天衣无缝,真正受骗的是苏。"绅士"带莫德来到贼窝,苏也随之逃出,于是真相大白:一切的幕后黑手是苏的养母索克斯比大妈,当年大妈"狸猫换太子",把襁褓中的苏和莫德调包,苦心孤诣就是为了巨额财产。但是,莫德与苏越走越近的心是她计划外的产物,人心是无法控制的,于是,"绅士"被莫德误杀,大妈被吊死,而苏和莫德拥有了彼此。

此书一出,好评如潮。《周日邮报》盛赞此书为气氛紧张、步调完美、节奏巧妙、令人惊奇的罕见佳作。除上文提到的荣誉之外,它还荣获英国推理小说家协会历史犯罪类小说匕首奖,被评为《娱乐周刊》年度十大好书。

作为沃特斯"新维多利亚小说三部曲"的最后一部,《指匠情挑》散发着浓郁的维多利亚特色,尤其是小说标题。"指匠"是 19 世纪英国人对小偷的戏称,也巧妙地隐喻了小说家对 19 世纪小说的借鉴。细读之后,我们发现,从小说的主题、人物、情节和技巧等方面都能看到维多利亚小说的影子。沃特斯本人毫不讳言,写作这部小说也是一种"偷窃行为"(an act of theft),"借用了 19 世纪小说中所有我最喜欢的东西","把 19 世纪所有没能进入前两部小说的那些零零碎碎一概扫入囊中"。这些"零零碎碎"的拼贴物的最大来源莫过于维多利亚时期名噪一时的刺激小说。下文我们将具体分析它对其维多利亚"前文本",尤其是《白衣女人》的挪用与改写。

刺激小说(sensation novel)是英国 19 世纪 60 年代逐渐流行起

来的小说类型,之所以被冠以这个带有贬义意味的名号,是因为这些小说为了刺激读者的感官,无所不用其极,题材或令人震惊,或耸人听闻。学界通常认为,刺激小说是由 18 世纪的哥特小说和 19 世纪初的新门犯罪小说(Newgate fiction)演化而来的。最著名的刺激小说家包括维尔基·科林斯、亨利·伍德夫人与玛丽·伊丽莎白·布莱顿,代表作分别是《白衣女人》(1860)、《东林怨》(1861)和《奥德利夫人的秘密》(1862),这三部小说通常被认为是刺激小说的鼻祖。同样大名鼎鼎的还有稍晚的谢里丹·拉·法奴。刺激小说一般涉及性与犯罪,疯狂与暴力齐现,冒名与谋杀并存,情节或围绕某个疑案展开,或涉及某个秘密,充满悬念和情节突转。

　　毫不夸张地说,沃特斯对 19 世纪刺激小说的喜爱达到了痴迷的程度,尤其是对科林斯、拉·法奴和布莱顿等人的作品耳熟能详。我们可以看一下《指匠情挑》:莫德的名字和年龄都取自拉·法奴的作品《西拉斯叔叔》;小说中的性、罪恶与家庭丑闻等题材在刺激小说中都能尽数找到;故事情节的灵感更是直接来自科林斯的《白衣女人》。《白衣女人》的背景设在伦敦近郊的大庄园,故事围绕劳拉与疯女人安妮展开。沃尔特到劳拉家里应聘当绘画教师,发现她很像他曾见过的一个神秘白衣女人安妮。不久,劳拉嫁给珀西瓦尔爵士,但一个惊天大阴谋正等着她。波西瓦尔因为觊觎其财产才娶她为妻,他与另一个恶棍串通,偷梁换柱,把安妮迫害致死,当作爵士夫人入葬,劳拉则被关入疯人院。当然,最终沃尔特凭着对劳拉的爱,查明真相,恶人得到应有的惩罚。

　　如果概略地看,《指匠情挑》简直就是《白衣女人》的翻版。无论背景、人物、情节与结局,两部小说都有惊人的相似之处:哥特式氛围的乡村大宅,自私神经质的监护人(uncle),年轻单纯的女继承人,英俊潇洒的绘画教师,错位的身份,疯人院,谜一样的情节,欺骗与阴谋,最终恶棍罪有应得,女主人公过上平静安宁的生活,"诗意的正义"得到伸张。难怪有书评家称沃特斯为"现代版科林斯",她自己更是希望能够得到"科林斯、布莱顿和拉·法奴的赞同"。当然,沃特斯不会简单借鉴她所崇拜的前辈们,比如,她笔下的情节突转常常根本无法预料,令人眼花缭乱:《指匠情挑》里英俊潇洒的绘画教师原来是恶贯满盈的坏蛋,苏眼里慈爱的养母居然是整个阴谋的幕后策划者!当然,最令人眩晕的转折无疑还是第一卷的结尾:苏与"绅士"密谋送莫德去疯人院,结果苏反被关进去,看似单纯的莫德一直是险恶阴谋的参与者!每个人读到此处,在震惊之余,都会由衷地佩服沃特斯精巧的情节设计,仿佛听到了沃特斯躲在书页背后的咯咯笑声:你们上当了吧!实际上,从这里开始,我们就充满了期待,试图猜测她是如何改写科林斯作品的,因此,阅读《指匠情挑》的过程充满着挑战和异乎寻常的乐趣。

《指匠情挑》里沃特斯用于"拼贴"的原材料并未局限于《白衣女人》一部小说:看看莫德的舅舅吧,他整日埋头书斋,立志为色情文学编写索引,难道不令人联想起乔治·艾略特的《米德尔马契》里的考索邦先生吗?考索邦先生卑鄙猥琐,徒劳无功地编写着《所有神话体系之入门》。再看看小说的最后几十页,惊险刺激纷至沓来,秘密和阴谋层层揭开,难道不让人想起柯南道尔的侦探小说或狄更斯的犯罪小说吗?

虽然沃特斯用"拼贴"一词形容自己的行为,她所做的并不是简单机械的东拼西凑,而是巧妙的改写或曰"覆盖"。虽然,她读了太多的 19 世纪小说,但是,她绝对没有失去自己的声音和个性。与许多新维多利亚小说家一样,沃特斯透过当今的视角考察历史,以强烈的互文性为基础,让当今与 19 世纪的叙事文本形成行对话,令人追古思今,她的创新充分体现在对刺激小说改写的部分。

受新历史主义思潮的影响,新维多利亚小说家有一股冲动,他们要挖掘、创造正史或经典中缺乏的历史材料。沃特斯也不例外,她非常关注历史与经典文本中的盲点。她丰厚的学养和严谨的学风赋予其作品非同一般的逼真细节,成功把读者带回 19 世纪的伦敦。翻开小说,浓厚的历史感扑面而来,我们仿佛也闻到了那股"热辣辣臭烘烘的伦敦味"。我们知道,由于受思想观念和审查制度的限制,身处19世纪的小说家们,对有些主题只能隐讳暗示,而沃特斯的后现代视角,则可以大胆把这些主题推向舞台的前景,这些主题包括同性恋、卖淫、疯狂、色情文学、毒品成瘾等社会现象或道德积弊,这是很重要的创新。

《指匠情挑》中同性恋情突出而明确。小说写作之初,沃特斯就表示要"利用刺激小说的经典场景和隐喻,走自己不同的道路,追踪女同性恋主题"。她的第一部小说《情挑天鹅绒》记述了南希的一系列遭遇:她染上易装癖好,走上街头卖身,又成为贵妇的性伴侣,最后,找到了真爱的同性伴侣。第二部小说《灵契》讲述玛格丽特的悲剧故事:孤独抑郁的玛格丽特在访问女子监狱时,深受一个看似无辜的灵媒赛琳娜的吸引,结果掉进了女仆与赛琳娜共同设计的圈套,最终香消玉殒。《指匠情挑》中的同性恋主题同样明显。苏去给莫德当侍女,朝夕相处一段时间后,她与莫德互萌爱意,从此,苏的态度左右摇摆,内心百般纠结。不言而喻,同性恋主题在维多利亚时期是不可触及的雷区,甚至在19世纪末,剧作家奥斯卡·王尔德在法庭受审时仍不得不承认:同性之爱是永远"不能言说的爱"。但是,《指匠情挑》不仅以唯美的文笔描写了二人第一次的身体接触,更在结尾时,令苏与莫德表白心迹,一吻定终身。她们居住的乡村大宅院,从此成为远离人烟的女性乌托邦,希腊女诗人萨福的乐园莱斯波岛。

色情文学的在场是小说的另一个独创之处。维多利亚时代是个充满矛盾的时代:高度重视家庭责任,但妓院数量超出历史上任何一个时期;审查制度非常严格,但色情文学极度泛滥。但是,这种社会现象在19世纪经典小说中是一个禁忌话题,连隐讳的暗示都极其罕见。沃特斯对此毫不回避,为我们呈现出19世纪地下文学的真实图景。在小说中,莫德舅舅的人生理想就是完成一部涵盖所有色情小说的索引,为此,他把莫德培养成出色的图书管理员与秘书,让她做摘抄、誊目录，让她为男性客人朗读露骨的色情小说，以尽其主人之谊。莫德从小在阴森昏暗的藏书室里接触淫秽色情小说，早已百毒不侵，练就铁石心肠。朗读时，她声音平淡，神情冷静，罕见的冷漠与周围男性的故作镇静和道貌岸然形成强烈的反差，这一细节是沃特斯的神来之笔，是对这些色情小说的男性创作者和消费者的绝妙讽刺。不仅如此，沃特斯还触及了色情小说从写作到出版发行的整个环节。更值得一提的是，沃特斯的凌厉笔触还首次揭示了女性与色情小说的可能关系：小说结尾处，苏找到莫德，莫德正在埋头写作，写作的正是从小熟悉的色情小说。沃特斯似乎暗示，在维多利亚时代，女性并非永远作为男性力比多的投射对象，为了谋生，她们完全可能成为色情文学的秘密创作者，成为男性力比多的操纵者。

对疯人院的内部描写是《指匠情挑》对维多利亚小说的另一个突破。19 世纪刺激小说中，疯人院并不鲜见，在《白衣女人》《奥德利夫人的秘密》等小说中，疯人院甚至成为情节发展必不可少的道具，女性往往是疯人院的常客。当时的人们通常认为，由于特殊的生理原因，女人更容易失去理性而发疯。《指匠情挑》中的"绅士"故意割破手指，滴出几滴血，来伪造与莫德同床的证据。他说："我流这么一点血都头晕，难怪你们女人发疯的很多。"可见这个观念之根深蒂固。在 19 世纪小说中，把女人扔进疯人院，对男人来说似乎是很容易的事情。如果一个男人想甩掉一个女人，那就把她送进疯人院吧，理由可以很简单：这个女人太享受性乐趣，太有主见，太危险，甚至不是个好母亲，等等。19 世纪 60 年代，确实曾爆出把正常的妇女关入疯人院的丑闻。在《已婚妇女财产法》(1882) 颁布后，情况才有所好转。虽然疯女人的影子时隐时现，但是，19 世纪的小说家们大多止步于疯人院的门口，对其内部情形一笔带过。沃特斯却把我们带进了疯人院的内部。苏被强行送入疯人院，忍受各种令人发指的折磨，喝杂酚油，头上放水蛭，遭鞭打，浸冷水，还要面对女护士的人身攻击和人格侮辱。即便是正常人，也可能被折磨得发疯。沃特斯对疯人院的刻画感性和具体，令人毛骨悚然，对社会丑陋现象的揭露显然比《白衣女人》等更深刻，更有力度。

在挪用拼贴之余，《指匠情挑》对 19 世纪小说的创新远不止于上述几点。小说情节的多次突转，增添了许多精妙的悬念和强烈的刺激。我们完全陷入了沃特斯营造的氛围，整个阅读之旅充满奇妙的乐趣，令我们几乎忘记了自己还有批评者的职能，失去了条分缕析的理性。

"善良的女巫"：安吉拉·卡特

安吉拉·卡特（1940—1992），当代英国最具独创性的作家之一，书写风格混杂魔幻写实、歌德式及女性主义。卡特曾获得切特南文学节奖、詹姆斯·泰特·布莱克纪念奖等奖项，2008年，她被《泰晤士报》评为"二战"后50位最伟大的英国作家之一，排名第十。

安吉拉·卡特出生于英国伊斯特本，本名安吉拉·奥利弗·斯托克。儿时即离开家乡来到约克郡，与外祖母一同生活。由于外祖母擅长讲述民间故事，安吉拉深受其影响，从小喜欢阅读来自世界各地的民间传说。少女时代的卡特曾饱受厌食症之苦。工作后，她追随父亲的脚步，来到克罗伊登广告公司任记者。她二十岁时与保罗·卡特结婚，并进入布里斯托尔大学英国文学系学习，专攻中世纪文学，对民俗学表现出了浓厚的兴趣。毕业后，卡特开始了自己的文学生涯。一如卡特本人给人留下的深刻印象，在作品中，她也常是糅合了多种文学体裁，因此，她曾被归为不同的文学流派，如后现代女性主义作家、哥特小说家、超现实主义作家、科幻小说家，等等。但卡特本人通常以女性主义者自居，经常以女性情欲作为小说的主题之一。

卡特的第一部长篇小说是《阴影之舞》（1966），类似于侦探故事，影响不大。第二部小说《魔幻玩具铺》（1967）继续了性幻想的主题，体现了卡特对童话故事与弗洛里德的无意识理论的痴迷。故事开

篇,卡特就将焦点置于女性对自己肉体的最初觉醒上:"这年夏天,15
岁的梅拉尼发现了自己的血肉之躯。"以此为开端,小说讲述了梅拉
尼的心理成长故事。父母在飞机事故中身亡后,15 岁的梅拉尼和弟
弟、妹妹不得不寄居在舅舅家。舅舅是个性格粗暴的玩具制造者,整
个家在他的统治下显得非常压抑。梅拉尼十分渴望男性的爱,舅妈
的小弟弟正好非常喜欢她。然而,舅妈与另一个弟弟的不伦之恋,毁
掉了这个家。小说文笔绮丽,充满神秘的哥特因素。问世后,小说得
到读者与评论界的一致好评。

　　1968 的小说《几个视角》为卡特赢得了毛姆奖。1969 年卡特离
婚,她用毛姆文学奖的奖金离开丈夫,并独自旅居日本两年。在东
京,她成为一名激进分子。后来,她曾为《新社会》杂志写文章,讲述
自己在东京的生活经历。1974 年,她出版短篇小说集《烟火,九个世
俗故事》,记叙了她在日本生活的经历。她在日本的痕迹也体现在作
品《霍夫曼博士的地狱欲望机器》(1973)里。

　　1976—1978 年,卡特成为大不列颠艺术协会研究员,在谢菲尔
德大学开设写作课程。1977 年,卡特与马克・派尔斯结婚,育有一
子。1980 年至 1981 年,卡特在布朗大学任客座教授兼"驻校作家"。
其间,她曾在美国及澳洲各地四处旅行、教学,后来定居于伦敦,在东
安格里亚大学任教,作家石黑一雄当时曾受教于她。

　　在以美国内战为时代背景的《新夏娃的激情》(1977)中,卡特大
胆把玩社会既有的性别印象。在恐惧满布的纽约夜里,魅惑使者蕾
拉以性欲和混乱之舞,诱导年轻英国男子艾弗林踏进枯砾的沙漠,进
入地底下的女人国度。拥有四个乳房的黑色女神,以黑曜石手术刀
献祭出艾弗林的男性象征,死亡的男身中于是诞生性感完美的新夏
娃。卡特正是通过新夏娃这个雌雄同体人的眼光,来审视美国社会
的荒唐真相。

　　1979 年,卡特发表论文《萨德的女性》,其中,她质疑了社会中固
有的性别观,以及男女之间受虐与施虐式的惯性。令人惊讶的是,她

为萨德式的女性观进行了一番辩护。

对女性主义的关注,辅之以后现代主义的实验,这些构成了卡特19世纪80年代作品的主要特色。《马戏团之夜》(1984)是一部滑稽的流浪汉式小说,同样集后现代主义、魔幻现实主义与女性主义于一体,并获得了詹姆斯·泰特·布拉克小说纪念奖。小说中心人物是马戏团演员飞飞。她自称是由不知名的父母生的一个蛋里孵化而出,并且长出了翅膀。飞飞靠在马戏团里表演空中飞人为生,她迷住了一个年轻的记者杰克。杰克于是跟随着这个马戏团四处演出,因而经历了一系列难以预料的事件。

《黑色维纳斯》(1985)是一组短篇故事集,其中涉及了一些历史人物的虚构描写,如波德莱尔的患梅毒的情人,这些故事令读者从一个新鲜的角度了解了历史,以及那些已经记录入正史的人物,颇值得一读。

卡特的最后一部长篇小说《明智的孩子》(1991),常被称作"女性版的《百年孤独》"。书名来源于英国俗谚:明智的孩子认得爹。在小说中,"明智的孩子"指的是一对歌舞女郎姐妹花。小说伪托回忆录,由姐姐多拉展开叙述,回顾一生传奇与混乱的家族历史。她们的父亲,一位封爵的莎士比亚戏剧名角,却只当是从来没有过这两个私生女。姐妹花于下层社会一路摸爬滚打,想认爹而不得。因为,她们的爹把纸壳做的王冠看得比财富、名誉、女人、孩子更重要。姐妹花由单身养母带大,她们活得艰辛,但一生疯狂而快乐。而书中的男人没有爱的力量,连亲生骨肉都不敢面对,只能沦为虚幻轻薄的幻象。小说中各种来自莎士比亚戏剧的戏谑引用层出不穷,所以,尽管小说题材令人心酸,但整个故事却充满欢笑。小说中叙述者多拉的一句口头禅就是"能够唱歌跳舞真快乐"。联想到写作此书时,卡特已身患重病,这句话也许表达了作者本人对人世生活的无比留恋吧。

卡特短暂的一生著述颇丰,包括十多部长篇小说和短篇小说集。在卡特的小说里,她天马行空的想象让人叹为观止。她的小说总是能够打破读者的阅读期许,令人惊讶。这一方面源于她的文字技巧,她的组词构句总是有令人眼前一亮的新组合出现;而她的话语速度,有电影"蒙太奇"的闪电切换,也有如淅沥雨下的流淌。另一方面,她的作品总是充满了隐喻、暗喻、借喻、借代等手法,她也从来不会以平淡白描的手法老老实实地按照时序讲述一个朴实的故事,她的作品更像是传奇。当然,她的作品能够吸引人的一个更重要的原因是,卡特颠覆着读者所有的约定俗成的概念与印象。她质疑男女性别上的权力分配,甚至质疑乱伦的界限。当习以为常的伦理道德观被挑战,读者将面对可怕而令人难以承受的世界图景。然而,正因为如此,卡特的写作给读者开启了另一个思考的空间。

除了大量的小说作品,卡特的另一种产量颇丰、更引人注意的作品是她对经典童话故事的改写或重写。实际上,卡特的一个惯用写作手法,就是后现代主义的戏仿或是颠覆。她不仅饶有兴致地利用、改写或者影射莎士比亚、萨德侯爵或波德莱尔等作为文学前辈的男作家的作品,而且,她还大胆改写那些已经家喻户晓的童话故事和民间传说。比如,在《血淋淋的房间》(1979)中的多个故事里,她改写了多个童话故事,将美女、小红帽和蓝胡子的最后一个妻子等女性人物从色彩柔和的育儿室中抽离,投入女性欲望的迷宫。她还将贝洛的《鹅妈妈的故事》和其他家喻户晓的故事改写成炫目、情色的版本。《与狼为伴》(1984)就是对"小红帽"故事的更血腥、富含弗洛伊德意味的改写。

经由卡特的"改写",向来以"爱"和"仁慈"等面目示人的童话或传说,即刻被拨开含情脉脉的面纱,露出了社会关系乃至权力关系的真实面目。《血淋淋的房间》的前文本是个浪漫故事,女主角以优美绝伦的钢琴赢得贵族的青睐。然而,在卡特笔下,女主角婚后不久却发现丈夫是杀人狂。有些改写则体现了卡特的女性主义思想,比如,《与狼为伴》一改"小红帽"的天真与无助,把她塑造成一个靠自己的善良与贞操拯救自己的勇敢女孩。

　　除了作为小说家与童话改编家,安吉拉·卡特还为《卫报》《独立报》《新政治家》等撰写了大量的文章,后来集结成册,命名为《赶快走》。另外,她还把一些短篇小说改编成广播剧,撰写了两部原创广播剧。她的两部作品《与狼为伴》和《魔幻玩具铺》曾被改编为电影,她自己亲自参与了改编工作。她还著有电视纪录片脚本《圣家族的相册》,曾引起广泛的争议。后来,她所改编、撰写的电影剧本或广播剧都收录入《新奇的房间》一书。

　　1992年,51岁的安吉拉·卡特患肺癌去世。去世以前,她正在给名著《简·爱》写续集。她去世后,评论界与读者纷纷表达哀伤与吊念,《卫报》在讣告中说:“她反对狭隘。没有任何东西处在她的范围之外:她想切知世上发生的每一件事,了解世上的每一个人;她关注世上的每一个角落,每一句话。她沉溺于多样性的狂欢,她为生活和语言增光添彩。”许多知名人士也发表文章,寄托哀思。萨尔曼·拉什迪在悼文中称安吉拉·卡特为“一个伟大的作家,一个善良的女巫”。

新维多利亚小说述评

　　从 20 世纪后期开始,英语小说界有大量针对维多利亚时代的小说问世,至今方兴未艾。它们以各种方式构成对维多利亚时代大叙事的评价、改写或挪用,对其进行修订、颠覆和解构,具有强烈的后现代特色。这些独具特色的后现代改写或重写小说,被统称为新维多利亚小说。突出之作包括:格林·斯威夫特的《水乡》(1983),A. S. 拜厄特的《占有》(1990),萨拉·沃特斯的《情挑天鹅绒》(1998)、《灵契》(1999)、《指匠情挑》(2002)三部曲,朱利安·巴尔斯的《阿瑟与乔治》(2005),迈克尔·考克斯的《夜之意义》(2006)、《时间之杯》(2008),丹·西蒙斯的《德鲁德》(2009),此外澳大利亚小说家彼得·凯里的《奥斯卡与卢新达》(1988)、《杰克·麦格斯》(1998),加拿大玛格丽特·阿特伍德的《别名格蕾丝》(1996)等,也可列入此类小说。数量之大,不一而足。

　　这股对维多利亚时代的兴趣在近几年益发增强,并且已延伸至其他文化领域,如电影、静态艺术,甚至时尚潮流等,构成文化批评界不可小觑的新维多利亚现象,催生了新维多利亚研究。21 世纪以来,新维多利亚小说研究在英国日益发展成备受关注的交叉学科,研究者创办杂志,组织研讨会,设立网站,可谓如火如荼。但是,我们国内对新维多利亚小说的关注度相对缺失,尚无系统的论著面世。笔者在下文将尝试对新维多利亚小说进行述评,以期抛砖引玉。

关于新维多利亚小说出现的年代,存在一定争议。有人认为其诞生应该从《茫茫藻海》和《法国中尉的女人》问世的 20 世纪 60 年代算起①;评论家罗宾·吉尔莫则把新维多利亚小说的出现时间推至更早,认为迈克尔·赛德莱尔的《煤气灯旁的范妮》(1940)和马格尼塔·拉斯基的《维多利亚时代的躺椅》(1953)是这一类型小说的先驱②;也有论者将这类小说的出现推算至现代主义兴起的 20 世纪 20 年代③。目前,大多数评论家基本达成共识,把 1990 年(A. S. 拜厄特出版"布克奖"获奖作品《占有》)作为新维多利亚小说的诞生年。

对新维多利亚小说的命名曾遭遇不小的挑战,主要有两种方式:一种是在历史小说、元小说等前面加上一个限定词,诸如"伪历史小说""当代历史小说"④"撰史元小说"⑤等。这种命名虽然传达了确定的后现代意味,却过于笼统,不能指涉小说所针对的维多利亚文本。另一种命名方式是给"维多利亚"加上前缀,比如"现代维多利亚小

① Sally Shuttleworth. "Natural History: The Retro-Victorian Novel", Elinor Shaffer. Ed. *The Third Culture: Literature and Science*. Berlin & New York: Walter de Gruyter, 1998, p. 56.

② Robin Giomour. "Using the Victorians: The Victorian Age in Contemporary Fiction", Alice Jenkins and Juliet John. Eds. *Rereading Victorian Fiction*. Houndmills, Basingstoke & New York: Palgrave Macmillan, 2000, p. 89.

③ Matthew Sweet. *Inventing the Victorians*. London: Faber and Faber, 2001, p. xvii.

④ Daniel Candel Bormann. *The Articulation of Science in the Neo-Victorian Novel: A Poetics*. Frankfurt am Main: Perter Lang, 2002, p. 75.

⑤ Georges Letissier. "Dickens and Post-Victorian Fiction", Susan Onega and Christian Gutlegen. Eds. *Refracting the Canon in Contemporary British Literature and Film*. Amsterdam & New York: Rodopi, 2004, p. 111.

说""后维多利亚小说"①"怀旧维多利亚小说"②"新维多利亚小说"③
等。这种名称的能指各有特色,所指比较明确,体现出小说的怀旧
性,也体现了小说的后现代性,所以采纳者较多。近来,更多学者接
受了"新维多利亚小说"这一名称。

"新维多利亚小说"一词尚未收录入权威的文学术语词典,并无
正式定义。已有学者做出尝试,如古特尔本认为,"这是一种新的文
学运动,其实质是重新思考和重写维多利亚神话和故事"④。伯尔曼
认为:"新维多利亚小说是一种小说文本:首先,它以历史意识为背
景,在维多利亚时代和现在之间的互动中产生意义;第二,它通过与
维多利亚时代对话,从而处理历史学、修史学或/和历史哲学领域的
话题。"⑤伯尔曼的定义稍嫌烦琐,但有其优势,它明确界定了这些后
现代重写小说的历史小说性质,建立了维多利亚历史与小说的关系,
但这个定义对小说的后现代性强调不够。

名称已经基本确定,定义虽不尽如人意,似乎也可接受,那么,这
些新维多利亚小说究竟有哪些共同特点呢?

首先,大多数作品保留了维多利亚小说的结构和长度,通常篇幅
较长,分成多卷。它们大都模仿维多利亚小说的流行文类,如教育小
说、社会小说、工业小说或惊险小说等,同时创造性地穿插采用传记、

---

① Dianne F. Sadoff and John Kurich. Eds. *Victorian Afterlife*: *Postmodern Culture Rewrites the Nineteenth Century*. Minneapolis: University of Minnesota Press, 2000, p. xiii.

② Sally Shuttleworth. "Natural History: The Retro-Victorian Novel", Elinor Shaffer. Ed. *The Third Culture*: *Literature and Science*. Berlin & New York: Walter de Gruyter, 1998, p. 254.

③ Daniel Candel Bormann. *The Articulation of Science in the Neo-Victorian Novel*: *A Poetics*. Frankfurt am Main: Perter Lang, 2002, p. 55.

④ Christian Gutleben. *Nostalgic Postmodernism*: *The Victorian Tradition and the Contemporary British Novel*. Amsterdam & New York: Rodopi, 2001, p. 5.

⑤ Daniel Candel Bormann, *The Articulation of Science in the Neo-Victorian Novel*: *A Poetics*. Frankfurt am Main: Perter Lang, 2002, p. 62.

书信、日记和历史小说的一些技巧,小说呈现明显的文体杂交性和互文性,富含戏仿、拼凑等后现代主义特有手段,"改写""挪用""前传""后传"等词汇常被用来描述这种现象。新维多利亚小说的叙说声音并不局限于某一个人物的视角,而多采取多重视角,因此,同一事件向多种阐释开放。许多新维多利亚小说一般设置双情节,如《占有》《夏洛特》《水乡》等,都将其维多利亚情节和现代情节并置。《夏洛特》的一条线索追踪罗切斯去世后简•爱的经历,另一条则讲述当代夏洛特学者米兰达的故事,小说不仅对《简•爱》进行了后现代改写,甚至对《简•爱》的前传《茫茫藻海》也进行了改写。

其次,新维多利亚作品的某个人物常出自维多利亚小说,或直接取自维多利亚时代的名人。例如,《指匠情挑》指涉科林斯的《白衣女人》,《杰克•麦格斯》以《远大前程》里的罪犯麦格威志为原型,《德鲁德》的主人公出自狄更斯的小说《埃德温•德鲁德的秘密》,《亚瑟与乔治》中的亚瑟指的是亚瑟•柯南道尔,等等。这些作品里既有真实的人物,也有虚构的人物,真实的人物被赋予可能而可信的假特性,通过这些不同社会地位的真假人物之间的互相交往,单层次的历史事件有了社会深度与思想力度。

再次,在主题方面,新维多利亚小说文本通常同某个维多利亚前文本有所关联,多关注维多利亚时代的各种典型矛盾和问题,如科学、宗教、道德、国家性、历史性、帝国主义、癫狂、女性(性别)和身份认同等,以强烈的互文性为基础,在当代与 19 世纪的叙事之间达成对话。可以说,一种挖掘、创造 19 世纪正史中缺乏的历史材料的冲动,促使小说家们以新历史主义、女性主义或后殖民主义思维重新解读维多利亚时代的人和事。比如,彼得•凯里的《奥斯卡与卢新达》和《杰克•麦格斯》都采用后殖民的视角,再现维多利亚时期的澳大利亚社会图景。

最后,在技巧方面,新维多利亚小说常应用唯灵因素(spiritualism),不时出现灵媒、灵魂向导、降神会、招魂、鬼魂附体等现象,拜厄特的《占有》,《婚姻天使》沃特斯的《灵契》,朱利安·巴尔斯的《阿瑟与乔治》,阿特伍德的《别名格蕾丝》等都涉及唯灵因素。这些神秘主义的符号既是小说情节的关键手段,也可视作重要的隐喻,揭示过去留给现在的痕迹,也预示我们的时代试图与死者进行的对话。如果用弗洛伊德的理论解读,鬼魂的不断出现本身象征过去对现在的侵扰和现在对过去的强迫性重复。可以说,对鬼魂现象的大量应用体现了当代人解放维多利亚时代被淹没的声音、记录被大叙事压抑的弱势群体的一种努力。

以上仅仅是对新维多利亚小说的某些共性进行的简单化归纳,实际上,这远不能囊括所有仍然不断涌现、以后现代视角投射维多利亚时代的作品。这些作品的视角、主题、手法等各有千秋,难以一语概之,如古特尔本一针见血地指出:"最著名的新维多利亚小说恰恰是那些最不典型的。"[①]这似乎自相矛盾,但却精确地概括了目前新维多利亚小说的复杂性和多样性。

为什么对 19 世纪的兴趣会在 20 世纪末突然增强,呈大爆发态势? 一个自然的解释是 20 世纪后半叶各种历史哲学理论的深入影响。海登·怀特于 20 世纪 70 年代发表《元历史:19 世纪欧洲的历史想象》,提出著名的元历史理论,认为历史是一种语言结构,通过借助语言文字,可以把握经过独特解释的历史。紧随其后的新历史主义者主张:在文学文本研究中应采用历史文本研究法,在历史文本研究中采用文学研究法,使文学文本与历史文本在元历史的理论框架中回归叙事;强调不能孤立看待历史与文学史,不能将文学话语与其他话语(政治话语、经济话语、历史话语)分割开来。新历史主义理论在 20 世纪 80 年代名震一时,论者综合各种边缘理论,试图达到对文化、政治、历史、诗学的重写目的。而挪用与重写、小说与历史(传记)文

---

① Christian Gutleben. *Nostalgic Postmodernism*: *The Victorian Tradition and the Contemporary British Novel*. Amsterdam & New York: Rodopi, 2001, p. 164.

本的融合正是新维多利亚小说的标志性特点,新历史主义对新维多利亚现象的影响不可忽略。拜厄特在《论历史与故事》一书中,论及当代作家对历史小说焕发新的创作热情,以及新历史小说形式与主题的丰富性时,多次提到海登·怀特,将其"历史的文本性"作为重要理论依据。

新维多利亚研究者还挖掘出新维多利亚现象出现的其他深层动机:维多利亚时代和当代之间的重要相似性——创伤性。19世纪是多种历史性创伤交汇的时期,这些创伤今天仍然存在,需要加以适当的评价、纪念和厘清,包括普遍的社会弊端,如疾病、犯罪、性剥削,严重的社会内部动荡、国际冲突、贸易战争等。另外,美国和联合国军队在伊拉克、阿富汗的军事存在令人不可避免地联想起,大英帝国的全球扩张和由此引发的殖民罪恶、文化冲突等问题。越来越多的文化批评家意识到,进行创伤研究时需要把我们的时代作为延续的历史进程的一部分。克鲁艾格在《维多利亚文化在当今时代的功用》一书中指出:"9·11事件"使公众联想起帝国这个"大游戏"的漫长(特别是维多利亚时期的)历史。① 尽管自我放纵、过分关注性问题的后现代消费社会与拘谨的清教式的维多利亚社会之间似乎存在难以跨越的鸿沟,但差异背后也有历史境遇的某种内在契合,这就是后现代文化对维多利亚历史的阐释热情的根源之一。把维多利亚时代与当今时代衔接在一起的创伤之一是人类行为造成的生态环境恶化问题,19世纪是工业化、商业化、城市化飞速发展时期,对自然界与生物多样性都造成严重破坏。新维多利亚小说对此加以深刻反省,如马修·内尔的《英国乘客》把英国人在塔斯马尼亚的伪科学研究与白人定居者对当地人口的屠杀并置;杰姆·波斯特的《步枪天堂》(2006)涉及澳大利亚野生动物被以科学的名义大量毁灭的悲剧;斯

---

① Christine Krueger. Ed. *Functions of Victorian Culture at the Present Time*. Athens: Ohio University Press, 2002, p. xi.

戴夫·彭尼《狼的温柔》(2006)描绘了加拿大皮毛贸易造成的灾难性后果,以及全球变暖和极地冰川消退引发的焦虑;安卡·弗拉索波罗斯的《新白德福德海啸》(2007)涉及时装业的发展造成鲸鱼、信天翁等动物的几近灭绝,以及当代消费主义的生活方式对人与自然关系的毁灭性影响。

新维多利亚小说已经成为当代一个引人瞩目的文化现象,它的出现无疑会产生重大影响,具有不容忽视的实践和理论意义。

新维多利亚现象致力于(重新)建立维多利亚式的大叙事,以自我反思、自我审问的方式体现出对历史的关注,表达强烈的历史意识。它们传达了一种关于历史书写的自我意识,也执着于再现一个时代,描绘其特定的社会、经济及审美语境。詹姆逊曾批评后现代人缺乏历史感,指责后现代文化用映像代替真实历史,用共时性取代历时性,新维多利亚现象可谓对这种缺乏的一种补救。这种追求表明作家们为当代境遇寻找历史范式,以及重新整合已被解构成碎片的自我和世界的可贵尝试。新维多利亚小说为研究 20、21 世纪的文化历史和社会政治问题提供了深刻的洞见。所以,无论它们是创伤性的、纪念性的、净化性的还是解放性的,它们都为当代人探究"何为历史的真实性"和"历史文本的可信度"等问题做出了不懈努力。詹姆逊曾指出,历史小说的存在是对当代无力应对历史变革的一个补偿[①],新维多利亚小说的出现就是如此,它们的能指也许是维多利亚叙事文本,但所指却是当代的焦虑、困惑和问题。优秀的新维多利亚小说不是单纯地展示历史风情或营造历史氛围,它们既有特定的时间指向,又超越时间性,在历史精神与当代意识、历史想象与现实观照的有机结合中,体现出很强的现实意义。

由于新维多利亚文本大多数以某个维多利亚时代的经典文本作

---

① [美]詹明信著,陈清侨等译:《晚期资本主义的文化逻辑》,生活·读书·新知三联书店 1997 年版,第 369 页。

为"前文本"进行改写或挪用,通过促使人们重读维多利亚小说而(重新)发现、评估,所以,它们在改写经典的同时,也保存了经典,以一种似乎互相矛盾的方式影响人们对经典文本的接受。

新维多利亚小说的出现无论对文学文类的成规、经典、阅读习惯还是后现代主义运动都将产生难以低估的影响,它们不仅生动地再现历史,更在当代纯文学走向没落的背景下,重新唤起人们对文学现象的关注。新维多利亚小说既是文化文本,又是批评实践,所以,可以预见的是,它们必将有助于把文学批评融入文化研究的大范畴之中。新维多利亚研究作为一个新兴学科(不仅是理论上,更是作为一种应用学科),也将会吸引更多文化批评家的目光,从而获得更强劲的发展。

参 考 文 献

[1] 阿拉加伊. 把握奥斯丁：忠实性，作者功能与帕特里夏·罗泽玛的影片《曼斯菲尔德庄园》[M]. 章杉，译. 世界电影，2007(3).

[2] 阿诺德. 文化与无政府状态：政治与社会批评[M]. 韩敏中，译. 北京：生活·读书·新知三联书店，2002.

[3] 安德森. 想象的共同体[M]. 吴叡人，译. 上海：世纪出版集团，2004.

[4] 巴尔特. 符号学原理——结构主义文学理论文选[M]. 李幼蒸，译. 北京：生活·读书·新知三联书店，1988.

[5] 巴赫金. 拉伯雷的创作与中世纪和文艺复兴时期的民间文化[M]. 巴力，译. 石家庄：河北教育出版社，1970.

[6] 巴赫金. 诗学与访谈[M]. 白春仁，顾亚铃，等，译. 石家庄：河北教育出版社，1998.

[7] 柏拉图. 斐多[M]. 杨绛，译. 沈阳：辽宁人民出版社，2000.

[8] 贝拉米. 回顾：从 2000 到 1887[M]. 林天斗，张自谋，译. 北京：商务印书馆，1963.

[9] 博埃默. 殖民与后殖民文学[M]. 盛宁，韩敏中，译. 沈阳：辽宁教育出版社，牛津：牛津大学出版社，1998.

[10] 博克霍夫. 超越伟大故事：作为文本和话语的历史[M]. 邢立军，译. 北京：北京师范大学出版社，2008.

[11] 封信敏.理性与疯癫[J].名作欣赏，2013(18).

[12] 弗洛伊德.梦的解析[M].罗林，等，译，北京：九州出版社，2004.

[13] 福特.好兵：一个激情的故事[M].张蓉燕，译.沈阳：春风文艺出版社，1999.

[14] 侯维瑞.现代英国小说史[M].上海：上海外语教育出版社，1985.

[15] 黄梅.推敲"自我"：小说在18世纪的英国[M].北京：生活·读书·新知三联书店，2003.

[16] 康拉德.黑暗的心[M].袁家骅，等，译.//康拉德小说选.上海：上海译文出版社，1985.

[17] 克朗.文化地理学[M].杨淑华，宋慧敏，译.南京：南京大学出版社，2003.

[18] 李公昭.英国文学选读[M].西安：西安交通大学出版社，2001.

[19] 李伟昉.黑色经典——英国哥特式小说论[M].北京：中国社会科学出版社，2005.

[20] 梁工.千年之始话《圣经》[J].外国文学，2001(2).

[21] 刘国清.英国引领全球历史小说热[N].世界新闻报，2010-12-22.

[22] 刘科.科学界的反克隆人运动：理由及选择[J].自然辩证法研究，2004(9).

[23] 刘文杰.德国浪漫主义时期童话研究[M].北京：北京理工大学出版社，2009.

[24] 罗伯茨.科幻小说史[M].马小悟，译.北京：北京大学出版社，2010.

[25] 洛奇.英国小说艺术史[M].郑州：郑州大学出版社，2006.

[26] 马建军.超越时代的种族意识——论《丹尼尔·德龙达》的犹太

关怀[J].湘潭大学学报:哲学社会科学版,2008(1).

[27] 莫里斯.乌有乡的消息[M].黄嘉德,包玉珂,译.北京:商务印书馆,1985.

[28] 萨义德.东方学[M].王宇根,译.北京:生活·读书·新知三联书店,1999.

[29] 萨义德.文化与帝国主义[M].李琨,译.北京:生活·读书·新知三联书店,2003.

[30] 桑塔格.疾病的隐喻[M].程巍,译.上海:上海译文出版社,2003.

[31] 唐芳贵.论教育研究中的科学主义倾向[J].怀化学院学报,2002(1).

[32] 王宁.叙述、文化定位和身份认同——霍米·巴巴的后殖民批评理论[J].外国文学,2002(6).

[33] 王诺.生态批评:发展与渊源[J].文艺研究,2002(3).

[34] 王震.欧洲反犹主义的历史透析和近期回潮[J].国际观察,2003(5).

[35] 王佐良.英国散文的流变[M].北京:商务印书馆,2011.

[36] 吴尔夫.书和画像[M].刘炳善,译.北京:生活·读书·新知三联书店,1994.

[37] 肖瓦尔特.她们自己的文学:英国女小说家:从勃朗特到莱辛[M].韩敏中,译.杭州:浙江大学出版社,2012.

[38] 杨正润.故事比赛与现代普罗米修斯[N].中华读书报,2002-11-21.

[39] 殷企平.乌有乡的客人——解读《来自乌有乡的消息》[J].外国文学,2009(3).

[40] 尹锡南.英国文学中的印度[M].成都:四川出版集团巴蜀书社,2008.

[41] 詹明信.晚期资本主义的文化逻辑[M].陈清侨,等,译.北京:

生活·读书·新知三联书店，1997.

[42] 张金凤."他者"形象与世纪末"焦虑症"[J].解放军外国语学院学报，2010(2).

[43] 张倩红.犹太人[M].西安：三秦出版社，2003.

[44] 张首映.西方二十世纪文论史[M].北京：北京大学出版社，1999.

[45] 赵文媛.十八世纪英国的贵族宅邸与贵族统治[J].理论界，2010(3).

[46] 赵一凡,张中载,李德恩.西方文论关键词[M].北京：外语教学与研究出版社，2006.

[47] 中共中央马克思、恩格斯、列宁、斯大林著作编译局.马克思恩格斯选集：第一卷[M].北京：人民出版社，1995.

[48] 周宁.鸦片帝国[M].北京：学苑出版社，2004.

[49] ABRAMS M H. The Norton anthology of English literature：Vol. II[M]. New York：W. W. Norton & Company，2006.

[50] ALLINGHAM P V. England and China：The Opium Wars，1839—1860[EB/OL].（2010-03-01）[2016-05-06]. http://www. victorianweb. org/history/empire/opiumwars/opiumwars1. html.

[51] ATWOOD M. Introduction to brave new world[M]. Toronto：Vintage，2007.

[52] AUSTEN J. Mansfield Park[M]. Oxford：Oxford University Press，1970.

[53] AUSTEN J. Persuasion[M]. New York：Bantam Books，Inc. ，1984.

[54] AUSTEN J. Emma[M]. London：Penguin Language Press，1966，1985.

[55] AUSTIN S. Desire，fascination，and the other：some

thoughts on Jung's interest in Rider Haggard's "She" and on the nature of archetypes [EB/OL]. (2008-09-09) [2016-06-02]. http://www. Cgjungpage. org/index. php? option = com-content&tast=view&id=748&itemid=40.

[56] BALDICK C. Oxford concise dictionary of literary terms [M]. Shanghai: Shanghai Foreign Language Education Press, 2001.

[57] BARRIE J M. Peter Pan [M]. London: Penguin Books Ltd, 2002.

[58] BINNS R. J. G. Farrell [M]. London: Menthuen, 1986.

[59] BORMANN D C. The articulation of science in the neo-Victorian novel: a poetics [M]. Frankfurt am Main: Perter Lang, 2002.

[60] BRADDON M E. Lady Audley's secret [M]. Ware: Wordsworth Editions Ltd, 1997.

[61] BRANTLINGER P. Victorian literature and postcolonial studies [M]. Edinburgh: Edinburgh University Press, 2009.

[62] BRONTË C. Jane Eyre[M]. London: Penguin Group, 2001.

[63] CAREY J. The Faber book of Utopias [M]. London: Faber, 1999.

[64] CARROL D R. The Unity of Daniel Deronda [M]// HUTCHINSON S. George Eliot: critical assessments: Vol. III. Robertsbridge: Helm Information Ltd, 1996.

[65] CARROLL D. George Eliot: The Critical Heritage [M]. London: Routledge & Kegan Paul, 1971.

[66] COLLINS W. The moonstone [M]. Beijing: Foreign Language Teaching and Research Press, 1994.

[67] COLLINS W. Woman in white [M]. Ware: Wordsworth

Editions Ltd，2000.

［68］COWPER W. The task［EB/OL］. （2009-01-12）［2015-12-09］. www. aboutbible. net/WT/WT042. html.

［69］CRAFT C. Kiss me with those red lips：gender and inversion in Bram Stoker's Dracula［M］. Representations，1984.

［70］de QUINCY T. Confessions of an English opium-eater and other stories［M］. Oxford：Oxford University Press，1985.

［71］DEIRDRE L F. Jane Austen's letters［M］. Oxford：Oxford University Press，1995.

［72］DICKENS C. A tale of two cities［M］. New York：Bantam Books，1989.

［73］DICKENS C. The mystery of Edwin Drood［M］. Ware：Wordsworth Editions Limited，1998.

［74］DICKENS C. The letters of Charles Dickens：Vol 8［M］. Oxford：Clarendon Press，2002.

［75］DICKENS C. The noble savage［EB/OL］. （2010-12-20）［2016-01-12］. http://www. readbookonline. net/readOnLine/2529.

［76］EDDY W A. "Rabelais—a source for Gulliver's Travels"［J］. Modern language notes，1922，37（7）.

［77］EHRENPREIS I. How to write Gulliver's Travels［M］. New York：Infobase Publishing，2009.

［78］ELIOT G. The George Eliot letters：9 vols［M］. New Haven：Yale University Press，1978.

［79］ELIOT G. Daniel Deronda［M］. Oxford：Oxford University Press，1984.

［80］ELIOT G. Selections from George Eliot's letters［M］. New Haven & London：Yale University Press，1985.

[81] ELIOT T S. Wilkie Collins and Dickens[M]//WATT I. The Victorian novel: modern essays in criticism. Oxford: Oxford University Press, 1971.

[82] FARRELL J. G. The siege of Chrisnapur[M]. New York: Caroll & Graf Publishers Inc. , 1985.

[83] FLYNN C H. The Body in Swift and Defoe[M]. Cambridge: Cambridge University Press, 1990.

[84] FORD M. The good soldier [M]. New York: Dover Publications, Inc. , 2001.

[85] FORSTER J. The life of Charles Dickens: Vol. 2 [M]. London: J. M Dent & Sons, 1927.

[86] FRANCUS M. The monstrous mother: reproductive anxiety in Swift and Pope[J]. English literary history, 1994, 61(4).

[87] FRANKLIN H B. Future perfect: American science fiction of the nineteenth century: an anthology[M]. New Brunswick: Rutgers University Press, 1995.

[88] GASKELL E. Mary Barton [M]. London: Penguin Classics, 1997.

[89] GASKELL E. The life of Charlotte Brontë [M]. London: Penguin Classics, 1998.

[90] GILBERT S M, GUBAR S. The madwoman in the attic[M]. New Haven: Yale University Press, 1979.

[91] GILL R. Happy rural seat: the English country house and the literary imagination [M]. New Haven & London: Yale University Press, 1972.

[92] GILMAN S. The Jew's body[M]. London: Routledge, 1991.

[93] GIOMOUR R. Using the Victorians: the Victorian Age in contemporary fiction[M]// JENKINS A, JOHN J. Rereading

Victorian fiction. Houndmills, Basingstoke &. New York:
Palgrave Macmillan, 2000.

[94] GREEN M. The English novel in the twentieth century: the
doom of empire [M]. London: Routledge &. Kegan
Paul, 1984.

[95] GRIFFIN D H. Satire: a critical reintroduction [M].
Lexington: University Press of Kentucky, 1994.

[96] GRUNDY I. Jane Austen and literary traditions [M]//
COPELAND E, MCMASTER J. The Cambridge companion
to Jane Austen. Shanghai: Shanghai Foreign Language
Education Press, 2001.

[97] Gutleben, Christian. Nostalgic postmodernism: the Victorian
tradition and the contemporary British novel[M]. Amsterdam &.
New York: Rodopi, 2001

[98] HAGGARD H R. She: a history of adventure[M]. London:
Penguin Group, Inc. , 2001

[99] HODGART M. Satire: origin and principles [M].
Livingston: Transaction Publishers, 2010.

[100] HOLMES C. Anti-semitism in British society: 1876—1939
[M]. New York: Holmes &. Meier Publishers, 1979.

[101] HOUGHTON W E. The Victorian frame of mind: 1830—
1870 [M]. New Haven &. London: Yale University
Press, 1957.

[102] HUDSON W H. Green mansions[M]. New York: Airmont
Publishing Company, Inc. , 1965.

[103] IRIGARAY L. This sex which is not one[M]. PORTER C,
BURKE C. Trans. Ithaca: Cornell University Press, 1985.

[104] JAMESON F. Postmodernism, or, the cultural logic of late

capitalism[M]. London & New York: Verso, 1996.

[105] KRUEGER C. Functions of Victorian culture at the present time[M]. Athens: Ohio University Press, 2002.

[106] LEAVIS F R. The great tradition [M]. Garden City: Doubleday & Company, Inc. , 1954.

[107] LETISSIER G. Dickens and Post-Victorian fiction [M]// ONEGA S, GUTLEGEN C. Refracting the canon in contemporary British literature and film. Amsterdam & New York: Rodopi, 2004.

[108] LODGE D. Working w ith structuralism [M]. London: Routledge & Kegan Paul, 1981.

[109] MANWUENA L. Peter Pan: then and now [EB/OL]. (2010-12-30)[2015-12-26]. http://www. h-net. org/reviews/ showrev. php? id=13031.

[110] LYNALL G. Swift's caricatures of Newton: Taylor, Conjurer and Workman in the Mint [M]//BLOOM H. Jonathan Swift. New York: Infobase Publishing, 2009.

[111] LYUBANSKY M. Are the Fangs real? —Vampires as racial metaphor in the Anita Blake and Twilight Novels[EB/OL]. (2010-08-18) [2015-12-30]. http://www. psychologytoday. com/blog/between-the-lines/201004.

[112] MAXINER P. Robert Louis Stevenson: the critical heritage [M]. London: Routledge & Kegan Paul Books, 1996.

[113] MERLEAU P M. The structure of behaviour[M]. FISHER A L. Trans. Boston: Beacon Press, 1963.

[114] MESSCHAERT A G. Reason and the good life: Socrates' view of reason's role[M]. Michigan: ProQuest Information and Learning Company, 2006.

[115] MOORE G. Dickens and empire: discourses of class, race and colonialism in the works of Charles Dickens [M]. Aldershot: Ashgate Publishing Ltd, 2004.

[116] MORRIS W. How I become a socialist[M]//CHRIST C T, ROBSON C. The Norton anthology of English literature: 8th edition, Vol. E. New York: W. W. Norton & Company, 2006.

[117] MORRIS W. William Morris on Bellamy's Looking Backward. [EB/OL]. (2011-03-01)[2016-03-10]. http://www. marxists. org/archive/morris/works/1889/backward. htm.

[118] PLATO. The dialogues of Plato[M]. JOWETT B. Trans. New York: Random House, 1937.

[119] POOVEY M. The proper lady and the woman writer[M]. Chicago & London: The University of Chicago Press, 1984.

[120] PYKETT L. Reading Fin de Siecle fictions[M]. London: Longman, 1996.

[121] RHYS J. The wide Sagarsso Sea[M]. London: Penguin Group, 2003.

[122] RICHARDS J. Imperialism and juvenile literature [M]. Manchester: Manchester University Press, 1989.

[123] ROCHETTI J. The Columbia history of the British novel [M]. Beijing: Foreign Language Teaching and Research Press, 2005.

[124] SADOFF D F, KURICH J. Victorian afterlife: postmodern culture rewrites the nineteenth century[M]. Minneapolis: University of Minnesota Press, 2000.

[125] SAID E. Orientalism[M]. New York: Vintage, 1979.

[126] SAID E. Zionism from the standpoint of its victims[M]// HUTCHINSON S. George Eliot: critical assessments: Vol. III. Robertsbridge: Helm Information Ltd, 199.

[127] SHEILA M S. The other nation: the poor in English novels of the 1840s and 1850s [M]. Oxford: Clarendom Press, 1980.

[128] SHELLY M. Frankenstein[M]. London: Penguin Books Ltd, 1994.

[129] SHOWALTER E. The female malady: women, madness and English culture, 1830—1980. London: Virago Press Ltd, 1987.

[130] SHUTTLEWORTH S. Natural history: the Retro-Victorian novel[M]. SHAFFER E. The third culture: literature and science. Berlin & New York: Walter de Gruyter, 1998.

[131] SOUTHAM B C. Jane Austen: the critical heritage[M]. London: Routledge Press, 1996.

[132] STEVENSON R L. Essays by Robert Louis Stevenson[M]. New York: Charles Scribner's Sons, 1918.

[133] STEVENSON R L. Treasure island[M]. Oxford: Oxford University Press, 1985.

[134] STEVENSON R L. The master of Ballantrae[M]. New York: Dover Publications, Inc. , 2003.

[135] STOKER B. Dracula [M]. London: Wordsworth Classics, 2000.

[136] SUSSMAN C. Consuming anxieties: consumer protest, gender & British slavery [M]. Stanford: Standford University Press, 2000.

[137] SWEET M. Inventing the Victorians[M]. London: Faber

and Faber, 2001.

[138] SWIFT J. Gulliver's travels[M]. Beijing: Foreign Language Teaching and Research Press, 2007.

[139] SWIFT J. Miscellanies in prose and verse: print editions [M]. Gale Ecco,2010.

[140] ADORNO T, HORKHEIMER M. The culture industry: enlightenment as mass deception [M]// Dialectic of enlightenment. JEPHCOTT E. Trans. Stanford: Stanford University Press, 2002.

[141] TRUMPENER K. Bardic nationalism: the romantic novel and the British empire[M]. Princeton: Princeton University Press, 1997.

[142] WHEELER M. English fiction of the Victorian period[M]. Harlow: Longman Group UK Ltd, 1994.

[143] WHITE A. Joseph Conrad and imperialism[M]//STAPE J H. The Cambridge companion to Joseph Conrad. Shanghai: Shanghai Foreign Language Education Press, 2000.

[144] WOOD H. East Lynne[EB/OL]. (2010-10-21)[2015-10-21]. http://en. wikipedia. org/wiki/East_Lynne.

[145] WOOLF V. Mr Bennett and Mrs Brown[M]//BOWLBY R. A woman's essays. London: Penguin Group, 1992.

[146] ZIPES J. Fairy tales and the art of subversion: the classical genre for children and the process of civilization[M]. New York: Routledge, 2006.